DONGSUH MYSTERY BOOKS 128

THE HUNTER
인간사냥
리처드 스타크/양병탁 옮김

동서문화사

옮긴이 양병탁(梁炳鐸)

일본 도쿄고등사범을 거쳐 인디애나대 대학원 졸업. 경희대 사범대학장 역임. 평론〈영문학상에서 본 자연정신〉〈태서작가의 서한문학〉〈헤밍웨이론〉등을 발표. 지은책《미국문학사》등이 있고 옮긴책 멜빌《백경》호돈《주홍글씨》트웨인《허클베리 핀의 모험》등.

DONGSUH MYSTERY BOOKS 128

인간사냥

리처드 스타크 지음/양병탁 옮김
초판 발행/1977년 12월 1일
중판 발행/2003년 10월 1일
발행인 고정일/발행처 동서문화사
창업 1956. 12. 12. 등록 16-345(윤)
서울강남구신사동540-22 ☎546-0331~6 (FAX) 545-0331
www.epascal.co.kr

*

이 책의 출판권은 동서문화사(동판)가 소유합니다.
의장권 제호권 편집권은 저작권 법에 의해 보호를 받는 출판물이므로
무단전재와 무단복제를 금합니다.

편찬·필름·제작 일체「동판」자본으로 이루어짐에 따라
출판권 소유권자「동판」에서 제조출판판매 세무일체를 전담합니다.
사업자등록번호 211-90-02201
ISBN 89-497-0224-X 04840
ISBN 89-497-0081-6 (세트)

인간사냥
차례

인간사냥—리처드 스타크
　제1부 추적······ 11
　제2부 도주······ 61
　제3부 복수······ 112
　제4부 도전······ 151

미녀전문가—레슬리 차터리스
　미녀전문가······ 196

극한 상황에서의 포인트 블랭크······ 297

등장인물

파커 주인공
린 파커의 아내
마르 레즈닉 파커의 옛 친구
체스터 ⎫
라이언 ⎬ 파커의 동료
실 ⎭
아더 스테그먼 임대 자동차 클럽의 우두머리
프레드 하스켈 〈아웃핏〉의 2급 간부
저스틴 페어팩스 〈아웃핏〉의 뉴욕 간부
프레드릭 카터 〈아웃핏〉의 투자상담소 소장
브론슨 〈아웃핏〉의 우두머리
펄 마약 중독된 창부
원더(로즈) 콜걸

제1부 추적

1

 시보레에 탄 젊은 남자가 태워 주겠다고 했지만 파커는 거칠게 거절했다.
 "제기랄, 멋대로 하라지."
 사나이는 험상궂게 욕지거리를 하며 자동차의 물결 쪽으로 차머리를 돌리고 요금소를 향해 달려갔다. 파커는 왼쪽 차도에다 침을 탁 뱉고 마지막 한 개비의 담배에 불을 붙인 다음, 조지 워싱턴 다리를 걸어서 건너기 시작했다.
 요란한 소리를 내며 씽씽 지나가는 오전 8시의 자동차 흐름은 시내를 향해 거의 같은 쪽으로 이어지고 있었다. 뉴저지로 향하는 반대쪽 여러 차선에는 차가 한 대도 달리고 있지 않았다. 아래쪽 차도도 마찬가지였다.
 다리 가운데로 접어들자 바람이 세찼다. 몸이 떨리며 기울어졌다. 언제나 그랬지만 그가 이를 깨달은 것은 이번이 처음이었다. 걸어서 건너가는 것은 처음이었기 때문이다. 발밑에서 다리가 떨리는 것 같은 느낌이 들어 그는 마냥 울화가 치밀었다. 피우던 담배꽁초를 강물에 집어던지고, 지나쳐 가는 택시의 꽁무니에 침을 뱉고는 큼직한 발걸음으로 계속 걸었다.

자동차를 타고 지나가다 그를 본 출근길의 여자들은 나일론 양말 대님 위쪽 언저리에 아스라한 전율을 느꼈다. 그는 넓고 평평한 어깨를 한 크고도 털이 많은 몸뚱이에 소매가 짧아 보일 정도로 긴 팔이 늘어져 있다. 낡은 회색 양복은 구김살도 펴져 있지 않고, 검은 구두와 검은 양말에는 양쪽 다 구멍이 나 있다. 구두는 밑창이 뚫어지고 양말은 뒤꿈치와 발가락 끝이 떨어져 있었다.

손가락을 구부리듯이 하고 활개를 치고 있는 두 손은 조각가가 갈색 점토로 빚어 놓은 것 같이 보였다. 갈색 머리는 금방 바람에 날려가 버릴 것 같은 품질 나쁜 가발처럼 나풀거렸으며 윤기도 없이 푸석했다. 움푹 파인 콘크리트 덩어리 같은 얼굴에 금이 간 마노 모양 눈이 붙어 있다. 일자로 다문 입매에는 핏기가 없었다. 그는 웃옷을 바람에 너풀거리고 활개를 치면서 걷고 있었다.

출근길의 여자들은 그를 보고 몸서리를 쳤다. 그는 비정한 사나이로 그 손은 사람을 두들겨 패기 위해 달려 있고 그 눈은 여자를 봐도 결코 웃지 않으리라는 것을 여자들은 꿰뚫어보고 있었던 것이다. 그가 어떤 남자인지 그녀들은 잘 알고 있었으므로 자기 남편이 평범한 남자라는 것에 감사하면서도 역시 온몸이 으스스해져 왔다. 밤이면 얼마나 기운차게 이 남자가 여자 위에 덮쳐올 것인지 짐작하고 있었기 때문이다. 거목이 넘어지는 듯한 무게가 느껴질 것이다.

출근길의 남자들은 운전하는 데 정신이 팔려 그에 대해서 거의 신경쓰지 않았다. 어차피 다리 위를 걷고 있는 부랑자에 불과하다. 차도 한 대 없지 않은가. 그를 본 몇몇 남자들은 차가 없던 옛날 일을 상기했다. 그들은 이 남자에게 공감하며, 서로 별다른 차이가 없지 않느냐는 생각을 했다.

  파커는 다리를 건너자 오른쪽으로 꺾어서 곧장 한 구획을 걸어 지하철 입구에 이르렀다. 앞쪽에는 콜타르 포장도로와 보도와 잿빛 아파트 건물과 빨강에서 파랑, 파랑에서 빨강으로 바뀌는 신호등이 교차로마다에 보였다. 그리고 길을 가는 숱한 사람들도.

  그는 빠른 걸음으로 지하철 계단을 내려갔다. 봄볕이 닿지 않는 그곳에서는 바닥에 깔린 크림빛 타일에 형광등 불빛이 반사되고 있었다. 그는 턱을 슬슬 문지르면서 별로 볼 마음도 없이 지하철 노선도 앞에 가서 섰다. 볼 것까지도 없이 행선지는 알고 있었다.

  만원에 가까운 하행 차량이 플랫폼으로 들어왔다. 문이 열리자 손님들이 올라탔다. 파커는 몸을 돌려 출입 금지라고 씌어진 문을 열고 플랫폼으로 들어갔다. 누군가가 뒤에서 소리를 질러댔다. 지하철 문은 거의 닫혀 가고 있었다. 안으로 뛰어 들어가 승객들 틈에 파고들자 문은 등 뒤에서 닫혔다.

  한참 타고 가다가 쳄버스 역에서 내려 워드에 있는 교통국으로 향했다. 도중에 엉덩이 큰 여자로부터 10센트를 날치기하여 너절한 식당에서 커피를 마셨다. 그는 카운터에 있는 여자에게 담배를 달라고 했다. 말보로였다. 필터를 잘라 바닥에 던져 버리고 핏기 없는 입술에 물었다. 여자가 '떼어 가십시오' 하듯이 유방을 온통 카운터 너머로 내밀고 불을 붙여 주었다. 불이 붙자 그는 고개를 끄덕이며 카운터 위에 10센트를 놓고는 한마디도 하지 않고 식당을 나왔다.

  여자는 화가 나서 얼굴을 시뻘겋게 해 가지고 그가 나간 뒤를 노려보고 있더니, 10센트짜리 동전을 쓰레기통에 던져 버렸다. 식당의 웨이트리스가 여자에게 뭐라고 하자, 그녀는 사납게 욕지거리를 했다.

  파커는 교통국의 기다란 나무 책상 위에서 운전 면허증 용지에다 거기에 달려 있는 펜으로 기입을 했다. 다 쓰고 나자 착착 접어서 돈

한 푼 들어 있지 않은 쓸모없는 갈색 가죽 지갑 속에 넣었다.
 교통국을 나와 우체국에 들어가서 비치되어 있는 볼펜을 얻었다. 파커는 면허증을 꺼내어 몸을 구부리고, 재빠른 솜씨로 빈칸에다 주(州)의 스탬프를 모사하기 시작했다.
 완성된 것은 면밀하게 조사를 하지 않고서는 도저히 가짜와 구별할 수 없을 정도의 솜씨였다. 고무도장에 잉크가 고루 묻지 않았든가 혹은 도장을 찍을 때 잘못하여 잉크가 흐려진 것 같은 느낌이었다. 손가락으로 잉크 자국에 좀더 더럽게 때를 묻히고 나서 손가락을 닦고는 면허증을 지갑에 도로 집어넣었다. 그는 지갑을 한 번 불끈 쥐었다가 바지 뒷주머니에 넣었다.
 그는 카날 스트리트를 북쪽으로 걷다가 어느 바에 들어갔다. 바 안은 어두컴컴하고 음울했다. 바 한구석에서 바텐더와 하나밖에 없는 손님이 수군수군 말을 주고받다가 하던 말을 멈추고 그를 보았다. 마치 어항 유리 너머로 밖을 보고 있는 물고기의 눈초리 같았다.
 그는 두 사람을 무시하고 곧바로 안쪽의 세면소로 가서 문을 밀었다. 힘차게 열린 문이 등 뒤에서 소리를 내며 닫혔다. 그는 비누도 없이 찬물로 얼굴과 손을 씻었다. 더운물도 비누도 없었기 때문이다. 그는 머리를 적셔 모양이 만들어질 때까지 손가락으로 빗었다. 손바닥으로 턱을 문지르니 수염은 좀 길었지만 그다지 흉해 보이지는 않았다.
 그는 윗옷 주머니에서 꺼낸 넥타이를 손가락 사이에 끼워 싹싹 훑어서 구김살을 펴고 목에 맸다. 구김살은 아직도 남아 있었다. 윗옷 안자락에 찔러 두었던 안전핀을 뽑아, 핀이 겉에서 보이지 않도록 넥타이핀 대신으로 찔렀다. 넥타이에 핀을 찌르고 윗옷 단추를 채우자 그럭저럭 볼 만하게 되었다. 더러워진 셔츠도 별로 눈에 띄지 않았다.

그리고 나서 그는 손가락에 물을 묻혀 몇 번이나 바지를 아래위로 훑어 간신히 주름 비슷한 것을 만들었다. 끝으로 거울에 자기 모습을 비춰 보았다.

백만장자라 할 수는 없지만 부랑자 같이도 안 보였다. 우편 창고에서 한 발자국도 밖에 나가지 않고 일을 하는 중노동자 같은 느낌이었다. 이만하면 충분하다.

그는 다시 한 번 위조한 운전 면허증을 꺼내 바닥에 떨어뜨렸다. 그리고는 몸을 구부려 적당하게 더러움이 탈 때까지 종이를 요리조리 바닥에다 탁탁 쳤다. 면허증에 좀더 구김이 가자 흙먼지가 많이 묻은 곳을 털고 지갑 속에 넣었다. 맨 마지막으로 손을 씻고 나갈 준비를 끝냈다.

그가 바를 나갈 때 바텐더와 손님은 또 하던 말을 중단하였으나 그는 알아차리지 못했다. 밝은 햇살 속에서 적당한 은행을 찾아 높은 지대를 향해 걷기 시작했다. 그와 비슷한 차림새의 고객이 많을 성싶은 은행이 목표였다.

알맞은 은행이 눈에 띄자 그는 호흡을 가다듬고 얼굴 표정을 바꾸는 데에 정신을 집중했다. 상스럽고 화를 내고 있는 것 같은 표정이 사라졌다. 걱정스러운 표정으로 보일 자신이 생길 때까지 한참 연습을 하고 나서 은행 안으로 발을 들여놓았다.

왼쪽 줄에 네 개의 책상이 있고, 그중 두 개를 작업복 입은 중년 남자 두 사람이 차지하고 있었다. 영어를 잘 못하는 듯한 나이든 부인이 한쪽 남자와 이야기하고 있었다. 파커는 서슴없이 다른 한 남자에게로 가서 걱정스러운 표정에 약간 미소를 머금어 보였다.

"안녕하십니까?" 여느 때보다 훨씬 부드러운 목소리를 만들어서 그는 말을 붙였다. "아주 난처한 일이 생겨서 그러는데, 어떻게 좀 해줄 수 없을까요? 실은 수표장을 잃어버렸는데, 예금 계좌 번호를 잊어버려서요."
"걱정하실 것 없습니다." 은행원은 지어 만든 웃음을 띠고 말했다. "성함만 대주신다면……."
"에드워드 존슨." 파커는 면허증에 기입한 이름을 대고 지갑을 꺼냈다. "신원을 증명할 만한 것은 여기 있습니다."
그는 면허증을 건네주었다. 은행원은 힐끔 보고서 고개를 끄덕이며 되돌려 주었다.
"좋습니다. 수수료가 들지 않는 특별 계좌입니까?"
"그렇습니다."
"잠깐만 기다리십시오."
은행원은 수화기를 들고 한참 이야기하더니 안심하라는 말을 하고 싶은 듯한 표정으로 파커를 돌아보며 답을 기다리고 있었다. 그리고 다시 두서너 마디 하더니 난처한 표정을 지었다. 은행원은 송화구를 손으로 누르고 파커에게 말했다.
"손님 계좌가 안 보인다는데요. 특별 계좌가 틀림없습니까? 보통 계좌가 아닙니까?"
"그쪽도 한번 알아봐 주시오." 파커는 말했다.
은행원은 여전히 우아한 표정을 짓고 있었으나, 아까보다 좀더 오래 전화로 이야기를 한 다음 눈살을 찌푸리며 수화기를 놓았다.
"그 이름으로는 어떤 예금도 되어 있지 않다는데요."
파커는 일어섰다. 빙그레 웃으며 어깨를 움츠려 보였다.
"그래요? 공연한 수고를 끼쳤군요."
그가 은행을 나가는 뒷모습을 담당 은행원은 미간을 모으고 물끄러미 바라보고 있었다.
이런 식으로 되풀이하여 드디어 네 번째 은행에서 그는 에드워드 존슨 명의의 특별 계좌 예금을 찾을 수 있었다. 파커는 계좌 번호와 현재의 잔고를 묻고서 잃어 버렸다고 말한 수표장 대신 새 통장을 교부받았다. 에드워드 존슨은 6백 달러 정도밖에 예금하고 있지 않았다. 재수 없는 놈이라고 파커는 생각했다.

은행을 나오자 그는 양복점에 들어가 윗옷과 와이셔츠를 한 벌씩, 그리고 넥타이와 구두와 양말을 샀다. 대금은 수표로 치렀다. 점원은 운전 면허증과 수표의 서명을 번갈아 보고 나서 은행에 문의하여 존슨 명의의 예금고를 확인했다. 물론 지불이 가능했다.

그는 쇼핑백을 들고 34번 거리의 그레이하운드 버스 정거장으로 가서 세면소로 들어가려고 했다. 자동문을 여는 데 필요한 10센트 동전 한 푼 없었으므로 쇼핑백을 먼저 안으로 밀어 넣고 문 밑으로 빠져들어 갔다. 새 옷으로 갈아입고 지갑을 바꿔 넣은 뒤에 헌옷은 세면소에 그대로 팽개치고 밖으로 나왔다.

그는 북쪽을 향해 계속 걷다가 가죽 제품을 파는 가게가 눈에 띄자 거기서 네 세트로 된 150달러짜리 고급 가죽 가방을 샀다. 혹시나 해서 면허증을 보여 주니까 은행에 문의도 하지 않았다. 가방을 들고 두 구획 걸어가 전당포에서 35달러의 현금으로 바꾸었다. 그는 거리를 돌아다니며 가방을 수표로 사 가지고 전당포에 잡히는 일을 두 번 더하여 또 80달러의 현금을 만들었다.

그리고 나서 택시를 집어타고 브로드웨이를 96번 거리까지 가서 이번에는 전적으로 시계를 목표로 하여 한참 동안 브로드웨이를 어정거렸다. 다음에 렉싱턴 거리에서 같은 짓을 여러 차례 되풀이했다. 그의 예금고를 알아보기 위해 은행에 문의를 한 가게가 네 군데쯤 되었지만 운전면허가 위조라고 의심받은 적은 한 번도 없었다.

3시 조금 지났을 때는 현금으로 800달러 조금 더 되어 있었다. 중간 크기의 고급 슈트케이스를 사기 위해 또 한 번 수표를 쓰고는 반시간가량 현금으로 물건을 사들였다. 면도칼, 면도 크림, 로션, 칫솔과 치약, 양말과 속옷, 흰 와이셔츠 두 벌, 넥타이 세 개, 담배 한 갑, 50도짜리 1파인트들이 보드카, 빗과 브러시, 그리고 새 지갑을 샀다. 새로 산 물건은 지갑만 빼고 모두 슈트케이스 속에 넣었다.

슈트케이스가 차자 물건 사기를 중단하고 고급스러워 보이는 레스토랑에 들어가서 스테이크를 시켰다. 팁이 적은 것이 못마땅해서 잔뜩 부어 있는 웨이터를 곁눈으로 흘겨보며 그는 슈트케이스를 들고 레스토랑을 나왔다. 택시를 집어타고, 중급 호텔에 투숙했으나 면허증을 의심하거나 선불을 요구하지는 않았다. 욕실이 딸린 방에 안내되자 벨 보이에게 팁을 주었다.

그는 새 양복을 벗고 벌거숭이가 되어 목욕했다. 그의 몸은 튼튼하고 손발이 길며 상처 자국 투성이였다. 목욕을 끝내자 알몸 그대로 침대에 앉아서 먼 벽을 바라보고 혼자 웃어 가며 보드카를 병째로 천천히 마시기 시작했다. 병이 비자 휴지통에 던져 넣고 쓰러지듯이 잠에 떨어졌다.

2

파커는 등 뒤로 문을 닫고 여자가 바닥에서 일어서기를 기다렸다. 여자는 눈을 들었다. 파리한 얼굴에 얻어맞은 붉은 멍 자국이 보기 흉했다.

그녀는 또렷하게 알아들을 수 없는 목소리로 상대방의 이름을 속삭였고, 그는 그 소리에 대답하여 말했다.

"일어나서 옷을 걸쳐." 불쾌해서 못 견디겠다는 말투였다.

그녀의 파란색 실내복 속은 알몸이었다. 넘어지는 바람에 실내복이 벗겨져서 허리 밑까지 흘러내려가 있었다. 하복부는 희었으나 두 다리는 갈색이었다.

"죽일 셈이군요." 그녀의 목소리에는 전혀 힘이 없었다. 절망적인 공포를 나타내는 우울하고 탄력 없는 어조였다.
"죽이지는 않을 거야. 커피나 끓여 와." 그는 여자의 복사뼈를 가볍게 찼다. "빨리 해."
그녀는 뒷걸음질쳐서 반쯤 몸을 돌렸다. 블론드 머리칼을 얼굴에 늘어뜨리고 떨리는 다리로 일어서려고 안간힘을 다하고 있었다.
등을 돌리고 손바닥과 무릎을 바닥에 붙인 자세로 여자는 몸을 앞으로 폭 숙였다. 엉덩이가 갈라진 곳까지 또렷하게 보였다. 여자를 보고 있노라니 갑자기 하복부를 칼로 도려내는 듯한 생리적 욕구에 사로잡혔다. 파커는 몸을 굽혀 여자의 엉덩이를 철썩 때려 보았다. 하지만 욕망은 사라지지 않았다.
그는 여자를 바라보았다. 그녀는 여전히 등을 돌린 채 몸을 꼿꼿이 일으켜 흐트러진 실내복을 고쳐 입고는 방을 가로질러 부엌으로 갔다. 그도 그 뒤를 따라갔다.
그곳은 동 60번 거리의 고급 주택지에 있는 고급 아파트의 한 방이었다. 정면의 문을 들어서면 화장대와 테이블과 옷장이 놓여 있고 동양식 카펫이 깔린 작은 방이 있다. 화분들 사이로 해서 왼편으로 두 계단 내려가면 거실이다. 벽가에도 화분들이 놓여 있었다. 그밖에도 가구가 있었지만 방의 대부분은 기다란 검은 커피 테이블과 그보다 더 긴 흰 소파가 차지하고 있다.
오른편 벽 쪽의 유리로 된 이중문은 식당으로 통하고 있었다. 맨해튼에서는 거의 볼 수 없게 된 유형 중에서도 마지막 부류에 들어가는 것이었다. 정말 옛날 그대로의 구조로서, 따뜻해 보이는 나무 테이블에 사이드 테이블과 의자가 가지런히 놓여 있었다. 브랜디 글라스며 키가 큰 글라스를 넣어 놓은 유리문이 달린 찬장이며, 테이블 위에 비치는 노란 구형의 샹들리에까지 있다.
식당 오른편은 부엌으로 통하고 있다. 입구에는 자동문이 달려 있었다. 여자가 문을 밀고 안으로 들어가자 파커도 뒤따랐다. 테이블에 앉아 흰 벽에 걸린 검은 침이 달린 흰 시계를 올려다보았다. 5시 반에 가까웠다. 부엌 창밖은 아직 어두웠지만 날이 새기에는 그리 오래지 않을 것 같았다.

여자는 찬장을 열고 커피포트를 내렸다. 전기 코드가 좀처럼 보이지 않았다. 여자는 무표정했고, 몸놀림은 느리지도 빠르지도 않았지만 주의 깊게 줄곧 사나이의 눈길을 피하다가 찾아 낸 코드를 바닥에 떨어뜨렸다.

주워 올리려고 몸을 구부렸을 때 여자의 유방이 사나이의 눈에 들어왔다. 하복부의 살결처럼 창백하고 풍만하며, 분홍빛 돌기가 부드럽게 튀어나와 있다. 유방이 송두리째 보인다는 것조차 여자는 모르고 있었다. 자기 목숨이 어떻게 될 것인지 그것만이 걱정인 것이다. 사나이가 자기 몸을 어떻게 할 것인지, 그런 것을 걱정하고 있을 여유가 없었다.

커피를 끓이고 있는 동안 그녀는 멍하니 포트를 바라보고 서 있었다. 커피 끓는 소리가 날 때까지도 그녀는 모르고 있었다. 여자는 커피 잔을 준비했다.

"설탕은 두 덩어리야." 그가 말하자 그녀는 시키는 대로 두 덩어리의 설탕 위에 커피를 붓고 상대를 똑바로 보지 않은 채 맞은편에 앉았다.

"린." 그가 말했다. 어조에는 가시가 돋쳐 있었으나 부드러운 목소리였다.

그녀는 도르래에 끌려올라가듯이 눈을 들어 사나이를 보았다.

"어쩔 수가 없었어요." 그녀는 조그만 소리로 말했다.

"마르는 어디 있지?"

"가 버렸어요. 집을 나갔어요." 그녀는 고개를 흔들며 말했다.

"어디로?"

"모르겠어요. 정말이에요."

"언제?"

"석 달 전에."

그는 커피를 마셨다. 맛이 조금 진했지만, 그런 것은 아무래도 좋았다. 여기에는 오지 말았어야 했던 것이다.

새벽 4시에 그는 갑자기 호텔 방에서 눈을 떴다. 보드카의 술기운이 아직 남아 있었다. 그는 술김에 이리로 곧장 와 버린 것이었다.

마르가 없었던 것은 오히려 다행이었다. 마르와 대결을 할 때에는 보드카에 취해 있고 싶지 않았다.

담배에 불을 붙이고 다시 커피를 마시면서 그는 말했다.

"방값은?"

"마르가 내요." 그녀가 대답했다.

그는 잠자코 일어나서 식당으로 가는 자동문을 재빨리 밀었다. 거실로 통하는 유리문 너머로 왼편을 보면서 오른쪽으로 위치를 바꾸고 한쪽에 있는 문을 밀었다. 그리고는 번개같이 안으로 들어가서 불을 켰다.

침실은 빈 방이었다. 성큼성큼 방을 가로질러 욕실을 살펴보았으나 그곳도 비어 있었다.

침실로 돌아오니 린이 문턱 너머에 서서 그를 보고 있었다. 그는 옷장도 열어 보았다. 드레스, 스커트, 블라우스, 스웨터뿐이다. 숙녀화가 바닥에 놓여 있었다. 그는 서랍으로 다가가서 재빨리 서랍을 훑어보았다. 여자 물건뿐이었다.

그는 고개를 젓고는 문턱 너머에서 아직도 그를 보고 있는 여자에게로 눈길을 돌렸다.

"혼자서 살고 있나?"

그녀는 고개를 끄덕였다.
"그런데도 방값은 마르가 치른단 말인가?"
"그래요."
"알았어. 부엌으로 돌아가."
또 그녀가 앞장서서 걸었다. 그는 침실의 불을 끄고 뒤따랐다.
말없이 그들은 커피를 마저 마셨다. 이윽고 파커가 입을 열었다.
"어째서지?"
그녀는 귓가에서 화약이 터진 것처럼 깜짝 놀라며, 겁을 먹고 흠칫해서 엉거주춤했다. 그를 찬찬히 바라보며 가까스로 초점이 맞춰지자 그녀는 말했다.
"네? 뭘 말이에요?"
"방값 말이야." 그는 짜증스럽게 손을 흔들며 말했다.
"아, 그거 말이군요."
그녀는 고개를 끄덕이며 두 손에 얼굴을 묻었다. 잠시 그러고 있다가 몸을 떨면서 숨을 들이쉬고 두 손을 내렸다. 얼굴에 겨우 표정 같은 것이 되살아나나 싶더니 이번에는 그것을 송두리째 빼앗긴 것 같았다. 마치 눈에 보이지 않는 무게가 온 얼굴에 들씌워져 두 볼에 철썩 달라붙은 것 같았다.
"지불 말이군요."
그녀의 목소리는 또다시 절망적인 투로 바뀌어 있었다.
"그래." 그는 말했다. 그 목소리는 다시금 분노를 띠고 있었다. 그는 개수대를 향해 담배꽁초를 휙 던졌다. 담배꽁초가 불똥을 튀겼다. 그는 새 담배에 불을 붙였다.
"당신이 살아 있어서 반가워요. 이상하게 들릴지는 모르지만."
그녀는 말했다.
"그래?"

그녀는 고개를 끄덕였다.

"나를 미워하시겠지요? 당연한 일이에요."

"너는 찢어발겨야만 해. 너의 콧구멍을 마귀 할망구처럼 흉측하게 찢어발겨 주고 싶어. 하기야 지금 그대로도 흉측한 마귀 할망구지만."

"차라리 단번에 죽여 줘요." 그녀는 자포자기가 되어서 말했다.

"어쩌면 그럴지도 모르지."

그녀의 머리가 앞으로 푹 숙여졌다. 목소리는 거의 알아들을 수가 없었다.

"수면제만 먹고 있었어요. 밤마다 먹지 않고는 잠을 잘 수 없었어요. 당신 생각이 자꾸 나서." 그녀는 입 속으로 중얼거렸다.

"내가 너한테 해준 일 말인가?"

"아니에요. 당신이 죽어 가는 모습이 자꾸 생각나서 그랬어요. 대신 내가 살해되었더라면 좋았을 것을."

"한꺼번에 수면제를 듬뿍 먹으면 어때?" 그는 넌지시 비추었다.

"못해요, 난 마음이 약해서." 그녀는 다시 머리를 들고 사나이를 바라보았다. "그래서 그런 짓을 해 버렸던 거예요, 파커. 비겁한 겁쟁이였던 거예요. 당신이 죽든가 내가 죽든가 둘 중의 하나였거든요."

"그래서 마르가 방값을 치르게 되었나?"

"난 비겁한 여자예요."

"그 이야기는 알았어."

"그 사람을 만족시켜 주거나 하지는 않았어요, 파커. 어떤 변을 당해도 자진해서 응해 본 적은 없었어요."

"그래서 놈이 나간 거로군."

"그래요."

제1부 추적 23

그는 음울하게 히죽 웃으며 매섭게 말했다. "너라는 계집은 언제든지 달아올랐다 식었다 할 수 있으니까 말이야. 잠자는 인간 기계 같은 거지. 그렇다고 해서 너를 칭찬해 주는 건 아니야."

"당신하고 할 때뿐이에요, 나는……."

그는 내뱉듯이 뭐라고 한마디 했다. 주눅이 든 그녀는 고개를 떨구었다.

"정말이에요, 파커. 그래서 수면제가 필요했던 거예요. 여기를 떠나 딴 남자를 구해볼 마음이 나지 않았던 것도 그 때문이었어요. 마르는 나를 마음대로 하게 내버려 뒀고, 싫다는 것을 강요하지도 않았어요."

보드카를 마신 뒤에 커피를 듬뿍 마셨다. 그는 테이블을 툭툭 치고 웃으며 말했다.

"놈이 여기 없어서 다행이었군. 안 그래? 놈이 있었더라면 두서너 명쯤 부하를 거실에다 배치시켜 놓았을 것 아냐. 만일을 위해서, 언제든지."

"혼자 있은 적은 없었어요." 그녀는 고개를 끄덕이며 말했다.

"놈은 걱정을 했던 거야. 놈은 말이지." 그는 고개를 끄덕이고 양손의 두 손가락으로 테이블 가장자리를 톡톡 치면서 장단을 맞췄다. "틀림없이 내가 무덤에서 기어 나올 줄 알았던 거야." 그는 껄껄 웃으며 두 손으로 리드미컬하게 테이블을 두 번 치고 나서 손가락으로 장단 맞추기를 중단했다. "놈은 정확히 알고 있었던 거야. 그대로 내가 무덤에서 기어 나왔으니 말이야."

"어떻게 할 작정이세요, 파커?" 그녀가 물었다. 공포의 빛이 마침내 떨리는 목소리에까지 나타나 있었다.

"놈의 생피를 빨아 먹겠어. 심장을 물어뜯어 시궁창에 뿌리고 개에게 오줌을 갈기게 해 줄 테야. 가죽을 벗기고 혈관을 잡아 빼서 그걸로 놈을 매달아 줄 테야." 그는 의자에 앉은 채 손을 쥐었다폈다하면서 여자를 노려보고 있었다. 그는 커피 잔을 집어 내던졌다. 잔은 냉장고에 부딪쳤다가 다시 개수대 모서리에 부딪쳐 산산조각이 나며 바닥에 흩어졌다.

그녀는 입만 우물거릴 뿐 아무 말도 못하고 사나이를 바라보고 있었다.

그는 여자를 노려보았다. 그의 눈빛이 또 단단한 마노 빛으로 변했다. 그는 히죽 웃었다.

"너를 어떻게 할 건지, 그걸 묻고 싶나?"

그녀는 움직이지 않았다.

"그건 아직 몰라." 그 목소리는 높고 딱딱하여 균형도 잡지 않고 높이 쳐진 밧줄 위로 발을 내딛는 곡예사와도 같았다. 높고도 매서우며 그리고 날카로웠다.

"그건 경우에 따라서야. 내가 마음먹기에 달렸어. 그래, 마르는 어디 있지?"

"네, 뭐라고요?" 그녀는 쉰 목소리로 말했다.

"너 하기에 달렸단 말이야." 그는 다시 한 번 말했다.

"몰라요, 파커. 하느님께 맹세코 몰라요. 석 달이나 안 만났어요. 뉴욕에 있는지 어떤지조차 몰라요." 그녀는 고개를 가로저었다.

"방값은 어떻게 해서 받지?"

"심부름꾼이 와요. 매달 초하루에 현금이 든 봉투를 갖다 줘요."

"얼마를?"

"1천 달러."

그는 딱딱한 손가락 끝으로 테이블을 두드렸다.

"1년에 1만 2천 달러라, 더구나 세금도 없이. 사람을 배반하여 함정에 빠뜨린다는 건 수지가 맞는군그래, 린. 유다 같군." 그는 캔버스에 칼을 찌르듯이 거칠게 웃었다. "유다 같은 년!" 그는 거듭 말했다. "비열하게 꼬리를 치고서!"

"무서웠어요! 죽을지도 몰랐거든요, 파커. 그냥 있었더라면 맞아죽었을지도 몰라요."

"그랬을지도 모르지. 그래, 심부름꾼은 누구지?"

"매달 다른 사람이 오는데, 모두 모르는 사람뿐이에요."

"그럴 테지. 마르는 너를 믿지 않았던 거야. 누가 유다를 믿겠어."

"그런 짓 하고 싶어서 한 게 아니에요, 파커. 모든 신을 두고 맹세해요. 내가 원했던 사람은 당신뿐이에요. 태어나서 지금까지 진정으로 원했던 사람은 당신 한 사람 뿐이었어요. 하지만 어쩔 수 없었어요."

"또 같은 짓을 하겠지?"

그녀는 고개를 내저었다.

"이제는 그러지 않아요. 다시는 그러지 않아요. 이렇게 끔찍한 변은 두 번 다시 당하고 싶지 않아요."

"죽는 게 겁이 나나?"

그는 두 손을 내밀어 여자의 멱살을 잡고 거리를 좁혀 갔다.

그녀는 손을 피하려고 몸을 움츠렸다.

"네, 그래요, 난 무서워요. 하지만 살아가는 것도 무서워요. 이런 일은 더 이상 견딜 수가 없어요."

"매달 초하루라. 넌 심부름 오는 녀석에게 말하겠지. '마르에게 조심하라고 전해 줘요. 파커가 시내에 있어요'라고."

그녀는 세차게 고개를 흔들면서 필사적으로 말했다. "그럴 리 없어요. 정말이에요, 파커. 솔직하게 말하겠어요. 만일 밀고를 하지 않으면 죽이겠다고 한다면 밀고할는지도 몰라요. 당신을 또 한 번 배반하는 일이든 무슨 일이든 안하고는 못 배긴다면 틀림없이 밀고할 거예요. 하지만 나에겐 그런 짓을 할 이유가 없잖아요. 당신이 여기 있는 것을 아는 사람은 아무도 없어요. 살아 있다는 것조차도 모르고 있어요. 그런 당신을 배반하라고 나한테 강요할 사람은 아무도 없어요."
 "만일을 생각해서 안전을 위하여 너 스스로 자진해서 일러바칠지도 모르잖아."
 "그런 짓을 하다가는 어차피 무사히 넘어가지 못해요."
 "넌 군대 옆에 있었나, 아니면 기지 부근에 있었나?"
 그는 웃었다.
 놀랍게도 그녀는 볼을 붉혔다. 그녀의 어조는 나직하게 착 가라앉아 있었다.
 "매춘부 노릇을 한 적은 없어요, 파커. 당신도 알고 있잖아요."
 "아니, 몰라. 네 년은 몸뚱이를 파는 대신 나를 팔지 않았나?"
 그는 일어나서 부엌을 나왔다. 그녀는 뒤를 따라 거실로 들어왔다. 가구를 바라보며 그는 잠시 끙끙대다가 갑자기 소파에 몸을 던졌다.
 "운을 시험해 보지. 잠시 동안이지만 말이야. 마르는 너를 믿지 않으니까 분명히 연락 방법을 가르쳐 주었을 리가 없어. 전화번호도 마찬가지지. 얼씬도 하지 않는다고 한다면 넌 배반을 하고 싶어도 초하루께 심부름꾼이 올 때까지는 기다려야 하는 셈이 돼. 심부름꾼이 오는 것은 나흘 뒤야, 그렇지?"
 "와도 아무 말 안 해요. 절대로 안 해요, 파커. 나한테 강요할 사람은 아무도 없어요."
 그녀는 애원하는 듯한 표정으로 말했다. 말투는 절박했다.
 그는 또 웃었다.
 "어찌 되었든 너에게 선택의 여지 따위는 없어." 갑자기 그가 일어서는 바람에 그녀는 흠칫했다. 그러나 어떻게 하려고 그런 것은 아니었다. "너 대신 마르를 만나 주지."

"그때까지 여기 있겠어요?" 그녀가 물었다. 그 말투에는 두려움과 욕망이 뒤섞여 있었다. "있어 주겠어요?"

"그러지."

그는 여자에게 등을 돌리고 거실을 지나 침실로 들어갔다. 그녀도 뒤따랐다. 입술 사이에서 혀끝을 바르르 떨면서 눈길을 사나이로부터 침대로 옮겼다.

그는 침대를 돌아가서 나이트 스탠드 앞에 무릎을 꿇고 스탠드 밑에 손을 뻗어 전화선을 뽑았다. 그리고 몸을 일으켰다.

그녀는 실내복 앞자락을 열었다. 그는 여자를 바라보았다. 아까보다 더 심한 욕망이 또 온몸을 쑤시고 스쳤다. 그는 여자의 살결을 상기하고 있었다.

"이 방에서 주무시겠어요?" 그녀는 말했다.

"지금 너하고 할 생각은 없어." 그는 머리를 가로저었다.

그는 창가로 가서 블라인드를 올리고 밖을 보았다. 비상계단도 내밀어진 곳도 없다.

그녀가 사나이의 이름을 작은 소리로 속삭였다.

그는 또 방을 가로질러 문으로 향했다. 그녀는 사나이 쪽으로 한 발 내디디며 팔을 내밀었다. 그는 여자 곁을 스쳐 문으로 갔다.

문은 안으로 잠겨 있었다. 열쇠를 뽑고 문턱을 넘어서 문을 닫고 쇠를 잠갔다.

안에서 여자가 또 한 번 사나이 이름을 불렀다.

그는 거실과 부엌의 불을 끄고 소파에 누웠다. 어둠 속에서 그는 창을 바라보고 있었다. 그가 한 말은 거짓말이었다. 여자를 안고 싶은 마음은 있었다. 파커는 이 여자의 육체의 힘이 무서웠던 것이다.

3

 린은 침대 위에서 벌거벗은 채 죽어 있었다. 그는 시체를 바라보면서 문턱 너머에 잠시 우두커니 서 있었다. 블라인드가 한낮의 볕을 가로막아 방은 마치 장례식장처럼 냉랭하고 어둠침침했다. 향수와 화장품과 오드콜로뉴 냄새가 어딘지 장례식 때의 꽃 냄새를 연상케 했다. 블라인드 틈새에서 실바람이 들어오고, 그 틈으로 햇빛이 촛불의 불꽃처럼 어른거렸다. 멀리서 자동차 소리며 혼잡한 소리가 들려왔다.
 그녀는 반듯하게 누워 있었다. 유방과 하복부는 평평했다. 짐짓 각오한 자살인 듯 두 다리를 가지런히 하고, 팔꿈치를 옆구리에 딱 붙이고 두 손을 허리 부분에 올려놓았다. 그러나 죽음의 잠에 빠질 때에 조금 움직여 버렸던지 모처럼의 좌우의 균형이 허물어져 있었다. 한쪽 무릎이 구부러져 볼썽사납게 L자 모양으로 굴곡된 오른발의 주름진 발꿈치가 왼쪽 무릎으로 향해져 있었다. 말하자면 발레리나의 품위 없는 패러디 같은 꼴이다. 왼손은 손바닥을 밑으로 하여 아랫배 위에 놓여 있었지만 오른손은 몸에서 흘러내려와 손바닥을 위로 하여 손가락을 꼬부리고 뻗쳐져 있었다. 머리가 오른쪽으로 살짝 기울어져서 입을 벌리고 있었다.
 파커는 방에 들어가 침대를 돌아 나이트 스탠드에서 빈 수면제 병을 집어 들었다. 라벨에는 약국의 주소와 이름, 전화번호가 인쇄되어 있었다. 흰 여백에 타이프 글씨로 린과 의사의 이름, 정제의 수가 씌어 있고, 필요시 잠자기 전에 한 알, 그 이상은 위험하다는 주의서가 붙어 있었다.
 파커는 입술을 움직이면서 읽었다.
 그는 약국의 주소, 이름, 전화번호, 그의 죽은 아내와 의사의 이름, 정제의 수와 주의서를 모두 되풀이해서 읽었다. 그리고 스탠드 옆에 있는 반쯤 찬 휴지통에 병을 떨어뜨리고 시체로 눈을 돌렸다.
 맥을 짚어 보려고 손을 여자의 손목에 뻗치려다가 마음을 고쳐먹고 그만두었다. 죽은 사람은 죽은 사람이다. 틀림없는 사실인 것이다. 피부는 마치 납 같았고 가슴도 고동치고 있지 않았다. 입술은 바짝 말라 있고 눈알은 꼭 감은 눈까풀 속에 깊숙이 들어 있었다.
 시체의 처리를 해야 할 것이다. 이 방에서 앞으로 사흘 동안 있으려면 이대로 둘 수는 없다. 증오의 불길을 태우면서 교도소의 강제 농장에서 부역을 하던 여섯 달 동안에도 아내 린을 죽이려는 생각은 한 번도 해보지 않았다. 두들겨 패줘야겠다는 생각 정도는 하고 있었다. 그러나 병신이 되도록 두들겨 패서 혼내 주려는 생각은 하지 않았다. 죽은 얼굴을 볼 마음은 들지 않았다.
 옷장 속에 등 뒤로부터 아래까지 지퍼가 달린 드레스가 있었다. 그는 시체의 경직되어 가는 팔을 억지로 꺾어서 드레스를 입혀 몸을 엎어 가지고 지퍼를 올리고는 다시 반듯하게 굴린 다음에 구두를 신겼다. 구두는 작아서 발에 꼭 꼈다. 발이 붓기 시작했든가, 아니면 신기 편하기보다는 예뻐서 샀기 때문일 것이다.
 옷을 입히니까 조금은 볼 수 있을 것 같았다. 그러나 잠자고 있는 것 같이는 안 보였다. 차라리 웅크려서 실신하고 있는 듯한 느낌이었다. 입을 다물게 해주자 두 번 다시 벌어지지 않았다.
 문턱 너머에서 그는 오랫동안 여자를 바라보고 있었다. 그리고 중얼거렸다.
 "너는 언제나 바보짓만 하고 있었지. 그 버릇은 변하지 않았군."
 그는 문을 닫았다.
 거실에는 텔레비전이 있었다. 브랜드 위스키를 부엌 찬장에서 찾아내어 마개를 따고 그는 텔레비전의 만화를 보기 시작했다. 그 뒤 시추에이션 코미디의 재방송과 어린이 프로를 보았다.

거실 블라인드는 내려져 있었지만 텔레비전 위에 걸린 시계로 해지는 시간을 알 수 있었다. 저녁 뉴스 시간이었으나 파커에 대한 것은 화제가 되지 않았다. 하기는 지금에야 뉴스에 나올 까닭도 없다. 탈옥을 한 것은 3주 전의 일이다. 아득한 저편의 먼 옛날 일이다. 살해된 간수와 도망친 부랑자에 대한 것 따위는 뉴스가 되지도 않는다.

그 사건도 원래는 일어날 까닭이 없었다. 그것도 다 그녀가 어리석었기 때문이다. 부랑죄로 60일간 콩밥을 먹은 끝에 얼굴 사진이 파일에 기입되고 지문까지 찍혔다. 이름은 로널드 캐스퍼로 되어 있었지만, 그런 것은 문제가 아니다. 이름이야 어떻게 불리든 상관이 없고, 본명으로 불려 봤자 관계없는 일이지만 지문만은 바꿀 수가 없다.

처음의 형기는 60일이었다. 그러나 20일 만에 간수를 상대로 싸움을 벌여 6개월이 추가되었다. 교도소의 강제 농장에서 풀베기 따위를 해 가며 귀중한 일생으로부터 8개월이나 공제당한 것이다. 그는 6개월 동안 참은 끝에 탈옥 방법을 찾아 실행에 옮겼다. 간수의 양어깨 위 얼굴을 반이나 비틀어 놓고, 이 모든 것이 다 그녀 탓이다. 그녀가 그를 위해서 해준 것이라고는 그런 것뿐이었다. 그를 배반하여 간부(間夫)로 하여금 교도소에 처넣게 하고 워싱턴의 파일에 지문을 기입하게 만들어 버렸던 것이다. 그에게 국내를 횡단하는 히치하이크를 시킨 것도 그녀였다.

이런 일을 할 수 있는 것도 그녀뿐이었다. 그는 이 여자를 만나기 전에는 여자 때문에 귀찮은 일에 말려들어 본 적이 없었다. 앞으로도 다시는 없을 것이다.

그 여자도 이제는 처리를 하지 않으면 안 될 한 덩어리의 육체에 불과했다. 마르의 심부름꾼을 만날 때까지는 여기를 떠날 수가 없다. 하지만 시체를 내버려 두는 것은 도저히 견딜 수 없었다. 선량한 시민이라면 경찰을 불러서 치우게 할 수도 있겠지만, 그가 선량한 시민이 아니라는 것은 단번에 간파되고 말 것이다.

그는 그녀를 미워했다. 그녀를 증오했고, 또 사랑했다. 이 두 가지 감정 다 지금까지 누구에 대해서도 품어 본 적이 없는 것이었다. 결코 아무도 사랑하지 않고 미워하지도 않겠다는 것이 그의 신조였다. 마르가 있지만, 그를 죽이려는 것은 증오 때문이 아니다. 서로가 진 빚을 처리하기 위해서다. 계산을 제로로 하기에는 어느 정도 받을 빚이 남아 있다. 분노나 자존심 때문인지는 몰라도 결코 증오 때문은 아니었다.

위스키 병의 술이 줄기 시작했고 황금 시간대의 퀴즈 프로와 서부극이 스크린에 비쳤다. 그는 앉아서 보고 있었다. 텔레비전의 파리한 빛이 그의 광대뼈를 뚜렷이 떠오르게 했다. 황금 시간대가 지나 케케묵은 영화가 시작되었으나 그는 아직도 보고 있었다. 영화가 끝나고 목사가 기도를 올린 뒤 합창단이 국가를 부르기 시작하자 성조기가 텔레비전 스크린에 펄럭이며 이윽고 모든 프로가 끝났다. 스피커는 그냥 답답한 잡음만 내고 있었다. 스크린 가득히 흑과 백의 점들이 흔들리고 있다.

그는 일어나서 텔레비전을 끄고 불을 켰다. 병은 비어 있었다. 조금 알코올 도수가 지나친 듯싶었다. 별로 좋은 일이라고는 할 수 없었다. 이것도 그녀 탓이다. 마셔서는 안 될 때에만 마시고서 기분을 흥분시키다니.

부엌에 가서 샌드위치를 만들어 1리터의 우유와 함께 뱃속에 밀어 넣었다. 피로감이 느껴졌으므로 커피를 끓여 블랙으로 석 잔 마시고 부엌 세면대에서 얼굴을 축였다.

침실은 어두웠다. 거실에서 불빛이 흘러들어와 구두를 신은 그녀의 발을 비추었다. 천장의 불을 켜 보니까 그녀의 자세가 조금 바뀌어져 있었다. 두 손발은 하복부를 향해 구부러지고 머리를 뒤로 젖히고 눈은 뜬 채 블라인드가 내려진 창을 바라보고 있었다.

그가 눈을 쓸어내리자 안구가 정상 위치로 돌아갔다. 똑바로 하려고 해도 손발은 좀처럼 말을 듣지 않았다. 그는 신부를 안고 문턱을 넘는 신랑처럼 여자의 몸을 안고 침실에서 나가 거실로 해서 현관으로 갔다.

복도에 사람 그림자는 없었다. 단추를 누르니까 1층에서 엘리베이터가 올라왔다. 시체를 태우고 지하까지 내려가서 밖으로 나가는 뒷문을 찾았다.

골목길을 나가니까 건물 정면으로부터 한 구획 떨어진 큰길이 나왔다. 오른쪽으로 돌아 5번 거리와 센트럴 파크의 모퉁이를 향해 반 구획 걸어갔다. 도중에 만난 사람이라곤 그를 거들떠보지도 않고 종종걸음으로 지나간 사나이뿐이었다. 모퉁이에서 빈 택시가 스르르 다가오더니 운전수가 얼굴을 내밀고 소리쳤다.

"타실 거요, 손님?"

"한 구획 앞인데."

운전수는 빙그레 웃었다.

"너무 많이 드신 모양이군요."

그는 말했다.

"보드카에 약해서 말이야."

택시는 손님을 찾아서 다시 달려갔다. 통행인의 모습은 보이지 않았다. 재규어의 세단이 높은 지대를 향해 가는 것을 지나쳐 보냈다. 차 안의 두 사람은 그를 흘긋 보고는 이빨을 드러내어 웃으며 곧 눈을 돌려 버렸다. 그는 큰길을 건너서 낮은 돌 울타리를 타넘어 공원으로 들어갔다.

캄캄한 덤불 속에 여자의 시체를 놓았다. 자기가 하고 있는 짓도 보이지 않는 어둠 속에서 그는 손으로 더듬어서 여자의 옷을 벗기고 구두도 벗겼다. 그리고는 펜나이프를 꺼내어 여자의 턱을 왼손으로 꽉 잡고 겨냥을 하여 나이프로 얼굴을 찔렀다. 이렇게 해 두지 않으면 경찰이 신문에 사진을 내고 그녀의 신원을 조사하기 시작한다. 마르도 신문쯤은 읽고 있을 것이다.

피가 손에는 별로 묻지 않았지만 나이프에는 조금 묻었다. 시체에서는 피가 별로 나오지 않는 법이다. 그는 여자의 드레스에 나이프를 닦아서 접은 다음 주머니에 넣었다. 구두는 드레스로 싸서 왼쪽 옆에 틀어박았다. 이윽고 공원을 나와 아파트로 돌아왔다.

제법 녹초가 되었다. 아파트에 이르렀을 무렵에는 다리가 휘청거릴 정도였다. 그는 불을 모두 끄고 소파에 드러눕자 곧 잠에 곯아떨어졌다.

4

사흘 동안, 텔레비전의 나른한 음향 외에는 아무 소리도 들리지 않았다. 시체가 아직도 방 안에 놓여 있는 것 같은 싸한 냄새가 온 방 안에 떠돌고 있었다. 기분이 좋지 않았다.

장미 덩굴 앞에서 놀고 있는 두 마리의 코카 스패니얼의 사진이 든 캘린더가 부엌에 걸려 있었다. 커피 잔을 들고 그는 부엌에 앉아 날짜를 바라보며 하루의 대부분을 보냈다.

사흘째는 달이 바뀌는 날이었다. 파커는 거실을 서성거리면서 몇 번이나 현관문으로 다가가 보았다. 벨 소리에 귀를 기울이면서 5분마다 문 앞에 가서 섰다. 두 번가량 손을 뻗쳐 손잡이를 만졌으나 열지는 않았다.

찬장에는 아직도 위스키가 두 병 있었지만 손을 대지 않았다. 이번에는 그녀의 육체의 유혹을 억누를 필요도 없었다. 그녀로 해서 일이 번거로워지는 것도 그것이 마지막이었던 것이다.

이런 생각을 하며 새로 커피를 따르고 있을 때 벨이 울렸다. 그는 동작을 멈추고 스푼을 쥔 채 소리가 난 쪽을 돌아보았다. 그리고 커피를 저어서 마신 다음 방을 가로질러 문으로 갔다. 내다보는 구멍으로 심부름꾼의 얼굴을 확인해 보았다. 처음 보는 얼굴이었다.

심부름꾼은 작달막하고 뚱뚱한 사나이로서 돼먹지 못하게 멋을 부리고 있었다. 한 번도 유행한 적이 없는 좁은 칼라의 밝고 야한 푸른빛 양복. 윗옷 단추 세 개 중 가운데 것만을 채웠다. 셔츠는 햇빛에 반사하는 눈처럼 희었으며, 목에는 현란한 색상의 보타이를 매고 있었다. 셔츠는 칼라뿐만 아니라 전체적으로 지나치게 풀이 빳빳했다.

이 고상한 복장 위에 얹혀 있는 얼굴은 둥글고 쾌활해 보였다. 눈은 푸르고 작았으며 살 속에 우묵하게 들어가 있고 미간은 상당히 넓었다. 그는 히죽 머저리 같은 웃음을 띠며 입술을 이지러뜨렸다. 귀는 분홍빛으로 컸으며 부드러워 보였다. 머리 위에 멋을 부린 각도로 맥고모자가 얹혀 있었다.

심부름꾼의 윗옷이 몸에 꼭 맞았기 때문에 안주머니가 돈이 든 봉투 부피로 불룩한 것을 곧 알아볼 수 있었다. 마르가 이런 사나이를 심부름 보내다니 뭔가 잘못되었다.

파커는 문을 열었다. 뚱뚱하게 살이 찐 사나이는 그를 보고 눈을 깜박거렸다. 지을 듯 말 듯한 웃음이 사라졌다. 그는 형용할 수 없는 잔주름을 지으며 미간을 찌푸리고는 작고 가느다란 소리로 말했다.

"방을 잘못 알았나? 맞았어, 틀림없이 방을 잘못 찾아온 거야."

"린 파커를 만나고 싶은가?"

"아, 그래요." 뚱뚱한 사나이는 머리를 굽혀 파커의 등 뒤를 들여다보려고 했다. "그분, 있소?"

파커는 팔을 뻗쳐 덥석 사나이의 멱살을 잡았다. 잡아당기니까 사나이는 비슬거리며 안으로 들어와서, 눈과 입을 딱 벌리고 넘어질 듯하며 손을 앞으로 쑥 내밀었다. 파커는 복도를 살핀 다음 아무도 없는 것을 확인하고 방으로 돌아오자 문을 쾅 닫았다.

뚱뚱한 사나이는 몸의 균형을 되찾고 있었으나, 파커가 거실 쪽으로 또 한 번 쥐어박자 비틀거렸다. 사나이는 간신히 얼굴을 바닥에 부딪치지 않을 수 있었다.

파커는 사나이의 뒤를 따라 거실로 들어가서, 내다보는 구멍으로는 잘 보이지 않았던, 발끝에 재봉틀로 무늬를 박아 넣은 연한 팥죽색 구두 같은 것을 관찰했다. 구두 윗부분과 바짓단 사이에는 적어도 6센티미터 정도 틈이 있어서 카나리아색의 노란 양말이 내다보였다.

사나이는 온몸을 떨면서 거실 복판에 서 있었다. 손을 가슴에 대고 손가락을 벌린 채 자기 몸인지 또는 전달할 봉투인지는 모르나, 지키는 듯한 시늉을 해보였다.

"돈을 이리 내!" 파커는 손을 내밀었다.

"안 돼요, 그럴 수는 없습니다. 아무튼 파커 부인을 만나야 해요."

"난 그 여자의 남편이야."

그 사나이에게 이 말은 분명히 아무런 뜻도 없는 것 같았다.

"부탁을 받고 왔습니다. 어떻게 해서든지 그분을 만나야……."

"길을 가르쳐 줄 테니까 돈을 이리 내."

"아니요, 전화를 걸겠습니다. 괜찮겠지요?" 그는 방 안을 두리번거리다가 조심스럽게 눈길을 파커에게로 돌리고 눈을 깜박거렸다.

파커는 재빠르게 사나이의 앞으로 몸을 내밀고 윗옷 칼라를 움켜잡았다. 윗옷을 채우고 있던 단 한 개의 단추가 떨어지자 파커는 안주머니에서 두툼한 봉투를 뽑아냈다. 그는 봉투를 왼편 안락의자에다 집어던졌다.

"안 돼요! 그러면 안 돼요……."

사나이는 소리를 지르면서 두 손을 흔들었다.

파커는 왼손을 꽉 쥐고 손가락을 폈다 오므렸다 하다가 사나이의 명치께, 바로 혁대 버클의 윗부분 근처를 힘껏 때렸다. 사나이는 입을 딱 벌렸으나 비명도 숨소리도 들리지 않았다. 파커가 천천히 두 손으로 사나이의 배를 감싸고 두 무릎을 꺾자, 사나이는 기다리고 있는 그의 오른손 주먹을 향해 쓰러져 왔다. 이어서 몸뚱이가 차가운 바닥에 부딪쳤다.

파커는 사나이의 주머니 속을 샅샅이 뒤졌다. 지갑에는 운전 면허증, 도서관 카드, 342라고 씌어진 노름패, 그리고 현금이 14달러 있었다. 면허증과 카드는 둘 다 사나이의 이름이 시드니 챌머즈로, 서 92번 거리에 살고 있다는 것을 나타내고 있었다.

다른 주머니에서는 잔돈 73센트와 측면에 굵은 글씨로 SC라고 새겨진 지포 라이터가 나왔다. 린의 이름과 주소를 적은 종이쪽지는 윗옷 안주머니에 들어 있었다. 린에게 줄 봉투를 어디서 받았는지를 알 만한 단서는 아무것도 없었다.

파커는 사나이를 카펫에 엎드리게 해 놓은 채 부엌으로 들어갔다. 서랍을 여니까 가늘지만 질겨 보이는 삼 노끈 한 묶음이 나왔다. 거실로 돌아가서 파커는 사나이의 손목과 발목을 꽁꽁 묶어 위로 보게 하여 소파 위에 집어 내던졌다. 사나이의 머리는 쿠션 위에 축 늘어졌다. 파커는 사나이의 따귀를 계속 갈겨서, 사나이가 끙끙대며 눈을 뜰 때까지 때리는 손을 멈추지 않았다.

위협하듯이 벌떡 일어선 파커는 공포에 질려 있는 사나이를 무표정하게 노려보았다.

"자, 마르 레즈닉이 어디 있는지 대!"

사나이는 떨리는 입술을 축이면서 "누구라고요?" 하고 되물었다.

파커는 몸을 구부려 주먹으로 얼굴을 때리고 나서 다시 일어서자 같은 질문을 되풀이했다.

사나이는 마치 메트로놈처럼 정확하게 눈을 깜박이고 있었다. 턱 끝이 떨리고, 굵은 눈물이 볼을 타고 흘러내렸다.
"모릅니다. 누구를 말하는 것인지 못 알아듣겠어요."
그는 애원하는 듯한 신음 소리를 냈다.
"너한테 봉투를 준 놈 말이다."
"아, 그건 안 됩니다."
"그걸 꼭 좀 알아야겠어." 파커는 꽁꽁 묶은 사나이의 발목에 오른 발을 얹고 천천히 힘을 가했다. "자, 이래도 못 대겠나?"
"부탁입니다! 제발 살려 주시오!"
얼굴이 둥근 사나이는 흐느꼈다.
파커는 사나이의 배를 발길로 걷어찼다.
"대답이 틀리는군! 두 번 다시 어리석은 대답은 하지 말아." 그는 사나이가 숨을 쉴 수 있게 될 때까지 기다렸다. "놈의 이름을 대!"
"부탁입니다. 그러다간 난 죽어요."
"내가 먼저 죽일지도 몰라. 우선 그것부터 걱정하는 게 어떨까?"
사나이는 눈을 감고 얼굴 근육을 늘어뜨렸다. 웃는지 우는지 알 수 없는 체념한 절망적인 표정이다. 파커가 기다리고 있노라니, 마침내 사나이는 눈도 뜨지 않고 말했다.
"스테그먼. 아더 스테그먼 씨."
"어디 있지?"
"브루클린의 로커웨이 임대 자동차 클럽. 로커웨이 파크웨이 부근의 패러거트 로드입니다."
"그래? 이제 안 죽고 살게 되었군."
"하지만 그들에게 죽습니다. 틀림없이 죽게 돼요."
사나이는 울음소리를 냈다.
파커는 한쪽 무릎을 꿇고 사나이의 발목을 묶은 삼끈을 풀어 준 다음 일어났다.

"자, 일어서."

사나이는 혼자서 일어서지 못해 파커의 손을 빌렸다.

황소같이 거센 숨을 내쉬면서 그는 겨우 일어섰다. 파커는 사나이를 돌려세워 거실에서 침실 쪽을 향해 힘껏 밀어붙여 바닥을 엉금엉금 기게 했다. 그리고 다시 사나이의 발목을 묶어 놓고 나서 방을 나와 침실에 자물쇠를 채웠다.

파커는 현금이 두둑이 든 봉투를 집어 들자 윗옷 주머니에 쑤셔 넣고 아파트를 나왔다.

5

지하철은 캐너시의 로커웨이 파크웨이와 글렌우드 로드가 교차하는 지점이 종점이었다. 파커는 환전소의 늙은 부인에게 길을 물었다. 패러거트 로드는 오른쪽으로 한 구획 되는 지점이었다.

로커웨이 임대 자동차 클럽은 주택가 속에 있는 조그마한 건물이었다. 주변의 모래땅에는 잡초가 우거져 있었으며 흰 칠을 한 헐어빠진 임대 자동차가 세 대 서 있었다. 흰 판자벽으로 둘러싸인 조그만 건물 정면 문에 판유리가 끼워져 있었다.

안에 들어서니 난간 안쪽에서 무선을 듣고 있는 사나이의 모습이 보였다. 허름한 소파가 반대쪽 벽가에 놓여 있고 안으로 통하는 문은 닫혀 있었다.

파커는 가슴까지 오는 칸막이에 몸을 기대고 말했다.

"아더 스테그먼을 찾는데요."

무선을 듣고 있던 사나이는 〈데일리 뉴스〉지를 내려놓으며 말했다.

"지금 없는데, 내가 대신 용건을 들어 두지요."

"당신하고 이야기가 안 되오. 어딜 가면 만날 수 있지요?"
"똑똑히는 모르오. 연락처를 남겨놓는 게 어떻겠소?"
"맞춰 보오."
"네?"
"그가 어디 있는지 짐작이라도 해보란 말이오, 어서!"
사나이는 얼굴을 찡그렸다.
"잠깐만, 당신, 대체 뭐요?"
"집에 있소?"
사나이는 볼따구니 안쪽을 자근자근 깨물고 있다가 "직접 물어 보지 그래"라고 말하며 다시 신문을 손에 들었다.
"좋소. 어디서 살지?" 파커는 말했다.
"그런 건 가르쳐 줄 수 없소."
사나이는 의자 속에서 몸을 홱 돌려 신문으로 눈길을 돌렸다.
파커는 난간 위에서 엄지손톱을 톡톡 퉁기며 말했다. "태도가 좋지 않은데, 젊은 친구, 시드니가 도망을 쳤단 말이오."
"무슨 말이지요?" 사나이는 얼굴을 들고 눈살을 찌푸려 보였다.
"당신한테는 관계없겠지만 스테그먼에겐 중대한 일이오."
사나이는 조금 전보다 더 깊은 주름을 새기며 파커의 말을 생각하고 있었다. 그리고 고개를 설레설레 흔들었다.
"아니오. 만일 아더가 당신을 만날 생각이 있다면 거처쯤은 가르쳐 주었을 거요."
"여기로 오라던데." 파커가 말했다.
"여기 와 봤자 고작해야 전화번호부밖에 못 빌려요, 미안하지만."
사나이는 또다시 신문으로 눈을 보냈다. 파커는 성이 나 고개를 흔들며 성큼성큼 안으로 통하는 문으로 걸어갔다. 그의 등 뒤에서 사나이가 펄쩍 뛰며 소리를 질러댔으나 파커는 상대도 하지 않았다. 그는 문을 열고 안으로 발을 들여놓았다.

사나이 여섯이서 둥근 테이블을 둘러싸고 스터드 포커를 하고 있었다. 일제히 얼굴을 든 그들을 향해 파커가 말했다.

"스테그먼을 찾는데요."

머리 뒤에 납작하게 모자를 붙여 쓴, 혈색 좋은 사나이가 말했다.

"누구 허락을 받고 여기 들어왔지?"

"꺼져 버려." 경찰관 제복을 입은 사나이가 말했다.

무선 담당이 방으로 들어와서 얼굴이 붉은 사나이에게 말했다.

"말을 말같이 듣지 않습니다." 그는 파커의 몸에 손을 대고 말을 이었다. "이것 보시오, 이 이상 성가시게 구는 건 질색이야."

파커는 그 손을 떨치고서 무릎으로 걷어차 올렸다. 사나이는 신음 소리를 내며 이마를 파커의 어깨에 얹었다. 그러나 파커가 아랑곳하지 않고 옆으로 비켜서자 사나이는 벽을 향해 반쯤 안듯이 하며 쓰러졌다.

"스테그먼에게 볼일이 있는데." 파커는 다시 말했다.

경찰관 제복을 입은 사나이가 손에 든 카드를 테이블에 내던지며 일어섰다.

"지금 한 짓은 폭행 상해죄라 할 수 있겠는데."

"윌리가 청원서에 서명을 할 테니까 걱정 마, 벤."

얼굴이 붉은 사나이가 말했다.

역시 포커를 하고 있던, 키가 크고 얼굴이 험상궂으며 와이셔츠에 넥타이를 매지 않은 사나이가 말했다.

"이건 체포에 저항했다고도 할 수 있겠는데. 그렇게 생각지 않나, 벤?"

"자네도 협력해 주겠나, 샐?" 경관이 말했다.

파커는 머리를 저었다.

"돌아다닐 필요는 없어. 스테그먼에게 전할 말이 있을 뿐이야."

"잠깐!" 얼굴이 붉은 사나이가 말했다. 벤과 샐은 움직임을 멈추었다.

"전할 말이란 뭐지?"

"당신이 스테그먼이오?"

"만나면 전해 주지."

"스테그먼인 모양이군. 시드니가 도망쳤다는 것을 일러 주러 왔소."

"뭐라고?" 스테그먼은 앉은 자세 그대로 몸을 앞으로 내밀었다.

"들었지? 천 달러 가지고 도망을 쳤어. 놈은 여자를 만나러 가지조차 않았어."

"그런 당치 않은. 시드니가, 설마하니 그런 짓을……." 그는 말을 끊고 다른 이들에게 재빨리 눈길을 보내며 일어섰다. "이 게임은 중단하네. 자, 밖에 나가서 이야기하지."

"폭행 상해죄는 어떻게 되나?" 경찰관 벤이 말했다.

스테그먼은 성난 몸짓을 해 보였다.

"내버려 둬. 빨리 게임이나 해."

"윌리가 고소를 하면 어떻게 되나?"

"그러지는 않아. 그렇지, 윌리?"

일어서려던 무선 담당 윌리는 아직도 창백한 얼굴을 하고 말했다.

"아, 하지만 언젠가는 이 인사를 돌려주겠어."

"그건 자네 혼자 처리하게, 윌리." 스테그먼은 머리를 저으며 말했다. "자, 가세나."

스테그먼을 따라서 파커는 바깥 사무실로 돌아갔다. 스테그먼은 울타리 뒤로 들어가서 벽 선반에 놓인 열쇠를 집었다.

"크라이슬러를 타고 가네, 윌리." 그는 안을 향해 소리를 질렀다.

"해변까지 갔다 오겠어. 20분이면 돌아올 걸세."

"20분요. 알았습니다." 윌리는 문 앞까지 나와서 파커를 노려보며 말했다. "6시면 시간이 나지."

파커는 등을 돌리고 스테그먼을 따라서 사무실을 나왔다. 스테그먼은 검은 크라이슬러 리무진을 가리켰다.

"저걸 타자고. 사무실에서는 이야기를 할 수가 없어. 다들 들으니까. 이 일에 대해서 그 친구들은 아무것도 모르거든."

두 사람은 리무진에 올랐다. 스테그먼은 사무실을 돌아서 큰길로 차를 몰았다. 뒤쪽 창문으로 문 앞에 서서 눈살을 찌푸리고 있는 경관의 모습이 보였다.

스테그먼은 로커웨이 파크웨이의 모퉁이까지 차를 몰아 왼편으로 꺾었다.

"자, 얼마든지 좋으니까 이야기를 시작해 봐."

파커는 계기반 밑의 무선 장치를 가리켰다.

"만일 20분 만에 안 돌아가면 무선 담당이 연락을 해 온단 말이오?"

"만일 대답이 없으면, 다른 차 전부에 지령을 내리도록 되어 있지. 어떻게 해서 시드니에 대해 알았나?"

"나는 여자와 함께 있었소. 린 파커 말이오."

스테그먼은 흘끔 그를 보고 나서 눈을 도로로 돌렸다.

"잘 아는 것 같군. 한데 그렇다면 처음 만난다는 게 좀 이상하구먼."

"돌아온 지 얼마 안 되어서요. 차를 조심하시오. 아이들이 잔뜩 놀고 있군."

"운전만은 염려 없소."

"해변에 닿을 때까지 이야기는 하지 않는 게 나을 것 같군."

스테그먼은 목을 움츠렸다.

그들은 로커웨이 파크웨이를 아홉 구획 나아가 둥그렇게 굽은 도로를 빠져서 빙 돌아 자메이카 만에 불쑥 나와 있는 둥근 돌을 깐 넓은 부두에 닿았다. 건너편에 주차장 형식의 큰 건물이 몇몇 있었다. 그 나머지는 모두 흔히 있는 울타리와 콘크리트 보도와 벤치로 둘러싸인 작고 가느다란 나무들이 자라나 있는 조그만 주차장뿐이었다.

스테그먼은 거의 비어 있는 주차장에 차를 세웠다.

"만의 물은 아주 더러워. 이 부근에서는 수영도 할 수 없지. 아이 녀석들이 밤이면 와서 애무하기엔 안성맞춤의 장소야." 그는 좌석에서 등을 쭉 펴며 파커에게로 얼굴을 돌렸다. "자, 시드니에 대한 이야기를 들어 보세. 놈에게는 돈을 가지고 달아날 배짱이 없을 텐데."

"맞았소." 파커는 주머니에서 봉투를 꺼내 계기반 위에 던졌다. "내가 그 친구한테서 빼앗았지."

스테그먼의 손이 무선 장치 스위치로 뻗었다.

"어쩌자는 거야. 어떻게 하려는 거지?"

"그 스위치에 손만 대 봐. 팔을 부러뜨려 놓을 테니까."

스테그먼의 손이 멈췄다.

파커는 고개를 끄덕였다.

"마르 레즈닉을 찾고 있어. 어디 있는지 가르쳐 줄 수 있겠지?"

"안 돼, 만일 알고 있더라도 대답은 역시 노야."

"말해 주는 게 좋을걸. 이제 여자에게 돈을 보내 줄 필요가 없다는 것을 알려 주고 싶어서 그래."

"어째서?"

"죽었기 때문이지. 네 심부름꾼인 그 뚱뚱보 멋쟁이도 마찬가지야. 만일 원한다면 너도 죽게 해주지."

스테그먼은 입술을 축였다. 얼굴을 돌리고 부둣가의 작은 석조 건물을 가리키며 고개를 꾸벅했다.
"저긴 사람이 있어, 고함을 지르면 도움을 받을 수 있지."
"그렇게는 안 될걸. 소리 지르려고 숨을 들이마시는 순간 너는 죽어 있을 테니까. 입을 벌린 채 죽어 있을 거란 말이야."
스테그먼은 그를 돌아보았다.
"총도 없는 모양인데. 총 비슷한 것도 안 보이잖아."
파커는 두 손을 들었다.
"두 손 보이지. 이것만 있으면 충분해."
"돌았어? 대낮에 더욱이 둘 다 앞자리에 앉아 있어. 지나가는 행인이 격투하는 장면을 볼지도 모를 텐데……."
"격투 따위는 안 해, 스테그먼. 슬쩍 건드리기만 하면 너는 죽어버릴 테니까. 나를 봐, 허풍을 떨고 있는 게 아니야."
스테그먼의 눈이 파커의 눈길과 마주쳤다. 그는 눈을 깜박이고 나서 무선 장치로 눈길을 보냈다. 파커가 말했다.
"기다려 봤자 소용없어. 앞으로 10분은 연락이 없을 거야. 마르가 있는 곳을 대지 않으면 5분 안에 죽는 거야."
"어디 있는지 몰라. 정말이야. 당신 말은 믿겠어. 정신이 돈 것 같으니 그렇게 하지. 하지만 모르는 건 역시 사실이야. 어디 있는지 몰라."
"이 돈을 그에게서 받았겠지?"
"사무실 근처 은행에 계좌를 가지고 있어. 로커웨이 파크웨이에 있는 은행인데, 항상 몇백 달러 입금해 놓기 때문에 해약되지는 않아. 매달 마르는 1100달러를 넣어 놓는데, 난 그걸 찾아서 100달러는 내가 갖고 1000달러를 여자한테 보냈어. 심부름꾼은 매달 달라. 그가 그러기를 바랐기 때문에……."
파커는 볼 안쪽을 깨물었다.

"너한테 연락 방법을 일러 뒀을 것 아냐."

"아니, 그는 가끔 들르겠다는 말밖에 하지 않았지." 스테그먼은 머리를 저으며 재빨리 숨을 쉬었다. "이봐, 나는 어떤 사연이 있는지는 몰라. 당신이 누구이고 여자가 누구이며, 어째서 돈을 보내 주는가 하는 것도 말이야. 마르는 캘리포니아로 가기 훨씬 전부터 나와 함께 일해 온 사이였지. 석 달 전에 우연히 나를 찾아와서 힘을 빌려 달라고 하더군. 매달 100달러라는 용돈이 생긴다는 바람에 부탁을 들어주기로 했는데, 나하고 아무 상관도 없는 일로 죽이느니 어쩌느니 위협을 받아서야 수지가 안 맞지 않나. 어디 있는지 알기만 하면 당장 대주지. 정말이야. 만일 놈이 이 일로 나를 함정에 빠뜨렸다면 머지않아 사람을 시켜서 나를 죽이고 다른 녀석에게 같은 일을 시킬걸. 위험하게 될지도 모른다고 미리 나한테 귀띔을 해줬어야 옳았던 거야. 경위를 알고 있었다면 내가 그렇게 쉽사리 차를 몰고 나올 리가 없지 않겠어?"

파커는 어깨를 으쓱했다.

"좋아."

"이것만은 가르쳐 줄 수 있지. 그는 뉴욕에 있어. 그것은 알고 있어."

"어떻게 알았지?"

"그가 말했거든. 이 일을 부탁하러 왔을 때 그러더군. 서해안 쪽은 어떻더냐고 물었더니 그쪽은 철수했으며, 앞으로는 대도시에서 살 거라고 말했지. 좀 쓸쓸하더라나."

"그래, 그는 어디 있지? 그전부터의 친구라고 했는데, 그는 어떤 곳을 들락거리지?"

"짐작도 할 수 없어. 너무 오래 안 만났기 때문에."

"생각해 보면 짐작 정도는 할 수 있겠지."

"말로 하는 약속이라면 얼마든지 할 수 있지. 하지만 네가 차를 내리고 나는 나대로 내버려 둬 봐. 그러면 부하 운전수들에게 알려서 눈에 띄는 즉시 너를 두들겨 패 주라고 이를 게 뻔하지 않겠나?" 그는 어깨를 으쓱했다. "그 정도는 알 만할 텐데."

파커는 고개를 끄덕였다.

"할 수 없지. 딴 데 가서 알아보기로 하지. 시드니를 돌려받기 바란다면 린 파커의 방으로 사람을 보내. 침실에 가둬 놓았으니까."

"죽었다고 했잖나?"

"죽진 않았어."

"여자도 함께?"

"아니, 여자는 시체 보관소에 있어. 그럼, 돌아가 볼까. 나는 지하철 역 부근에서 내려줘."

"좋아." 스테그먼은 빨간 신호 앞에서 차를 멈추며 고개를 저었다. "좋은 교훈이야. 다시는 남의 부탁 따위 맡지 말아야지."

"잘 안 모양이군, 지금은."

스테그먼은 계속 고개를 끄덕였다.

"지금이란 무슨 뜻이지?"

"언젠가는 마르를 만날 때가 있겠지. 그땐 나에 대해서 아무 말 말고 잠자코 있으라는 뜻이야."

"걱정 말아. 이 이상 귀찮은 일은 지긋지긋하니까."

6

지하철을 세 번 갈아타 보았지만 미행당하고 있지는 않았다. 그는 화가 났다. 스테그먼은 거짓말을 한 것이 아니었던 것이다. 기회를 잃고 말았다. 그렇지 않았다면 미행자를 쫓아서 마르에게 접근할 수 있었을 것이다.

마르를 붙잡고 싶다. 이 두 손으로……

10개월 전에 모든 일은 시작되었다. 4명의 남녀가 얽혀 있었다. 파커와 아내인 린, 마르와 캐나다 태생인 체스터, 이렇게 4명이었다. 체스터가 공작을 꾸몄다. 무기 거래에 대한 한 건을 듣고 와서 즉시 계획에 착수했다. 그가 마르를 끌어들이고, 마르가 파커를 참가시켰다.

스마트한 계획이었다. 8만 달러 상당의 군수품인데 실제는 모두 해서 9만 3천 달러 이상의 값이 매겨져 있었다. 물품은 미제로 여기저기서 끌어 모아 조금씩 캐나다로 모아들이고 있었다. 멕시코 국경을 넘거나 미국 항구에서 실어 내기보다는 캐나다에 모으는 편이 쉬웠고, 일단 캐나다에 모으고 나면 공수도 쉽다.

앤지쿠니 호수에서 가까운 키와틴에 자그마한 비행장이 있어서 어느 기간은 활주로로 사용할 수 있었다. 비행기는 두 대가 있었는데 각기 두 번, 우선 서쪽의 매켄지, 유콘, 브리티시컬럼비아를 거쳐서 태평양으로 향한 다음 남으로 향하기로 되어 있었다. 연료 보급을 위해 어떤 섬에 한 번 내렸다가 다시 남으로 향한다. 무기를 살 사람은 산지의 비행장에서 유혈 소동에 대기하고 있는 남미의 혁명가들이었다.

체스터는 이 밀수 경로를 캐나다 북부까지 트럭 운전을 하게 된 사람의 친구로부터 들었다. 그는 계획의 세부까지 알자, 거래의 성격으로 보아서 지불은 현금으로 이루어질 것이 틀림없다고 내다보았다. 가로채기에는 안성맞춤이다. 경찰 소동이 벌어질 리도 없고, 상대가 멀리 떨어진 산악 게릴라 부대라면 끝난 뒤에 문제가 생길 것도 없다.

거래에 관계하고 있는 미국인이나, 캐나다 인 역시 마찬가지다. 그들의 주머니는 조금도 축나지 않는다. 그들에게는 군수품이 남아 있을 뿐 아니라 팔 곳이라면 그밖에도 얼마든지 있다.

트럭 운전수는 언제 어디서 현금 거래가 있을 것인지 몰랐지만, 그 사람으로부터 샌프란시스코의 변호사 브리크라는 사람이라면 알고 있으리라는 것을 체스터는 알아냈다. 이 변호사는 무기를 살 대금을 국내에서 마련한 사람이었다. 물건이 모두 키와틴으로 운반되기까지는 5주일 걸린다는 것도 알아냈다.

당시의 체스터는 무장을 한 강탈 계획에 대해서는 익숙지 못했다. 그의 전력(前歷) 대부분은 여러 가지 물품을 국경 너머로 밀수하는 일이었다. 에로 사진을 국내로 가지고 들어와서 시카고나 디트로이트에서 팔아넘긴다. 담배를 북부로, 위스키를 남부로 운반한다. 혹은 캐나다로 장물을 나른다는 식으로 모두 중개인을 거쳐서 장사를 하고 있었다. 서투르게 칠을 한 도난차를 타고 있다가 국경에서 체포되어 미시간 교도소에서 복역한 일도 있었다. 차의 엔진 번호가 그대로 뚜렷하게 붙어 있었던 것이다. 스페어타이어 가득히 체스터필드가 차 있었다.

몸집이 작고 가늘며, 흰 족제비처럼 얼굴이 갸름한 체스터는 거래하는 돈이 문지방에 놓인 파이나 다름없지만 혼자서는 가로챌 수 없다는 것을 깨달았다. 그래서 모을 수 있는 데까지의 정보를 모아 가지고 시카고로 가서 공교롭게도 마르 레즈닉을 만났던 것이다.

마르 레즈닉은 4년 전에 범죄 조직에서 쫓겨나 지금은 쩨쩨한 일로 가까스로 입에 풀칠을 하고 있는 큰소리 잘 치는 겁쟁이였다. 그는 4만 달러를 조직의 대리인에게 건네 준다는 것이 그만 착오로, 또한 분별력마저 잃고 사복 경관에게 건네 주고 말았던 것이다.

그는 이빨 세 대를 부러뜨리고 거리로 쫓겨나 4만 달러를 갚을 때까지는 돌아오지 말라는 명령을 들었다. 그는 에로 사진을 파는 체스터를 위해서 지난해에 두서너 번 중개인 노릇을 한 적이 있었다.

만일 체스터가 실수를 저질렀다고 한다면, 그것은 상대를 자기가 판단한 대로의 인간으로 믿어 버린 점일 것이다.

마르 레즈닉은 조직 내에서 실수를 하였음에도 불구하고 아직도 자기가 현역 거물로서 배짱도 뚝심도 두둑한, 눈치 빠른 사람인 줄 알고 있었다. 그를 믿어 버린 체스터는 9만 3천 달러의 이야기를 할 상대로서 마르를 선택했던 것이다. 그들은 바퀴벌레가 우글거리는 마르의 부엌에서 강탈 계획을 검토하였는데, 계획의 가능성을 체스터보다도 오히려 먼저 간파한 마르는 당장에 응해 왔다.

계획은 이제 중단할 수 없는 대목에 접어들고 있었다. 큰소리치고 쉽게 장담은 하였지만 사실 마르에게는 한패에 가담시켜도 될 만한 믿음직한 사나이가 없었다. 하지만 체스터에게는 사실을 말하고 싶지 않아서 전에 조직 내에서 알던 친구를 찾는다고 그럭저럭 속이고 있었다. 그러나 결국 한패에 끌어들일 만한 친한 친구 따위는 애초부터 없었다는 것을 절감했다. 그들은 모두 현재 일에 만족하고 있어서 그가 하는 말에는 조금도 귀를 기울이려고 하지 않았다.

이런 날이 열흘가량 계속되던 어느 날 밤, 파커와 그의 아내가 우연히 시카고의 둥그렇게 굽은 도로가 나 있는 변두리에서 마르가 운전하던 택시를 집어탔다.

파커는 어떤 조직의 일원이 아니다. 물론 과거에도 그런 적이 없었다. 1년에 한두 번 급료 운반차나 은행의 무장차를 덮쳐서 뒷조사를 당할 염려가 없는 현금만을 강탈하고 있었다. 그것도 네댓 명 이상과는 절대로 함께 일하지 않고, 특히 상대방의 능력에 대해 확신이 들기 전에는 일을 착수하지 않았다. 같은 상대하고는 두 번 다시 일을 하지 않았다.

현금은 호텔 금고에 맡기고 마이애미, 라스베이거스, 팜스프링스 같은 유흥지 호텔에 머물면서, 가진 돈이 5천 달러를 밑돌기 전에는 다음 일에 착수하지 않는 생활을 하고 있었다. 지금까지 한 번도 검거된 일이 없어, 그의 이름은 어느 경찰의 명단에도 올라 있지 않았다.

6년 전, 전에 오마하에서 함께 일한 적이 있었다는 조직의 살인자를 통해서 마르는 한 번 파커를 만난 적이 있다. 그는 곧 파커를 알아보고 택시 안에서 일에 대한 이야기를 끄집어냈다.

전 같으면 파커는 귀도 기울이지 않았을 것이다. 그러나 그때는 남은 돈도 얼마 안 되었고 시카고에서 한 탕할 작정으로 일부러 찾아왔던 일이 수포로 돌아간 참이기도 했었다. 마르가 조직의 살인자와 아는 사람이라는 것이 일종의 신원 보증이 되어서, 듣는 데까지 들어봐 주자는 생각이 들었다. 그 계획은 그다지 나쁘지는 않았다. 경찰의 손도 미치지 않을 뿐더러 금액도 나쁘지 않다. 9만 3천 달러를 반으로 나눈다 하더라도 상당한 금액이다.

마르의 중개로 파커와 체스터가 만난 뒤, 파커는 이 계획에 한층 더 확신을 가지게 되었다. 체스터는 그릇은 작지만 부지런하고 머리도 좋으며 입도 무거웠다. 정보도 확실했고, 일이 시작되었을 때 쓸모가 있을 것이 틀림없는 사나이였다.

이 계획의 난점을 든다면 그것은 마르였다. 마르는 허풍쟁이고 소심하며 일을 시작하기 전이나 뒤나 중간에서 반드시 귀찮은 일을 일으킬 만한 타입이다. 하지만 체스터는 마르를 과대평가하고 있는 데다가 애초에 그가 이야기를 꺼낸 것이라서 일이 끝나는 대로 재빨리 마르를 처치하는 수밖에 별도리가 없었다. 허풍이 심하고 소심한 사람은 중대한 일에는 짐이 된다. 지금까지 파커가 죽 법망을 뚫고 나올 수 있었던 것도 이것을 간파해서 그런 짐덩이를 제거해 왔기 때문이었다.

마르의 입지를 약화시키는 또 한 가지 방법은 몇 사람을 더 가담시키는 일이었다. 성공하려면 적어도 다섯 명은 필요하다고 그는 체스터에게 말하고, 꽤 쓸 만한 자로서 파커처럼 시카고에서 예정했던 일을 놓치고 있는 라이언과 실 두 사람에게 연락을 취했다.

작업에 들어가기까지는 아직 3주일이 있어서, 그 동안에 파커는 조금씩 조금씩 패거리 안에서 주도권을 장악해 나갔다.

경비를 마련하고 경비행기를 세낼 절차도 갖추었다. 돈이 엔지쿠니에서 치러지든 태평양에 있는 작은 섬에서 치러지든 습격을 하려면 비행기가 필요했다. 라이언은 조종을 할 줄 알았고 필요한 면허증도 가지고 있었다. 파커는 일당들의 무기도 준비했다.

거래 날이 1주일 앞으로 다가왔을 때, 일당은 시카고에서 비행기를 타고 샌프란시스코로 날아갔다. 시내에 들어가자 라이언과 실은 변호사인 브리크를 감시하며 대충 그의 하루 일정을 포착했다. 그리하여 작전 개시 하루 전날 새벽 2시, 일당은 그의 아파트를 습격했다.

브리크는 홀아비 생활을 하고 있는 나이 지긋한 사나이로, 법률적인 사무와 무기 매매 외에 부동산, 투자 상담, 항공회사의 생산 부문에 관련된 일 등으로 상당한 이익을 올리고 있었다. 그는 높은 둔덕 위에 있는 아파트에서 필리핀 인 하인과 함께 살고 있었는데, 하인은 잠든 채로 라이언에게 살해되었다.

브리크는 좀처럼 입을 열지 않았다. 소심한 자일수록 고문의 적임자라는 상식대로 파커는 마르에게 브리크를 죄도록 명했다. 마르는 그 명령을 충실히 이행하여, 브리크는 날이 채 새기도 전에 그들이 알고 싶어 하던 것을 모두 털어놓았다.

그의 말에 의하면 돈은 남미에서 북으로, 즉 캐나다를 향해 비행기로 운반된다는 것이었다. 무기를 사는 쪽 사람이 두 명 급유 중계지 섬에서 기다리고 있었다. 돈은 그곳에서 건네지지만 무기를 실은 두 대의 비행기가 캐나다에서 이륙할 때까지 두 명의 사나이는 혁명군의

한 무리에게 감시를 당한다는 절차였다. 이륙한 뒤 비행사가 섬에 무전 연락을 해서 승낙을 하는 즉시 두 사나이는 섬을 떠나도 좋다는 것으로 되어 있었다.

특정된 무선 연락이 중간에 끼기 때문에 이 거래 방법에는 여러 가지 방법이 있었으나, 양자가 다 상대방의 배신을 경계하여 암호를 쓰게 되어 있었다. 양쪽 다 상대를 눈곱만큼도 믿고 있지 않았다.

브리크의 말로는 '킬리 섬'이라 불리는 그 섬은 사람이 살지 않는 조그마한 바위섬으로서, 샌프란시스코의 남서 해상 약 3킬로미터 지점에 있다는 것이었다. 2차 대전 중에는 연안 경비대가 그 섬에 조그만 기지를 가지고 소형 비행기도 띄우고 했지만 요 15년 동안은 아무도 살고 있지 않았다. 활주로는 지금도 쓸 수가 있었고 필요한 가솔린도 이미 섬에 운반되어 있었다. 브리크 일당 두 명은 벌써 섬에서 기다리고 있었고, 돈을 실은 비행기는 이튿날 밤 1시에 도착될 예정이었다.

아파트를 나서기 전에 라이언이 늙은 브리크의 목을 베어 버렸다. 아무리 약속을 해도 전화로 계획의 전면적 변경을 지시할지도 모르기 때문이었다.

시내 동쪽 언덕에 예전에는 영화배우가 살고 있었으나, 최근에는 주인이 살고 있지 않은 저택이 있었다. 그 영화배우는 전에 비행기와 비행 클럽을 가지고 있어서 조그만 활주로도 가지고 있었다. 전세낸 비행기는 이미 준비되어 있었다. 일행은 훔친 소형 폴크스바겐 버스로 그곳에 모였다. 사나이들이 비행기로 섬을 향해 날고 있을 동안 이 빈집에 남아서 기다리게 되었다.

상공을 두 번 지나친 다음 그들은 킬리 섬을 발견하고, 삭아 빠진 감시탑으로부터 총격으로 마중을 받으며 착륙했다. 기관총을 거머쥔 파커가 비행기에서 뛰쳐나가 다른 자들이 상대방의 총화를 다른 데로 돌리고 있는 동안 가장 가까운 창고 뒤로 뛰어갔다. 그는 창고를 돌아서 탄창이 빌 때까지 감시탑을 쏘아댔다. 그 뒤 총소리가 끊어지고 잠시 침묵이 이어졌다. 감시탑으로 쳐들어갔을 때 이미 두 사나이는 죽어 있었다.

라이언이 비행기를 움직여서, 아직도 쓰러지지 않고 남아 있는 격납고에다 보이지 않게 집어넣고 모두들은 앉아서 시간이 흐르기를 기다렸다. 섬에 도착한 것은 저녁 나절이었다.

죽은 두 사나이는 남미로부터의 비행기가 착륙할 때의 목표 지점을 표시하려고 가솔린을 담은 깡통을 활주로에다 나란히 놓고 불을 피울 준비를 해 놓고 있었다. 자정이 조금 지나자 라이언과 실이 밖으로 나가 가솔린에 불을 붙였다. 오전 1시 20분, 최초의 비행기가 불을 피운 그곳을 향해 긴 날개를 뻗치고 요란한 소리를 내며 미끄러져 내려왔다. 비행기는 활주로 끝까지 미끄러져 갔다가 멈추었으며, 몇 분 뒤 두 대째가 이어서 착륙했다.

감시탑에서는 5명의 사나이가 지켜보고 있었다. 마르는 계속 입술을 빨고 있었고, 체스터는 총알이 들어 있는지 어떤지 줄곧 라이플을 점검하고 있었으나 나머지 세 명은 꼼짝도 않고 대기하고 있었다.

첫 비행기에서는 3명의 사나이가 모습을 나타냈고, 두 대째로부터는 12명의 사람이 내려왔다. 12명 중의 2명이 터질 듯이 부푼 소형 가방을 들고 있었다. 그 두 사람만은 다른 사람들 뒤에 따르고 있었다. 양쪽 비행기에서 나온 사나이들이 합류하여 활주로를 가로질러 감시탑으로 다가왔다.

"대기해! 기다리는 거야!" 파커가 작은 소리로 말했다.

파커가 제지하는 동안, 앞장선 사나이는 문 손잡이를 쥐고 있었다. 파커는 문의 왼편 창문에 기관총을 장치하고 실은 또 하나의 기관총을 오른편 창문에 장치해 놓고 있었다.

체스터와 마르는 조금 떨어진 양쪽 창가에서 라이플을 들고 대기하고 있었다. 라이언은 세 자루째의 라이플을 들고 감시탑에서 가장 가까운 오른쪽 막사에서 대기하고 있었다.

처음의 총격으로 15명 중 7명이 우선 전열에서 낙오되었다. 나머지 사나이들은 흩어져 버렸는데, 비행사 2명과 슈트케이스를 든 2명은 비행기를 향해 뛰어갔다. 파커가 가방을 든 한 명, 라이언이 또 한 명을 쓰러뜨렸다. 두 명은 가방을 옆에 굴려 놓은 채 총알 자국으로 갈라진 콜타르 포장 활주로에 널브러져 있었다.

사나이들 4명이 라이언이 대기하고 있는 막사를 향해 뛰어갔다. 라이언이 그중 하나를, 실이 둘을 죽였고, 네 명째의 사나이는 간신히 건물 안으로 기어들어갔으나 라이언에게 살해되고 말았다.

총격전은 순식간에 일방적으로 막을 내렸다. 최후에 남은 사나이는 격납고 안으로 달아났다. 사나이가 권총을 두 자루 가지고 있었기 때문에 불을 질러서 끝장을 냈다. 일행은 가방 속을 살펴 돈을 확인하고 나서 갖고 온 비행기에 탔다. 아침녘에 일행은 캘리포니아의 저택 뒷마당 활주로에 도착했다. 돈을 세어 보니 9만 3천 달러였다. 미리 쓴 준비금을 제하고도 9만 달러는 남았다.

분배에 대해서는 이미 이야기가 되어 있었다. 일을 실현시킨 체스터에게는 3분의 1인 3만 달러. 마르와 파커가 각각 4분의 1인 2만 2천 5백 달러. 라이언과 실은 나머지 6분의 1을 둘이서 나눠 각기 7천 3백 달러를 갖기로 되어 있었다. 파커는 마르의 몫까지 몽땅 받아서 전액의 2분의 1인 4만 5천 달러를 손에 넣을 작정이었다. 일한 것으로 보더라도 당연한 일이다.

텅 빈 저택 안에서 그들은 돈을 세어 배당을 나누었으나, 모두들 수면 부족이었기 때문에 시카고로 돌아가서 흩어지기 전에 그날 밤은 그곳에서 묵기로 되었다. 파커는 그날 밤 마르를 죽일 작정이었다.

선수를 써서 아내까지 한몫 낀 배반을 당할 줄은 꿈에도 생각지 못했다.

저택에는 아직도 가구가 남아 있어서 파커와 아내인 린은 여배우의 침실 베드에서 늦게까지 자지 않고 있었다. 그들은 섹스를 하고 담배를 피우고 또 섹스를 했다. 일을 끝낸 뒤는 언제나 그랬다. 그는 일이 끝나면 섹스면에서 정열적이 되어 싫증을 모를 정도로 왕성하게 열중하는 것이었다. 분출을 허용하고 있는 유일한 감정의 출구를 섹스에다 구하는 것이다. 언제나 일을 끝낸 뒤면 한 달이나 두 달, 그들은 하룻밤도 거르지 않고 대개 반드시 두 번 이상 섹스를 했다. 그런 뒤에 잔고가 줄어 감에 따라 그의 성욕도 약화되어 서서히 다음 일에 착수하기 직전이면 반쯤 독신 생활의 상태로까지 돌아가는 것이었다. 그런 생활의 리듬은 언제나 같았고 어려울 것도 없어서 린도 어느덧 그러한 리듬에 익숙해져 있었다.

새벽 2시, 침대에서 일어난 파커는 셔츠와 바지를 입은 다음 침대 옆의 작은 책상에서 자동 권총을 집어 들었다.

"어디, 마르와의 문제를 해결짓고 오기로 할까."

그는 린에게 이렇게 말하고 문 쪽으로 다가갔다.

그의 손이 손잡이에 닿았을 때 아내가 그의 이름을 불렀다. 이상한 느낌이 들어 짜증을 내며 돌아본 그의 눈에, 아내의 손에 쥐어진 폴리스 포지티브가 비쳤다. 그녀가 방아쇠를 당겼다. 아랫배의 둔한 통증으로 숨이 막혀 의식을 잃기 직전에, 그는 어렴풋이 아내에게 권총을 준 것은 체스터나 마르, 둘 중의 하나라는 것을 깨달았다.

그의 목숨을 구해 준 것은 혁대 버클이었다. 그녀가 쏜 첫 번째 총알은 버튼에 명중하여, 그것이 살 속으로 파고들어 찌그러졌다. 권총은 그녀의 손 안에서 춤을 추며 연거푸 다섯 발이 쓰러진 그의 몸 위를 스치고 문틀에 파고들어갔다. 그러나 린이 그를 향해 여섯 발을 모두 다 쏜 것만은 사실이었고, 쓰러져 가는 그를 보고 있었기 때문에 틀림없이 죽은 줄 알았던 것도 무리는 아니었다.

열기와 답답함을 느끼며 그는 제정신으로 돌아왔다. 그들이 저택에 불을 지른 것이었다. 그는 머리를 거꾸로 박고 바닥에 쓰러져 있었는데, 일어서려고 두 무릎을 당기자 심한 통증이 아랫배를 꿰뚫었다. 불빛으로 셔츠와 바지가 온통 피범벅임을 알았다.

처음에 그는 총알이 몸속에 박혀 있는 줄 알았으나 이윽고 모든 상황이 밝혀졌다. P라고 새겨 놓은 은제 버클은 찌그러진 컵처럼 본 모양을 남기고 있지 않았다. 버클의 뒷면에 닿은 피부는 자줏빛으로 변하고, 여러 군데의 자잘한 상처로부터 피가 나오고 있었다. 위가 심하게 아파서, 마치 무거운 쇳덩어리가 들어 있는 것 같았다.

억지로 안간힘을 써서 겨우 일어설 수는 있었으나, 계속 서 있을 수가 없어 몸무게를 거의 벽에다 실어 그는 고통스럽게 옆으로 비치적거리면서 걸었다. 가슴과 어깨를 벽에다 밀어대고 천천히 방을 나와 복도를 걸어 나갔다.

한시바삐 저택을 빠져 나가지 않으면 안 되었다. 복도 맞은편 방에는 이미 불길이 돌아 짙은 연기가 앞쪽 계단 부근에 자욱했다. 파커는 다른 패거리들이 자고 있던 방을 들여다보았다.

마르의 모습은 없었다. 체스터는 목이 찔려 죽어 있었다. 실도 마찬가지였다. 라이언의 모습은 안 보였다.

두 사람을 죽인 것은 라이언이었던 것이다. 그다운 살해 방법이다. 파커를 쏘도록 린에게 권총을 준 것은 마르다. 마르가 모든 일을 짠 것이다. 그러나 그들은 날이 밝기 전에 조금이라도 더 멀리 달아나려고 지나치게 당황해 있었다. 확실히 그녀는 여섯 발을 다 쏘았고 그는 피를 흘리고 쓰러졌다. 하지만 정말로 죽었는지 어떤지를 확인해 보지 않았다. 커다란 실수를 저지르고 말았던 것이다.

연기와 불길에 싸인 넓은 계단을 내려가려다가 발이 말을 듣지 않아 파커는 쓰러졌는데, 그 바람에 계단에 부딪치며 맨 밑에까지 굴러 떨어져서 또다시 정신을 잃고 나가 떨어졌다. 열기가 또다시 그를 제정신으로 돌아오게 만들어 그는 문을 향해 기어나갔다. 바닥 높이에는 그래도 연기가 적어서, 파커는 반들반들하고 평평한 마루의 대평원을 몇 킬로미터나 가로지르는 심정으로 간신히 문에 이르렀다. 마룻바닥 나무 결의 평행선이 마치 대평원을 가로지르는 웅대한 초현실주의 회화 같은 광경을 전개하며 문 있는 데서 한 점으로 몰려 있었다.

간신히 문에 이른 파커는 로코코식 문의 표면으로 기어올라 장식이 달린 손잡이에 손을 뻗쳤다. 손잡이를 돌리는 데는 두 손이 필요했으나, 그의 몸은 문이 열리는 순간 왈칵 문 밖으로 나가떨어졌다. 그리하여 그는 간신히 문턱을 기어 넘어 베란다와 두 개의 기둥 사이로 해서 두 개의 계단을 기어 내려가 차가운 잔디에 닿을 수가 있었다.

한참 뒤 손과 무릎에 힘이 되살아나자 그는 집을 돌아서 활주로로 가는 오솔길을 걸어갔다. 가는 도중 어둠 속에서, 구두를 신고 바지를 입은 한쪽 다리에 걸려서 넘어졌다. 그는 주머니를 더듬어서 성냥을 찾았다. 불을 켜니까 죽은 라이언의 두 눈이 눈에 들어왔다. 평소 죽음에 직면했을 때보다 훨씬 더 놀라, 파커는 등골에 오싹 전율을 느끼며 곧 성냥불을 꺼 버렸다. 그러나 시체의 가슴에 뚫린 총구멍은 싫어도 눈에 어른거려 사라지지 않았다.

비행기 모습은 보이지 않았다. 그는 휴식을 취하려고 활주로 옆 땅바닥에 누웠다. 멀리서 사이렌 소리가 들려 와 달아나야 한다는 것을 알았다. 이번에는 얼른 일어설 수가 있었고, 아무것도 잡지 않아도 서 있을 수 있었다. 그는 비치적거리면서 활주로를 가로질러 가 반대쪽 덤불 속에 몸을 숨겼다.

저택을 둘러싼 울타리 담에 이르자, 그는 땅이 부드러운 곳을 골라 두 손으로 파헤치고 그 밑으로 빠져나갔다. 골짜기를 따라 비틀거리는 걸음으로 언덕을 내려가, 앞쪽의 산등성이에 아침 해가 돋을 무렵 그는 정신을 잃고 쓰러졌다.

그는 덤불 속에서 반쯤 정신을 잃은 채 사흘 동안 누워 있었다. 움직이지도 않고 사흘이나 누워 있었던 것과, 그동안 아무것도 먹지 않았던 것이 회복을 촉진시켰다. 다음에 그가 완전히 제정신으로 돌아왔을 때는 공복으로 말미암아 뜨끔뜨끔 찌르는 듯한 위 부분의 심한 통증이 남아 있을 뿐이었다. 현기증을 조금 느꼈지만 그래도 일어설 수는 있었다. 두 무릎의 관절이 몹시 뻣뻣했지만 그밖에는 아무런 이상도 느껴지지 않았다. 문명사회로 되돌아가는 길을 찾아 그는 서쪽을 향해 골짜기를 내려갔다.

지독한 몰골이었다. 구두도 양말도 없이 셔츠와 바지는 피범벅이 되어 찢어지고, 얼굴과 손은 온통 긁힌 자국투성이며, 걸음도 제대로 걸을 수가 없었다. 겨우 고속도로로 나가 5분도 채 되기 전에 주 경찰의 순찰차에 붙잡혔다. 너무나 피로해 있었기 때문에 저항도 하지 못하고 그는 부랑죄로 검거되고 말았다.

교도소 강제 농장에서 일을 하던 다섯 달 만에 그는 시카고에 있는 친지에게, 에둘러서 쓴 문장으로 마르에 대한 정보를 요구하는 편지를 주의 깊게 썼다. 그는 교도소 안에서 사용하고 있던 로널드 캐스퍼라는 이름으로 서명을 했다. 물론 부치기 전에 검열당하리라는 것을 알고 있었기 때문인데, 실제로 쓴 것이 누구인지를 알 수 있는 글씨로 써 두었다.

그는 3주일 뒤에 답장을 받았다. 그가 쓴 질문과 마찬가지로 주의 깊게 에둘러서 씌어져 있었다. 결국 그는 있지도 않은 친척으로부터의 격려 편지를 통해서 대충 이야기의 줄거리를 잡았다. 그 편지에

의하면 마르는 얼마 전에 시카고를 떠났는데, 틀림없이 린과 함께였다는 것이었다. 마르는 분명히 조직과 원만하게 이야기가 되어서 원래 자리로 돌아간 것 같았다. 최근에는 뉴욕에서 큰돈을 쓰며 호화로운 생활을 하고 있다고 한다. 린은 아직 그와 함께였다.

파커는 지그시 기다렸다가 기회가 다가오자 행동을 개시했다. 어차피 두 달만 기다리면 석방될 것이었지만 그는 간수를 죽였다. 계속 움직이지 않으면 안 되었다. 세상 없어도 마르 레즈닉을 그의 두 손으로 붙잡아 죽이지 않고는 견딜 수가 없었다.

그는 먼저 팜스프링스로 갔으나 호텔 금고에 맡겨 둔 1천 5백 달러가 없어져 있었다. 린이 가져가 버린 것이다. 조사해 볼 것까지도 없이 린은 그의 다른 저금도 모두 가져가 버렸을 게 틀림없었다.

그는 쩨쩨한 좀도둑이나 길거리의 부랑자가 아니었다. 그에게는 그러한 과거도 없었거니와 그런 기질도 없었다. 서쪽에서 동쪽으로 가로질러 가는 데 무척 고생을 했으나 그래도 죽지는 않았다. 그는 도둑질로 방값을 벌었고, 자동차에 편승 못할 때에는 트럭을 탔으며, 그것도 안 될 때는 화물 열차로 무전여행을 해 가며 동쪽으로 나아갔다. 그는 아직 사람을 피했으며, 시카고로 편지를 내었던 일도 후회했다.

살아 있다는 것을 마르에게 눈치채이고 싶지 않았다. 마르가 겁을 먹고 달아나면 곤란한 것이다. 마르, 그 투실투실 살이 찐 도둑고양이를 마음 편히 느긋하게 있도록 해 두고 싶었다. 파커는 마르가 엷은 웃음을 띠고, 파커의 손이 육박해 가는 것을 그냥 가만히 그 자리에 앉은 채로 기다리게 해 두고 싶었다.

제2부 도주

1

 마르 레즈닉은 엷은 웃음을 띠고, 파커의 손이 닥쳐오기를 그냥 가만히 그 자리에 앉아서 기다리고 있었다. 그는 파커가 접근하고 있는 것을 알지 못했다. 찾아오는 것은 나쁜 버릇을 딱 두 가지 갖고 있는 마약에 중독된 여자 펄인 줄로만 알고 있었다. 마르가 흥미를 느끼고 있는 것은 여자의 나쁜 버릇의 한 가지인 마약이 아니라 또 한 가지의 나쁜 버릇인 섹스 쪽이었다. 등에 용을 수놓은 일본제 비단 실내복을 입고 마르는 엷은 웃음을 띠며 펄과 파커를 기다리고 앉아 있었다. 아웃핏이 경영하는 호텔에 그의 방이 있었다. 호텔은 입구에 '오크우드 암즈'라고 이름이 씌어 있는 57번 거리와 파크 애버뉴의 모퉁이에 있는 당당한 구조의 석조 건물이었다. 11층 건물로서 L자 형으로 양쪽 날개가 렉싱턴 거리로 내밀어지고, 11층 가운데 여덟 층만이 선량하고 지체 높으며 지불 능력이 좋은 손님을 투숙시키고 있었다. 1층에서 3층에는 별로 선량하지도 않고 신분도 높지 못하며 지불 능력도 좋지 않은 손님이 들어 있다. 그들은 아웃핏의 일원으로서 오크우드 암즈를 '우리 집'이라 부르고 있었다. 3층에는 마르 레즈닉과 그 밖의 뉴욕 부근을 세력권 범위로 하는 영주자들이 살고 있었다. 묻기도 전부터 답이 뻔한 쓸데없는 질문 따위는 받지 않는, 말하자면 선택된 거주자들이다. 2층은 나머지 영주자 패거리나, 다른 주에서 방문한 아웃핏의 일원이나, 가끔 국외에서 찾아와 회의나 휴가를 위해 시내에 와서 잠시 머무르는 숙박자용으로, 절반 이상 예약되고 있었다. 지방에 있는 조직의 보스가 뉴욕에서 아웃핏에 가서 묵는다고 부하에게 말하면 그것은 오크우드 암즈를 말하는 것이었다.

1층에는 선량하고 신분이 높으며 지불 능력이 좋은 손님들 눈에는 절대로 띄지 않는 회의실, 바, 당구장, 대기실 같은 것이 있었다. 이 호텔에서는 법에 위배되는 일은 아직 한 번도 행해진 적이 없었고, 수배인물이 건물에 들락거리는 일도 없었다. 지배인이 경찰의 스파이를 고용한 적도 한 번도 없었고, 우수한 종업원에 의한 자체 보안 체제는 로스 알라모스의 경찰들도 칭찬할 정도였다.

경찰은 한 번도 호텔을 검문한 적이 없었다. 아마도 시간 낭비라는 것을 알고 그랬겠지만, 비록 불의의 습격을 당하더라도 호텔 측의 대비는 완전했다. 1층에서 3층까지의 방에는 교묘하게 숨겨진 비밀 출구가 옆 건물로 통하고 있어서, 세 명의 안내 담당은 경관이 엘리베이터에 이르기도 전에 아웃핏 손님들에게 위급을 알리는 태세가 갖추어져 있었다.

호텔은 현재 자랑으로 삼고 누리고 있는 그 고급스러움과 안전성을 오랜 세월을 두고 쌓아 왔다. 금주법이 시행되던 시절에는, 시내 무허가 술집이 아주 가까운 거리에 있는 데 비해 비교적 안전했기 때문에 술을 저장해 두는 밀조 조직의 아성으로 사용되었다. 그 무렵은 아무도 구태여 착실한 영업을 하고 있는 것처럼 보이려고 애를 쓰지 않았다. 그러나 그 방면의 조사가 엄중해지기 시작하자 이 건물도 여러 번 조사를 당하는 바람에 그제야 조직은 이 건물에도 내용과는 다른 겉보기의 명목이 필요하다는 것을 인식하기 시작했다. 남아 있던 밀주는 내버려지고 서류는 명의상 착실한 사람의 이름으로 변경되었으며, 호텔의 진짜 소유주와 진짜 목적을 알지 못하는 새 종업원이 고용되어 다시 6년 동안 호텔은 정당한 이익 외에는 아무런 이익도 올리지 못하는 쓸모없는 상태로 숨을 죽였다.

1930년에, 겉보기만은 그럴듯한 착실한 업체라는 인식이 굳어지자 오크우드 암즈는 또 한 번 밀주 공장으로 사용되었으나 이때는 먼저보다 더 주의 깊고 조용하게 움직였다. 1933년에 금주법이 해제되자 호텔은 사업상의 회의장으로서 새로운 역할을 담당하게 되었다. 주류 관계 조직의 합병 및 해산, 세력 범위와 이윤을 광적인 기세로 회전시키면서 금주법 해제 단계에서의 주류 영업, 도박, 매춘, 마약, 노동 문제에의 폭력에 의한 개입이라는 위법적인 돈벌이로 방향을 바꾸어 또다시 힘을 증대시켜 나갔다.

그 뒤부터 오크우드 암즈는 아웃핏의 사업 중에서도 그 역할을 서서히 확장해 왔다. 호텔은 가끔 열리는 회합이나 파티를 위해서라기보다도 차라리 영주자나 일시적인 아웃핏의 간부들의 주거로서 사용하게 되었다. 1957년의 아팔라친 회의(마피아 간부의 정상 회담으로 알려져 있다)까지 점점 아웃핏의 전국적인 사업을 위한 안전한 회합 장소로서 이 호텔을 사용하게 되었다. 조용하고 서비스가 좋으며, 경찰과의 번거로운 일로부터는 완전히 동떨어져 있었기 때문이다.

그런 까닭에 마르 레즈닉은 호텔 3층에 있는 자기 방에서 일본제 실내복을 입고 나쁜 버릇이 두 가지밖에 없는 펄을 기다리며, 아무 걱정도 없이 행동하고 있었다.

마르는 근육이 늘어지고 키가 작은 다부진 체구의 사나이로서, 넓고 밋밋한 어깨와 전체적으로 살이 찐 짧고 굵은 팔다리를 하고 있었으며 짧은 목에 묵직한 머리가 얹혀 있었다. 전에는 그의 두 손은 크고도 힘했다. 지금은 그냥 살만 쪄서 손가락뼈에 투박한 분홍빛 피부가 늘어진 뭉툭한 손에 지나지 않았다. 전에는 택시 운전사로서의 육체와 몸놀림을 갖추고 있었다. 물론 그것은 지금도 변함이 없었다.

그의 주변에는 벽에 끼워진 하이파이 장치, 술병이 가득 채워진 바, 두툼한 카펫, 비로드를 씌운 안락의자와 소파 같은 성공을 상징하는 물건들이 장식되어 있었다. 그러나 방은 둘로 이어진 거실과 침실밖에 없었다. 이것은 아웃핏 간부로서는 아직 지위가 낮다는 것을 나타내고 있다. 하지만 어쨌든 이곳에 살 수 있다는 것은 조직 안에서 그가 자력으로 되찾은 권력을 쥐고 있다는 것을 여실히 말해 주고 있었다. 그도 식객이 아니고 어엿한 조직의 일원인 것이다.

손목시계를 보니 7시 15분이 조금 지나 있다. 펄은 15분이나 늦는다. 마르는 또 한 번 빙그레 웃었다. 펄은 지각이다. 벌을 줘야 한다. 그녀도 그 점은 충분히 알고 있을 것이다. 늦든 이르든 그녀는 찾아온다. 어떤 벌을 마련해 두어도 그 여자는 기꺼이 참아 낼 것이 틀림없다.

마약 기운 때문에 그의 처벌도 별로 자극이 안 될지도 모른다. 마르는 가끔 그런 생각도 해보았지만, 그것을 알고 나면 게임이 재미가 없다. 펄에게도 어느 정도 익숙해진 구석이 있었다. 그녀를 학대하려고 손을 대기 시작하면 그녀는 아파하는 시늉을 해보인다. 헤로인으로 잔뜩 마비되어 있는 펄의 신경을 더욱 학대하는 데는 상당한 시간이 걸리나, 오래 끌수록 효과가 있다. 마르는 끈질겼고 시간도 여유가 있었기 때문에 자극도 더욱 늘어난다.

그는 또 손목시계를 보았다. 7시 20분이 지나 있었다. 전화가 울렸다. 어디 가까운 공중전화에서 펄이 반쯤 체념하고 미친 듯이 걸어 온 것이리라고 생각하면서 마르는 오른손을 뻗쳐 귀찮은 듯이 수화기를 귀에 갖다댔다.
 "마르요." 그는 말했다.
 "마르인가, 프레드 하스켈일세. 거기로 걸어서 미안하네만……"
 "사과 안 해도 돼. 안 걸면 되니까."
 "하지만 중대한 일로 생각되어 곧 거는 게 좋을 것 같아서……." 하스켈이 말했다.

 하스켈은 2급 간부로서 아웃핏 조직 안에서는 마르보다 한 계급이나 두 계급 밑에 속하는 사나이였다. 바보짓을 하여 아웃핏의 일을 망쳐 터무니없는 실수를 했던 때의 일을 마르는 지금도 생생하게 기억하고 있어서 그는 누구에 대해서도 과히 큰 소리를 칠 수는 없는 입장이었다.
 "무슨 일인가, 프레드?"
 "잘은 모르겠어. 브루클린에서 자동차 임대업을 하고 있는 자한테서 전화가 걸려 왔어. 스테그먼이라는 사람인데, 자네한테 연락을 취하고 싶어 하더군."

 마르는 눈살을 찌푸렸다. 스테그먼이라든가 린이라든가, 아무튼 그 사건에 관계가 있었던 이름을 생각해 낸다는 것은 반갑지 않았다.
 "설마 이 전화번호를 가르쳐 주지는 않았겠지?"
 "천만에. 자네는 나를 잘 알고 있잖나. 자네와 여러 달 동안 못 만났다고 해 두었지."
 "잘했어."
 "그는 몇 군데 좀 알아봐 주지 않겠느냐고 하더군. 꼭 연락을 해야 할 중대한 일이라는 거야."

 마르의 이마에 패인 주름이 더욱 깊어졌다. 그 건으로 해서 또 무슨 귀찮은 일이 생긴 것일까, 골치 아픈 일이라도 생긴 것일까? 린이 돈을 더 요구하지 않는 한 아무 일도 일어날 리는 없는데.

언젠가는 그 여자 문제를 해결짓지 않으면 안 된다. 이젠 쓸모없는 여자다. 매달 1천 달러란 거금이 들었고, 사실 그것을 마련하는 데는 힘이 들었다. 더구나 그 여자한테서 얻는 것이 뭐란 말인가? 아무것도 없다. 몇 번 같이 자 보았지만, 그럴 때마다 그 여자는 판자처럼 널브러져서 눈을 감고 마음은 어디 먼 곳을 헤매고 있는 듯한 상태였다. 학대를 해주려고 마음먹은 적도 있었지만 그러면 곧 비명을 질렀으며, 그러니 달리 여자의 몸뚱이를 노리개로 삼을 방법도 없었다. 하지만 그런 것은 아무래도 좋다.

그녀는 위험한 존재일까? 만일 지금 버린다고 한다면 어떤 짓을 할까? 대수로운 짓은 못할 것이다. 그의 거처도 모를 뿐더러, 알아봤자 그녀의 힘 따위는 겁낼 것이 못 된다. 아웃핏에 갚은 돈을 어디서 어떻게 해서 손에 넣었는지 진상을 털어놓더라도, 거짓말 잘하는 끈질긴 매춘부가 기둥서방에게 차인 보복으로 있는 말 없는 말 퍼뜨리고 다닌다고 해 버리면 그만이다. 그런 계집이 하는 말은 아무도 곧이듣지 않을 것이다.

그렇다면 무엇 때문에 언제까지나 치다꺼리를 해줘야 한단 말인가? 만일 양심의 가책 같은 것을 달래기 위한 돈이라면 어리석은 짓이다. 그러나 그밖의 아무것도 아닌 것만은 사실이었다.

그는 마음을 정했다. 만일 돈이 더 필요하다는 말만 꺼내면 여자를 처치해 버리겠다. 그는 하스켈에게 물었다.

"무슨 이야기인지 말 안 하던가?"

"누가 자넬 찾아다니고 있대. 여자를 죽이고 당신을 뒤쫓고 있다던가……."

"누군가가?"

라이언일까? 아니다, 놈은 죽었다. 다 죽었다. 남미인 중의 하나일까? 그 강탈 계획에 얽혀 있던 일당의 정체를 상대방이 알았단 말인가? 그럴 리가 없다. 무기류를 매매하고 있는 아웃핏의 누군가로부터 들은 것일까? 하지만 그 사건을 그와 결부시킬 수 있는 자는 한 명도 없다.

"그게 어떤 놈이라던가?"
"나한테는 아무 말도 하지 않았어. 거칠고 험상궂은 말을 쓰는 자가 자네를 찾아다닌다는 말밖에."
"거칠고 험상궂은 말씨라고? 그게 무슨 도움이 되나?"
"자네라면 뜻을 알 줄 알았지. 마르, 짐작이 안 가나?"
"아, 알았어. 할 수 없지, 만나서 이야기하기로 하세."
"스테그먼인지 하는 사나이하고 말인가?"
"그 말고 누가 있나! 만날 절차나 마련해 주게."
"자네 있는 데가 좋겠나?"
"아니! 랜드 바로 해. 안쪽 방이야."
"랜드 바. 다리 근처에 있는 것 말이지?"
"9시일세."
"오늘 밤에?"
"오늘 밤이 아니고 언제란 말인가! 머저리같이."
"금방 연락이 될는지 모르겠어. 그냥 물어 본 것 뿐이야."
"알겠나? 꼭 연락을 취하도록 해. 당장 말이야, 그 얼간이가 하는 임대 자동차 클럽은 지금도 하고 있을 거야."
"알았네, 마르, 해보지."
"해보지가 아니라 꼭 해야 해. 알겠나!"
마르는 수화기를 내동댕이치고 과장된 동작으로 의자에서 일어섰다. 누굴까? 대체 누구지?
그는 큼직한 걸음으로 거실을 가로지르면서 실내복을 벗어 팽개쳤다. 실내복 속의 그의 알몸은 땅딸막하다. 구석구석 햇볕에 타고 뚱뚱하게 살이 쪄서 무겁게 처진 살덩어리 바로 그것이었다.
 그는 중얼중얼하며 이름과 얼굴을 차례로 떠올리고, 대체 누굴까 하고 어리둥절해 하며 옷을 걸쳤다. 여자를 죽이고 그를 찾고 있는 사나이. 여자를 죽이고 그를 찾고 있다……
 살해된 것은 린이다!
 양복을 입고 구두를 신은 다음, 퍼뜩 그 사실을 깨닫고 저도 모르게 비틀거리며 마르는 다시 거실로 돌아갔다. 린이 살해되었다! 확실히 린 외에는 생각나지 않는다. 스테그먼에게 관계되는 여자라면 그녀밖에 없다. 린을 죽인 사나이…….
 아아! 이게 어떻게 된 일인가!
 벨이 울렸다.
 그는 문을 바라보며 얼어붙은 듯이 우뚝 섰다. 또 벨이 울렸다. 그는 소리를 죽이고 말했다.
 "누구야! 무슨 일이지?"
 여자의 대답 소리가 문틈으로 가느다랗게 들려 왔다.
 "저예요, 마르. 펄이에요."
 문을 열어 주자 그녀는 입을 벌리고 당장에라도 변명을 하려는 듯한 기세로 들어왔다.
 "맞아, 파커다!"라고 말하며 마르는 여자의 복부를 두 번 쥐어박았다. 여자는 토하면서 바닥에 쓰러졌다. 마르는 여자의 등을 타넘어 밖으로 뛰쳐나가고 있었다.

2

 맨해튼 다리는 낮에 바와 식당을 경영하는 랜드 바의 창문에 그림자를 떨구고 있었다. 밤이면 어느 것인지 알 수 없는 수많은 그림자가 창에 비쳤다.

마르는 아웃핏의 차를 랜드에서 두 구획 떨어진 곳에 세우고, 네델란드 인들의 빈민가를 빠져서 그곳까지 걸었다. 바에 진을 치고 있던 단골들은 지나쳐 가는 마르의 모습을 정면에 있는 거울 속에서 지켜보고 있었는데, 그들은 양복에 넥타이를 단정하게 맨 마르가 마음에 들지 않았다. 하지만 돌아보거나, 말을 걸거나, 몸짓으로 나타내거나, 아무튼 눈에 띄는 짓은 안하는 게 좋다는 것만은 잘 알고 있었다. 랜드 바가 부근에 있는 다른 집과는 어딘지 달라서, 뒤에서 뭔가 하고 있다는 것을 어렴풋하게나마 알고 있었던 것이다. 단정한 차림새의 사나이들이 끊임없이 안쪽 방으로 몰려들지만, 쓸데없는 호기심 따위는 갖지 않는 게 좋은 것이다.

스테그먼은 신경질적이 되어 기다리고 있었다. 마르가 들어가자 의자에서 일어서며 말했다.

"다행이군, 만날 수 있어서 다행이야! 여긴 꼭 땅굴 같은 데로군."

"어떤 놈이야?" 마르는 문을 닫으며 물었다.

"덩치가 크고 입버릇이 더러운 놈이었어. 그런데 마르, 총도 칼도 없이 나를 협박하더라 이 말씀이야. 필요하다면 두 손으로 잡아 죽이겠다고 하던데. 허튼 소리 같지는 않더구먼."

"파커야, 틀림없어." 마르는 혼잣말을 했다.

"크고 억센 손을 하고 있었어, 마르."

스테그먼은 손가락을 꼬부리고 손을 내밀어 보였다. "힘줄이 사방에 불거져 있더군."

"그놈이야!" 마르가 말했다.

"그런 놈한테 시달리는 건 이제 질색일세."

"잠자코 있어! 나를 어떻게 보는 건가. 친구도 있고 동료도 있어." 마르는 두 주먹을 쥐고 노려보았다.

"아암, 그렇겠지, 마르."

"그렇다면 어째서 내가 그 따위 놈 하나쯤을 겁낸다고 생각하나? 얼씬도 못하게 할걸세."

"자네가 궁금해 할 줄 알았어, 마르." 스테그먼은 입술을 축이며 말했다.

"내가 해야 할 일은 단지 언제 지령을 내리느냐 하는 것뿐이네. 전화로 놈의 이름을 부르기만 해도 놈은 죽은 거나 다름없어. 그리고 이번에야말로 두 번 다시 되살아오진 못할걸."

"그래, 맞아. 상황만 알면 얼마든지 손을 쓸 수 있을 거라고 생각했어."

마르는 갑자기 요란스럽게 의자를 테이블 쪽으로 잡아당기고 털썩 주저앉았다.

"자, 앉아서 놈이 한 말을 한 번 더 해봐. 나에 대해 뭐라고 하던가?"

스테그먼은 테이블에 마주앉아 손바닥을 테이블 위에 얹었다. 아직도 그 손이 가느다랗게 떨리고 있다.

"'이제 여자에게 돈을 보내 줄 필요가 없다는 것을 알려 주고 싶어서 그래. 죽었기 때문이지'라고 하더군. 여자는 시체 보관소에 있고 자기는 마르의 뒤를 쫓고 있다는 말뿐이었어."

"자기가 누구라든가, 무엇 때문에 쫓는다는 말은 하지 않던가?"

"지금 한 말뿐이었어."

"만일 나를 보거든 꼭 알려 달라는 말도 했겠지?"

스테그먼은 고개를 가로저었다.

"아니, 그런 말은 하지 않았어. 틀림없어. 지금 한 말이 전부야."

"뭘로 하실까요?" 바텐더가 문을 열고 머리를 디밀었다.

"맥주." 스테그먼이 말했다.

"아무것도 필요없어. 가만히 좀 내버려 둬." 마르가 말했다.
바텐더는 스테그먼을 보며 기다리고 있었다.
"맥주를 가져올까요, 그만둘까요?"
"필요 없어. 이따가 시킬지도 모르겠어."
스테그먼은 힘없이 어깨를 움찔했다.
"이따가 부르지." 마르가 말했다.
바텐더가 사라지고 나자 스테그먼이 말했다.
"이야기는 그것뿐이야. 다 말했어, 마르."
"자넨 그에게 무슨 말을 했나?"
"아무 말도 하지 않았어. 자네 있는 곳도 모르는데, 무슨 말을 할 수 있겠나?"
"돈에 대한 것은?"
스테그먼은 고개를 끄덕였다.
"맞아, 그에게 돈에 대한 걸 말했어. 구조에 대해서. 돈을 어떻게 해서 받는지 그가 알고 싶어 하기에 말이야."
마르는 아랫입술을 안쪽으로 잘근거리면서 온 방 안을 두리번거렸다.
"그 계좌로 내가 있는 곳을 알아낼 수 있을까? 연락만 잘해 두면 은행에선 그에게 아무것도 가르쳐 주지 않겠지."
"나도 그렇게 생각했어. 바른 대로 대도 별지장은 없을 거라고 믿었어. 그가 알아내지는 못할 거야." 스테그먼은 열성적으로 말했다.
"그건 몰라. 한 번 죽었던 놈이 돌아다니니 말이야. 그의 힘은 무시 못해. 그래, 그밖에 무슨 말을 했나?"
"아무 말도 안했어. 무슨 말을 할 수 있겠어? 아무것도 아는 게 없는데." 스테그먼은 두 손을 펴 보였다.
"그렇다면 어째서 놈은 자네를 죽이지 않았지?"

"내 말을 믿었겠지." 스테그먼은 눈을 깜박거리며 말했다.
"뭔가 자료를 제공했을걸. 자네가 살고 싶은 나머지 뭔가 가르쳐 줬겠지. 이름이라든가 나를 발견할지도 모르는 장소라든가……."
"맹세해도 좋네, 마르……."
"하스켈에 대한 것을 일러 줬겠지, 안 그래?"
"맹세해도 좋아, 마르, 난……."
"그렇다면 맹세코 바른 대로 대. 가르쳐 줬나 안 가르쳐 줬나?"
마르는 손을 쳐들고 스테그먼에게 대답을 강요했다.
"알겠나, 서투르게 숨길 필요는 없어. 자네를 혼내 주려고 그러는 건 아니니까. 그가 상대를 어떻게 위협하는지 나는 잘 알고 있어. 만일 하스켈에 대한 것을 말해 버렸다면 그 나름대로의 손을 써야 해. 그것뿐일세. 너무 겁내지 마."
"하스켈에 대한 것은 말하지 않았어. 이름 같은 건 한마디도 대지 않았어. 정말일세." 스테그먼이 말했다.
"그럼, 무엇을 댔나? 내가 뉴욕에 있을 거라는 말을 했나?"
거짓말을 하려고 입술을 우물거리다가 스테그먼은 단념하고 나오던 말을 삼켰다.
"뭔가 대주지 않고는 맞아 죽었을 거야, 마르, 놈은 그 억센 손을 내 눈 앞에서 알찐거리고 있었거든."
"알았네, 알았어. 솔직하게 말하는 편이 나아, 아니. 걱정 마. 즉 그것은 놈이 시내를 떠나지 못할 것이라는 말이 되거든. 나쁠 것도 없지." 마르는 고개를 끄덕이고 몸을 흔들었다.
"아무튼 뭔가는 말해 주지 않으면 안 되었어. 그래서 아마 그는 내가 달리 숨기고 있는 게 없다고 믿었던 모양이야."
"그건 이제 됐어. 단 나한테 숨기지 말라, 이 말이야. 자, 그럼, 어떻게 하면 그에게 연락을 할 수 있지?"

"어디다 연락을 하라는 말은 없었어, 마르. 정말이야, 거짓말이 아니야. 사실 이 연락조차 해야 할까 말까 망설였을 정도였어. 하지만 우리는 오랜 친구 사이니까……."
"웃기지 마. 놈이 나에게 접근했을 때 자네가 한 말이 폭로될까봐 겁이 났겠지."
"마르, 우리는 오랜 친구 사이 아닌가?"
"어디로 연락하기로 되어 있지? 나를 만나는 즉시 그에게 알릴 것 아냐?"
스테그먼의 머리가 깜짝 놀란 것처럼 앞뒤로 흔들렸다.
"그런 말은 비추지도 않았네, 마르, 눈곱만큼도 화제에 오르지 않았어."
마르는 아랫입술을 물고 지그시 생각하며 또 한 번 머릿속을 정리해 보았다. 한참 있다가 그는 말했다.
"그래, 그게 그의 수법이야. 놈은 자네를 믿지 않았던 걸세."
"자넨 믿어 주겠지, 마르, 제발 부탁이니……."
"알고 있어. 오래된 친구 사이니까 봐 달라는 말이겠지."
"그렇잖나, 마르?"
"자넨 놈을 만나고도 놓쳐 버렸어. 좋아, 아더, 한 번 더 놈을 찾아봐." 마르는 고개를 흔들었다.
스테그먼은 두 손을 쳐들었다.
"뭐라고? 어떻게 해서 찾으란 말인가? 그에 대해서 아무것도 모르는데."
"어떻게 하건 내 알 바 아니야. 찾아내기만 하면 돼."
"어떻게 손을 써야 할지조차도 모르겠어, 마르, 부탁이야. 뭔가 실마리를 줘."
"많이 도와 줬잖나, 이 멍청한 친구야. 마지막 실수를 자네 힘으로 보상하란 말이야."

"하지만 마르, 나로서는 어쩔 도리가 없어."

마르는 테이블 위로 몸을 내밀었다.

"알겠나, 뭔가 방법이 있을 거야. 이것 봐, 나한테는 일행들이 많아. 할 수 없는 게 없을 거라 이 말이야. 우선 자네가 쓰고 있는 택시를 모두 동원하는 걸세."

스테그먼은 또 항변하려고 입을 열려다가 생각을 고치고 테이블에 눈을 떨구었다.

"해보겠네, 마르, 결과는 모르지만 어떻게 해보겠어."

"이해력이 빠르군. 놈은 혼자일세. 내게는 아웃핏 조직이라는 한편이 있어. 놈은 맥을 추지 못해."

마르는 웃음을 머금고 의자 등에 기댔다.

"그렇고 말고, 마르."

"아더, 맥주를 주문해 주게."

스테그먼은 황급히 일어섰다.

"곧 가져오라고 이르겠어, 마르, 계산은 내가 할 테니 나한테 맡겨 두게."

마르는 자기 주머니에 손을 대는 시늉조차도 하지 않았다.

3

마르는 아웃핏 호텔의 3층 복도를 걸어가 312호실 문을 노크했다. 한참 만에 빨간 브래지어와 핑크빛 타이트 팬티를 입은 블론드 아가씨가 문을 열어 주었다. 그는 말했다.

"필 씨에게 할 말이 좀 있어 왔소. 마르 레즈닉이라고 전하시오."

"알겠어요."

여자가 문을 닫자 마르는 혼자 복도에서 기다렸다. 담배에 불을 붙였으나 필이 천식이라는 것이 생각나 담뱃불을 끌 곳이 없을까 하고 사방을 두리번거렸다. 복도에는 두껍고 야한 카펫이 깔려 있었다. 제일 가까운 재떨이가 복도 끄트머리의 엘리베이터 입구 옆에 있었다. 마르는 부랴부랴 그 쪽으로 가서 담뱃불을 껐다. 복도를 반쯤 돌아왔을 때 문이 열리더니 블론드 아가씨가 몸을 내밀고 그의 모습을 찾았다. 마르는 손을 흔들면서 자기가 생각해도 야비하다는 생각을 하면서 빠른 걸음으로 문에 다가갔다.

여자는 무표정하게 마르를 바라보고 있다가 그가 다가가자 휙 돌아섰다. 가느다랗게 숨찬 소리를 내면서 그는 여자 뒤를 따라 방으로 들어갔다. 여자가 어깨 너머로 말했다.

"문 좀 닫아 주세요."

"네, 그러지요."

"여기 앉아 기다리시래요. 필은 곧 올 거예요."

"좋아요, 고맙소."

여자는 뒤도 돌아보지 않고 안쪽 방으로 돌아갔다. 겨우 호흡을 가다듬을 여유가 생겨서 한숨 돌리며 마르는 흰 소파에 앉았다.

그의 방 두 배의 넓이는 되었고, 거실도 호화롭게 꾸며져 있다. 방이 네 개 있었는데, 어느 방이나 모두 이 방과 비슷했다. 필은 조직의 지령 계통에서는 상층부에 속하며, 마르가 직접 말을 할 수 있는 상대 가운데서는 최고 지위에 있는 인물이었다.

나도 언젠가는 이런 네 개짜리 방을 가지고 저 빨간 브래지어의 블론드 아가씨 같은 여자를 거느리는 신분이 되어야지. 좋은 신분이지 뭔가……

이젠 펄같이 지저분한 매춘부는 딱 질색이다. 빨간 브래지어와 핑크빛 타이트 팬티가 몸에 착 달라붙은 토실토실한 두 다리와 남자를 홀리는 포동포동한 배를 한 저런 여자 같은 고급품으로만 하는 거다.

그것이야말로 그의 소망이요, 그에게 어울리는 여자인 것이다. 발밑을 잘 조심해서 만족하게 일을 수행해 나가면 언젠가는 뚝심을 나타낼 수 있는 큰 역할이 돌아온다. 그는 그것을 잘 알고 있었다.

10분 동안 기다리게 했다가 겨우 나타난 필은 몸에 잿빛 바지밖에 걸치고 있지 않았다. 립스틱 자국이 왼쪽 가슴 젖꼭지 밑에 뚜렷하게 남아 있었다. 마르를 기다리게 하고 있는 동안 그 블론드 아가씨와 상대를 하느라고 시간이 걸렸던 것이리라. 마르는 무표정을 가장했다.

'언제든지 차례가 돌아올 때까지 기다리자. 언젠가는 나도 저렇게 하는 동안 사람을 기다리게 할 날이 올 것이다. 지금도 부하들 가운데 기다리라고 명령만 하면 언제까지나 대기하고 있는 축들이 얼마든지 있고, 여자도 많다. 하지만 좀더 고급품이 아니고는 말이 안 된다.

파커가 무엇을 할 수 있단 말인가? 나는 지반도 단단하고 출셋길을 달리고 있다. 제까짓 외톨이 악당이 무슨 짓을 할 수 있단 말인가?'

"어떤가, 마르?" 필은 등을 돌리고 바로 가서 자기가 마실 음료를 만들어 가지고 오면서 말했다. "뭐 마시고 싶으면 마음대로 만들어 마시게."

"고맙습니다, 필 씨."

마르는 얼른 가서 고급 스카치에 얼음을 한 덩이 띄우고 물을 부었다. 원래 자리로 돌아오니 필이 소파를 차지하고 있어 마르는 가죽의자에 앉았다.

필은 음료를 마셨다.

"마음이 안정되지 않는 모양이군, 마르. 일 때문에 좋지 못한 일이라도 생겼나?"

"아닙니다, 그런 일은 없습니다. 일은 비단결처럼 매끄럽게 되어 나가고 있지요. 만사 순조롭습니다. 잘 아실 텐데요, 필 씨."
"그럴 테지, 자네는 관리직 타입이니까."
마르는 히쭉 웃었다.
"고맙습니다. 그런데 페어팩스 씨와 좀 만날 수 있도록 주선해 주실 수 없겠습니까?"
"저스틴 말인가?" 필은 눈썹을 꿈틀거리며 치켜뜨고 머리를 가로저었다. "안 됐지만 저스틴은 지금 플로리다에 가 있어."
"그럼, 카터 씨는요?"
"카터 씨라? 보아하니 높은 사람이 아니고는 안 되는 모양이군그래. 응, 마르, 나로서는 부족한가?"

필은 교묘하게 함정을 걸고 있다. 힘이 되어 줄 수도 있는 노릇이며, 못 살게 굴 수도 있다. 일에 대해서나 장래의 지위에 대해서도 그렇다.

마르는 힘없이 웃으며 말했다.
"이건 원래 아웃핏의 일이 아니라서요, 필 씨. 적어도 직접적으로는요. 말하자면 개인적인 일로서 페어팩스 씨나 카터 씨에게 이야기해 볼 필요가 있을 것 같습니다."

필은 글라스 속의 얼음을 돌리면서 가만히 생각하고 있었다. 이윽고 그는 말했다.

"할 수 있는 데까지는 해봐 주지, 마르. 알고 있겠지만 너무 믿지는 말게."
"신세는 잊지 않겠습니다, 필 씨. 정말입니다."
"그런데 대체 어떤 용건인지 우선 그것부터 들어 둘 필요가 있겠는데. 알고 있겠지만 이야기의 내용도 모르고 프레드릭 카터에게 마르 레즈닉이라는 조직의 멤버가 만나고 싶어한다고 말할 수는 없지 않겠나? 그는 보나마나 이렇게 반문할 게 뻔해. '필, 그가 무슨 일로 만나려 하는 거지?' 하고 말이야. 내가 말하는 뜻을 알아듣겠나?"

마르는 아랫입술을 깨물었다.

"실은 이렇습니다, 어떤 놈이 나를 노리고 있어요."

"그건 아웃핏 안의 사람인가?"

"천만에요. 외부 놈입니다."

"그래서?" 필은 고개를 끄덕이며 말했다.

"나는 놈이 영락없이 죽은 줄로만 알고 있었거든요. 그런데 별안간 놈이 이 부근을 배회하며 나를 찾고 있다는 것을 알았지 뭡니까?"

"그래서 뭘 해 달라는 건가. 자네 혼자서는 벅찬가?"

"물론 해치울 수는 있습니다만, 어디 있는지를 몰라서 그럽니다. 시내 어딘가에 있는 것만은 틀림이 없는데, 지금 이러고 있는 동안에도 그놈은 사방을 수소문하고 염탐하며 일을 벌이려 하고 있을 겁니다. 빨리 찾아내어 해치우고 싶어서 그래요. 이해해 주십시오. 소동이 벌어지기 전에 손을 쓰고 싶어서 그러는 겁니다."

"그놈을 찾는 데 힘을 빌려 달라는 말인가? 그러면 뒤처리는 하겠다고?"

"네, 뒤처리는 하겠습니다. 말씀대로 하겠습니다. 제 일은 제 손으로 해결짓겠습니다, 필 씨. 단지 찾아내는 일에만 힘을 좀 빌렸으면 합니다."

"대체 그게 어떤 놈이야. 외부 놈이라고 했지?"

"놈은 악당입니다. 혼자 잘난 척하며 떠돌아다니는 강탈 전문 도둑입니다."

"패거리를 데리고 있나?"

마르로서는 대답을 할 수가 없었다. 파커의 일이니까 일행은 없을

지도 모른다. 이 일을 자기 혼자서 처리할 작정일 것이다.
"아닙니다. 패거리는 없을 겁니다. 자기 혼자 잘난 척하는 놈이니까요."
필은 천천히 음료를 다 마시고 나자 일어섰다.
"좋아, 알았네. 카터 씨에게 말해 주지. 자넨 가만히 방구석에 틀어박혀 있어, 알았나?"
마르는 글라스에 남은 스카치를 단숨에 들이켜고 일어났다.
"그렇게 하겠습니다. 신세는 잊지 않겠습니다, 필 씨."
"별일 없을 걸세. 언제든지 문제가 있으면 찾아오게. 나한테 말만 하면 힘이 되어 주겠어, 알았지?"
필은 웃으며 상대의 어깨를 두드렸다.
"알았습니다, 필 씨. 고맙습니다."
"좋아. 그런데 하던 일이 조금 남아 있어서 말이야. 괜찮다면……."
"이만하면 충분합니다. 일 보시는 데 찾아와서 실례했습니다."
그는 문 쪽으로 돌아서다가 손에 빈 글라스가 있는 것을 깨닫고 다시 바 쪽으로 돌아섰다. 필은 방 복판에 서서 빨리 마르가 나가 주기를 바라는 듯한 얼굴을 하고 있었다.

4

그 사무실의 건물은 37층이었다. 706호실의 우윳빛 유리문에 '투자 상담소——프레드릭 카터'라고 금박으로 씌어 있었다. 마르는 문을 밀고 휑뎅그렁한 접수실로 들어갔다. 문을 닫자 안에서 가느다란 벨 소리가 들렸다.
소파가 두 세트, 키 높은 전기스탠드가 둘, 엔드 테이블이 둘, 그리고 〈US 뉴스 앤드 월드 리포트〉지의 지난 호가 수북하게 쌓여 있었다. 입구 맞은 편에 아무 표지도 없는 문이 있었다. 앉아서 기다려야 할지 어떨지 몰라 마르가 우물쭈물하고 서 있는데 문이 열리더니, 마치 영화에 나오는 카우보이가 연한 쥐색 양복을 입은 것 같은, 키가 크고 어깨가 벌어진 사나이가 나타나 손을 뒤로 돌려 문을 닫았다. 빗장 걸리는 소리가 찰칵 울렸다. 사나이가 말을 걸었다.
"뭐요?"
점잖은 척하고 있기는 하나 험상스러운 입놀림은 숨길 도리가 없었다.
"난 마르 레즈닉인데, 카터 씨와 약속이 있소만······."
"레즈닉? 아아, 알고 있어요. 잠깐 돌아서 주지 않겠습니까?"
마르는 홱 돌아섰다. 권총을 갖고 다니고 싶은 충동을 억누른 것이 천만다행이었다. 파커가 뉴욕 어딘가에 있다고 한다면 한 자루쯤 권총을 가지고 다닐 필요가 있을 것이다. 길모퉁이 아무 데서나 난데없이 부딪칠 수도 있는 일이니까. 경호원은 신체검사를 끝내자 문을 열어 마르를 안내해 주었다.
두 사람은 사용하기 편해 보이는 회색 집기들이 갖추어진 회색 사무실로 해서 거실과 바 겸용으로 쓰이는 안쪽 방으로 통하는 문을 지나갔다.
"여기서 기다리십시오. 술은 마시지 마시오."
사나이는 웃지도 않고 말했다.
마르는 기다렸다. 몇 분 뒤에 사나이가 돌아오더니, 안쪽 문을 열고 손잡이를 쥔 채 말했다.
"카터 씨께서 만나시겠답니다."
"고맙소."
마르는 카터의 방으로 들어갔다. 경호원은 문을 닫고 오른쪽 구석으로 가서 무표정하게 앉았다. 카터가 말했다.

"어서 오게, 레즈닉. 앉게나."

카터는 인상적인 사나이였다. 죽은 영화배우 루이스 캘러언을 어찌나 닮았는지 깜짝 놀랄 정도였다. 커다란 마호가니 책상 앞에 앉은 그는 철도, 강철, 금융 등에 의한 막대한 재산과, 월 거리 바로 그것을 보는 것 같은 인상을 주었다. 법률 서적과 민사의 각종 계약서가 유리문이 달린 책장 안에 가득히 꽂혀 있었다. 서명이 없는 명사들의 사진이 벽 여기저기에 걸려 있었다.

카터는 책상 앞의 고동색 가죽의자를 가리켰다. 마르는 얼른 단정하게 앉았다.

"자네가 도움을 청한다는 말을 필한테 들었네. 개인적인 문제라고 했는데, 그게 정말인가?"

마르는 꿀꺽 침을 삼켰다. 시작이 쾌조라고는 할 수 없다.

"네, 확실히 개인적인 일입니다만, 만일 그놈이 쓸데없는 일에 계속 머리를 디밀고 있다가는 아웃핏 전체에 해가 미칠 것 같아서요."

카터는 손을 마주하여 손가락으로 천막 모양을 만들었다.

"그럴 가능성도 있다는 것에 불과하겠지. 그런데 이 문제를 해결하는 데는 세 가지 방법을 생각할 수 있네." 그는 손가락을 꼽아 헤아렸다. "첫째는 자네가 원하는 원군을 딸려 주는 일이고, 둘째는 조직은 전혀 손대지 않고 자네한테 맡겨 혼자 힘으로 해결 짓게 만드는 것이며, 셋째는 조직을 원활하게 운영해 나가는 데 그가 정말로 위험한 존재라고 한다면 자네를 조직으로부터 추방하는, 이 세 가지 방법이지."

마르는 눈을 깜박이며 본능적으로 방 한쪽 구석에 있는 사나이의 어깨 너머로 눈길을 보냈으나 사나이는 여전히 무표정하게 같은 자리에 가만히 앉아 있었다.

카터는 조용히 덧붙였다. "어느 방법에고 각각 다 이점이 있어. 알겠나, 레즈닉? 우리는 시간과 돈과 지도력으로 자네한테 큰 투자를 하고 있는 셈이네. 시카고에서 있었던 한 번의 큰 실수를 빼면 자네는 조직 안에서 잘해 왔어. 만일 첫째 방법을 택해서 자네한테 가세를 해주면 자네가 지금 올리고 있는 수익을 그대로 유지할 수 있게 돼. 사업상으로 말하자면 그것이 가장 타당하다고 할 수 있겠지."

"그렇게만 해주신다면, 카터 씨. 더 열심히 일해서 은혜에 보답하겠습니다." 마르는 당황해서 말했다.

마르를 무시한 채 카터는 말을 이었다. "둘째 방법을 택하면——말하자면 우리는 이 문제를 무시하고 자네한테 해결을 맡긴다는 말인데——그것에도 이점은 있어. 알겠나, 레즈닉? 우리들 조직에서는 튼튼하게 혼자서 설 수 있는 자가 아니고서는 배겨내지를 못해. 만일 자네가 이 문제를 순전히 혼자 힘으로 해결했다고 한다면, 자넨 우리가 진실로 필요로 하는 조직의 중요한 지위에 걸맞은 자라는 것이 더욱 더 확실해지는 셈이지."

마르는 고개를 끄덕였다.

"그렇고말고요, 카터 씨. 필요한 것은 찾아내 주시는 일뿐입니다. 있는 데만 알면 제 손으로 처치하겠습니다."

카터가 말했다. "그런데 그 시카고에서의 실수가 자꾸 꼬리를 물고 따라다니는데, 아무튼 그 일에 대해서는 자네는 용케 돌파할 수가 있었어. 실수로 잃은 돈을 되돌려 주었으니 말이야. 그러나 시카고에서의 실수나 이번의 개인적인 문제를, 조직에 해를 주는 사태로까지 몰고 갔다는 사실은 어쩌면 자네가 우리들 조직에 맞지 않는 사람이라는 것을 의미하고 있는지도 모르겠네. 그런 경우 우리가 가장 덕을 보는 방법은 자네를 깨끗이 조직으로부터 제명하는 일이겠지. 그렇게 하면 자연히 자네가 있어서 일어날지도 모르는 위험성으로부터 영원히 벗어날 수 있게 되니까."

마르는 온몸의 신경을 꼿꼿하게 굳히고 말없이 앉아 있었다. 입술이 떨리고 있었으나 대꾸할 말조차 떠오르지 않았다.

카터는 손가락으로 만든 천막 모양을 물끄러미 바라보며 묵묵히 입을 다물었다 열었다 하더니 마지막으로 눈을 들고 말했다.

"결론을 내리기 전에 자네 문제를 좀더 소상하게 들어 보세. 필한테 듣자니까 조직 밖의 사나이가 자네한테 원한을 품고 자네를 죽이겠다고 뉴욕으로 와서 염탐을 하고 다닌다던데, 외톨박이인 직업적 범죄자라고?"

마르는 고개를 끄덕였다.

"그렇습니다. 그는 급료 강도나 은행 습격을 주로 하고 있는 놈이지요."

"그의 이름은?"

"파커입니다."

"그것뿐인가?" 카터는 눈살을 찌푸리며 말했다.

"그것밖에 모릅니다, 카터 씨. 그냥 파커라고밖에 이름을 대지 않더군요. 여편네는 알고 있었는지도 모르겠습니다만 말해 주지도 않았고, 물어 보지도 않았지요."

"그래, 그 파커의 여편네와 놈의 원한에 무슨 관계가 있나?"

"네, 그렇습니다."

"다시 말해서 자넨 오쟁이 진 놈한테 추적을 당하고 있다, 이 말이겠군?"

마르는 재빨리 생각했다. 그렇다고 말하면 더 이상 그 현금 강탈 사건에 대해 대답이 궁한 질문을 받지 않아도 된다. 하지만 아웃핏쯤 되는 조직이 한 여자의 남편 일로 해서 트러블을 일으킨 자를 도와줄 것인가? 분명 틀린 일이다. 그는 깊숙이 숨을 들이마셨다.

"더 나쁜 일이 있습니다, 카터 씨," 마르는 말했다.

"그럴 테지. 그럴 거라고 나도 생각했어. 그 8만 달러를 어디서 구했나, 레즈닉."

"카터 씨, 저는……."

"그게 그의 목적이겠군? 자네가 조직에 반환한 8만 달러가."

"그렇습니다." 마르는 입술 안을 깨물며 대답했다.

카터가 고쳐 앉자 가죽의자가 비싼 소리를 내며 삐걱거렸다.

"우리는 자네한테 돈의 출처를 묻지 않았어. 그런 건 우리로선 아무래도 좋아. 자넨 빚이 있었고, 그리고 그걸 갚았어. 우리는 다시 한 번 기회를 부여해 주었지. 그런데 결국 이 문제는 우리들 전부의 문제가 되어 버린 셈이네. 어디서 구했지, 그 돈을?"

"강탈했습니다. 강도질을 했지요, 카터 씨."

"상대는? 그 파커란 잔가?"

"아닙니다."

"놈도 갱의 일당이었나?"

"네."

"자넨 놈의 몫까지 차지했군, 그렇지?"

"네."

카터는 마르의 머리 너머로 맞은편 벽을 보면서 고개를 끄덕였다.

"자넨 이익을 위해서 동료를 배반한 셈이네. 그런 일은 어지간한 사정이 아니고는 언제나 통용되는 일이 못 돼. 하지만 이 경우 자네에게는 그럴 만한 사정이 있었네. 자넨 실수로 잃었던 조직의 돈을 어떻게 해서든지 반환하지 않으면 안 되었어."

"그렇습니다, 카터 씨." 마르는 의자에서 열심히 몸을 앞으로 내밀었다. "그 계획은 제가 세웠는데, 파커가 먼저 배반하려 했던 겁니다. 그래서 제가 선수를 친 것이지요."

"살려 둔 것이 실수였어, 레즈닉. 당치도 않은 판단의 실수를 저질렀군그래."
"틀림없이 죽은 줄 알았습니다, 카터 씨. 놈을 쏘았는데, 놈은 정말로 죽은 것 같았어요. 그리고 나서 놈이 있는 집에다 불을 질렀거든요."
"알았네." 카터는 책상 위의 녹색 메모장 위에 손바닥을 밑으로 하여 손가락을 벌리고 손톱을 보며 말했다. "또 하나 문제가 있어. 그 강탈 사건이 벌어진 장소일세."

어차피 그 질문을 받으리라는 것은 알고 있었으나, 이번만은 어떤 거짓말을 해서든지 바른 말은 대지 않으리라고 마음먹고 있었다. 과연 어떤지는 모르지만 카터 자신이나, 그의 친구 중 누군가가 무기 거래에 얽혀 있었을 가능성이 크다. 이것만은 세상없어도 거짓말을 하지 않으면 안 된다.

그러나 어쩌면 카터는 이야기의 진위를 확인할는지도 모른다. 파커와 라이언은 그 사건 바로 전에 데모인즈에서 한탕 했다고 말했었다. 자세한 것까지는 몰라도 그것으로 밀고 나갈 수는 있을 것이다. 어차피 그것밖에는 거짓말할 재료가 없었다. 그래서 그는 말했다.

"데모인즈에서 했습니다, 카터 씨. 1년 반가량 전이지요. 급료 강도였습니다."
"그런가? 그래 가지고 파커의 몫과 마누라를 가로채어 줄행랑을 놓은 거로군."
"네." 마르는 고개를 끄덕였다.
카터의 얼굴에 그제야 차가운 웃음이 떠올랐다.
"놈의 원한도, 그렇다고 한다면…… 일리가 있는 셈이지."
"그렇게 하지 않았으면 제가 죽었을 겁니다, 카터 씨."
"암, 그럴 테지. 그래, 파커의 마누라하고는 아직도 같이 지내

나?"

"아닙니다. 석 달 전에 헤어졌습니다. 어제 놈이 마누라를 죽였다는 소식입니다."

"마누라를 죽였다고? 죽이기 전에 자네 주소를 알아낸 것 같은가?"

"여자에겐 가르쳐 주지 않았습니다, 카터 씨."

"틀림없겠지?"

"네."

"좋아."

카터는 또 손가락을 엮어서 손톱 끝을 바라보았다. 입술을 물고기처럼 벌렸다 오므렸다 하고 있다. 침묵이 방 안 가득히 퍼졌다. 말없이 구석에 앉아 있던 사나이가 조그맣게 소리를 내며 엉덩이의 위치를 바꾸었다. 마르는 그 소리에 질겁하고, 눈을 크게 떠 머리를 돌리며 벌떡 일어서려 했다. 사나이는 역시 무표정하게 담배를 피우면서 조용히 앉아 있을 뿐이었다. 마르는 또 한숨을 쉬었다.

마르는 담배 생각이 간절했다. 그러나 담배를 붙여 무는 것이 좋다고는 생각되지 않았다. 그는 입을 축이고 기다리기로 했다.

마침내 카터가 얼굴을 들었다.

"조금 전에도 말했듯이 가능한 방법이 세 가지 있어." 그는 하나하나 손가락을 꼽아 보였다. "자네를 돕느냐, 내버려 두느냐, 추방하느냐일세. 당분간 두 번째 방법을 취하기로 하겠네. 자네가 직접 해결지을 수 있다면 그보다 더 좋은 일은 없겠지. 너무 힘든 놈이라서 벅차다면 우리가 대신 해주겠는데, 그런 다음에 첫 번째로 하든가 세 번째로 하든가 정하기로 하겠네." 차가운 웃음이 또 카터의 얼굴에 떠올랐다. "현재로서는 이것이 가장 좋은 결정이겠지."

마르는 어딘지 위장 틈새로 한기가 스치는 것 같아 힘없이 일어섰다.

"이거 폐를 끼쳐서 죄송합니다, 카터 씨."

"괜찮네. 언제든지 찾아오게. 아, 그리고 말해 두겠는데, 레즈닉. 자네는 조직의 일부를 담당하고 그 전 책임을 지고 있는 셈이니 그들에게도 일거리가 많을 거야. 그러나 자네의 개인적인 트러블에 놈들을 부릴 여유가 없다는 것쯤은 알고 있겠지?"

"그렇습니다."

"그리고 또 한 가지, 이 문제가 어떻게 처리되건 결론이 날 때까지 오크우드 암즈를 나가 있는 게 좋을 걸세. 물론 자네 방은 비워 두겠네. 호텔 안에서 소동이 벌어지는 건 불쾌하니까. 알겠지?"

"물론입니다."

구석에 앉아 있던 말없는 사나이가 마르를 따라 나와 바깥문까지 안내해 주었다.

5

상대방이 걸어오는 전화벨 소리를 세면서 마르는 서 있었으나, 열 번째 만에 그는 전화기 버튼을 엄지손가락으로 세게 눌러서 딴 데로 다이얼을 돌리기 시작했다. 펄은 집에 없었다. 보나마나 또 그 돈 드는 바에 가 있겠지.

그러나 그곳에도 없었다. 바텐더는 마르의 목소리를 기억하고 있어서 "아니요, 펄 씨는 안 오셨는데요"라고 대답했다. 바텐더가 자기 목소리를 알고 있다는 것을 알자 그는 기분이 좋지 않았다. 펄을 기대해 봤자 소용없다. 무슨 다른 수를 쓰지 않으면 안 될 시기에 접어들고 있었다.

방을 옮겨 버린 것도 모르고 그녀는 아직 호텔에서 그를 기다리고 있을는지도 모른다. 적어도 책상 위나 어딘가에 쪽지라도 써 놓고 갔을지도 모른다. 문득 그런 생각이 들었으나 어차피 그가 알 바 아니다. 좀더 색다른 것, 좀더 고급스러운 것이 필요했다. 이를테면 필이 거느리고 있는 그 블론드 아가씨 같은 물건이다.

어쨌든 오크우드 암즈에 전화를 걸까 하고 망설였으나 결국 그만두기로 하고 다른 번호를 돌리기 시작했다. 담배로 목이 잠겨 허스키한 여자의 목소리가 들렸다. 마르는 말했다.

"마르 레즈닉이오, 아머. 여자를 하나 소개해 줘야겠소."
"그거야 쉬운 일이지요. 값은 어느 정도로?"
"최고 상품의 미인으로 해주시오, 아머." 그는 원하는 타입을 머리에 그리면서 말했다. "블론드로서, 아무튼 미인이어야 하오. 물론 올 나이트."
"원, 세상에. 한동안 전화도 안 거시더니 갑자기 또 웬일이세요? 마르 씨에게 할 말이 있어요." 그녀는 말했다.
"뭔데?"
"화대에 대한 거지 뭐겠어요? 요 먼저 두 사람이 저에게 불평을 늘어놓지 않겠어요? 많이 주지 않는다고."

자기도 모르게 웃으면서 그는 말했다.

"무슨 소리요, 아머? 아웃핏 멤버한테는 깎아 주기로 되어 있지 않소."
"천만의 말씀. 그 애들도 먹고 살아야 할 것 아녜요. 적정 가격이라는 게 있어요. 지불이 좋은 손님한테는 서비스도 달라진다는 걸 모르세요?"

마르는 말다툼을 할 기분이 아니었다.

"알았소." 그는 갑자기 말했다. "좋아요, 좋아. 한푼도 깎지 않고 지불하지. 그러면 되겠소?"
"좋아요. 그런데 어느 정도 가격대의 아가씨를 원하시죠?"

"내가 원하는 건 이미 말하지 않았소, 블론드로서 최고 상품의 미인이라고. 젊지 않으면 곤란해, 아머. 젊고 포동포동한 계집아이라야 하오."
"100달러 급이군요."
마르는 눈살을 찌푸리고 입술 안을 깨물며 세차게 고개를 저었다.
"좋겠지. 100달러, 올나이트요."
"그밖에 주문은요? 아웃핏 건물로 보내면 될까요?"
"아니, 나와 있소. 동 57번 거리의 세인트 데비드 호텔 516호실."
"저녁 식사나 쇼 구경이라도 데리고 나가실 건가요?"
"아니, 이리로 보내 주면 되오. 빨리 해 주시오, 알겠소?"
아머는 목구멍에 얽히는 웃음소리를 냈다.
"포동포동하고 물 좋은 블론드 아가씨를 보내라 이 말씀이군요. 8시에 보내겠어요."
"좋아."
마르는 전화를 끊고 고개를 돌려 방의 벽을 보았으나 바도 설치되어 있지 않았다. 하루 32달러로 바도 없다니. 마르는 다시 고개를 돌려 전화로 룸서비스를 불렀다. 술 두 병과 글라스 둘과 그리고 얼음. 곧 가져오겠다는 대답이었다.
이제 겨우 7시가 지났을 뿐이니 아직 한 시간은 더 보내야 한다. 그는 부아가 치밀어 방 안을 서성거렸다. 하룻밤 여자와 자는 데 100달러라는 것은 화가 치민다. 파커가 되살아났다는 것도 재미없다. 아웃핏과의 관계가 이런 식으로 악화된 것도 화가 난다. 애당초 이 방 전체가 너무 심하다.
그가 있는 곳은 방이 네 개 달려 있었다. 무엇 때문에 하루 32달러나 하는 네 개짜리 방을 구하는 허세를 부렸는지 스스로 생각해도 알 수가 없었다. 아니, 그것보다도 어차피 펄과 별로 다른 것도 없을 콜

제2부 도주 89

걸에게 100달러나 되는 거금을 버릴 생각이 들었는지 알 수가 없었다. 처음 만나는 여자니까 어쩌면 펄보다 더 못할는지도 모른다.

그럼에도 불구하고, 어차피 별것 아닐 거라는 것을 알면서도 그는 여자와 방에 허세를 부렸다. 이유 따위는 아무래도 좋았다.

예를 들자면 이 방이다, 이 거실이다. 완전히 낡아 있다. 칠도 새로 했고 물건들도 새것이고 벽의 사진도 새것이었지만, 그 밑에 숨은 방 전체의 낡은 상태는 어쩔 도리가 없었다. 낡은 상태를 겉보기의 새 단장만으로 너절하게 꾸며서 얼렁뚱땅 속이고 있다. 노후한 것 말고도 이 방에는 도대체 개성이 없었다. 아웃핏 호텔 방은 틀림없이 그 자신이 사는 그 개인의 방이었다. 그러나 이 방은 지금도, 앞으로도 특정한 누군가가 사는 것이 아니라, 열차칸의 칸막이 방과 같은 것이다. 사람이 들 수는 있어도 계속해서 사는 일은 없다.

여자도 같을 것이다.

모든 일이 나쁜 쪽으로 향하고 있다. 어리석은 실수를 거듭하고 말았다. 거기다가 더욱 나쁜 것은 그것을 스스로 알고 있다는 점이었다. 믿고 싶지 않았지만 파커가 살아 있다는 사실은 그를 두렵게 했다. 그리고 카터에게 갔던 것도 잘못이었다. 결국 아무것도 얻은 게 없었다. 아마 손해 쪽이 더 컸을 것이다.

카터는 지금 지그시 마르에게 눈을 번뜩이고 있다. 추방만으로 끝날 일이 아닐 테니까 이렇게 된 바에는 파커를 죽이는 길밖에 없다. 이것은 일종의 테스트인 것이다. 아웃핏에서는 지그시 형세를 보고 있을 테니, 만일 한 발자국이라도 헛디디는 날에는 마르는 두 번 다시 살아날 수 없게 된다. 그는 조직의 지령 계통 상부에 위치하고 있어서 이번에는 실수하면 그냥 추방만으로는 끝나지 않을 것이다. 반드시 살해될 것이다.

더군다나 모든 일을 혼자 힘으로 하지 않으면 안 된다. 만일 카터

한테만 가지 않았더라도 직속 부하를 몇 명 동원하여 그중 한 명에게 파커를 살해하게 할 수 있었을는지도 모른다. 이제는 그럴 가능성조차 없어져 버렸다. 혼자 힘으로 하지 않으면 안 되는 것이다.

스테그먼이 파커를 찾아 내지 못하리라는 것은 알고 있었다. 아마 안 될 것이다. 이렇게 되고 보면 모든 일은 그의 손으로 넘어온 셈이 된다.

불현듯 그는 어떤 생각이 떠올라 방 안을 서성거리던 것을 중단했다. 아직 아웃핏을 이용할 방법이 남아 있다. 매우 위험하지만 해서 안 될 것은 없을 것이다. 세상 없어도 해내지 않으면 안 된다. 그 밖에는 도리가 없다.

그는 갑자기 방을 가로질러 전화통으로 가서 급히 다이얼을 돌렸다. 프레드 하스켈이 나오자 그는 말했다.

"프레드, 부탁이 있네. 어떤 소문을 좀 퍼뜨려 줘야겠어."

"좋고말고, 마르. 시키는 대로 하지. 스테그먼 쪽은 어떻게 됐나?"

"잘 되어 가고 있어. 실은 그 일이야. 날 찾고 있는 놈의 이름은 파커일세. 난 당분간 오크우드 암즈를 나와서 세인트 데비드 호텔 516호실에 묵고 있네. 그걸 좀 퍼뜨리고 다녀 줘야겠어. 만일 누군가가 나에 대해서 묻거나, 알고 싶어 하거나, 파커가 나타나거든 나 있는 곳을 가르쳐 주란 말이야, 알겠나?"

"놈에게 알려 주란 말인가?"

"그래, 하지만 너무 쉽게 파리를 잡듯이 간단하게 가르쳐 줘서는 안 돼. 놈이 수상하다는 느낌이 들지 않도록 해야 해. 은근하게 넌지시 가르쳐 주는 거야. 놈에게 정보가 닿거든 곧 나한테 전화를 해. 자네한테가 아니라 직접 나한테 연락을 하도록 해줘."

"알았네, 마르. 시키는 대로 하지."

"곧 연락하도록 해. 단단히 일러 두게."
"그렇게 함세, 마르."
"좋아."

마르는 전화를 끊자 깊숙이 숨을 내쉬었다. 이제 됐다. 때가 되면 일을 잘 해줄 친구를 두서너 명 고용할 수 있다. 아웃핏을 위해서 일한 적도 있고, 그렇지 않은 일도 하는 작자들, 말하자면 무소속의 킬러들이다. 아웃핏의 족속들을 부리는 것만큼은 못할는지 모르나 잘해 줄 것이다.

노크 소리가 났다. 마르는 무의식중에 전화통 쪽을 보며 잠시 기다렸다. 그는 작은 소리로 물었다.

"누구요?"
"룸 서비스입니다."
"잠깐만 기다리게, 곧 갈 테니."

권총은 침실의 침대 위 슈트케이스 옆에 놓아두었었다. 그는 부리나케 침실로 들어가 권총을 집어 들고 거실로 돌아왔다. 실내복 주머니는 권총을 숨기기에 충분했다. 영국제 32구경 소형 권총이다. 그는 주머니 속에서 권총을 꼭 쥐고 문을 열었다.

빨강과 검정의 벨보이 제복을 입은 소년이 술과 소다수와 얼음과 글라스를 얹은 크롬제 손수레를 밀고 들어왔다. 마르는 소년의 등 뒤에서 천천히 문을 닫고 그제야 권총 쥔 손을 늦추었다. 그는 권총 밑의 주머니 바닥을 더듬어서 25센트짜리 동전을 두 개 찾아냈다. 동전은 소년의 펴진 손 안에 들어갔다. 마르는 그가 방을 나가기 위해 문을 열었을 때 또 주머니 속의 권총을 잡았다. 복도에는 인기척이 없었다.

혼자가 되자 마르는 마실 것을 만들며 전화통을 바라보았다. 시계를 보니 7시 15분밖에 되지 않았다. 앞으로 45분, 45분을 기다려야

한다. 만일 여자가 일찍 와 준다면 10달러를 더 줘도 좋겠는데.
 그는 침실로 들어가서 침대 위의 슈트케이스를 아래에다 내려놓았다. 그는 침대를 바라보며 섰다. 오른손은 주머니 속의 권총을 잡고 있었다.

6

 여자는 약속 시간보다 5분밖에 빨리 오지 않았다. 10달러 더 주겠다던 마음은 쑥 들어가 버렸다. 여자가 노크를 했을 때, 벨보이에게 했을 때와 마찬가지로 주머니 속에서 권총을 꼭 잡고 문 밖으로 말을 붙여 보았다. 대답은 잘 들리지 않았지만 여자의 목소리여서 문을 여니까 그녀는 방실 웃으면서 방으로 들어왔다.
 정말 깜짝 놀랄 정도의 미인이었다. 필의 여자보다도 천 배 만 배 더 미인이었다. 배서 여자대학 출신이나 메디슨 거리의 거물 비서나, 그레이스 켈리를 능가할 정도의 영화배우 같았다.
 주문한 대로 블론드였다. 알맞은 길이의 기막히게 윤이 흐르는 블론드로, 텔레비전에 흔히 나오는 머리 모양을 하고 있었고, 머리 위에는 검은 상자 모양의 베일이 달린 모자를 쓰고 있었다. 〈보그〉지의 사진에서처럼 회색 슈트에 녹색 실크 스카프를 두르고 있었다.
 길고 날씬한 다리는 녹색 하이힐과 얇은 나일론 양말로 감싸여 있다. 모델 같은 걸음걸이로 똑바로 먼저 내민 다리를 따라 다음 다리를 내밀 적마다 골반이 앞뒤로 흔들린다. 녹색 장갑을 낀 왼손이 옆구리에서 앞뒤로 흔들렸고, 맨손인 오른손이 유방 밑 부분에서 조그마한 검은 백과 벗은 한쪽 장갑을 몸에 착 붙여서 들고 있다.
 정성껏 만든 조각 같은 얼굴은 크림빛으로서 완벽하게 다듬어진 느낌이 들었다. 긴 눈썹이 푸른 눈 위에 걸려 있고, 오똑한 코와 희미하게 연지 자국을 남긴 부드러운 입술, 길고 날씬한 목과 부조(浮彫)

된 옥돌 같은 어깨를 하고 있었다.

첫눈에 이보다 더한 미인은 흔치 않다고 그는 생각했다. 만일 앞으로 100명을 더 산다 해도 이런 미인은 두 번 다시 못 만날 것이다. 아직 맛보지는 않았지만, 침대 속에서는 더 좋을지도 모른다. 아무튼 이 이상의 빼어난 자태, 이처럼 사나이의 마음을 자극하는 완벽한 여자가 그리 흔치 않을 것만은 확실하다.

모델 같은 걸음걸이로 문턱을 넘어서자 그녀는 미소지었다.

"안녕하세요, 마르. 저 린다예요." 손바닥을 밑으로 하여 손가락을 살짝 꼬부리고, 그녀는 장갑 낀 손을 그에게 내밀었다. 여자의 목소리는 따뜻한 비로드 같았다. 발음도 깨끗하고 세련되어 있었다.

"어서 오오." 애써 웃음을 띠고 그는 대꾸했다.

권총 같은 것은 잊어버리고 주머니에서 손을 꺼내어 짧게 손을 잡았다. 여자가 안으로 들어오자 그는 문을 닫았다. 마르는 여자의 뒷모습을 보려고 돌아보았다. 곧은 등뼈, 허리에 걸쳐서 완만한 곡선을 그리며 잘록한 옆구리, 풍만한 엉덩이의 긴 곡선에 이어지는 날씬하게 뻗은 다리의 선이 눈에 띄었다. 그보다 키가 컸지만 그런 것은 문제가 아니다. '침대에 들어가면 내가 위인걸' 하고 그는 생각했다.

땀이 난 손바닥을 실내복 옆구리에 문지르며 그는 말했다.

"한 잔 하겠소, 린다?"

"고마워요, 들겠어요."

그녀는 또 인형 같은 미소를 띠더니, 백과 장갑을 작은 탁자에 놓고 다른쪽 장갑도 마저 벗었다.

그녀로부터 잠시도 눈을 떼지 못하고 두 사람의 음료를 만들고 있는 그는 여자의 세련된 몸놀림과 방을 가로질러 창과 창 사이의 둥근 경대 앞으로 가는 여자의 걸음걸이와, 팔을 들 때의 부드럽고 아름다운 곡선에 황홀하게 넋을 잃고 있었다. 그녀는 머리를 조금 숙이고 끝에 보석이 달린 두 개의 핀을 뽑아 모자를 벗고 모자에다 그 핀을 도로 꽂아 화장대 옆 테이블에다 놓았다.

소파에 나란히 앉아 술을 마시면서도 그는 여자를 찬찬히 바라보고 있었다. 무릎을 가지런히 하고, 그녀는 그에게 조금 기대듯이 몸을 기울였다. 의상도 육체도 생김새도 목소리도 정말 더할 나위 없이 모두가 꿈 같은 조화를 이루고 있었다. 육체와 혈관, 뼈와 근육과 은밀한 여성의 숨겨진 곳까지가 모두 만들어 놓은 이상형처럼 근사했다. 아직은 육체적으로 이 여자를 당장 자기 것으로 만들고 싶지 않았다. 그는 자기가 손에 넣은 것에 완전히 만족하고 있었다. 그녀의 용모, 그녀가 거기에 있다는 사실, 틀림없이 거기에 존재하며, 오늘 밤 이 여자를 자기 것으로 만들 수 있을 뿐 아니라 몇 번이든 끝까지 원하는 대로 하룻밤 새도록 이 여자와 할 수 있다는 기대에 완전히 만족하고 있었다.

"들으니까 당신은 조직의 중역 격에 해당하시는 분이라고요?"

그녀는 말했다.

그는 빙그레 웃었다.

"아암, 관리직이라고 해도 되지."

그리고 그는 자기도 모르는 사이에 일에 대한 것, 거기에 따르는 책임에 대한 것, 직면하고 있는 문제, 그의 상관들에 대한 것 등을 이야기하고 있었다.

여자는 재미있다는 듯한 표정을 띠고 능란하게 대꾸를 해 가면서 교묘하게 맞장구를 쳤다. 여자에게 강한 인상을 주어 호기심을 갖게 했다는 느낌에서 그는 끝없이 이야기를 계속하며 상대와 동시에 자기 자신을 기쁘게 하면서 난생 처음인 것처럼 친밀하게 수다를 늘어놓았다. 시계를 보았을 때는 10시 7분 전이 되어 있었다.

이 무슨 어리석은 노릇인가 깨닫고서 그는 말하던 도중에 입을 다

물었다. 2시간이 영원히 흘러가 버렸는데도 여자는 아직 웃옷조차 벗고 있지 않다.

슬슬 시간이 되었다. 너무 늦었을 정도이다.

하지만 어떻게 시작을 한다? 이제 겨우 이야기를 했을 뿐이고, 여자는 하이클래스의 미인이다. 갑자기 여자에게 다리를 벌리고 누우라고 할 수는 없다. 좀더 부드럽게 행동하자. 하지만 어떻게 시작하면 좋단 말인가?

웃으면서 그를 보고 있던 여자가 입을 열었다.

"구두를 벗어도 될까요? 몇 시간이나 계속 신고 있어서……."

그는 광적으로 말했다. "아암. 좋고말고, 어서 벗어요."

나일론 스타킹을 비비면서 다리와 다리를 포개고 여자는 구두를 벗었다. 몸을 비스듬히 돌려서 돌아본 여자의 포갠 다리의 무릎 안쪽이 그의 위치에서 똑바로 들여다보였는데, 스타킹 끝의 크림빛 살과의 경계에 있는 검은 스타킹 대님이 눈에 들어왔다.

홀린 듯이 그는 손을 뻗쳐 다리 위로 하여 스타킹 안쪽 넓적다리를 만졌다.

"린다, 당신은 굉장해. 최고야."

"스타킹 벗는 것 좀 거들어 줘요, 마르."

"좋고말고, 기꺼이 거들어 주지."

그는 여자 앞에 무릎을 꿇고, 길고 매끈한 다리 위로 스타킹을 돌돌 말아서 벗겨 내려왔다. 여자는 웃옷을 벗고 녹색 실크 스카프를 풀고, 목 언저리에 레이스 장식이 달린 흰 블라우스도 벗었다. 브래지어도 흰 것이었다. 빨강보다는 취미가 고상하다. 그는 아까보다 더욱 지적으로 세련되어진 여자의 모습을 보면서 생각했다.

여자는 마르의 턱을 어루만졌다.

"자, 침대에 갈 시간이에요." 부드러운 여자의 목소리.

그는 여자의 뒤를 따라 침실로 들어갔다. 맨발에 회색 스커트를 입고 흰 브래지어를 했는데, 그 끈이 그의 턱 언저리에 닿았다. 시키는 대로 스냅을 따 주자 여자는 스커트와 가터 벨트와 팬티에서 빠져나왔다. 그때는 그도 실내복과 바지와 슬리퍼를 벗고 그를 안으려고 여자가 두 팔을 뻗치고 침대에 드러눕기 전에 태세를 갖추고 있었다.

하룻밤을 같이 지내는 데 100달러나 요구하는 여자는 단 한시도 허비하지 않는다는 것을 그는 좀더 잘 알아 두었어야 했다. 겉보기나, 손님을 편안하게 하고 흥미 있는 중요한 인물로 아는 것처럼 꾸미는 능력 같은 것은 당연한 것이다. 더 중요한 것은 침대 안에서도 최고냐 어떠냐 하는 것이다.

바로 이 여자가 그러했다. 흥분과 기다렸던 기대와 여자의 테크닉 덕분에 그는 하마터면 도중에 싸 버릴 뻔했다. 놀라움과 굴욕과 노여움의 감정이 뒤섞인 채 그는 누워 있었다. 흥행이 끝나 갈 무렵에야 겨우 당도한 소년 같은 느낌이었다. 그는 아랫입술을 아프도록 깨물었다. 여자가 속삭였다.

"신경 쓰지 말아요, 마르. 그건 연습이었으니까요."

그러나 그는 자기의 정력의 한계를 알고 있었다. 챔피언도 아니고, 재시합을 자기 힘만으로 해낼 수 있을 턱이 없다.

"잠깐만 일으켜 줘요, 마르. 금방 돌아올게요. 아무것도 신경 쓸 것 없어요." 여자가 속삭였다.

그는 벌렁 누워 침대에서 일어나 방을 나가는, 흐르는 듯한 여자의 근사한 몸매에 넋을 잃고 있었다. 저 몸을 자기 것으로 하고서도 단지 몇 초 만에 끝내 버린 것이 분해서 견딜 수가 없었다.

그러나 여자가 돌아오자, 그가 산 비싼 물건의 진가를 그제야 알게 되었다. 원래의 힘 이상으로 그를 남자답게 팽창시켜 주었던 것이다. 부드럽게, 그러면서도 이젠 견딜 수 없다는 듯한 안타까운 표정으로 그를 다시 한 번 분기시켜 주어, 이번에는 그도 눈을 감고 한량없는 희열을 맛보았다. 그런 뒤 마르는 흐뭇하게 만족하여 잠 속에 빠져들었다.

눈을 뜨니, 머리맡의 스탠드에는 아직도 불이 켜져 있고 여자는 옆에서 자고 있었다. 시계를 보니 3시 20분 조금 지나 있었다. 반듯하게 누워서 한쪽 손은 옆에 놓고 다른 한쪽 손은 꾸부려서 아랫배 위에 얹고 여자는 자고 있었다. 머리는 흐트러지고 입술연지도 지워졌으며, 침침한 불빛 속에 나체가 어렴풋이 떠올라 있다. 여자를 보고 있는 동안 그는 그때까지 느끼지 못했던 순수하게 강한 육체적인 욕망에 사로잡혔다.

여자를 흔들어 깨우자 여자는 이내 두 팔을 감고 몸의 움직임을 그에게 맞추어서 그의 움직임에 응해 왔다.

그때 그의 귀에 창이 살그머니 들어올려지는 소리가 들렸다. 그가 두 손을 짚어 등을 쳐들고 어깨 너머로 겁먹은 듯이 돌아보았을 때, 비상계단으로 해서 방으로 들어오는 파커의 모습이 보였다. 마르는 머리를 홱 돌리고 머리맡 스탠드의 저쪽 편 의자 위에 벗어 팽개쳐진 실내복을 보았다. 절망적으로 그는 여자의 몸을 밀어젖히고 실내복을 향해 돌진하면서도 머릿속으로는 절대로 손이 닿지 않으리라고 체념하고 있었다.

7

자동 기계처럼 마르는 그 순간 불현듯 아홉 달 전의 일을 상기하고 있었다. 그 섬에서 돌아와 배반에 대한 이야기를 처음으로 라이언에게 꺼냈던 때의 일이다.

"나보다도 파커에 대해 더 잘 알고 있겠지." 그는 말했다.
"가르쳐 주게. 이런 때 놈은 수입을 독점하려고 할까?"

"파커가?" 라이언은 머리를 저었다. "절대로 그런 일은 없어. 녀석과는 두서너 번 같이 일을 했지만 착실한 친구야. 그런 것은 염려 말게."

"알았네." 마르는 의심스러운 듯이 말했다. "자네가 그렇게 말한다면 괜찮겠지만, 녀석이 실과 이야기하는 것을 들었거든. 그들의 말투로 보아 전혀 그 반대인 것 같아서 물어 봤을 뿐이네."

라이언은 이내 미끼에 걸려들었다.

"잠깐, 그들이 뭐라고 이야기하던가?"

"파커는 수입을 2등분하려는 듯한 말투였어. 적어도 그렇게 들었어. 둘로 나누는 게 비율이 좋다나 어쩐다나. 실이 비행기를 조종할 수 있는 건 자네뿐이라고 하자, 파커가 차고엔 차가 있다고 말하더군. 린이 타고 온 차 말이야."

"언제 그러던가?" 라이언이 물었다.

"비행기로 돌아올 때였어. 둘이서 잠시 밀담을 한 적 있었지?"

라이언은 미간에 깊은 골을 파고 잠시 속으로 생각하고 있더니 고개를 저었다.

"파커는 그런 짓을 한 적이 한 번도 없어. 하지만 녀석의 전부를 안다고 할 수야 없지. 하지만 설마 파커가……."

"내가 신경을 쓰고 있는 것은 녀석이 현금을 몹시 필요로 하고 있다는 일이야."

"무슨 돈을?"

"모르고 있었나? 보기 드물게 국외로 나가서 이번 일을 한 것도 다 그 때문이야. 시카고에서 다른 일을 할 예정이었는데 그게 틀어져 버려서……."

"아." 자기도 알고 있는 이야기였으므로 반가운 생각이 들어 라이언은 말했다. "그 일에는 나도 한몫 끼어 있었기 때문에 알고 있지."

"그래서 녀석은 몹시 돈이 필요해진 거야. 그 일이 틀어지는 바람에 얼른 이리로 덤벼든 거지. 생각해 보게, 라이언. 녀석이 여태까지 국외에서 일한 적이 있었나?"

"파커가? 하긴 언제나 본토에서만 해 왔지."

"바로 그 점이야, 우리를 배반하면서까지 현금을 탐내지 않을까 하는 것은. 그래서 자네한테 의견을 물어 봤을 뿐이네."

라이언은 조금 전보다 더 오래 생각을 하다가 천천히 옆으로 고개를 저었다. 그리고 단호하게 한 번 끄덕이고 나서 말했다.

"역시 녀석이 그런 짓을 할 리는 없다고 생각해. 그만한 것은 충분히 알고 있는 친구야. 나를 믿어, 마르. 이번 일로는 녀석이 나를 배반할 리가 없어. 녀석도 그만한 건 알고 있어."

"알겠나, 그 점도 신경이 쓰이는 거야. 만일 배반을 할 작정이라면 보복을 두려워해서 우리를 살려 두진 않을 거야. 놈이 여기를 나가기도 전에 우리는 벌써 황천에 가 있을 걸세."

"하기는 정말 그걸 생각지 못했었군."

라이언은 천천히 말했다.

마르는 얼굴을 들었다.

"어떻게 하겠나?"

"모르겠어. 생각해 보지. 그 파커가, 녀석 답지도 않게……." 라이언은 말했다.

"만일 뭔가 꾀하고 있다면 오늘 밤에 할 작정이겠지. 다들 잠이 든 다음에 말이야."

"잘 생각해 보겠어."

"결심이 서거든 가르쳐 주게. 시간이 별로 없으니까."

마르는 말했다.

"알았네. 하지만 파커가……."

라이언은 고개를 설레설레 흔들면서 사라져 갔다.

그날 밤이 이슥해서 마르는 나이프를 꺼내어 잠들어 있는 체스터의 목을 찔렀다. 그리고 나이프를 치운 뒤 라이언의 방으로 달려갔다.

"일어나! 라이언! 체스터가 당했어. 파커의 소행이네!"

라이언은 한잠도 자지 않고 뜬눈으로 있었다. 어둠 속에서 베개 밑의 권총을 쥐고 문을 지켜보며 줄곧 자지 않고 있었던 것이다. 그런 것은 내색도 하지 않았지만, 마르가 달려왔을 때 하마터면 그를 쏠 뻔했었다.

그들은 함께 체스터의 시체를 보았다.

"파커가! 믿어지지 않아!"

라이언은 의아한 듯이 고개를 내저었다.

"놈을 죽여야 해, 라이언! 당하기 전에 죽이는 거야."

마르가 말했다.

"아무렴. 권총을 가져오겠어." 라이언은 깊숙이 고개를 끄덕였다.

"안 돼. 잠깐 기다려. 그런 방법으로는 서툴러." 마르가 말했다.

라이언은 망설이며 얼굴을 찌푸렸다.

"그럼, 어떻게 하지? 좋은 생각이 있나?"

마르에게는 좋은 생각이 있었다. 그때 불현듯 생각난 일이지만, 그 계획이 그를 흥분시키고 분기시키며 자극을 주었다. 그때까지 그는 그 자리의 형세대로 파커에게 라이언을 이간질시켜 어느 쪽이 살아남든 상관없다고 생각하고 있었다. 무대 뒤에서 마지막 한 명을 없앨 수단을 생각할 작정이었다.

그러나 갑자기 떠오른 묘안에 사로잡힌 그는 일의 좋고 나쁘고를 판단하지도 않고, 사태가 더욱 복잡해지고 성공률이 낮아지며 위험성이 높아진다는 것도 생각하지 않았다. 그런 때면 언제나 그의 마음은 막혀 버려, 다른 생각은 모두 불가능해져 그 수밖에 도리가 없다고 생각해 버리는 것이었다.

린이다. 린 파커를 이용하자. 그놈의 마누라다. 유방을 내밀고 엉덩이를 씰룩이며 기다란 다리를 한 여자를 방편으로 이용하자.

처음으로 파커를 만나 일에 대한 이야기를 꺼내던 택시 안에서 그 여자를 만난 뒤부터, 그의 몸은 욕망으로 부글부글 끓고 있었다. 여자를 보고 욕정을 일으키면서도, 파커의 아내라는 이유만으로 곁에 접근도 하지 못했다. 그 사실이 그녀를 원하는 충동을 더욱 세차게 몰아붙였다.

그녀를 방편으로 이용해 주자. 하지 않는다고는 못할 것이다. 여기에 생각이 미치자 그 생각이 완벽한 것으로 여겨졌다.

"린이야. 그 여자에게 도움을 얻자구. 그렇게 하면 절대적이야."
그는 말했다.

"린이라고? 녀석의 아내야, 마르."
라이언은 엄숙하게 얼굴을 찌푸리며 말했다.

"물론 알고 하는 소리지. 놈에게 쉽게 접근할 수 있는 유일한 사람이네. 놈에 대한 걸 알고 있겠지, 라이언. 단단히 준비하고 자네를 기다리고 있는 상대에게 정면으로 부딪칠 작정인가, 어리석게도!"

"하지만 어떻게 해서 린을 이용하나? 납득이 가지 않는데, 마르."
"바른 대로 대주는 거야. 남편을 처치할 것인가, 제가 죽을 것인가 둘 중의 하나를 택하라고 말이야. 그런 식으로 강요하면 살아남을 수 있는 게 두 사람 중의 하나라는 것쯤 여자도 알 것 아닌가?"

라이언은 얼굴에 불안한 기색을 띠고 천천히 그 계획을 생각해 보았다.

"글쎄, 어떨지. 뭐라고 해도 린은 녀석의 아내니까……."
그는 갈피를 잡지 못했다.

"자네가 손댈 것까지는 없어, 라이언."
"그야 그렇지만."
"해볼 가치는 있어. 성공 못하면 다시 하면 돼."
라이언의 이마에 깊은 골이 패였다.
"시간이 없네. 놈이 움직이기 전에 선수를 칠 필요가 있어."
마르는 재빨리 말했다.
"좋아. 알았어. 해보지." 라이언이 말했다.
 복도를 걸어가는 도중 라이언은 실의 방에서 잠시 머물렀다. 처치할 상대는 이제 파커 하나뿐이다.
 저마다의 침실 경계에는 공동 욕실이 있었다. 그들은 파커와 린이 쓰고 있는 침실 옆방에 들어가서 조금 열려 있는 욕실문 옆에서 대기했다.
 한참 기다리니까 그녀가 다른 문으로 해서 알몸으로 욕실에 들어왔다. 그녀가 문을 닫기가 무섭게 그들은 그녀를 붙잡고 이쪽 침실로 끌어들였다. 라이언은 거무죽죽하게 더러워진 나이프를 얼찐거렸다. 마르가 권총으로 위협할 것까지도 없이 그녀는 소리를 지르지 않는 편이 낫다는 것을 알고 있었다.
"당신한테 중요한 할 말이 있어. 잘 들어. 옆방에서 누군가가 오늘 밤에 죽게 돼. 누가 죽느냐, 당신한테 선택할 기회가 있어. 당신 자신이라도 좋고 파커라도 좋아. 만일 아무래도 안 되겠다면 둘 다 죽어도 상관없어. 자, 어떻게 하겠어?"
낮고 빠른 어조로 마르는 말했다.
그녀는 고개를 흔들면서 그를 올려다보았다.
"무슨 말인지 못 알아듣겠어요. 어떻게 된 거예요, 마르? 어떻게 된 거예요?"
"지금 말한 대로야. 누군가가 죽는 거야. 당신이냐 파커냐, 택할 기회를 주겠단 말이야."

"그런 것…… 난 몰라요, 마르. 대체 어떻게 된 거예요?"

"라이언, 나이프로 조금 아프게 해주지 그래." 마르가 말했다.

라이언은 여자의 왼쪽 유방 밑 언저리에 칼끝을 들이대고 피부가 찢어지지 않을 정도로 부드럽게 힘을 가했다. 큼직한 그의 얼굴에는 표정 같은 것이 없었다.

"선택하는 거야, 린. 당신이냐, 파커냐, 빨리 정해."

마르가 말했다.

두 사나이의 얼굴을 차례로 보면서 그녀는 입술을 축였다. 마침내 그녀는 들릴락말락한 낮은 소리를 냈다.

"난 죽고 싶지 않아요."

마르는 실의 자동권총을 주머니에 넣고 있었다. 그는 그것을 꺼내 들고, 자기 권총을 그녀에게 주었다.

"총구를 나나 라이언에 돌리는 날에는 그 자리에서 죽게 될 거야."

그녀는 권총으로부터 사나이에게로 눈길을 돌렸다가 다시 권총을 바라보았다.

"당신은 나더러…… 나더러 그 일을 하라는 거예요?"

"다시 생각해 보겠단 말인가? 천천히 생각해 봐. 30초만 시간을 주지." 마르는 보라는 듯이 손목시계를 보았다.

"설마하니 나더러, 그런……."

"앞으로 25초."

"마르, 부탁이에요. 제발 부탁이니, 마르."

"20초. 라이언, 한 번 더 나이프를 쓰지 그래."

라이언이 아까와 같이 유방 아래를 칼끝으로 찌르자 마르가 말했다.

"앞으로 10초다. 예스냐, 노냐?"

"아앗!" 그녀는 목쉰 소리를 냈다. 칼끝으로 찔러대고 있기 때문에 움직일 수도 없다. "나더러 그이를 죽이라니, 너무해요, 마르."
"앞으로 4초, 조금만 더 찌르게, 라이언. 2초, 1초……."
"좋아요!"
마르는 숨을 내쉬고 어깨의 힘을 뺐다. 여자를 죽게 하고 싶지는 않았다. 다른 무엇보다도 이 여자를 죽이고 싶지는 않았다.
하나하나 일이 잘 진행되어 조금씩 소망의 결말에 다가간다. 그는 돈을 독차지하고 싶었다. 조직에 반환하여 본디 소속해 있었던 아웃핏의 일원으로 되돌아가기 위한 돈이다. 하나하나의 몫을 모두 제 것으로 만들어 가고 있다. 맨 처음이 체스터의 몫, 다음이 실의 몫, 그리고 이번에는 파커의 몫, 마지막으로 라이언의 몫, 그리고 파커에게 착 달라붙어 있는 린의 몸뚱이도 물론 탐이 났다. 그것도 머지않아 제 것이 되려 하고 있다.
그녀는 남편 죽이는 일을 돕겠다고 하고 있다. 그것만 시켜 놓고 나면 맺어 둘 튼튼한 인연이 두 사람 사이에 생긴다. 그것을 간파하고 있었다면 여자는 죽음을 택했을지도 몰랐으나, 여자는 눈치채지 못했다. 반대로 그녀는 파커에 대한 애정이 얼마나 연약한 것이었던가를 알고, 진상을 알면서도 자기를 원하는 사나이를 필요로 할 것이다. 그것은 그를 두고 달리 있을 수 없다. 마르다. 그 사나이를 위해서 살인을 함께 한 상대다.
그러나 아직 끝난 것은 아니었다. 그는 방법을 가르쳤다. 그와 라이언은 옆방에서 결과를 기다리기로 했다. 당장에 결행하라고는 하지 않았다. 필요한 만큼 시간을 들여 적당한 타이밍을 잡는 것이 긴요한 일이었다. 그러나 두 번 다시 파커가 살아서 방을 나가게 해서는 안 되었다. 만일 그렇게 되는 날에는 그 순간 그녀가 죽을 운명에 있었다.

파커에게 위급을 알리려 해도 마르와 라이언이 금방 알게 된다. 엿들으며 감시를 하고 있는 그들에게 그런 것은 통하지 않는다. 한마디라도 누설하는 날에는 그녀와 파커는 동시에 죽게 되어 있다. 그녀가 완전히 납득을 할 때까지 마르는 두 번이나 이를 설명했다. 그녀는 상대의 눈보다도 지껄이며 움직이는 입매를 멍하니 보고 있었다.
"알았어요. 하겠어요. 이렇게 된 이상, 하겠어요."
이야기가 끝나자 그녀는 말했다.
"잘 생각했어."
손을 뻗쳐서 어깨를 두드리든가 해서 그는 조금이라도 여자의 몸을 건드려 보고 싶었으나 본능적으로 손을 움츠렸.
그녀는 욕실을 빠져나가 누워서 기다리고 있는 파커에게로 돌아갔다. 오른손에 쥔 권총을 넓적다리 뒤에 숨기고, 방을 비스듬히 가로질러 그에게로 다가갔다. 몸을 꾸부려 사나이의 몸 곁으로 가면서 매트리스 밑에 그럭저럭 권총을 숨겼다. 파커의 두 팔이 여자를 껴안자, 다시 팔에 힘이 깃들었다.
마르는 한쪽 눈을 감고, 욕실과의 경계에 있는 문틈으로 두 사람의 움직임을 엿보고 있었다. 침침한 속에서 두 사람의 몸이 꿈틀거렸다. 마르는 파커에게는 죽음의 선고이고, 린에게는 그녀가 마르의 것이 되기 위한 마지막 일이 끝나기를 반쯤 초조한 기대를 가지고 기다리고 있었다.
라이언이 그의 소맷자락을 잡아당겨 그의 침실로 끌고가 그는 본의 아니게 따라갔다. 라이언은 귀엣말로 왜 지금 당장 욕실 문을 열고 파커를 죽여 버리지 않느냐고 물었다.
마르는 화를 내며 고개를 저었다.
"그렇게 하다가는 그녀까지 죽여 버릴지도 몰라. 나는 저 여자가 필요해."

라이언이 말했다.
"하지만 저 여자는 자네를 필요로 하지 않을걸."
"틀림없이 필요로 하게 될 거야."
마르는 이렇게 말하고 다시 그 자리로 되돌아갔다.
 침대 위의 두 사람은 밀림 속의 짐승 같았다. 이 여자가 이처럼 격렬하게 달아오르리라고는 도저히 믿어지지 않았다. 그녀는 열렬한 최후의 임무를 끝내고 있는 것이다. 어쩌면 마르가 엿보고 있다는 것을 알고, 침대 위에서 자기가 여자로서 얼마나 멋진가를 구경시키고 있는지도 모른다.
 두 사람의 움직임은 끝없이 계속되었다. 가까스로 파커가 침대에서 일어나 옷으로 손을 뻗쳤다. 그는 셔츠와 바지만 입고 나이트 스탠드 옆의 자동권총을 집어 들었다.
"어디, 마르와의 문제를 해결짓고 오기로 할까."
 파커의 말소리가 들렸다.
 마르와 라이언은 서로 눈을 바라보았다. 라이언이 볼 때, 이 말은 이미 마르가 한 말의 확인에 지나지 않았다. 마르로서는 자기가 라이언에게 한 말이 진실이라는 것을 알았을 때 여간 놀라운 일이 아니었다. 파커는 진정으로 자기를 죽일 작정이었던 것이다.
 두 사람은 파커가 문으로 다가오는 것을 보고 있었다. 린이 힐끔 두 사람이 숨어 있는 쪽으로 눈을 보냈는데, 공포와 결단을 내리지 못하는 표정을 얼굴에 띠었다. 마르는 몇 센티미터쯤 문을 열어 손에 쥔 자동권총이 그녀의 눈에 보이도록 했다. 그녀는 매트리스 밑에 손을 넣어 권총을 꺼내자 파커의 이름을 불렀다.
 첫 발이 가슴에 명중하자 다시 계속해서 다섯 발을 그녀는 맹목적으로 쏘아 대고 나더니 그녀가 권총을 팽개치고 소리 없이 우는 것이 보였다. 그리고 나서 그들은 방으로 들어갔다.

마르는 휘발유를 찾으러 라이언을 차고에 보냈다. 증거를 숨기기 위해 집에다 불을 지르라는 것이었다.

그는 린에게 옷을 입으라고 명령했다. 처음에는 바로 그 자리에서, 여자의 남편 시체 곁에서 여자를 제 것으로 만들 작정이었으나 그녀의 표정을 보고는 그만두었다. 그와 동시에 지난 일은 모두 처리해 버리려고 그는 갑자기 마음먹었다.

그들은 불을 지르고 집을 나섰다. 비행기에 이르기 전에 마르는 라이언의 등을 쏘아서 죽였다.

"나도 비행기를 조종할 수 있어. 녀석은 파커가 생각하고 있던 것보다 내가 더 빈틈이 없었다는 걸 눈치채지 못했지."

그는 빙그레 웃으며 린에게 말했다.

비행기 안에서 그는 자기의 정당함을 그녀에게 일러두었다.

"파커는 나를 죽일 작정이었던 거야. 그렇지? 놈이냐, 나냐였던 거야. 놈이냐 당신이냐 하는 것과 마찬가지로 말이지. 똑같은 이야기야."

마르가 대답을 재촉할 때에만 그녀는 대답을 했는데, 그것도 긍정이나 부정의 짧은 말뿐이었다.

여자를 비로소 자기 것으로 만든 것은 시카고에서였다.

그는 우선 아웃핏에 얼굴을 내밀고 돈을 반환했으나, 그들은 그의 얼굴을 멍하니 쳐다보았을 뿐이었다. 그들로서는 믿어지지 않았던 것이다.

"어떻게 될 것인지 알리겠네, 마르. 며칠 내로 전화를 걸겠어."

그들은 말했다.

그래서 그는 갈 곳도 없이 그를 기다리고 있는 린이 있는 호텔로 돌아가, 거기서 비로소 그녀를 제 것으로 만든 것이다. 그러나 그녀는 가만히 누워 있을 뿐이었다. 마르는 깎아지른 바위에 부딪는 사나운 파도처럼 심하게 여자를 덮쳤지만, 마치 깎아지른 바위 바로 그것처럼 그녀는 몸 하나 까딱하지 않고 누워 있었다. 얼빠진 표정, 애무에 응하려고 하지 않는 육체, 그녀의 감정은 어딘지 멀리 떨어진 곳을 방황하고 있는 것 같았다.

그는 너무나 갑작스러운 일이라서 그럴 거라고 생각했다. 그녀가 새로운 환경에 익숙해지려면 시간이 걸릴 것이다. 그에게 육체를 허락하는 일을 린은 거역하지 않았다. 별로 신경 쓸 것은 없다. 얼마 안 가 그녀도 정상으로 돌아올 것이다.

이틀 뒤 아웃핏에서 사람이 왔다. 심부름 온 자가 마르의 방을 보고 놀란 것은 뻔한 일이었지만, 그는 마르가 거느리고 있는 여자의 근사함에 더욱 놀랐다. 아웃핏도 그가 반환한 돈에 이미 놀란 뒤였다.

조직에서 나간 뒤 그만한 돈을 가지고 돌아온 사나이. 더군다나 아웃핏에 대한 빚을 성실하게 갚은 사나이. 그런 사나이야말로 쓸 만한 사나이다. 조직은 그에게 또 한 번 기회를 주었다. 이번에 잘만 하면 합격이다.

그러나 조그만 문제가 하나 있었다. 그는 시카고가 아닌 곳에서 일을 하는 편이 나았다. 시카고 지부의 상층부 측들이나 기록에는 그의 실태가 뚜렷하게 새겨져 있다. 지도계급으로서 잘해 나가려면 어려운 점이다. 그래서 그는 뉴욕의 조직에 편입하기로 되었다.

마르로서는 불평이 없었다. 어차피 시카고에는 그다지 집착도 없었다. 뉴욕도 마음에 들게 되겠지.

린은 그와 함께 옮겨갔다. 달리 갈 곳도 없었던 것이다.

뉴욕에서 그는 주류 판매 부장 역을 임명받았다. 콜롬비아 특별구에서는 담배류가 싸다. 주세가 없기 때문이다. 반대로 캐나다에서는 비쌌다. 미제 담배에 수입세가 붙기 때문이다. 한편 캐나다산 위스키는 캐나다에서는 싸지만 미국에서는 수입세 때문에 비싸다.

그런 까닭에 담배를 가득 실은 차가 워싱턴에서 북으로 향했다가, 이번에는 위스키를 싣고 몬트리올에서 남으로 향했다. 주류 짐의 거의 절반은 뉴욕까지이고 나머지는 워싱턴까지 운반되었다.

마르의 임무는 뉴욕에 도착하는 짐을 인수하는 일이었다. 또 그 짐을 특정한 레스토랑이나 바나 술집에 파는 담당자들을 관리하는 일도 있었다. 온당한 짐이 적당한 시기에 적절한 장소로 전달되는지 어떤지를 점검하고, 밀고를 당하고 있지 않는지를 주의하는 관리직이었다. 그로서 충분히 해낼 수 있는 일이었고 그가 좋아하는 일이기도 해서 어렵지 않게 해 나갈 수 있었다.

그리고 린도 그와 함께 살았다. 아무데도 갈 곳이 없었기 때문이다. 그러나 아무리 그가 애를 써도 여전히 그녀에게는 열성이 없었고, 아무리 시간을 들이고 돈을 쓰고 무슨 짓을 해도 소용이 없었다. 마치 커다란 산 인형이나 다름없었다. 침대 위에서 땀을 흘리며 거친 숨을 몰아쉬는 마르의 커다란 몸뚱이조차도 존재하지 않는 것 같았다.

그는 성적인 만족감을 펄이나 그 밖의 여자들로부터 얻게 되었다. 결국 그는 그녀에게 충분한 생활비를 주고 그곳에서 옮겨가, 갈 곳 없는 그녀만 그곳에 남게 되었다. 파커에게 했던 것처럼 죄의식에 자포자기하여 그녀가 어느 날 갑자기 자신을 죽이려 할지도 모른다는 생각이 들어 차차 무서워졌기 때문이었다. 그는 그곳을 나갈 때 그녀가 자기 있는 곳을 눈치채지 못하도록 신경을 썼다. 그녀는 반대도 하지 않았다. 그가 가는 곳 따위를 찾을 필요가 있겠느냐는 듯한 태도였다.

시간이 흐름에 따라 일과 사람과 거리에 정을 붙이면서 마르는 새 생활 속으로 안정이 되어 갔다.

일은 잘 진행되고 있었다. 1, 2년만 지나면 성공에의 계단을 또 몇 계단 오를 수 있을 것이다.

킬리 섬과 집합지에서 있었던 일, 8만 달러의 현금에 대한 일 등이 조금씩 과거의 기억 속으로 희미해져 가고 있었다.

'죽은 자'가 그의 꿈을 이루어 준 셈이다. 최고급 호텔에서 지내며 최상의 고급 매춘부를 옆에 거느리고 있으니 그럭저럭 꿈이 실현된 셈이었다.

그러고 있는 참에 스테그먼이라는 사나이가 파커는 살아 있으며, 마르를 찾고 있다고 알려 온 것이었다.

제3부 복수

1

 파커에게 있어 캐너시의 택시업자인 스테그먼으로부터 세인트 데비드 호텔의 창문에 이르기까지의 추적은 불확실한 것이었다. 캐너시에서 길이 막혀 버렸다. 린을 찾아내는 것은 쉬웠다. 전화번호부에 그녀의 이름과 번호가 실려 있었다. 파커가 죽은 걸로 되어 있으니까 이름을 올리지 않을 이유도 없었을 것이다. 그러나 마르는 더 조심스러웠다. 어쩌면 별명을 쓰고 있을는지도 모른다.
 그래서 파커는 캐너시에서 맨해튼으로 돌아가 말없이 나왔던 호텔로 돌아왔다. 요 사흘 동안 입고 있던 옷을 벗고 샤워를 한 다음 면도를 하고 다시 옷을 주워 입고 밥을 먹으러 나가서 다시 한 번 생각해 보기로 했다.
 레스토랑 테이블 앞에 앉아서 그는 마음속으로 다시 생각해 보았다. 그는 린을 통해서 마르에게 접근할 작정이었으나 시작과 동시에 그 방법은 허사가 되고 말았다. 이렇게 된 이상 다른 수를 쓰는 수밖에 도리가 없다. 마르는 틀림없이 다시 조직으로 되돌아가 있을 것이다. 조직망으로부터 알아낼 수 있을는지도 모른다.

그는 그 방법이 마음에 들지 않았다. 조직의 패거리들은 단결이 굳기로 정평이 나 있다. 일단 염탐을 해보는 것도 좋겠으나, 그것은 금방 마르의 귀에 들어갈 것이다. 그가 살아 있어서 마르를 찾고 있다는 것을 눈치챌 것이 틀림없다. 하지만 그렇게 되면 그를 조직에서 쫓아 낼 수 있을지도 모른다. 그렇게라도 하는 수밖에 없다. 이제는 달리 쓸 방법도 남아 있지 않았다.

그는 식사를 마친 뒤 택시를 집어타고, 센트럴 파크 웨스트와 104번 거리의 모퉁이로 향했다. 이 부근은 공원의 녹지대 끄트머리를 빈민가가 남쪽과 동쪽으로부터 침식하고 있었다. 파커는 104번 거리를 서쪽으로 잡화점이 나올 때까지 걸었다. 가게 이름은 '보데거', 스페인 어로 잡화상이라는 뜻인데, 그 글자가 펩시콜라 상표 아래에 노란 바탕에 검정으로 씌어 있었다. 보데거라는 글자 밑에는 점포 경영자의 이름이 작은 검정 글씨로 데르가르드라고 씌어 있었다.

가게 안에는 바퀴벌레용의 살충제, 썩은 밀가루, 마루 닦는 왁스, 헌 목재 등 오만 가지가 다 있었다. 번들거리는 검은 옷을 입은 키가 작고 다부지게 생긴 두 부인이 딴딴한 빵을 가리키고 있었다. 카운터 뒤의 좁은 공간에서 숱이 많은 콧수염을 기른 땅딸막한 사나이가 왼쪽 팔꿈치를 긁으면서 일정한 초점도 없이 멍하니 서 있었다.

파커는 여자들을 헤치고 사나이에게 말했다.

"지미는 요즘 오나요?"

데르가르드는 여전히 팔꿈치를 긁고 있었다. 멍하니 허공을 보고 있던 그의 시선이 파커의 얼굴을 포착했다.

"댁은 지미의 친군가요?"

"그렇소."

"그렇다면 어째서 그 친구가 있는 곳을 모르지요?"

"연락이 끊어져서요."

"난 당신을 처음 보는데요."

"지미는 버팔로 급료 강도 사건 때 날 위해 차를 운전해 주었소."

데르가르드의 두 손이 꿈틀하며 두 부인을 보고 염려스러운 듯이 눈을 깜박거렸다. 갑자기 그는 소리를 죽여 말했다.

"그런 말 집어치워요."

목소리의 상태를 낮추지 않고 파커는 대꾸했다.

"내가 누군지 알고 싶었겠지, 이만하면 알았을 거요. 자, 지미가 어디 있는지 가르쳐 주시오."

데르가르드는 잠시 안절부절못하고 있었다. 그러나 여자 손님들은 별로 이상한 태도를 보이지는 않았다. 그는 신경질적으로 콧수염을 만지작거리며 말했다.

"안으로 좀 들어갑시다."

파커는 주인을 따라 기름때 묻은 커튼을 헤치고 다시 가게 안쪽으로 들어갔다. 안에 들어가니 악취가 더욱 심했다. 후추 냄새를 맡으면서 데르가르드는 얼굴을 바싹 갖다대고 작은 소리로 말했다.

"그 친구는 캐나다에 있소. 운반을 하고 있는데, 알 거요."

"담배 말이오?"

"그렇소."

"언제 돌아오지요?"

"이틀이나 사흘 뒤요."

"연필하고 종이를 좀 주시오."

"좋소, 잠깐만 기다려요."

데르가르드가 가게로 돌아가 있는 동안 파커는 악취를 피하기 위해 담배에 불을 붙였다. 데르가르드가 여자 손님들과 스페인 어로 심하게 옥신각신하는 것을 보니 무슨 말썽이 생긴 모양이다. 그가 안에 들어온 사이에 손님이 물건을 훔쳤던 것이다.
 그는 잔뜩 성이 나서 안으로 돌아오자 크게 숨을 내쉬었다. 그리고 파커를 향해 어깨를 으쓱해 보였다.
 "할 수 없는 족속들이야."
 그는 노란 연필과 기름때 묻은 메모대를 주었다. 파커는 호텔 이름을 적었다.
 "그가 돌아오면 이리 전화를 걸라고 하오. 이름은 파커요. 없거든 전갈을 일러두라고 전해 주시오."
 "파커라고? 이름을 적어요."
 "잊어버릴 것도 없어, 쉬운 이름이니까."
 파커는 메모대와 연필을 돌려주었다. 데르가르드는 이름을 적지 않으면 받을 수 없다는 듯이 주저하는 빛을 보이더니 어깨를 으쓱하며 다시 가게로 돌아갔다.
 두 여자 손님은 잠자코 겁먹은 듯이 아직도 그 자리에 서 있었다. 가게 안에는 제복을 입은 경관이 둘 와 있었다. 경관들의 표정은 걷잡을 길이 없으면서도 엄격했다. 경관이 노려보자 파커는 말했다.
 "지금 지갑을 꺼내겠어요."
 그는 천천히 엉덩이 주머니에 손을 뻗쳤다. 경관은 기다리고 있었다. 파커는 지갑을 뽑아 내어 가까운 쪽 경관에게 주었다.
 에드워드 존슨이라고 씌어 있는 면허증에 두 사람 다 눈길을 떨어뜨렸다가 지갑을 돌려주면서 한 경관이 말했다.
 "가게 안에서 대체 무슨 의논을 했지? 뭔가 매매를 했소?"
 "아니요."
 "그런 게 아닙니다, 경관님. 잘 아시지 않습니까. 전 뒤가 켕기는 그런 짓은 하지 않습니다." 당황해서 데르가르드가 말했다.
 그의 콧수염 밑에 땀이 나고 있었다.

"그런 게 아니라니, 어떤 게 아니란 말인가?"
경관 하나가 물었다.
데르가르드는 어쩔 줄 몰라하며 쩔쩔매고 있었다.
"아편 주사 같은 걸 찌르지 않는다는 뜻이지요." 파커는 윗옷을 벗어 셔츠의 소매를 걷어붙이고 팔을 드러내 보였다. "난 아편을 맞거나 사거나 팔거나 운반 같은 것을 하고 있지 않습니다. 부인들만 비킨다면 다리도 보여 드리겠소. 아무 데도 주사 자국은 없으니까요."
"그럴 필요는 없겠지." 이야기를 이끌어 나가던 경관 쪽이 말했다. "주머니 속의 것을 모두 꺼내 보시오. 당신도, 데르가르드. 그리고 메모대도 보여 주시오."
경관은 힐끔 메모를 보고 나서 파커를 바라보았다.
"캘링턴 호텔에서 뭘 하고 있지요?"
"그냥 묵고 있을 뿐이오." 파커가 말했다.
"운전 면허증 주소와 다른 것 같은데."
"여편네하고 싸워서요."
"가게 안에서 뭘 하고 있었지요?"
"둘이서 가볍게 술 한 잔 했습니다. 난 지미하고는 오랜 친구거든요. 만났으면 해서 왔었지요." 파커가 말했다.
"오랜 친구라니, 어디서부터?"
"북쪽이지요. 버팔로에서 트럭 운전을 하고 있을 때였지요."
"트럭 운전 면허증을 가지고 있지 않는 것은 어째서지요?"
"그 일은 이제 안하니까요."
"그럼, 지금은 뭘 하오?"
"실직 중입니다. 쉬고 있지요. 그게 싸움의 원인이었습지요."
"무슨 싸움이오?"
"아까 말하지 않았습니까? 여편네하고 싸웠다고."

"전에는 어디에 근무했었소?"

"제너럴 일렉트릭사. 하긴 시골입니다."

경관은 볼따구니 안쪽을 잘근잘근 깨물고 있다가 다른 경관 쪽을 힐끔 보았다.

"말은 청산유수로군, 존슨. 그러나 어쩐지 냄새가 나는데."

파커는 어깨를 으쓱했다.

경관이 말했다.

"무엇 때문에 마약에 대해 그렇게 구애를 받았지? 우리를 보자마자 마약에 대한 걸 지껄여대지 않았소."

"이 부근은 악명이 높으니까요. 나도 〈포스트〉지 정도는 읽고 있습니다." 파커는 말했다.

"그래? 저기 벽 앞에 가서 서 보시오."

파커는 벽에 손바닥을 대고 돌아섰다. 경관은 간단하게 신체검사를 끝내자 한 발 물러서며 말했다.

"좋아."

"이걸로 무죄 방면입니까? 소지품을 돌려주시는 겁니까?"

파커는 말했다.

"아, 그렇소."

파커는 카운터 위에서 지갑과 잔돈과 담배를 집어서 주머니에 넣었다. 데르가르드도 신체검사를 당했지만 아무것도 나오지 않았다. 말을 하던 쪽 경관이 파커 쪽으로 못마땅한 얼굴을 돌려 고개를 끄덕이며 말했다.

"가도 좋소. 또 만날 때가 있겠지."

"글쎄올시다. 저쪽에서는 경관님도 더 문명적이니까요."

파커는 대답했다.

경관이 말했다.

"관할서에 부탁 같은 것은 하지 않소."

"아무렴, 그러실 테지요." 파커가 말했다.

"가시오." 또 한 경관이 말했다.

아직도 겁을 먹고 있는 두 여자 손님을 헤치고 파커는 밖으로 나갔다. 여자 손님들은 말도 알아듣지 못했다. 틀림없이 데르가르드가 도둑 용의로 그녀들을 경찰에 고발한 줄로만 알고 있었던 것이다.

2

"어떤 여자를 찾고 있는데……." 파커는 말했다.

여자는 그를 보고 얄밉게 웃으며 말했다.

"나는 어때요, 오라버니?"

파커는 맥주잔을 손에 들고 탁자에 묻은 맥주잔 밑의 물 자국을 보았다.

"특별한 여자를 찾고 있어." 파커는 말했다.

여자는 눈썹꼬리를 쳐들고 눈썹을 뽑았다. 두 눈썹이 서로 균형이 맞지 않게 눈썹선을 그려 넣어 눈썹을 치키니까 마치 서투른 만화같이 되었다.

"손님 받는 여자 말이에요? 다 알고 있지는 못해요, 하도 많아서."

"전화 전문의 여잔데. 혼자서 하고 있는 게 아니라 조직에 들어 있을 거라고 생각해."

그녀는 고개를 내둘렀다.

"그런 여잔 몰라요."

파커는 글라스의 맥주를 다 마시고 한 잔 더 달라고 바텐더에게 신호했다.

"그런 여자를 알고 있는 사람에 대한 거라면 알 수 있겠지?"

"어느 쪽이라고도 할 수 있겠죠." 다른 맥주잔이 오자 여자가 말했다. "고마워요. 하지만 무엇 때문에 손님한테 가르쳐 줘야 하지요? 누군지도 모르는 사람에게 말예요."

그는 여자를 바라보았다.

"내가 경찰 앞잡이로 보이나?"

여자는 웃음을 터뜨렸다.

"천만에요. 아무튼 형사로는 보이지 않아요. 하지만 그 여자를 혼내 줄지 누가 알아요? 혹시 그 여자가 손님한테 무좀을 옮겼느니 어쩌니 하는 이유로 말이에요."

"내 누이동생이야. 한참 동안 소식이 끊어졌는데, 의사가 내 목에 암이 생겼다나? 그래서 꼭 한 번 누이동생을 만나고 싶어서 그래. 이해하겠지, 내 심정? 마지막이 될지도 모르니까."

파커는 거짓말을 했다.

여자는 깜짝 놀라며 동정을 하는 것 같았다.

"어머나! 그렇다면 큰일이군요. 미안해요."

파커는 어깨를 으쓱했다.

"난 지금까지 잘 살아 왔어. 아직 여섯 달쯤 더 살 수 있을 거야. 그래서 누이동생을 만나 보러 왔어. 누이동생하고 이모밖에 친척이라고는 없지만, 비록 암을 고쳐준다 해도 이모는 만나기가 싫어."

"세상에!" 여자는 또 소리를 질렀다. 죽음에 대한 생각이 여자의 눈썹에 나타났다. "손님 심정을 잘 알겠어요. 제가 그 심정을 이해한다는 것이 믿어지지 않을지도 모르지만, 아무튼 잘 알 수 있어요. 이런 영업을 하고 있노라면 늘 생각하는 것이 병에 대한 것뿐이거든요. 한 방에서 같이 지내던 어떤 여자가 있었는데, 늘 건강이 좋지 않아서 음식만 삼키면 아파하고 있었지 뭐예요. 가끔 피를 토하곤 해서 결핵인 줄 알았던가 봐요. 몇 번이나 병원에 가 보라고 권했는데, 결국은 입원을 하게 되고 말았답니다. 역시 목 안 어딘가에 조그만 종기가 나 있었던 거예요. 암은 아니었지만, 말하자면 저희들의 직업병의 일종이에요. 아시겠지요?"

파커는 고개를 끄덕였다. 그런 것은 아무래도 좋았지만 한참 말을 시켜 두면 다른 말도 할는지 모른다.

"그녀는 아직도 병원에 있답니다. 한 번 문병을 갔는데, 차마 볼 수 없었어요. 꼭 헌 주머니 같은 꼴요. 이해하실지 모르겠어요? 말도 못해요. 그냥 목쉰 소리만 낼 뿐이에요. 만나러 간 게 여섯 달 전의 일이었는데, 두 번 다시 갈 마음이 나질 않았어요. 아마 틀림없이 죽었을 거예요. 차라리 그편이 낫겠던 걸요."

갑자기 섬뜩하여 여자는 눈을 뚱그렇게 뜨고 입을 손으로 눌렀다.

"걱정 말아요." 파커는 말했다. "그 말뜻 잘 알아. 나 때문에 그러는 거라면 신경 쓸 것 없어. 난 그렇게는 죽지 않을 거야. 용태가 나빠지면 이 혈관을 내 손으로 자르겠어." 그는 팔을 뻗어 손목을 보였다. "보이지? 이 파란 혈관 말이야."

여자는 몸을 떨었다.

"그런 소린 집어치워요. 나까지 슬퍼지잖아요."

"미안해. 아무튼 누이동생에 대한 건데······."

파커는 맥주를 반쯤 마셨다.

"이름은요? 어쩌면 알지도 몰라요."

"마지막에 들었을 때 쓰던 이름은 로즈 라고 했어."

그녀는 여전히 선이 맞지 않은 눈썹을 찌푸리며 생각하고 있었다. 고개를 내두르며 그녀는 말했다.

"아니, 모르겠어요. 좀 들어 본 이름 같았는데, 아닌가 봐요."

"오래된 노래 가사에 있는 이름이지. 로잘리, 사랑하는 님 로잘리, 그리운 님이라는 노래지. 그러니까 들은 이름 같았던 거야." 파커는 말했다.

"그럴지도 모르죠. 그런데 어쩌면 바니가 알고 있을지도……."

"바니라니?"

"바텐더 말이에요. 여기는 전화 중개소도 하거든요." 그녀는 한쪽 손을 들었다. "이것 봐요, 바니!"

그는 무표정하게 바의 뒤로 해서 다가왔다.

"한 잔 더 드릴까요?"

"잠깐만 기다려요." 그녀는 바 너머로 그에게로 몸을 내밀고 성급하게 열띤 어조로 물었다. "봐요, 바니. 로즈 리라는 여자 몰라요? 노래 가사에 나오는 이름 같지만 말이에요."

"로즈?" 그는 어깨를 으쓱했다. "본 일이 있느냐고 묻는다면 대답은 노야. 여긴 한 번도 온 적이 없어. 그러나 이름은 알고 있어. 전화로 들은 적이 있으니까."

그녀는 자줏빛으로 칠한 손톱 끝으로 파커를 가리키며 말했다.

"이분은 그녀의 오빠예요. 그녀를 찾고 있어요."

바니는 무표정한 얼굴로 파커를 관찰했다.

"그녀를 데리러 왔나요?"

파커는 고개를 저었다.

"소식이 끊어져서 그러오. 만나기만 하면 되오."

"이분은 병이 나서 그래요. 마지막으로 꼭 한 번 누이동생을 만나 보고 싶으시대요. 아시겠지요?" 여자는 은근한 어조로 말했다.

바니는 매우 현실적인 사나이였다. 그는 말했다.

"그래서 나더러 뭘 어쩌라는 거지요?"

"어디 가면 그녀를 찾을 수 있겠소?"

"그런 걸 어떻게 압니까. 전화로 이름을 들었을 뿐인데."

"동생 있는 곳을 아는 사람을 만나 볼 수 없겠소?" 파커가 물었다.
 바니는 다시 한 번 생각해 보았다.
 "손님이 누군지를 알아야지요." 그는 덧붙여 말했다. "해서는 안될 말을 할 수는 없거든요."
 여자가 또 옆에서 참견을 했다.
 "누군가가 그녀한테 오빠가 여기 와 있다는 것쯤은 말할 수 있잖겠어요?"
 바니도 그 생각이 마음에 들었다.
 "아아! 그거라면 괜찮아."
 "이름은 파커라고 전해 주시오. 정말로 오빠라는 걸 알 거요."
 바니는 고개를 끄덕였다. 그가 가고 나자 여자가 말했다.
 "마침 잘 오셨어요. 바니라면 힘이 되어 줄 거예요."
 "손님 찾는 여자들이 잘 모이는 곳이라서 한 번 와 봤지."
 그는 말했다.
 "장삿속 같아 안 됐지만, 저도 벌어야 먹고 살지 않겠어요? 계속 상대를 해 드렸으면 좋겠지만……."
 "괜찮아."
 "안녕." 그녀가 말했다.
 "고마워."
 여자는 토실토실한 엉덩이 위에서 스커트를 끌어내리며 의자에서 내려서더니 문을 향해 어슬렁어슬렁 걸어갔다. 그리고 문과의 중간쯤에서 분명한 신호를 알아차리고 돌아서자, 그녀를 빤히 바라보며 마주앉아 있는 두 사나이의 자리로 다가갔다. 테이블 곁에 서서 잠시 이야기를 주고받다가 바 끄트머리에 혼자 앉아 있는 여자한테로 가서 말을 걸었다. 그 여자는 두 손님에 대한 흥정을 하고 고개를 끄덕거리더니, 둘이 함께 남자들 자리로 갔다.

파커는 일이 진행되어 가는 형세를 앞에 있는 거울 속으로 죽 보고 있었다. 짝이 지어진 남녀 두 쌍은 마침 바니가 공중 전화부스에서 돌아왔을 때 자리에서 일어나고 있었다.
"곧 전화가 걸려 올 겁니다."
"바니라고 했소?"
"네."
"고맙소." 그는 빈 잔을 앞으로 내밀었다. "한 잔 더 주시오."
그는 25분 동안 기다렸다. 만일 이것이 실패로 돌아가 그녀를 찾지 못하든가, 찾더라도 그녀가 마르를 찾아내지 못한다면 지미 데르가르드를 기다리는 수밖에 없었다. 만일 지미로도 안 된다면 전혀 다른 수를 쓰지 않으면 안 될 것이다. 그런 것은 아무래도 좋았다. 시간은 얼마든지 있다.
'살찐 수코양이 같은 마르 놈. 등에 구멍이 뚫리지 않도록 조심이나 하고 있거라.'
공중 전화부스에서 벨이 울리자 바니가 천천히 조심스럽게 바 뒤쪽으로 걸어갔다. 바 끄트머리에서 판자를 들고 밖으로 나가 다시 판자를 내리고 전화부스 속으로 들어가 문을 닫았다. 그는 수화기를 들고 몇 마디 하더니 대답을 듣고 있었다. 이윽고 파커 쪽으로 시선을 보냈다가 다시 말을 시작했을 때 두 사람의 눈이 마주쳤다. 인상을 알려주고 있는 것이다.
이윽고 바니는 수화기를 옆에 놓고 문을 열었다.
"손님한텝니다."
파커는 걸어가서 전화부스에 들어가 문을 닫았다. 안은 더웠다. 수화기를 들기 전에 그는 선풍기의 스위치를 넣었다. 선풍기가 돌아 바람이 목덜미에 불어왔다.
그는 말했다.

"여보세요."
여자의 목소리가 들려 왔다.
"다행이군요, 똑똑한 양반. 대체 당신이 누구죠?"
"여어, 원더요?" 그는 말했다.
"이름은 로즈예요."
"전에는 원더였어. 난 파커요. 지금 그자가 말한 대로요."
"이상한데요. 파커는 죽었어요."
"알고 있어. 하지만 20달러를 갚지 않고는 죽을 수가 없더군."
몇 초 동안 잡음이 들리다가 곧 여자의 목소리가 들렸다.
"정말로 파커예요?"
"그렇다고 하지 않았어?"
"하지만 서너 달 전에 스턴네 집에서 린을 만났거든요. 당신이 죽었다고 하던데."
"착각을 했던 거지. 할 이야기가 좀 있는데."
"운이 좋았군요. 오늘은 마침 쉬는 날이에요. 서65번 거리 298번지. 이름은 아래층 벨 옆에 씌어 있어요."
"곧 가겠어."
"잠깐. 한 번 더 바텐더에게 할 이야기가 있어요. 당신이 틀림없는 분이라는 걸 보고해야죠."
"좋아."
전화부스를 나오니까 바 안이 갑자기 서늘하게 느껴졌다. 바니와 눈이 마주치자, 파커는 전화부스 쪽으로 오라고 신호를 했다.
"한 번 더 할 이야기가 있다는군."
바니는 고개를 끄덕이고 바로 해서 걸어왔다. 도중에 그가 말했다.
"잠깐만 더 계십시오, 아셨지요?"
파커는 고개를 끄덕였다. 바 끄트머리 창가에 앉은 두 사나이는 전혀 그를 보고 있지 않았다.
 바니는 전화를 간단하게 끝내자 수화기를 놓고 돌아왔다. 웃음이 하복부 언저리에서 음울하게 올라와 얼굴에 다다랐을 때는 벌써 사라져 가고 있었다.
 "잘 됐어요. 도움이 되어서 다행입니다."
 "고맙소." 파커는 말했다.
 그는 의자에서 내려와 문으로 향했다. 바 끄트머리에 있던 두 사나이가 이번에는 그를 보고 있었다.

3

 그녀는 달라지지 않았다. 틀림없이 35살은 되었을 텐데 꼭 17살 정도로 보였다. 아담한 몸매 탓일 것이다. 1미터 50센티미터가 될락 말락한 화사한 골격을 하고 있다. 눈은 크고 둥글며 녹색. 머리칼은 불타는 듯한 빨간빛. 장미꽃 봉오리 같은 입매가 희고 뚜렷한 용모와 대조적으로 밝은 홍색으로 빛나고 있었다.
 키에 맞게 몸도 아름답게 균형이 잡혀, 원추형으로 부푼 두 개의 가슴의 융기와 나긋나긋한 허리둘레와 탄력 있는 히프를 하고 있으나 유감스럽게도 목소리가 좋지 않았다. 어쨌든 칼리지의 신입생 같은 목소리는 아니었다.
 적어도 열 가지 색이 넘는 야한 색채의 부인복을 바람에 부풀리며 그녀는 신나게 문을 열고 큰 소리로 말했다.
 "자, 어서 들어와요. 기차게 멋진 건달 씨. 살아서 돌아온 걸 축하해요."
 그는 고개를 끄덕이며 여자 곁을 지나 입구의 홀로 해서 두 계단 내려와 큼직한 영화 세트 같은 거실로 들어갔다. 온통 개구리의 그림이 그려진 도기가 온 테이블에 흩어져 있었다.

"진짜 파커로군요." 그녀는 문을 닫고 그를 뒤쫓아 오면서 말했다. "조금도 안 변했어요."

"당신도 마찬가지야. 실은 부탁이 있어서 말이야."

"오래 못 만난 오빠 같은 생각이 드는군요. 앉으세요, 뭘 드시겠어요?"

"맥주로 하지."

"보드카가 있어요."

"맥주로 줘."

"좋아요, 알았어요. 진작에 알았어야 했는데, 그 파커가 사교적인 방문 따위는 할 리가 없다는 것을 말이에요. 만일 듣고 싶지 않으면 맥주는 안 드셔도 괜찮아요."

"그래? 아주 건강해 보이는군." 그는 소파에 앉았다.

그녀는 그와 가죽의자에 마주앉았다. 의자에 털썩 주저앉자 한쪽 다리를 팔걸이에 걸치고 덜렁거리며 말했다. "인사 같은 것은 당신 격에 어울리지 않아요. 어서 그 부탁이라는 거나 말씀해 보세요."

"마르 레즈닉이라는 자를 알고 있나?"

그녀는 어깨를 으쓱거리고 나서 아랫입술 가장자리를 깨물며 술이 달린 램프의 갓으로 눈을 돌렸다.

"레즈닉." 입술 끄트머리를 깨물고 있어서 그 소리는 입 속에서 불분명하게 들렸다. "레즈닉." 이윽고 그녀는 머리를 흔들며 힘차게 일어섰다. "몰라요, 잘 모르겠어요. 동업자예요? 서해안 쪽 사람?"

"아니, 뉴욕에 있어. 조직의 어딘가에 틀어박혀 있을 텐데."

"아웃핏이라고 불러요. 조직이라는 호칭은 이제 유행하지 않아요. 아주 건실해졌지 뭐예요."

"뭐라고 부르든 상관없어."

"어찌 되었거나……. 아아!" 그녀는 눈을 크게 뜨고 천장을 올려다보았다. "아아, 맞아요, 그 사나이야!"
"알고 있어?"
"직접은 모르지만 들은 적은 있어요. 어떤 여자가 나보고 투덜거린 적이 있거든요. 하룻밤 새도록 놀아 놓고 50달러는 줘야 할 것을 35달러밖에 안 주더라고요. 아머한테 이야기했더니 그는 아웃핏 사람이니까 섣불리 떠들지 않는 게 좋을 거라고 하더라나요? 더러운 사내임에는 틀림없지만, 그냥 그러다가 말았나 봐요."
팔꿈치를 무릎에 얹고 그는 몸을 앞으로 내밀어 주먹을 탁자에 대고 계속 내리쳤다.
"어디 있는지 찾아낼 수 있겠어?"
"아웃핏의 건물에 있다고 생각해요."
"그게 뭐지? 클럽이나 그런 건가?"
"아니에요, 호텔이에요."
그녀는 또 뭐라고 말하려다가 갑자기 몸을 돌리고 티크 테이블 위의 조각이 새겨진 은제 상자로 손을 뻗쳤다. 뚜껑을 열고 분홍색 필터가 달린 담배를 뽑자 묵직한 은으로 된 그리스식 라이터를 집어 들었다.
파커는 여자를 바라보며 담배에 불을 붙이기를 기다리고 있었다.
"됐어, 원더. 놈은 어디 있지?"
"로즈라고 불러요, 아셨지요? 질문에 일일이 대답하는 버릇은 그만두기로 했어요."
"무슨 뜻이지?"
그녀는 잠시 찬찬히 그를 바라보며 얼굴에 담배 연기를 나부끼게 했다. 그리고 고개를 끄덕이고 나서 그녀는 말했다.
"우린 친구지요, 파커? 둘 다 만일 친구라고 이름이 붙는 걸 가지고 있다면 하는 말이지만."

"그래서 온 게 아니겠어?"

"그렇겠지요. 우정의 표시로 말이에요. 하지만 난 한낱 고용인이기도 해요. 조직에 대한 충성을 요구당하는 모종의 회사 고용인에 불과해요, 파커. 그리고 그 회사는 아웃핏 호텔에 대해서 말하는 것을 좋아하지 않아요."

"그래서 나한테 이 이상 아무것도 말해 주지 않겠다는 건가?" 그는 끈질기게 손등을 치고 있었다. "그러면서 무엇 때문에 지금까지 말을 했지?"

"당신, 어느 만큼 세지요, 파커?" 그녀는 등을 돌리고 방을 가로질러서 커튼이 내려진 창으로 다가가면서 어깨 너머로 말을 계속했다. "항상 이상하게 생각해요. 당신은 이 세상에서 제일 센 것 같아." 그녀는 걸음을 멈추더니 한 손을 커튼에 대고 돌아보았다. "하지만 그것만 가지고 충분하다고는 할 수 없어요."

커튼을 한쪽으로 밀어붙이자 창은 높고 폭도 넓었다. 밖을 보고 있는 여자의 모습은 창에 비해 무척이나 작아 보였다.

"당신은 아웃핏의 일원인 레즈닉이라는 사람한테 볼일이 있으시군요. 틀림없이 그 사람한테는 반갑지 않은 볼일이겠죠?"

"놈을 죽이는 거야." 파커는 말했다.

그녀는 끄덕이면서 웃었다.

"그것 보세요. 역시 그 사람의 마음에 들 이야기는 아니잖아요. 하지만 만일 일이 잘못되어 당신이 붙잡히는 날에는 호텔에 대한 걸 어디서 들었느냐고 물을 게 틀림없어요. 보나마나 고문을 해서라도 알아내고 말 거예요."

"스테그먼한테서 들었다고 하지, 뭐."

"아아 그래요? 그 스테그먼한테는 어떤 원한이 있나요?"

"별로. 그렇게 말하면 믿을 것 같아서 그러는 거지. 어째선가, 놈을 알고 있어?"

"아니오." 그녀는 도로 커튼을 치고 방 안을 조금 서성거리다가 담뱃불을 푸른 조가비 속에 떨어뜨리기 위해 방을 가로질러 맞은편 벽 가로 걸어갔다.

"좋아요. 여기서 기다려요. 전화를 해 볼게요. 어쨌든 확인을 해보고 싶으니까."

"좋지."

"만일 맥주 생각이 있으면 부엌은 저쪽이에요."

그녀는 방을 나갔다. 그는 담배에 불을 붙이고 시간을 보냈다. 이윽고 그는 제일 가까운 테이블 위에서 녹색으로 된 개구리 도기를 집어 들고 자세히 살펴보았다. 반짝이는 눈이 새까맸다. 뒤집어 보니 뱃속은 비어 있고 바닥에 구멍이 뚫렸는데 구멍 옆의 상표에 '메이드 인 재팬'이라는 글자가 새겨져 있었다. 개구리를 제자리에 돌려놓고 방 안을 둘러보았다. 여유 있는 생활을 하고 있는 것 같았다.

그녀는 돌아오더니 말했다.

"역시 거기 있었어요. 방 번호도 알았어요."

"됐어." 그는 엉거주춤 일어났다.

조금 까다로운 표정을 머금고 그녀는 웃었다.

"확실히 수인사고 겉치레 인사고 하지 않는군요, 당신이란 사람은. 바라던 것을 알았으니까 냉큼 돌아가시지 그래요."

"한 번에 두 가지 일은 하지 않는 주의라서 말이야. 그 일밖에 염두에 없어. 나중에 돌아와서 또 만날지도 모르겠지만."

"글쎄, 어떨는지요. 여기다 적어 두었어요."

그는 여자한테서 종이쪽지를 받아들고 훑어보았다. 작고 단정한 글씨로 파크 애버뉴와 57번 거리의 오크우드 암즈 호텔 361호실이라고 적혀 있었다. 세 번 읽고 종이를 뭉쳐 유리 재떨이 속에다 던져 버렸다.
"고마워."
"천만에요. 우리는 친구인걸요?"
비꼬는 어조가 그녀의 일그러진 입술에 떠올랐다.
그는 주머니에 손을 넣어 지갑을 꺼냈다.
"20달러의 가치는 있을 거라고 생각해."
그녀는 그가 내민 10달러 지폐 두 장을 보며 망설이고 있었다.
"제발 그런 짓 하지 말아요. 그러다간 죽어요, 바보같이. 7년 만에 만나 놓고 어떻게 지냈느냐고 한 마디 묻지도 않나요?"
파커는 지폐를 도로 지갑에 집어넣고 지갑을 주머니에 넣었다.
"요 다음에 만날 때는 기념사진의 슬라이드라도 가지고 오지."
그녀는 개구리를 거머쥐고 그를 향해 던지려고 팔을 한껏 쳐들었다가 결국 그만두고 말았다. 그는 물끄러미 여자를 보면서 우뚝 서 있었다. 그녀는 팔을 내리고 입 속으로 중얼거렸다.
"당신이 간다는 말을 일러 줄 걸 그랬어요."
"그런 건 생각도 안하고 있을 텐데."
그리고 그는 문을 향해 걸어갔다.

4

웨이트리스가 뭐 주문할 것 없냐고 몇 번이나 물었다.
그럴 때마다 그는 한길의 감시를 중단해야 했다. 여자가 손에 결혼반지를 끼고 있는 것을 보고 그는 결국 이렇게 말해 주었다.
"귀찮게 굴지 마. 남편 하나로는 부족해서 그러는 거야?"
그 말을 하고 난 뒤부터는 성가시게 굴지 않고 내버려 둬 주었다.
그녀는 카운터 뒤에서 한참 노려보고 있었지만 그는 아랑곳하지 않았다. 한길을 감시하고 있는 동안 15센트짜리 커피는 식어 버렸다.

그야말로 고급 커피숍이었다. 호밀 빵에 얹은 훈제 쇠고기를 버터도 없이 85센트나 하는 곳이었다.

한길 맞은편에 건물 지붕을 고상하게 내민 회색의 거대한 호텔 오크우드 암즈가 우뚝 솟아 있었다. 자루가 노란 비를 들고 입구 계단에서 한참 일하고 있던 마르고 키가 큰 백발의 사나이가 일을 마치고 안으로 들어갔다. 사나이도 도어맨도 노란 선을 두른 감색 제복을 입고 있었다.

택시가 와 닿자, 몸집이 큰 부인 손님 두 명이 요금을 치르려고 핸드백을 들여다보며 웃어가면서 차를 내렸다. 감색 제복의 벨보이가 회전문에서 종종걸음으로 달려 나오더니 잘 닦여진 계단을 내려왔다. 운전사는 차의 트렁크를 열고 있는 중이었다. 여자 하나는 엷은 쥐색 가방을 들고 있었다. 15퍼센트의 팁을 받고 운전사가 차를 몰고 가고 여자 손님과 벨보이가 안으로 들어가려 할 때 연한 회색 양복 차림의 풍채 좋은 사나이가 검은 양복을 입은 조심스러워 보이는 젊은 남자를 거느리고 안에서 나왔다. 파커는 힐끔 두 사람에게 시선을 던졌을 뿐 얼굴을 기억하려고도 하지 않았다. 전형적인 아웃핏의 거물과 그 경호원 커플이었다.

거물 쪽이 택시를 향해 손을 흔들자 경호원은 사방을 두리번거린 다음 두 사람 다 차를 타고 사라져 갔다.

밖은 어두워져 가고 있었다. 그런데 아직도 그는 마르가 호텔 안에 있는지 밖에 있는지조차 모르고 있었다. 밖에 있다고 한다면 한 번 안에 들어갔다가 다시 나올 때까지 기다려야 한다. 만일 안에 있다면 일이 훨씬 편하겠는데.

손님이 계속 들어왔다. 거의가 여행객으로서 개중에는 분명히 아웃핏 일원이거나 또는 관계자인 듯한 손님도 섞여 있었다. 마르는 없었고, 낯익은 얼굴도 보이지 않았다. 그 말고는, 건물을 감시하고 있는 사람은 없었다.

건물 내부에 무엇이 있는지 그는 대충 짐작이 갔다. 로비 의자에 신문을 펼쳐들고 앉아서 손님이 들어올 때마다 눈을 번쩍거리고 있는 사나이가 두세 명 있었다. 그 자리에 어울리지 않는 손님, 아웃룩에 바람직하지 못한 손님이 들어오면 사나이들은 신문을 옆에 놓고 성큼성큼 다가가서 손님을 양옆구리에 끼고 로비 밖의 안쪽 방으로 끌고 가서 무슨 일로 왔는가를 따져 묻고 잘못 왔다고 훈시를 해주는 것이다.

마르란 놈, 좋은 곳에서 사는구나. 의심을 받지 않고 안으로 들어가서 놈을 해치운다는 것은 보통일이 아니다. 로비 입구의 양옆에는 한길로부터의 입구에 면한 프런트가 있고 왼쪽에 담배 가게, 오른쪽에 레스토랑이 있었다. 그 양쪽 가게로 들어가는 입구도 있긴 하겠지만 역시 힘이 들 것이다. 감시를 안 하고 있을 리가 없다.

웨이트리스가 또 왔다. 여전히 화가 나 있었다.

"딴 걸 주문하지 않으시려거든 다른 손님에게 자리를 비켜 주세요."

카운터 쪽을 보니 의자는 반 이상이나 비어 있다.

"커피를 한 잔만 더 줘. 식어 버려서 그래." 그는 말했다.

그녀는 뭐라고 말하려고 했으나 가게 주인이 금전 등록기 있는 데서 두 사람이 주고받는 거동을 물끄러미 바라보고 있었다. 그녀는 커피 잔을 들고 와 커피를 따라 주고 전표에다 15센트를 첨가해서 써넣었다.

감시 장소를 바꾸어야겠다. 커피숍과 나란히 있는 옆집은 꽃집이고 그 다음은 모퉁이다. 또 한쪽은 골동품가게, 구둣방 등등 모퉁이까지 가게가 이어져 있었다. 그러나 여기가 제일 호텔에 가까웠다. 그는 자기를 내쫓으려는 웨이트리스에게 화가 났다.

2층에 적당한 장소가 있을는지도 모르겠다. 두 잔째의 커피에는 입도 대지 않고 팁도 없이 30센트를 내고 거리로 나와 보았다. 한길 반대쪽에서 아웃핏 여자가 택시에서 내리더니 엉덩이를 흔들며 계단을 올라갔다. 도어맨이 빙긋이 웃자 여자도 빙긋이 웃었다.
 파커는 보도에 서서 위를 쳐다보며 2층의 가게 창문을 차례로 보았다. 치과, 미장원, 헌옷 가게, 취미 우표와 동전 가게, 또 치과. 주위는 더욱 더 어두워지고 헌옷 가게 말고는 어느 상점의 창문에도 불빛이 보이지 않았다. 길 건너 쪽을 보았으나 별다른 것도 없다.
 커피숍 옆의 문은 2층의 치과와 미장원으로 통하고 있었다. 3층에는 가발 가게와 법률 사무소. 파커는 문을 열고 계단을 올라갔다. 그러는 동안에도 마르가 호텔에서 나올는지 모른다.
 그는 화를 내면서 2층까지 계단을 올라갔다. 치과가 오른쪽, 미장원이 왼쪽이고 문의 절반 위는 우윳빛 유리로 되어 있었다. 미장원 문에는 불빛이 비치고 있었다. 그는 안절부절못한 채 한 손을 주먹 쥐고 문을 두드렸다. 잠시 뒤 그림자가 유리에 비치더니 여자의 목소리가 들렸다.
 "누구세요?"
 "커피를 가지고 왔습니다."
 잠시 망설이고 있더니 여자가 말했다.
 "커피라고요? 부탁한 일이 없는데요."
 "밑에 있는 커피숍입니다. 미장원이라는 말을 듣고 왔는데요."
 "하지만 부탁하지 않았어요."
 "아무튼 저는 미장원으로 갖다 달라는 말을 듣고 왔는데요."
 뭔가 대꾸를 하려고 여자는 문을 열었다. 화장을 지나치게 짙게 한 자그마한 여자였는데, 깜짝 놀라 눈을 커다랗게 떴다. 그는 턱에 가벼운 일격을 가하여 여자를 쓰러뜨렸다. 여자는 눈을 까뒤집고 글라스처럼 넘어졌다.

 그는 문을 닫고, 여자를 타넘어 안으로 들어갔다. 그곳은 대기실이었다. 거위 목 모양을 한 램프가 책상 위의 현금을 비추고 있었다. 하루의 매상을 세고 있었던 것이리라.

 그는 또 하나의 문으로 해서 커다란 머리를 한 버마재미 같은 드라이어 등의 기계가 놓여 있는 컴컴한 방으로 들어갔다. 창문의 '미장원'이라고 쓰인 글자 사이로 밑을 내려다보았으나 별다른 일은 없었다. 계단에 있는 동안 마르는 호텔을 나와 버렸는지도 모른다. 그러나 어찌 되었거나 아침까지는 돌아오겠지.
 어쩌면 그 엉덩이를 흔들면서 들어간 여자의 상대가 마르였는지도 모른다. 그렇다고 한다면 하룻밤 내내 안 나올지도 모른다. 그래도 좋다. 하는 수 없지. 그밖에는 아무 일도 없었으나 시간은 충분히 있다.
 어둠 속에서 드라이어의 플러그를 두 개 뽑아서 코드를 떼어 대기실로 돌아갔다. 여자는 아까 그대로였다. 코드 하나로는 여자의 손을 뒤로 돌려 묶고, 다른 하나로 발목을 묶었다. 공기 흡입기 옆의 서랍에 가위가 들어 있어, 여자의 슬립을 한 부분 잘라 내어 그것으로 재갈을 물렸다. 근사한 다리를 하고 있는 여자다……. 그러나 지금은 그런 짓을 하고 있을 때가 아니다. 일을 끝내고 나서, 마르를 죽이고 나서 생각이 있으면 여자를 안아도 된다.
 그는 의자를 창가로 끌어다 놓고 한길에 면한 방에 앉아서 담배를 피웠다. 여전히 사람이 들락거리고 있다.
 감시를 하기에는 위치가 나빴다. 만일 마르가 나와서 택시를 잡는다면 어떻게 되나? 계단을 뛰어 내려갈 때까지는 기다리게 될지도 모른다. 밖으로 나와서 걸어가 주기만 한다면 일이 잘되겠는데, 전혀 나오지 않는다고 한다면 그 이상 나쁜 사태는 없다.
 호텔로 들어가는 입구가 어딘가에 있을 것이다. 건물의 위치는 한 길 모퉁이가 아니다. 모퉁이 쪽에는 길쭉한 사무실 건물이 하나 서 있었다. 반대쪽에 또 하나의 호텔이 서 있었다. 오크우드 암즈는 11층인데 왼쪽 호텔은 9층, 사무실 빌딩은 20 몇 층이다. 지붕으로 해서 들어가려고 하면 마르가 있는 3층까지 내려가지 않으면 안 된다. 별로 좋은 생각이 아니다. 그러나 2시까지 기다렸다가 아무 일도 일어나지 않는다면 해봐야 할 것이다.
 손님들의 출입은 여전했다. 낯익은 얼굴이 하나 보였다. 시카고에 있던 사나이다. 아웃핏의 일원이다. 그러나 마르는 아니다.
 마지막 담배를 다 피우고 나자 그는 초조해졌다. 창가를 떠나고 싶지 않았으나 결국 떠나고 말았다. 여자의 가방이 책상 위의 현금 근처에 던져져 있다. 가방 속에 필터가 달린 담배가 반 갑쯤 남아 있었다. 그는 담배를 셔츠 주머니에 넣었다.
 여자를 보았더니 아직도 정신을 잃고 있었다. 그는 마음이 쓰였다. 옆으로 누워 있어서 얼굴이 그늘져 있다. 그는 가까이 다가가서 더 자세히 보았다. 여자의 눈알은 반쯤 불거져 나와 있고, 목과 얼굴에 푸르스름한 붉은색이 얼룩덜룩 떠올라 있었다. 그는 가위가 들어 있던 책상 서랍 옆의 흡입기 생각이 났다. 정맥이나 어딘가가 이상해져서 코가 막혔는지도 모른다.
 어이없는 짓을 하고 말았다. 정말 기분이 좋지 않았다. 이 여자가 죽을 이유는 아무것도 없었던 것이다. 재갈을 물렸던 것도 죽이기 위해서가 아니었다. 어리석은 일에 화가 나, 그는 다른 방으로 돌아와 창을 향해 또 주저앉았다. 필터 담배를 피워 보았으나 맛이 너무 싱거웠다. 그에게는 맞지 않는 맛이다. 한껏 연기를 깊숙이 빨아들이며 쉴새없이 피워 댔더니 목이 따갑기 시작했다. 목구멍이 막히는 것 같앉다.

그는 기다렸다. 계속 감시를 했다. 마르의 모습은 보이지 않았다. 오전 2시, 뉴포트는 이제 한 개비밖에 남아 있지 않았다. 그는 마지막 한 개비를 갑에 넣어서 돈과 함께 책상에 넣었다. 그의 지문은 그 주위에 온통 그대로 남아 있었다. 캘리포니아에서 간수를 죽인 부랑자 로널드 캐스퍼가 또 살인을 하고 말았다. 묻은 지문을 전부 닦으려 해봤자 소용없는 일이다. 그를 체포하여 처형하는 데는 캘리포니아의 간수를 죽인 것만으로도 충분하다. 아무도 울혈로 죽은 여자까지 필요로 하진 않을 것이다.

그는 한길로 내려가 아까의 그 커피숍으로 들어갔다. 가게는 막 문을 닫으려 하고 있었다. 흑인 소년이 바닥을 닦고 있었고, 의자는 모두 테이블 위에 다리를 위로 하여 쌓아 올려져 있었다.

주인은 카운터 뒤에 앉아 있고 손님 둘이 의자에 앉아 있었다. 파커는 말했다.

"럭키 스트라이크 한 갑과 커피 여덟 잔을 부탁하오. 다섯 잔은 밀크, 두 잔은 설탕, 한 잔은 블랙이오."

"마침 잘 오셨군요. 지금 문을 닫으려는 참입니다, 2시라서요. 문 닫는 시간입지요." 주인이 말했다.

"작은 보드상자라도 있으면 커피를 나르는 데 편리하겠는데."
파커가 말했다.

"5분만 늦었어도, 안 될 뻔했습니다." 주인은 말했다.

그는 담배를 꺼내 한 개비 피워 물었다. 커피 값을 내고 바닥이 얕은 쥐색 보드상자에 담은 커피를 들고 주인에게 문을 열어 달라고 했다.

그는 한길을 곧장 건너서 사무실 건물로 향했다. 만일 지금 마르가 나온다면 또 바보짓을 한 것이 된다. 그는 파커를 발견하고 쏜살같이 뛰어 들어가서 다시는 나오지 않을 것이다. 그리하여 사태를 더욱 악화시켜 버린다.

그러나 마르는 나오지 않았다. 모퉁이의 사무실 건물은 24시간 열려 있었다. 열려 있다고 하는 것은 밤새도록 엘리베이터를 움직이는 종업원이 있어서 밤늦게까지 일하는 사람들을 위해서 문을 여닫아 주고 있다는 것이다. 미장원의 창문으로 보고 있던 파커는 12시 조금 지나서 세 남자가 건물을 나오자 종업원이 그 뒤에 문을 잠그는 것을 보아 알고 있었다. 어떤 층에는 아직도 불이 켜져 있다.

아래층에는 유리문이 넷 있다. 그는 창문을 들여다보고, 두 개의 엘리베이터와 기입대장이 놓인 나무 카운터 옆 의자에 앉아 있는 회색 제복을 입은 남자를 보았다.

파커가 문 아래쪽의 금속 부분을 발로 차자, 앉아 있던 사나이는 신문을 옆에 놓고 기하학적인 무늬로 된 번쩍거리는 바닥을 천천히 걸어왔다. 그는 파커를 찬찬히 보고 커피 상자를 보자 고개를 끄덕이고는 한쪽 무릎을 꿇고 문의 쇠를 열었다. 자물쇠는 문 밑 부분의 금속 테두리 바로 옆 바닥에 뒹굴었다.

파커는 안으로 들어가고 사나이는 또 문을 잠갔다. 그는 오금을 똑바로 펴고 말했다.

"좋은 밤이로군요."

"그렇군요."

두 사람은 엘리베이터로 갔다. 두 대 다 1층에 머물러 있었는데 안에 불이 켜져 있는 것은 한 대뿐이었다. 그 안으로 들어가자 파커는 말했다.

"12층"

"오케이."

올라가면서 사나이는 신문에 났던 두 좀도둑에 대한 것을 읽었느냐고 물었는데 파커는 신문을 보지 않았다고 대답했다. 12층에 이르자 사나이는 말했다.

"기다릴까요?"

"아니요. 12층에 다섯 잔, 10층에 석 잔을 갖다 줘야 하는데, 10층까지 내려와서 알리지요." 파커는 말했다.

"난 상관없어요."

엘리베이터의 문이 닫히자 파커는 커피를 밑에다 떨어뜨렸다. 어떻게 되건 알 바 아니다. 그는 복도 끝까지 가서 오른쪽으로 꼬부라져 경리과라고 씌어진 문 앞에 섰다. 구두를 벗어서 손잡이 옆의 우윳빛 유리를 깨어 구멍을 내고는 다시 구두를 신은 뒤, 구멍으로 손을 넣어 문을 열었다.

창문 너머로 내다보니 2미터쯤 밑에 이웃 호텔의 지붕이 보였다. 간단하게 뛰어내릴 수 있는 거리다.

그는 창 유리를 깨고 타고 올라가 지붕을 향해 뛰었다. 눈앞에 계단으로 통하는 문이 있었다. 그는 다가가서 건드려 보았다. 생각했던 대로 쇠가 걸려 있어서 그는 지붕 끝까지 나가 비상계단이 있는 뒤쪽 벽을 살펴보았다. 옆 건물의 뒷면이 바짝 붙어 있어서 그 사이는 아주 캄캄했다.

비상계단은 금속으로 되어 있고, 맨 위층의 바닥 면까지 이어져 있었다. 넓은 창은 턱이 낮고 복도에 면해 있었다. 복도에는 침침한 불이 켜져 있었으나 인기척은 전혀 없고 창도 닫혀 있었다.

그는 또다시 비상계단으로 해서 지붕으로 돌아가 창문으로 경리과 사무실로 들어갔다. 서랍을 뒤지다가, 예비품이며 등사 기계가 잔뜩 들어 있는 널찍한 선반 속에서 큼직한 드라이버, 망치, 그리고 잉크가 묻지 않은 스탬프 대를 찾아냈다. 그는 그것들을 들고 또 밖으로 나가 지붕을 타고 비상계단으로 내려가 창문에 이르렀다. 창문을 깨는 편이 훨씬 간단했지만 소리를 내고 싶지 않았다.

 그는 큼직한 드라이버를 창틀의 쇠가 걸려 있는 틈새에다 찔렀다. 그리고 스탬프 대 속에서 부드러운 해면을 빼내어 망치 소리를 없애기 위해 드라이버 끝에 감아 붙였다. 드라이버는 조금씩 파고들어가 창의 이음새가 벌어져 마침내 쇠가 벗겨졌다. 드라이버가 비상계단의 금속에 부딪쳐 떨어진 뒤, 아무도 그 소리를 듣지 못했다는 확신이 설 때까지 가만히 숨을 죽이며 등을 붙이고 서 있었다.

 이윽고 그는 창문을 쳐들고 안으로 뛰어넘어 들어가서 창문을 닫았다. 창문에 반사된 빨간 불빛이 그의 얼굴과 손을 비추었다.

 그는 계단을 찾아내어 층계참마다 귀를 기울이면서 재빨리 내려갔다. 아무도 만나지 않고 3층에 이르자 문을 열기 전에 잠시 서서 주의 깊게 동정을 살폈다.

 복도에는 아무도 없다.

 361호는 오른편에 있었다. 들어가는 것은 간단했다. 문과 손잡이 사이에 쉽게 드라이버를 찔러 넣고 빗장쇠를 반대로 돌렸다.

 조그마한 소리에도 신경을 쓰며 그는 안으로 들어갔다. 캄캄했다. 없는가, 자고 있는 건가? 두툼한 카펫에 감사하며 어둠 속에서 거실을 지나가 침실 문을 열어보았다.

 침대는 비어 있고, 홑이불도 담요도 베개도 없었다. 매트리스는 쥐색과 흰색이 줄무늬진 것으로서, 창문으로 스며드는 희미한 불빛에 어슴푸레하게 떠올라 있었다.

 깜짝 놀란 파커는 방에 들어가 두리번거리다가 급히 옷장으로 다가가서 문을 열어 보았다.

 텅텅 비어 있었다. 이 방에는 아무도 살고 있지 않은 것이다.

5

 여자가 문손잡이를 돌렸을 때 그는 세게 문에 부딪쳐서 여자를 확 밀어젖혔다. 여자는 거실로 통하는 세 개의 계단을 굴러 떨어질 뻔하다가 가까스로 몸의 균형을 잡았다. 그는 잔뜩 화가 나 굳은 표정으로, 등 뒤로 문을 쾅 닫고 방 안으로 밀고 들어갔다.
 "놈은 이사를 했어. 개새끼, 거기를 나왔단 말이야." 그는 말했다.
 "하마터면 넘어질 뻔했지 뭐예요." 여자가 말했다. 그녀는 하늘색 실크 로브를 입고 파란색 술이 달린 슬리퍼를 신고 있었다. 거실에 있는 텔레비전에서는 심야 프로가 끝나려 하고 있었다.
 "이사를 했단 말이야. 듣고 있는 거야? 옷이고 뭐고 몽땅이야. 그 방에는 아무도 살고 있지 않았어."
 그제야 그녀는 말을 알아들은 듯했다.
 "마르 말이에요?"
 "그밖에 누구를 말하는 줄 알았어? 원더, 거짓말을 한 건 서투른 수작이었어."
 "로즈라고 불러요. 가명에 대답하는 건 익숙하지 못해요."
 그녀는 반사적으로 대꾸했다.
 "당신이 무엇에 익숙하건 내가 알 게 뭐야." 파커가 상을 찌푸리며 여자에게로 다가가자 여자는 뒷걸음질쳐서 계단을 내려가 거실로 들어갔다. 그녀의 얼굴은 그의 가슴 위치에 있었다. 그는 손을 뻗어 여자의 머리채를 휘어잡고 팔을 비틀어서 끌어당겼다.
 "놈은 거기 없었어. 어서 말해 봐, 원더. 전에 정말로 거기 있었나?"
 "파커, 정말이에요." 오래 전부터 그를 알고 있는 여자는 공포에 질려 울먹이는 소리로 말했다. "정말이래두, 정말이에요……."
 "놈은 없었단 말이야, 원더." 여자가 그의 말을 전혀 이해하지 못했다고 여기는 듯 그는 되풀이했다. "침대에 이부자리도 없고, 옷장도 비어 있었어. 소지품도 하나도 없었어. 놈은 거기에 없어. 정말 거기에 있었는지 바른 대로 말해 봐."

"파커, 파커!" 머리채를 휘어잡은 손을 낚아채자 여자는 까치발을 딛고 서서 고통에서 벗어나려고 했다. "당신한테 거짓말은 안 해요." 그녀는 울부짖었다. "거짓말을 할 필요가 없잖아요."

"한 가지는 있어." 그는 말했다. 여자의 손을 또 세게 비틀면서 몸을 아까보다 더 높이 쳐들어서 발끝이 바닥에서 떨어질 지경이었다. "나한테 원한을 갖고 있었다고 한다면 그것이 이유가 되지, 원더. 아웃핏 호텔에 있지도 않은 놈의 방에 침입시켜, 아웃핏 패거리들로 하여금 나를 체포케 해서 처치하려는 것이 이유였는지도 몰라."

"원한 같은 건 없어요, 파커. 원한이라니…… 대체 무슨 원한이란 말이에요?" 그녀는 소리쳤다.

"그게 듣고 싶단 말이야, 원더."

"파커, 제발 부탁이에요. 그만둬요."

그가 갑자기 손을 확 놓는 바람에 여자는 균형을 잃고 바닥에 쓰러졌다. 빨간 머리가 얼굴에 내리덮였다. 또 무슨 짓을 할지 예상도 못하고 그녀가 위를 올려다보자 파커는 말했다.

"잠시 동안만 믿어 주지, 원더. 잠시 동안만. 마르가 그 방에서 살았다는 것은 나도 믿기 시작하고 있어. 그리고 무슨 이유로 나갔는지도 알아. 겁이 났든가, 아니면……."

그는 입을 다물고 여자로부터 눈을 떼어 반대쪽의 커튼이 내려진 창 쪽을 보았다.

"겁이 났든가" 그는 또 말했다. "아마 그렇겠지. 나에 대한 걸 냄새 맡았는지도 몰라. 어딘가에 틀어박혔겠지."

"여기서 살고 있었어요, 파커. 그가 화대를 깎은 여자한테서 주소를 들었어요. 하느님을 두고 맹세해요, 파커. 정말이에요."
 그녀는 힘없이 말했다.
 "마르 놈. 개놈의 새끼!" 그는 고개를 떨어뜨리고 아직도 바닥에 엎드려 있는 여자를 바라보았다. "어디 있는지 찾아내는 거야, 원더. 놈이 어디로 달아났는지 찾아내는 거야."
 "내가 어떻게? 파커, 제발 부탁이에요, 이해해 줘요. 어떻게 내가 그런 것을 알아낼 수 있겠어요."
 "놈이 하는 짓은 뻔해. 나에게 대한 것과 죽는 일로 머리가 꽉 차서 어느 구석엔가 틀어박힌 거야. 그리고 반드시 계집을 원할 거야, 원더. 틀림없어. 그놈의 소행을 잘 알고 있어. 틀림없이 계집을 원할 거야. 놈이 전화하는 곳에다가 연락을 해, 원더. 그렇게 하면 놈이 있는 곳도 알 수 있을 테지."
 "그렇게는 못해요." 바닥에 주저앉아 그녀는 과장된 몸짓으로 두 손을 벌렸다. "전화할 이유가 없는 걸요. 그냥 인사로 건다고는 할 수 없잖아요, 파커. 이유를 물을 거예요."
 "좋아. 당신은 놈에게 20달러를 빌려 줬어. 파티인지 어딘가에서 만나, 거기서 20달러를 빌려 준 거야. 오늘 돌려주기로 되어 있어서 호텔에 가 보았더니 놈이 없어. 어디론지 이사를 가 버린 거야. 그래서 놈이 있는 곳만 알면 내일이라도 가서 돈을 돌려받을 수 있다, 그런 식으로 이야기하면 되잖겠어?"
 "파커, 하지만······."
 "하지만이고 뭐고 없어. 자, 일어서."
 그녀가 일어서자 허리둘레의 벨트 밑 부분이 벌어져 하얀 하복부에 이어지는 볕에 탄 두 다리가 보였다. 그는 린에 대한 일, 그녀의 방에 갔었던 마지막 날 밤의 일이 생각났다. 안절부절못하며 그는 등을 돌리고 말했다.

"단정히 하고 일어서."

조심스러운 눈을 하고 이러한 무드 때의 그를 두려워하면서 다른 어떤 것을 요구당할지도 모르는 채 그녀는 몸을 떨며 일어섰다.

"해보겠어요." 그녀는 상대방의 마음이 누그러지게끔 말했다. "해보겠어요, 파커. 될 수 있는 대로 잘해 볼게요."

"좋아."

그는 여자를 따라 전화가 있는 침실로 갔다. 푸른 공단 시트를 깐 큼직한 침대와 크림빛 침대용 탁자가 있었다. 전화는 그 위에 있었다. 파란색 '프린세스' 전화기다.

"이런 말을 물어 가지고 대답을 들을 수 있을는지 없을는지 모르지만" 그녀는 전화기를 집어들고 웃는 얼굴을 지으면서, 딱딱한 분위기를 바꾸는 무슨 농담이라도 한마디 하려고 했다. "다이얼을 돌리는 일과 전화기를 잡는 건 한꺼번에 안 되는군요."

그녀는 무릎에다 전화기를 놓고 침대가에 앉아 한 손으로 누르고 한 손으로 다이얼을 돌렸다. 세 번째 숫자를 잘못 돌려 일단 전화를 끊으면서 그녀는 침착하지 못한 태도로 웃었다.

"거 봐요, 역시 그렇잖아요?"

그녀는 두 번 만에 겨우 다이얼을 다 돌렸다. 파커는 문 옆에서 여자를 감시하면서 벽에 등을 붙이고 서 있었다.

세 번째 벨 소리가 울린 뒤 상대가 나오자 그녀는 아머라는 여자를 대 달라고 했다. 잠시 사이가 있었으나 그녀는 조심스럽게 파커를 보지 않고 있었다. 아머가 전화를 받자 그녀는 그 20달러에 관한 이야기를 하기 시작했다.

아머가 뭐라고 질문하자 그녀는 그 말에 대답했다.

"왜 이렇게 늦게 전화를 걸었지?"

"곰곰이 생각하는 동안 화가 나서 결국 전화를 걸 마음이 났던 거야."

"대체 어디서 마르 레즈닉을 만났지?"

"라스베이거스에서 온, 왜 그 바니라는 사람을 위한 파티 기억해? 그때였어. 여자가 20명씩이나 불려 간 때 말이야. 마르도 거기 있었잖아."

"뭣 때문에 생전 처음 본 남자한테 20달러나 빌려줬어?"

"아웃핏 사람이니까 괜찮을 줄 알았지. 오히려 덕을 보게 될지도 모른다는 생각이 들어서 말이야."

"휴가는 끝났어?"

"아니, 내일까지야."

그녀는 능란하게 해냈다. 의심받을 만한 말투나 거동은 손톱만큼도 없었다. 결국 아머는 오늘 밤엔 린다가 가 있으니까 내일 아침까지는 가면 안 된다는 조건으로 마르의 새 주소를 가르쳐 주었다. 그렇게 하겠노라고 약속을 하고 그녀는 메모대와 연필을 탁자 서랍에서 꺼내어 주소를 적었다.

아머에게 고맙다는 인사말을 하느라고 조금 꾸물거린 다음 전화를 끊자 그녀는 탁자 위에 전화기를 돌려놓고, 메모대를 내밀면서 일어섰다.

"여기에요."

"세인트 데비드 호텔. 동 57번 거리 516호실."

그는 메모대를 받아들며 "잘했어"라고 말했다.

"가려거든 빨리 해요. 짐을 꾸려야 하니까."

갑자기 귀찮은 어조로 그녀는 말했다.

"짐을?"

그녀의 말투는 침울했다. "당신은 오늘 밤에 그 사람을 죽일 작정이겠죠? 내일이면 그 사람 있는 곳을 알고 싶다면서 내가 전화 걸었던 일을 아머는 틀림없이 생각해 낼 거예요. 그들이 와서 나더러 따져 묻다가 결국은 죽이고 말 테지요. 그러니까 오늘 밤에 여기를 떠나야 해요."

"신세 잊지 않겠어." 그는 말했다.

그녀는 무뚝뚝하게 그에게로 눈길을 돌렸다.

"고맙다는 말은 하지 말아요. 당신이 좋아서 해준 건 아니에요. 만일 거절했다가는 당신한테 죽었을 거예요. 그래도 아직은 도망칠 시간이 조금 남아 있으니까 당장에 맞아 죽는 것보다는 좀 낫군요."

6

창으로 들어간 파커는 어깨 너머로 고개를 돌리다가, 갑작스러운 공포로 넋을 잃고 일어서는 마르의 모습을 보았다. 마르가 의자 위의 실내복을 향해서 돌진하는 것을 보고 그는 그 주머니에 권총이 들어 있을 게 틀림없다고 생각했다. 그러나 그는 당황하지 않았다. 여기까지 온 이상 시간은 얼마든지 있다.

그는 방을 가로질러서 다가갔다. 마르는 의자 위에 엎어지는 바람에 소리를 내며 의자와 함께 바닥에 뒹굴었다. 침대 위의 여자는 깜짝 놀란 것 같았으나 겁을 먹고 있지는 않았다. 몸을 일으키고 눈을 깜박거렸다. 여자는 유방을 가리려고 한 손을 들었다.

마르는 그야말로 희극 배우처럼 의자와 실내복에 끼여 볼썽사납게 허우적거리고 있었다. 권총이 든 주머니를 찾아 그의 손은 이리저리 더듬거리고 있다. 파커가 그에게 다가가 의자를 옆으로 차 던지자 마르는 가까스로 손에 권총을 잡고 일어섰다. 둔한 표정과는 달리 마치 실에 조종되고 있는 것처럼 격렬하고 재빠르게 몸을 움직였다.

마르는 일어나서 땀으로 젖은 손으로 권총을 잡았으나 파커는 손을 뻗쳐 총신을 잡고 상대의 손에서 쉽사리 권총을 뺏어 버렸다. 총신 뒷부분의 금속이 땀으로 검게 번들거리고 있었다.

파커는 의자가 굴러 있는 구석 쪽에 권총을 던져 버리고 손을 뻗쳐 마르의 목을 두 손으로 움켜잡았다. 마르는 손발을 풍차처럼 돌리면서 육지에 올라온 물고기같이 펄떡거렸다. 파커는 마르의 목을 단단히 누르고 머리 너머로 침대 위의 여자를 보았다.

"당신은 프로겠지. 프로라면 프로답게 입을 꼭 다물고 이 방을 나가."

비명이 목구멍까지 치솟아 금방 입을 벌리려던 여자는 가까스로 외침 소리를 억눌렀다. 그녀는 다시 입을 꼭 다물고 잠자코 앉더니 파커가 마르의 맥박치는 목을 꽉 졸라, 마르의 손발이 가해지는 힘에 따라 움직이는 모양을 보고 있었다. 그러다가 갑자기 파커는 마르를 놓았다. 반쯤 혼수상태인 채로 마르는 뒤로 넘어져, 손을 뻗치면서 마른 나무가 마주 스치는 것 같은 소리를 내며 폐로 숨을 들이마셨다.

파커는 상대의 앞에 막아서 있었다. 이래 가지고는 너무 간단하다. 충분한 보복이라고는 할 수 없다. 그러나 마르를 가혹하게 괴롭힐 생각은 없었다. 그런 짓을 해봤자 시간 낭비에 지나지 않는다. 그 자신의 두 손으로 재빨리 힘차게 놈의 목숨을 끊는 그것이 바로 그의 소망이었다.

그러나 그것만으로는 너무나 어처구니가 없으니까 충분치가 못하다. 그는 그때 비로소 돈에 대한 생각이 났다. 그 수확의 반은 그의 것이다. 다른 친구들은 죽었다. 살아 있는 것은 그와 마르, 즉 돈의 절반은 그의 것이라는 이야기다.

그는 돈도 탐이 났다. 마르를 죽이는 것만으로는 충분치 못했다. 아무래도 부족하다. 죽여 버리면 뒤에 무엇이 남나? 그의 명의로 된 돈은 2천 달러 정도밖에 없다. 먹고 살아야 하고, 또 옛날 생활로 되돌아가지 않으면 안 된다. 휴양지 호텔에서 묵으면서 이따금 일을 하는, 이 못난이의 택시에 탔다가 섬에서의 일을 부탁받게 될 때까지 지내 온 과거의 생활로 되돌아가려면 돈이 필요했다. 반으로 치고 4만 5천 달러.

"4만 5천 달러다, 마르, 빚이 있을 텐데." 그는 큰 소리로 말했다.

마르는 뭐라고 말을 하려 했으나 목이 쉬어 소리가 나오지 않았다. 아직 목이 본디 상태로 돌아가지 않은 것이다. 얼굴에 떠오른 괴상한 빛깔도 아직 완전히 사라지지 않았다.

파커는 여자를 바라보았다.

"냉큼 나가라니까. 옷을 입고 나가는 거야."

그녀는 침대에 벌떡 일어나 앉아서 공포에 질려 오들오들 떨고 있었다. 아무리 예쁘고 정숙한 여자라 하더라도 아무래도 말을 꺼내기 어려운 돈 이야기가 남아 있었다.

"마르, 그녀에게 경찰을 부르게 하고 싶나?" 파커가 말했다.

"아냐." 마르가 목쉰 소리로 대답했다.

"아웃핏에 연락하게 하고 싶나?"

"천만에."

파커는 고개를 끄덕이고, 어색하게 웅크린 채 팬티를 발에 꿰다가 당황하는 바람에 더욱 꾸물대고 있는 여자 쪽을 돌아보았다.

"알겠나? 마르가 하는 말을 잘 들어 둬." 그는 말했다.

그녀는 두 사람을 바라보며 동작을 멈추었고, 마르가 목쉰 소리로 말했다.

"아무에게도 말하지 마. 이 일에 대해 한마디도 해서는 안 돼. 봉투는 거실에 놓아두었어. 그것을 가지고 돌아가. 아무에게도 말해서는 안 되는 거야."

"그것으로 됐어." 파커는 말했다.

그는 침대가에 앉아서 여자가 나가기를 기다렸다. 그리고 파커는 다시 일어섰다.

"넌 나한테 4만 5천 달러의 빚이 있어, 마르."

마르는 어쩌면 죽이지 않을지도 모른다고 생각하기 시작했다. 돈의 절반을 받아 내기 위해서라도 아마 파커는 죽이지 않을 것이다. 여전히 벌벌 떨며 그는 겨우 일어났다.

"지금 당장은 마련할 수가 없어, 파커. 나는……."

"그 돈을 어떻게 했지?"

"아웃핏에 8만 달러를 갚아야 했던 거야. 몽땅 다 줘 버렸어."

그렇겠지. 생각했던 대로다. 그것만 들으면 충분하다. 조직, 또는 아웃핏이라고 부르는지도 모르나, 이렇게 되면 거기서 돈을 돌려받으면 된다. 그것으로 충분하다. 파커에게는 뭔가 행동을 하고 다투고 떼를 쓸 상대만 있으면 되었다. 마르는 그의 상대로 너무 부족하다. 너무 간단하다. 너무 약하다. 이런 겁쟁이를 상대로 할 수는 없다.

"좋아. 여기도 시카고도 아웃핏은 연결되어 있겠지?"

파커는 말했다.

"전국적으로 연결되어 있어, 파커. 아웃핏은 어딜 가나 아웃핏이야."

"이 지구의 보스는 누구지? 뉴욕 말이야. 누가 명령하고 있나?"

"어떻게 할 작정이야, 파커. 설마 그런 일을……."

"죽고 싶나, 마르?"

"뭐라고? 천만에. 그렇지 않아, 파커……."

그들은 마주보며 섰다. 파커는 마르에게 보이도록 두 손을 뻗었다. 언제든지 마르의 목을 졸라 주겠다는 듯이 손가락을 꾸부린 손을 알찐거렸다.

"뉴욕의 보스는 누구야, 마르?"

"그런 소리 하면 난 죽고 말아, 파커. 틀림없이 난……."

"그때까지 안 죽고 있으면 그렇다는 거겠지?"

파커는 가볍게 마르의 목에 두 손을 갖다댔으나 아직 힘을 가하지는 않았다. 두 손을 똑바로 내밀고, 만일 마르에게 그럴 마음만 있다면 허벅지를 발로 차이든가 아랫배에 주먹을 얻어맞을지도 모르는 무방비 자세로 있었다. 파커는 마르가 그런 짓을 할 리 없다는 것을 잘 알고 있었다. 마르의 일이라면 걱정할 필요가 없다. 마르는 손쉬운 상대였다.

입술을 떨며 마르는 입을 열었다.

"둘 있어. 페어팩스와 카터. 이 두 사람이 뉴욕에서 지휘를 하고 있어."

"어디 있지?"

"페어팩스는 지금 뉴욕에 없어." 입을 축이려고 마르는 혀를 내밀며, 눈은 파커가 권총을 내던진 구석 쪽을 힐끔거리고 있었다.

"파커. 혹시 우리 둘이서……." 그는 애원하듯이 말했다.

"카터는 어디 있나?"

"부탁이야, 파커. 그런 짓을 해봤자 이로울 게 없어. 아무튼 그를 만나지 못할 거야. 아마 둘이서 뭔가 할 수 있다면……."

파커의 손이 마르의 목둘레에서 힘이 주어졌다 늦추어졌다 했다.

"카터는 어디 있지?"

마르는 주저하고 있더니 눈을 깜박이고 의미 없는 손짓을 하며 몸무게를 이쪽저쪽으로 바꾸다가 마침내 단념하고 말했다.

"5번 거리 582번지." 그렇게 하면 지금 한 말이 마치 없었던 일이 되기라도 하는 것처럼 그는 눈을 감았다. "거기서 투자 상담소를 차리고 있어. 7층이야. 번호는 잊어버렸어."

"좋아, 그것으로 됐어." 파커는 마르의 목에서 손을 뗐다.

마르는 둘이서 같이 하면 무슨 수가 있을 것이라고 또 한 번 애원하려고 말을 시작했으나 파커가 막았다.

"사무실에 대한 걸 말해 봐. 못 들어간다고 말했지. 무엇 때문이야?"

마르는 사무실의 구조를 일러 주고, 응대하러 나온 자가 카터가 만나기 싫어하는 손님에게 뭐라고 말하는가를 이야기했다.

파커는 가만히 듣고 있다가 고개를 끄덕이며 "최근에 거기 갔었군, 응, 마르? 내가 뒤를 쫓고 있다는 것을 알았을 때." 그는 방을 둘러보았다. "그런데 넌 거기서 쫓겨난 셈이야. 도와주지 않겠다고 하던가?"

"나에 대한 일은 나에게 맡기겠다는 거야. 카터가 그렇게 말했어."

"너를 과대평가하고 있었던가, 마르?" 파커는 마르를 비웃었다.

그리고 그는 두 손에 힘을 주어 마르가 숨쉬기를 그만둘 때까지 늦추지 않았다.

제4부 도전

1

 그 말없는 사나이가 아무 표시도 되어 있지 않은 문을 열더니 고개를 내밀고 파커를 보았다.
 "무슨 일이오?" 사나이는 망설이고 있다가 난처한 듯한 어조로 말했다. 파커가 아웃핏의 일원같이 보이지는 않았고, 투자 상담을 하러 온 손님같이 보이지도 않았던 것이다.
 "마르 레즈닉을 죽인 자가 여기 왔다고 보스에게 전하게."
 파커는 말했다.
 말없는 사나이의 얼굴에 어렴풋이 당혹의 빛이 번졌다. 겉으로만 시치미 뗀 얼굴이었다.
 "미안하지만 무슨 뜻인지, 도무지……." 그는 말했다.
 "자넨 몰라도 돼." 파커는 말했다.
 파커는 등을 돌려 소파로 갔다. 그리고 주저앉더니 테이블에 손을 뻗쳐 〈US 뉴스 앤드 월드 리포트〉지를 집어 들었다. 그는 자동차 산업이 경기를 회복하고 있다고 씌어 있는 겉장을 읽기 시작했다.

사나이는 파커를 보며 말없이 어떻게 해야 좋을지 결정 내리지 못하고 있었다. 파커가 얼굴을 들지 않아 사나이는 어깨를 으쓱하고 안으로 들어가 다시 문을 닫았다. 파커는 잡지를 놓고 일어섰다. 벽에 걸린 두 장의 여우 사냥 사진을 보았으나 둘 다 안에서 밖을 내다보는 장치로 되어 있지는 않았다. 그는 아무것도 씌어 있지 않은 문으로 눈을 돌렸다. 손잡이는 금도금이 되어 있고 열쇠 구멍이 장치되어 있었다. 튼튼하게 만들어져 있었다. 그러나 파커는 나이프로 버터를 찌르기보다도 더 쉽게 이 정도의 문을 상대할 수 있는 사람을 세 명은 꼽을 수가 있다.

 5분 지나자 말없는 사나이가 못 믿겠다는 표정을 하고 돌아왔다.
 "카터 씨께서 만나시겠답니다. 그전에 잠깐 살펴봐야겠는데요."
 파커는 두 팔을 들었다. 마르가 죽어 버린 이상 일을 거칠게 서둘러서 할 생각은 없었다. 빚에 대해 타협을 하기 위해 분별 있는 비즈니스맨으로서 찾아온 것이다. 사나이가 신체검사를 하고 싶어한다면 하게 내버려 두자. 그리 대수로운 일도 아니다.

 말없는 사나이는 할 일을 끝내고 옆으로 비켜섰다.
 "깨끗하군." 그는 본의 아니게 이렇게 말하며 잠긴 문을 열고 파커를 안내했다.

 그들은 회색 사무실로 해서 거실의 홀 바를 지나 카터의 사무실로 들어갔다. 카터는 책상에 앉아 등사한 주식의 보고서를 읽고 있었다. 그는 눈을 들고 말했다.
 "마르가 죽은 줄은 몰랐군."
 "죽었소."
 "그래요? 당신 말을 의심하고 있는 것은 아니오만." 전에 마르가 앉았던 적이 있는 가죽의자를 몸짓으로 가리키며 "앉으시오" 하고 카터는 말했다.

말없는 사나이는 파커 뒤에 대기하고 있었다. 사나이가 돌아서서 구석의 의자로 걸음을 옮기자 파커는 갑자기 휙 돌아서서 손가락에 힘을 주어 왼손을 내밀었다. 그의 손끝은 사나이의 옆구리, 바로 혁대 윗부분을 찔렀다. 사나이는 신음 소리를 내며 호흡을 가다듬으려고 몸을 모로 꺾었다. 주먹 쥔 파커의 오른손이 상대의 귀 바로 밑턱 옆을 쳤다. 사나이는 대번에 고꾸라지려 했으나 파커는 사나이가 바닥에 쓰러지기도 전에 그의 엉덩이 주머니에서 32구경 권총을 뽑아내고 있었다. 돌아보자 카터가 책상 서랍에 손을 대고 있었다. 그러나 그는 32구경의 총구를 보더니 움직임을 멈추었다.

"서랍을 닫아." 파커는 말했다.

카터는 쓰러진 부하에게로 눈길을 보내며 서랍을 닫았다. 파커는 권총을 꺾자 탄환을 모두 손 안에 뽑아냈다. 탄환 끝은 명중하였을 때 퍼지게끔 줄이 새겨져 있었다. 그는 책상으로 다가가 32구경을 메모장 위에 놓았다. 버려진 탄환이 휴지통 속에서 소리를 냈다.

"나한테는 총이 필요 없고, 당신을 총으로 위협할 생각도 없소."

"놈은 제일 솜씨가 좋았었는데."

카터는 사나이에게 눈길을 보내며 말했다.

"아니, 그런 것 같지 않소. 깨끗하게 주무시는데요." 파커는 머리를 저으며 가죽의자에 앉았다. "자, 이야기를 해볼까요."

"레즈닉은 나한테 거짓말을 했던 것 같소."

카터는 엷은 웃음을 띠었다.

"어떻게 알지요? 놈이 뭐라고 했소?"

"놈은 당신을 쏘고 급료 강탈의 몫을 가로채어 당신 부인과 달아났다고 했소."

"일부는 거짓말이오. 나를 쏜 것은 내 여편네였소."

"그래요? 그렇다면 이야기는 알겠소." 카터는 메모장 위에 놓인 총알을 뽑은 권총의 양옆에 두 손을 벌리고 손바닥을 밑으로 엎었다.
"그래, 나한테 무슨 할 말이라도?"
"마르는 당신네에게 8만 달러를 주었소."
"빚을 갚은 거요."
"그중 4만 5천 달러는 내 것이니 돌려줘야겠소."
카터의 얼굴에 떠올랐던 아련한 웃음이 사라졌다. 그는 눈을 깜박이고 다시 한 번 바닥의 사나이를 보며 "설마하니 본심으로 그러는 건 아니겠지요" 하고 말했다.
"그건 내 돈이오."
"우리의 조직은 녀석에게 돈을 빌려 주었소. 그리고 그걸 돌려받았소. 당신한테 대한 빚은 레즈닉이 죽은 지금 휴지 조각이나 마찬가지요. 적어도 우리가 알 바는 아니오. 부하의 개인적인 빚까지 갚아 줄 수는 없지 않겠소?"
파커는 다시 말했다.
"당신네는 내 돈 4만 5천 달러를 가지고 있소. 그걸 돌려줘야겠소."
"유감스럽지만 그 청은 들어 줄 수가 없소. 우리 조직은 틀림없이 그 요구를 거절할 거요."
카터는 고개를 내저었다. 파커가 가로막았다.
"점잖은 치들은 당신네 조직을 신디케이트라 부르고 있지. 졸개나 매춘부들은 아웃핏이라고 하고 있고, 당신은 조직이라고 하오. 여러 가지 말을 써서 즐기는 것도 좋지만, 비록 당신네가 적십자라 할지라도 내 돈 4만 5천 달러를 갖고 있는 것만은 틀림없소. 그러니 당신 마음에 들건 들지 않건 그걸 돌려받지 않고는 난 가만 있지 않겠소."
파커의 입술에 냉랭한 웃음이 떠올랐다.

"대체 당신은 적으로 돌리려는 상대가 누군지 알고나 있는 거요? 조직으로부터 월급을 받고 있는 자들이 전국에 얼마나 많은지 알고 있소? 얼마나 많은 도시에 얼마나 많은 지부가 있는지, 전국에 흩어진 하부 기관을 어떻게 지배하고 있는지 모르는가 보군."
파커는 어깨를 으쓱했다.
"체신부보다도 더 큰 조직 같은데, 그 정도로 크다면 내 돈을 돌려 주는 일쯤은 쉬울 것 아니겠소?"
카터는 고개를 가로저었다.
"당신 몸을 생각해서 가르쳐 준 거요. 그런데 이름이 뭐랬더라? 레즈닉이 말했었는데 잊어버렸군."
"파커요. 두 번 다시 잊지는 않을 거요."
입술에 떠오른 웃음이 이내 사라졌다.
"아암, 잊지 않다마다. 알겠소, 파커, 인생의 엄격함이라는 걸 가르쳐 드리지. 조직도 전혀 경우를 모르는 건 아니오. 빚도 갚거니와 거래처와의 약속도 완력 따위로 어기지는 않소. 그리고 늘 최고의 이익을 생각하고 있지. 법의 손길이 닿지 않는 곳에서 활동하고 있다는 사실만 빼면 주식회사 형태와 꽤 비슷하다고 할 수 있소. 다시 말해서 당신의 빚이 회사끼리의 정당한 거래에 의한 것이라면 문제가 없다 이 말이오. 그런데 당신은 우리의 과거 고용자의 개인적인 빚을 되돌려 달라고 요구하고 있는 셈이거든. 어떤 회사도 그런 청에는 응하지 않을 거요, 파커. 우리들 조직 역시 마찬가지요. 이건 틀림없소."
"마르가 갖다 바친 돈은 놈의 것이 아니었소. 내 돈이란 말이오. 그것이 분명한 이상 갚아 주는 게 당연하지 않겠소?"
카터는 대답했다. "우선 내 마음대로 결단을 내릴 수가 없소. 최고 회의가 정해야 할 문제요. 둘째, 문제를 제기할 것까지도 없이 지금도 그 답은 뻔하오. 나는 그렇게 생각하오만."

"문제 제기 따위가 문제가 아니란 말이오." 그 말에 별로 설명을 덧붙이려고도 하지 않고 파커는 말을 이었다. "이 조직 안에서의 당신 역할은 뭐요? 조직이 아니라면 회사라도 좋소. 당신은 뭐요? 부사장이오, 뭐요?"

"뉴욕 지구의 부장쯤이라고 해 둘까. 나와 또 한 사람의……"

"페어팩스 말이지?"

카터는 미소를 머금고 고개를 끄덕였다.

"레즈닉이 죽기 전에 어지간히 지껄여 댔군. 맞소, 페어팩스 씨요. 그와 내가 조직 내의 뉴욕 지구 책임자요."

"알았소. 그럼, 큰 보스는 누구요. 문제를 제기해 봤자 답은 뻔하다고 했는데, 누가 그 답을 내는 거요?"

"위원회가……"

"단수로 해주시오, 카터. 당신 정도의 위치에 있으면 당신보다 위는 한 사람밖에 없을 거요."

"그렇다고만은 할 수 없소. 특히 이 경우는 셋이오. 그 셋 중 누군가가……"

"그중 누군가는 뉴욕에 있다는 거요?"

"한 명은 있소. 그렇지만 전화를 걸라고 해봤자……"

"부탁을 하고 있는 게 아니오."

파커는 등 뒤에 인기척을 느꼈다. 그는 일어섰다. 그 말없는 사나이가 의식을 되찾아 무릎을 쳐들며 벽을 붙잡고 비실비실 일어나고 있었다. 파커가 뒤꿈치로 머리통을 걷어차자 사나이는 휘청하며 옆으로 나동그라졌다. 그는 고개를 돌려 카터를 보았다.

"전화를 해 달라고 부탁하는 게 아니오." 그는 되풀이했다. "명령하고 있을 뿐이오."

"만일 거절한다면?"
"당신을 죽이겠소. 그리고 페어팩스가 뉴욕에 돌아올 때까지 기다리겠소."
카터는 손가락을 천막처럼 만들어서 물끄러미 바라보고 있었다. 입술을 깨물었다 늦추었다, 늦추었다 다물었다 하고 있었다. 그는 파커를 올려다보며 말했다.
"물론 그렇겠지. 그러나 만일 전화를 걸었다가 아까 말했듯이 상대가 거절한다면 어떻게 되지?"
"모르겠소. 그 친구가 어떻게 나올지 형세나 봐 보기로 합시다."
파커는 말했다.
카터는 잠시 생각하고 있었다. 그리고 가까스로 입을 열었다.
"좋아, 아무렇게도 안 된다는 건 뻔하지만 전화만이라도 걸어 보기로 하지."
그는 팔을 뻗쳐 다이얼을 돌렸다. 파커는 전화번호를 외면서 물끄러미 지켜보았다.
카터는 잠시 기다렸다가 "프레드릭 카터인데 보스를 대 주게"라고 말하고 한숨을 내쉬며 곤란한 듯이 미간을 모았다. "프레드릭 카터라고 전해 주게." 그는 또 한숨을 쉬며 아까보다 더 초조하게 말했다. "브론슨 씨를 대 주게. 브론슨 씨에게 할 이야기가 있어."
이름을 들은 파커는 빙그레 웃었으나 카터는 몹시 불쾌한 표정을 하고 있었다.
브론슨이 전화에 나올 때까지 꽤 시간이 걸렸다. 카터는 마침내 말을 시작했다.
"프레드릭 카터입니다. 이런 일로 전화를 드려서는 안 되는 줄 알고 있습니다만, 문제가 있어서요. 그리고 비서가 도무지 알아듣질 못하여 성함까지 대게 되어 죄송합니다. 그렇습니다. 성함을 대고 싶지 않았습니다만. 여기 사람이 있습니다. 말하자면 이자가 문제의 당사자입니다만."

카터가 사정을 대충대충 설명하는 것을 파커는 앉아서 듣고 있었다. 그 돈이, 데모인즈의 급료 강탈 사건의 돈이라고 카터가 설명하고 있는 것을 듣고 파커는 씨익 웃었다. 그러나 그냥 잠자코 듣고 있을 뿐이었다.

설명이 끝나자 한참 침묵이 계속되더니 카터가 말했다.

"그건 모두 설명을 해주었지요. 전화를 하지 않으면 죽이겠다는 겁니다. 이자는 벌써 전의 아내와 지금 말씀드린 레즈닉이라는 자를 죽였습니다. 그밖에 몇 명을 더 죽였는지, 저로서는……."

"9명이오." 파커가 말했다. 정확한 수인지 어떤지 그 자신도 몰랐다.

또다시 한참 대화가 계속되었다. 끝으로 카터가 말했다.

"알겠습니다. 잠깐 기다려 주십시오." 그는 송화구를 손바닥으로 누르고 말했다. "나머지 두 명에게 전화를 하겠다는군. 플로리다에 있소. 그래서 다시 전화를 걸겠다는데."

파커는 머리를 가로저었다.

"전화를 끊기가 무섭게 그들은 킬러를 보낼 게 뻔해. 이 전화로 다 끝내도록 하시오."

카터는 파커의 말을 전하고 나서, 파커를 향해 말했다.

"그렇다면 대답은 노라는데."

"내가 이야기하겠소."

"이야기를 하고 싶답니다"라고 말하며 카터는 수화기를 건네주었다.

"이 카터라는 자가 당신한테 어느 정도 중요한 사람이오?"

파커가 말했다.

"무슨 뜻이야?"
상대의 목소리는 날카롭고, 분노로 가득 차 있었다.
"나에게 돈을 주는 것과 놈이 죽는 것과 어느 편이 좋겠느냐는 말이오."
"협박하는 건 좋아하지 않아."
"그건 누구나 다 마찬가지요. 대답이 노라면 당신네의 카터를 죽이고 직접 당신을 만날 작정이오. 그리고 플로리다의 의견인지 뭔지를 듣고 만일 또 답이 노라면 난 당신을 죽이고 플로리다로 가겠소."
"우리의 조직 전체를 상대로 할 작정인가? 미쳤군, 자네는!"
"그럴까?"
파커는 멍하니 주위를 보고 상대의 거친 숨소리만을 귀에 느끼며 계속 기다렸다.
드디어 화난 목소리가 들렸다.
"반드시 후회할 거다. 도저히 달아나진 못할 테니까."
"그럴까?"
"아무렴."
"잠깐만."
파커는 수화기를 내려놓고 책상을 돌기 시작했다. 카터는 눈을 깜박이며 바라보고 있더니 재빨리 책상 가운데 서랍으로 달려들었다. 그는 서랍을 열었으나 먼저 권총을 잡은 것은 파커의 손이었다.
카터는 의자에서 벌떡 일어나 권총을 뺏으려고 덤벼들었으나, 파커는 권총을 카터의 아랫배에 소리가 들릴 만큼 세게 들이댔다. 그가 방아쇠를 당기자 카터의 몸은 옆으로 주저앉으며 의자를 향해 엉거주춤 뒹굴면서 책상에 머리를 부딪치고 나가떨어졌다.
파커는 권총을 놓고 수화기를 집어 들었다.

"그런데 놈은 죽었어. 난 당신 이름과 전화번호를 알고 있으니까 5분만 있으면 주소도 알게 되겠지. 24시간 안에 당신도 손 안에 잡고 있을 거야. 대답은 예스인가, 노인가?"
"24시간 안에 네가 먼저 죽어 있을 거다! 혼자서 조직에 대항하겠다고?"
"언젠가 만나자구."
파커는 말했다.

2

저스틴 페어팩스는 짐을 든 두 경호원을 거느리고 5번 거리 파크사이드의 아파트에 발을 들여놓았다. 거실에서 파커와 세 명의 일행이 만났을 때 파커의 손에는 이미 카터의 총이 쥐어져 있었다.
"그 짐을 내려놓지 말아." 파커는 명령했다.
그렇지 않아도 페어팩스는 화가 나 있었다. 플로리다의 휴가를 터무니없는 이유로 예정보다 빨리 끝내야 했기 때문이었다. 그는 파커를 노려보며 신음 소리를 냈다.
"누구야! 이게 무슨 짓이지?"
경호원들은 짐을 든 채 오금을 떼지 못하고 우뚝 서 있었다. 그들은 바보 같은 짓을 하여 목숨을 위태롭게 할 정도로 많은 월급을 받고 있지는 않았다.
"당신이 뉴욕으로 돌아온 이유, 그것이 나요. 거기 소파 옆에 서서 내가 보이는 곳에 두 손을 내놓으시오."
"파커인가?"
"소파 옆에 서라는데도."
페어팩스는 파커의 얼굴을 노려보면서 주의 깊게 뒷걸음질쳤다. 조직에 오직 혼자서 도전하는 사나이란 대체 어떻게 생겨먹은 놈일까.

"돌아서, 짐은 든 채로." 파커는 경호원을 향해 말했다.

경호원은 뒤로 돌아섰다. 프로는 프로답게 다음에 무슨 일이 일어날 것인지 충분히 알고 있다. 그들은 일어날 일에 대비해서 긴장하여 목을 움츠리며 어깨에 힘을 주고 있었다.

파커는 권총을 고쳐 쥐고 경호원들을 총신으로 두 번 휘갈겼다. 두 경호원은 고꾸라지고 짐이 카펫 위에 소리를 내며 떨어졌다. 페어팩스는 손을 뻗쳐 마치 확인이라도 하는 것처럼 코 밑의 수염을 만지고 있었다.

그는 키가 크고 당당한 체구로서, 관자놀이 언저리가 희끗희끗하며 짤막하게 다듬은 콧수염을 기르고 있었다. 초로의 영화배우라고 할까, 전형적인 도박장 주인 같은 인상이다. 55살 전후로 평소 체육관에서 크게 분투하고 있는 것만은 틀림없었다.

파커는 다시 한 번 권총을 고쳐 쥐고 고꾸라져 있는 경호원들 쪽을 총구로 가리켰다.

"침실에 끌어다 두시오."

페어팩스는 곰곰이 생각한 끝에 수염을 어루만지며 입을 열었다.

"이렇게 해봤자 좋은 결과는 되지 않을걸, 파커."

"그렇게 생각지는 않아. 무릎에 총알이 박혀 본 적이 있소?"

"없어."

"그렇다면 시키는 대로 하시지."

경호원의 몸은 무거웠다. 가까운 침실에 두 사람의 몸뚱이를 나르고 나자 페어팩스는 숨이 턱에 차, 나이보다도 더 늙어 보였다. 침실 문에 쇠가 잠겨 있지 않아 파커가 묻자 페어팩스는 대답했다.

"자물쇠는 하나밖에 없어. 저기 옷장 속에 들어 있지."

"열쇠를 꺼내시오. 그리고 전화선을 끊는 거요. 코드째 뽑아 버려."

"그럴 필요는 없겠지. 플러그로 되어 있으니까." 그는 전화선을 뽑아 파커에게 보였다. "연결 전화는 쓰고 있지 않아. 방마다 외선으로 연결되는 콘센트가 있어."

"전화기를 이리 갖고 오시오."

파커는 비상계단이 또 하나의 침실 창 밖에 있다는 것을 확인해 두었었다. 페어팩스에게 침실에 자물쇠를 채우게 한 뒤 그들은 둘 다 거실로 돌아왔다. 페어팩스는 파커가 시키는 대로 의자에 앉으며 말했다.

"여기서 뭘 할 작정이지? 브론슨을 뒤쫓고 있는 줄 알았는데."

"그 정도로 바보는 아니야. 전화 콘센트는 저건가?"

"그래."

"플러그를 끼워. 브론슨을 부르는 거요. 나한테 4만 5천 달러의 빚이 있다고 말하시오. 돈을 주느냐, 뉴욕을 담당하는 보스가 또 하나 없어지느냐, 둘 중의 하나요."

"전화는 할 수 없어. 뉴욕에 없으니까."

파커는 빙그레 웃었다.

"용감한 녀석인데. 그렇다면 장거리 전화로."

"그렇게 해봤자 아무 소용도 없어, 파커. 카터를 그대로 죽게 내버려 두는 놈이니까 나에 대해서도 내버려 두겠지."

"카터 때는 위협으로 그러는 줄 알았겠지."

"어찌 되었거나 별 차이는 없어." 페어팩스는 또 콧수염을 만지작거렸다. "난 이번 일을 자세하게 듣지 못했어. 당신이 돈을 돌려받아야 할 것인지 어떤지에 대해서조차 나는 판단하지 못하고 있어. 내가 알고 있는 것은 브론슨이 노라고 하고 있다는 것뿐이지. 세상 없어도 그는 결심을 바꾸지 않아, 절대로."

"이번만은 그렇게 안 될걸." 파커는 상대와 마주보고 앉았다. "놈에게 전화를 걸거든 내가 하는 말을 전해. 난 내 나름대로의 방법으로 지난 18년 동안 일해 왔어. 아마 100명 이상의 사람과 일을 해 왔을걸. 그게 무슨 말이냐 하면 모든 프로급 범죄자와 연결이 돼 있다는 뜻이지. 그게 어떤 일인지 당신도 알걸."

"당신에 대해서 알고 있는 일이라고는……." 콧수염을 누른 손가락 뒤로 페어팩스가 말했다. "당신이 데모인즈의 급료 강탈 사건에 관련되어 있었다는 것뿐이야."

"그것도 일 중의 하나지." 파커는 권총을 왼손에 옮겨 쥐며 말했다. "당신네 같은 조직 사람도 있고 우리 같은 사람도 있어. 우리에겐 조직은 없지만 다들 프로뿐이지. 서로가 잘 알고 있고 단단히 뭉쳐 있어. 내 말 알아듣겠지?"

"은행 강도인가?"

"은행, 급료, 무장차, 보석상, 해 볼 가치가 있는 곳이라면 어디든지 하지." 파커는 몸을 앞으로 내밀었다. "그러나 도박장만은 노리지 않았어. 도박장을 털거나 마약 판 돈 같은 것도 털지 않았어. 큰 신디케이트는 제외해 왔지. 당신네는 법망을 피해 활개를 치고 영업을 해 왔지만, 우리는 손대지 않았어."

페어팩스가 말했다. "그럴 만한 이유가 있을걸. 그러다가는 영락없이 죽게 되기 때문이지."

파커는 고개를 저었다.

"누구의 소행인지 알 리가 없어. 우린 조직적인 모임이 아니거든. 서로 상대를 잘 아는 친구들이 여기저기서 일시적으로 모일 뿐이지. 당신네들은 조직화되어 있기 때문에 노리기도 간단하지만 말씀이야."

"다시 말해서 4만 5천 달러를 내놓지 않으면 조직으로부터 훔쳐내겠다는 말이로구먼?" 페어팩스가 말했다.

"아니, 그렇게는 생각하고 있지 않아. 난 계속해서 우두머리 축들을 협박하겠어. 한편 방금 말한 100명의 사나이들에게 편지도 쓰겠어. 신디케이트가 나로부터 4만 5천 달러를 약탈했다. 가능하면 기회가 있는 대로 그들을 습격해 주지 않겠느냐고 말이지. 아마 그 친구 가운데 반은 내가 알 게 뭐냐고 하겠지. 나머지 반은 나를 좋아하니까 다같이 일을 시작해 줄 거야. 우리는 그런 인간들이야. 당신네는 널리 장사를 하고 있으니, 우린 가끔 그 상점 하나에 슬그머니 들어가서 주위를 살피며 상황을 검토해 보곤 하지. 항상 정해진 일처럼 말이야. 당신네가 우리와 같은 처지라는 걸 알기 때문에 손은 내밀지 않지만 생각만은 해보고 있는 거지. 나 자신 신디케이트의 세 개의 조직을 여러 해 동안 정밀하게 검토해 보았지만 손은 대지 않았어. 내가 알고 있는 친구들도 대부분 다 마찬가지야. 그런 친구들이 갑자기 파란 신호를 보게 되는 셈이야. 일을 벌릴 구실이 생긴 이상 그들은 일제히 실행으로 옮긴단 말씀이야."

"그래 가지고 당신과 반씩 배분하는가?"

"천만에. 나는 나대로 내 몫을 개인적으로 갖는 거지. 그들은 그들의 전리품을 갖는 거고, 그렇게 되면 4만 5천 달러만 가지고는 안 될걸."

페어팩스는 손끝으로 콧수염을 문질렀다.

"허풍인지 진담인지 도무지 알 수가 없군. 당신 같은 종류의 사람을 모르기 때문이야. 이게 내가 알고 있는 친구들이라면 허풍이라고 생각되는데. 그들은 남의 일에는 신경 쓰지 않거든. 자기 일 말고는 심각해지지 않는 친구들이지."

파커는 또 빙그레 웃었다.

"그들도 나를 위해서 해주는 건 아니지. 나를 위해 보복을 해주는 게 아니라, 늘 신디케이트의 세력권을 침범할 계획을 짜고 있다가 구실을 찾은 것뿐이야." 파커는 다시 권총을 오른손으로 바꿔 쥐었다.
"손가락을 얼굴에서 떼."
 페어팩스는 콧수염을 만지작거리는 나쁜 버릇을 늘 그만두고 싶어 하고 있었던 것처럼 얼른 손을 무릎에 놓았다. 그는 목을 축이며 말했다. "나로서는 뭐라고도 말할 수 없지만, 아마 당신은 사실대로 말하고 있는 거겠지."
 "이 말을 브론슨한테 해줘." 파커는 몸짓으로 전화를 가리켰다. "당장 전화를 해. 지금 한 말을 가르쳐 주는 거야. 노라고 하면 당신은 죽는 거고, 그는 거금을 손해 보게 돼. 지금이 아니더라도 언젠가는 나한테 갚게 될걸."
 "전화를 걸지. 아무렇게도 안 되겠지만." 페어팩스가 말했다.
 파커는 페어팩스가 플러그를 꽂고 라스베이거스의 레이븐 윙 호텔에 있는 브론슨에게 전화하는 것을 잠자코 듣고 있었다. 브론슨은 방에 없었고 찾아다녀도 없었기 때문에 한참 시간이 걸렸으나 겨우 그가 전화에 나오자, 페어팩스는 파커의 협박도 섞어 가며 이야기의 줄거리를 말했다.
 "허풍인지 진담인지 모르겠습니다. 어차피 언젠가는 해낼 작정이라고 그럽니다."
 그 뒤 한참 침묵이 있어, 페어팩스는 가만히 귀를 기울이고 있는 파커의 태도를 보고 있었다. 이윽고 그는 말했다.
 "아니, 그렇게는 생각지 않습니다. 녀석은 만만치 않은 친굽니다. 그냥 그것뿐입니다. 벅차고 완강해서 빈틈이 없습니다."
 파커는 권총을 바꿔 쥐었다. 페어팩스는 또 귀를 기울이더니 전화를 파커에게 내밀었다.
 "이야기를 하겠대."
 "무슨 이야기?"

"조건이야."

"창가에 서 있어."

페어팩스는 수화기를 테이블 위에 놓고 일어나서 창가로 걸어갔다. 안쪽 방에서 덜거덕덜거덕거리는 소리가 들려 왔다. 페어팩스는 얼굴을 찌푸리고 말했다.

"저 두 놈은 해고야."

"놈들이 나쁜 게 아냐. 경호원에게 짐을 들게 한 것이 나빴지."

그는 방을 가로질러 소파로 다가가 페어팩스가 앉았던 곳에 앉아 수화기를 귀에 댔다.

"좋아, 이야기가 뭐지?"

"성가시게 구는 놈이로군, 자네는." 브론슨의 나직하고 화난 목소리가 들려 왔다. "모기처럼 귀찮은 녀석이야. 이야기는 알았어. 4만 5천 달러를 주지. 치사한 돈이야. 치사한 근성을 가진 치사한 놈에게 어울리는 돈이지. 모기를 내쫓기 위해서다. 4만 5천 달러의 지폐 뭉치로 내쫓아 주겠어. 그러나 이것만은 잊지 마라, 파커."

"말해 봐, 듣고 있으니까." 파커는 말했다.

"자넨 완전히 찍혔어. 치사한 돈을 을러서 빼앗는 것까지는 좋으나 이제 자넨 산송장이나 다름없어. 특별히 킬러까지 보내진 않겠다. 단지 소문을 퍼뜨릴 뿐이야. 치사한 파커라는 쩨쩨한 강도가 그럴 듯한 흉내를 냈다고 말이지. 만일 그 녀석을 만나거든 톡톡히 인사나 돌려 줘라. 그걸로 충분해. 만일 만나거든 말이지. 내 말 알아듣겠나, 파커?"

파커는 말했다. "아무렴, 알다마다. 카터가 같은 말을 일러 주더군. 당신은 체신부만큼의 거물이라고. 우편 포스트처럼 전국에 망을 치고 있다고 말이지. 신문의 광고란에도 이름이 나와 있는 건 아닌가?"

"달아나지는 못해, 파커. 아무 데도 달아날 길은 없어. 조직은 꼭 자네를 찾고야 말걸."

"내 뒤를 쫓는다는 전국적인 조직인지 뭔가로부터 우선 세 명의 이름을 지우는 게 좋을 거야. 마르 레즈닉 같은 놈들을 잔뜩 보내 보시지, 브론슨. 카테나 페어팩스 같은 패거리, 놈들의 경호원 같은 놈들을 얼마든지 보내. 꽤 많은 사람을 모아야 할걸, 브론슨."

"알았다." 브론슨은 성을 내며 말했다. "얼마든지 큰소리쳐. 그런데 그 4만 5천 달러를 어디서 받을 셈인가?"

"브루클린에 캐너시라는 데가 있어. BMT 지하철로 갈 수 있지. 서류가방에 돈을 담아 가지고 내일 새벽 2시에 심부름꾼 둘을 보내. 지하철 플랫폼에서 기다리겠어. 지폐는 100달러짜리보다 큰 것도 10달러짜리보다 작은 것도 거절하겠어. 만일 위조지폐를 주고 싶은 생각이라면 목숨을 버리고 싶어하는 놈을 둘 보내도록. 심부름꾼이 두 명보다 더 많을 때는 치사한 모기가 당신의 피를 빨아먹을 줄 알아."

"큰소리치지 마라, 파커." 브론슨이 말했다. "지하철 역 이름은 뭐지?"

"종점이지."

"너의 종점이기도 하겠군, 파커." 브론슨은 전화를 끊었다.

파커는 수화기를 돌려놓고 일어섰다. 안쪽 침실에서는 여전히 덜거덕거리는 소리가 들려 왔다. 페어팩스는 또 손끝으로 콧수염을 만지작거리고 있었다. 파커가 일어서자 그는 비로소 알아차린 듯 콧수염에서 뗀 손을 흠칫하며 옆으로 내리고 당혹한 듯이 파커를 바라보았다.

"운이 좋았어, 페어팩스. 당신의 보스는 생각했던 것보다 간단하게 굽혀 왔어. 유감스럽군. 천천히 즐기면서 당신을 처치할 수 있었는데." 파커는 이렇게 말하면서 웃었다. "놈은 배반할지도 모르지. 매복할지도 몰라. 만일 그런 일이 생기면 다시 이리로 돌아오겠어."

페어팩스는 또 손가락으로 콧수염을 만졌다.

"저 밥통 같은 놈들을 해고해 버려야지."

파커는 머리를 가로저으며 말했다.

"그런 짓을 해봤자 소용없어."

3

잠시 그는 생각해 보았다. 온 미국의 암흑가를 지배하는 신디케이트를 향해 자기가 취한 허세가 어느 만큼 효과가 있었을까, 과연 허세를 보였던 만큼의 실력이 자기에게 있는 것일까 하고. 자신이 꽤 불사신이고 남의 생각 따위는 마음에 두지 않는 인간이라는 것은 알고 있었다. 그러나 사람을 죽이는 것을 즐겁게 여긴 적은 없다. 페어팩스에게 한 말이, 단순한 위협으로 한 것인지 본심이었는지 자기도 모르게 되고 말았다.

그러나 결국 그런 망설임도 순간적으로 끝나 버렸다. 18년 동안이나 같은 짓을 하며 1년에 한두 번 멋들어지게 일을 해치워서 남은 나날을 좋아하는 여자와 휴양지 호텔에서 한가로이 쾌적하게 지내던 생활의 모든 상태가 갑자기 틀어져 버렸다. 여자는 종적을 감추고, 정해진 생활의 리듬이 허물어져 평안한 기분이 없어지는 바람에 일에 대한 원활한 준비가 깡그리 틀려 버린 것이다.

교도소의 강제 농장에서 들개처럼 몇 달을 지냈다. O 헨리의 소설에 나오는 부랑자처럼 나라를 횡단하는 데 한 달 이상을 소비했다. 변변치 못한 마르 레즈닉을 죽이느라고 한 푼도 되지 않는 일에 시간과 노력과 사고력을 깡그리 쏟아 왔다. 또다시 살인이 거듭되고, 마치 18년 동안 쌓여 온 무도한 무자비함이 둑이 터진 것처럼 일제히 쏟아져 나와 신디케이트에 대항하는 지경에까지 이르게 되고 말았다.
 이윽고 또 살인이다. 패러거트 로드의 어둠 속에 숨어 나무에 몸을 기대고, 그는 스테그먼의 임대 자동차 클럽을 지켜보며 스테그먼이 모습을 나타내기를 기다리고 있었다. 놈은 거짓말을 했다. 마르와 연락할 방법을 알고 있었던 것이다. 사실 놈은 마르와 연락을 취했다. 그렇지 않고는 마르가 그토록 급히 서둘렀을 리가 없었다.
 그렇다면 스테그먼과의 사이에도 해결해야 할 일이 남아 있는 셈이다. 그런 것도 여느 때와는 전혀 양상이 다르다. 지금까지와는 달리 그는 빚을 받으러 다니는 것이다. 마르에게도 받을 빚이 있었다. 린에게도, 신디케이트에도, 스테그먼에게도, 해결 짓지 않으면 안 될 빚을 이렇게 받으러 돌아다니고 있다. 익숙지 못한 일이지만 끝에 가서는 잘 될 터이니까, 모두 끝내고 나서 그전 생활로 돌아가면 된다.
 린을 대신할 여자를 찾아야 하겠다. 휴양지 호텔의 풀장에 가면 그런 여자는 얼마든지 굴러다닌다. 이번에는 여자를 좀더 잘 감시해서 절대로 사랑에 빠지는 일이 없도록 조심하자.
 자정이 조금 지나 있었다. 지금 곧 모습을 나타내지 않으면 돈 받으러 가는 시간에 맞춰 가지 못한다. 스테그먼은 포커 패들과 안에 있을 것이다. 파커는 패거리들이 안으로 들어가는 것을 보았다. 거실에 불이 켜져 있는 것으로 미루어 포커를 시작한 모양이다. 게임은 언젠가는 끝날 것이다.
 10시 조금 지나 파커는 한 구획 떨어진 간이식당에서 햄버그 스테이크와 커피로 식사를 끝내 두었다. 돌아왔을 때는 여전히 불이 켜져 있고, 패거리들의 차가 패러거트 로드에 멈춰서 있었다. 게임은 아직도 계속되고 있었던 것이다.
 파커는 새 담배에 불을 붙이고 나무 주위를 한 바퀴 돌아보았다. 이 부근에는 길 양편에 나무들이 쭉 이어져 있고 한두 채 주택도 들어서 있다. 조그만 동네지만, 꽤 큰 도시의 주택지와 비슷하다. 어쨌거나 뉴욕답지는 않다.

파커는 나무 둘레를 돌아 반시간 전에 10대의 남녀들이 사라져 간 어두운 한 귀퉁이를 눈여겨보았다. 두 사람은 포치 뒤로 사라졌는데, 한참 동안 포치의 흔들의자가 삐걱대고 있었으나 지금은 잠잠했다. 그들로부터도 이쪽은 보이지 않고, 파커에게도 그들의 모습이 보이지 않았다.

사람은 누구에게나 생활의 패턴이 있다. 저 두 사람도 마찬가지다. 매우 단순한 패턴이었지만 언젠가는 변할 수도 있을 것이다, 지금 금방이라도.

건물의 문이 열리고 포커 패거리가 모습을 나타냈다. 파커는 길을 부지런히 걸어 건물로부터 떨어지면서 어깨 너머로 눈길을 보냈다. 스테그먼은 잠시 문간에 서서 동료 두 사람과 이야기하고 있더니 다시 집 안으로 들어갔다. 거실의 불은 아직도 켜져 있었다. 손님들은 제각기 자기 차를 타고 돌아갔다.

택시가 다가오더니 차에서 내린 운전사가 건물 안에 들어갔다가 곧 다시 밖으로 나와 차를 타고 가 버렸다. 무선 담당이 앞방, 스테그먼이 거실, 단둘뿐이다.

파커는 길을 건넜다. 건물 뒤로 돌아가서 창문으로 들여다보았다. 스테그먼은 테이블에 앉아 혼자 패를 나누고 걸고 하면서 포커를 하고 있었다. 아마 오늘 밤은 돈을 잃은 모양이다.

파커는 또 앞으로 돌아갔다. 무선 담당은 싸구려 책을 읽으면서 테이블을 향해 앉아 있었다. 파커는 안으로 들어가서 무선 담당에게 권총을 보이며 말했다.

"얌전히 있어."

무선 담당은 전번 남자와 달랐다.

"여긴 돈이 없어. 여긴 돈을 두지 않아."
"잠자코만 있으면 돼."
파커는 말했다. 그는 반대편 문으로 다가가서 열어젖혔다.
"나와, 스테그먼."
펄쩍 뛰어오르며 스테그먼은 손에서 카드를 떨어뜨려 바닥에 흩어졌다.
"아아! 하느님 맙소사!"
"그러지 않아도 곧 진짜 하느님을 만나게 해주지. 이쪽으로 나와!"
그는 총구로 지시했다.
스테그먼은 기운 없는 걸음걸이로 떨면서 나왔다. 거짓말이 입술 끝까지 나왔지만 말을 할 수조차 없었다. 파커는 상대의 뒤에 섰다.
"멀리 좀 가야겠어. 전처럼 같이 차를 타고 가는 거야."
그는 권총으로 스테그먼의 등을 쿡쿡 찔렀다.
두 사람은 자동차 있는 데로 갔다. 스테그먼은 운전석에 앉아 입술을 축이면서 계기반 밑의 무선 장치로 눈을 보냈다. 파커가 말했다.
"놈이 경찰을 부를 거라고 생각하나? 아니면 다른 운전사들이? 켜 둬, 놈이 지껄이는 걸 들어보자구."
스테그먼은 무선 스위치를 넣었다. 그의 손가락은 땀으로 찐득거려서 말을 듣지 않았다. 단추를 돌리는 데 한참 걸렸다. 무선에서는 아무 소리도 들려오지 않았다. 무선 담당은 보나마나 전화로 경찰을 부르고 있을 것이다.
"저쪽 길로 가."
파커는 로커웨이 파크웨이 쪽을 가리켰다.
스테그먼은 엔진을 걸었으나 금방은 차가 나가지 않았다. 신경질이 된 그의 발이 클러치 페달을 제대로 밟지 못했던 것이다. 두 번 만에 겨우 차가 움직이기 시작했다. 보도에서 차도로 덜커덩하며 내려가 맞은편인 로커웨이 하이웨이의 어둠 속으로 나아갔다.

"첫 번째 모퉁이를 왼쪽으로 돌아." 파커가 말했다.

스테그먼은 시키는 대로 왼쪽으로 꺾어 동 96번 거리의 한길로 나가자 인적 없는 컴컴한 골목에서 골목으로 차를 몰았다.

"보도에 바싹 대고 엔진을 꺼." 파커가 명령했다.

스테그먼은 시키는 대로 했다. 파커는 무릎에 권총을 놓고 스테그먼의 목을 재빨리 몇 대 후려쳤다. 스테그먼은 웩 하고 신음 소리를 내며 앞으로 고꾸라져 턱을 가슴에 묻고, 숨을 쉬려고 캑캑거렸다.

"알고 있는 건 모두 말했다고 했었지. 거짓말을 하지 말았어야 했잖아." 파커는 전에 일을 생각나게 해주었다.

그는 스테그먼의 머리털을 움켜잡고 핸들에다 얼굴을 찧어댔다. 그리고는 또 한 번 손칼로 스테그먼의 코 밑 언저리를 몇 대 후려치고 나서 머리를 위로 쳐들었다. 장님이 될 정도의 강타였다. 조금만 더 힘을 가하면 상대는 죽는다. 아직 거기까지는 가 있지 않았다.

스테그먼은 신음 소리를 내며 입가에 게거품을 뿜어내고 있었다. 파커는 갑자기 속이 메스꺼웠다. 이제 충분하다. 빨리 끝내 버리자. 그가 권총의 총신을 거머잡고 손을 네 번 휘두르고 나니 스테그먼은 숨이 끊어졌다.

파커는 권총의 개머리판을 스테그먼의 윗옷으로 닦고 차에서 내렸다. 권총을 혁대에 차고 글렌우드 로드에서 로커웨이 파크웨이로 꼬부라져 길을 건너 지하철 입구로 향했다.

희한하게도 그 부근에서는 전차의 선로가 고가도 지하도 아닌 곳을 달리고 있었다. 바로 지표와 같은 높이를 선로가 달려서 역의 플랫폼은 작은 도시의 기차역과 비슷했다. 다만 틀린 것은 플랫폼 양쪽의 선로가 플랫폼의 길이와 같은 곳까지 뻗었다가 끊어져 있는 점이었다. 약속 장소는 그 선의 종점인 것이다.

오른쪽에 널찍한 부지가 마련되어 있어, 더러워진 지하철의 차량이 여러 줄 늘어서 있었다. 그 너머에는 택시 운전사들이 사는 2층 벽돌 건물인 새 공동 가옥이 이어져 있다. 또 그 너머에는 도시 계획에 따라서 세워진 엘리베이터 담당자들이 사는 큰 7층 건물이 보였다. 땅은 어디를 보나 평탄했다.

문이 활짝 열린 채로 2량 연결의 차량이 플랫폼에 서 있었다. 플랫폼 지붕 밑의 표지판에 왼쪽을 가리킨 화살표와 '다음 발차'라고 씌어진 글씨가 반짝이고 있었다.

코르덴 윗옷을 입은 덩치 큰 사나이가 〈뉴스〉지를 읽으면서 옆에 점심 도시락을 놓고 플랫폼 벤치에 앉아 있었다

파커는 다가가 사나이의 옆에 앉았다. 그는 도시락을 집자 재빨리 열어 구석에 숨겨놓은 루가 권총을 발견했다. 사나이는 〈뉴스〉지를 떨어뜨리고 도시락으로 손을 뻗쳤다.

파커는 고개를 흔들며 아웃핏의 앞잡이로부터 떨어진 곳에다가 도시락을 놓고 말했다.

"빨리 안 타면 발차해 버려."

사나이는 고개를 돌려 개찰구에서 환전소로, 그리고 화장실로 눈을 옮겼으나, 어깨를 움츠리고 일어섰다. 신문을 접어서 옆구리에 끼더니 그는 전차에 올랐다.

파커는 일어서서 도시락을 들고 플랫폼을 걷기 시작했다. 조그만 가건물인 화장실은 선로가 끝난 그 너머의 플랫폼 위에 있었다. 겨울에는 차례를 기다리는 사람들을 위해 난방기를 갖춘 대기실과 녹색의 문이 둘 달려 있었다.

파커는 신사용 화장실로 들어갔다. 플란넬 윗옷과 카키색 바지를 입은 목동 차림의 사나이가 둘, 아무것도 하지 않고 서 있었다. 셔츠

자락이 바지 위에 삐져나와 있다.

파커는 도시락을 열고 루가를 꺼내어 두 사람에게 보였다.

"셔츠를 벗어. 그 밑에 손을 넣지 마."

한 명은 시키는 대로 하기 시작했으나 다른 하나는 눈을 깜박거리고 웃으며 말했다.

"대체 어쨌다는 거요?"

파커는 질문에는 대꾸도 하지 않고 가만히 기다리고 있었다. 위의 단추에 손을 가져가던 사나이가 옆에 있는 친구를 보더니 망설였다. 친구는 웃음을 머금고 말했다.

"당신, 뭐가 필요한 거요, 어쨌다는 거요?"

"아무것도 아니야. 셔츠를 벗기만 하면 돼." 파커는 말해 주었다.

"하지만 난 벗기 싫은걸."

"전차가 발차할 때 방아쇠를 당긴다. 그보다 먼저 총소리를 듣고 싶거든 덤벼들어." 파커는 말했다.

망설이고 있던 사나이가 말했다.

"이렇게 된 바엔 할 수 없어. 시키는 대로 하자, 아티. 할 수 없잖아."

아티는 생각하고 있더니 어깨를 으쓱하고 셔츠의 단추를 벗기기 시작했다. 둘 다 셔츠를 벗어 손에 들었다. 둘 다 소형 리볼버를 혁대 밑에 차고 있었다.

파커가 말했다.

"뒤로 돌아서."

두 사람이 돌아서자 그는 뻗친 손을 앞으로 돌려 권총을 뽑아 손 씻는 곳에 놓았다.

"전차를 놓치겠어. 빨리 타는 게 좋을 거야."

두 사람은 묵묵히 셔츠를 입고 대기실을 나갔다. 파커는 네 자루의 권총을 변기에 버리고 밖으로 나갔다. 그는 발차를 기다리고 있는 전차로 다가가서, 카우보이 차림의 두 사나이가 코르덴 윗옷을 입은 자와 함께 앉아 있는 것을 확인했다. 세 사람은 뭐라고 지껄이면서 몸을 바짝 가까이 하고 있었으나, 얼굴을 들고 지나가는 파커를 바라보았다.

플랫폼의 한쪽 끝을 내려간 높직하고 좁다란 화물발착소 건물이 있었다. 그 옆에 코카콜라의 자동판매기가 놓여 있었는데, 한 손에 작은 가방을 들고 또 한 손엔 코카콜라 병을 든 작업복 차림의 사나이가 서 있었다. 사나이는 파커가 지하철 토큰을 개찰구의 회전봉 슬릿에다 넣을 때부터 거기 있었는데 여전히 움직이지 않고 있었다. 사나이는 병에 든 것을 한 모금도 입에 대지 않고 있었다. 그는 특별 선로의 전차 대열 쪽을 바라보고 있었다.

파커는 플랫폼 가장자리까지 걸어가 자동판매기 곁에서 걸음을 멈추었다. 그는 말을 걸었다.

"25센트짜리를 잔돈으로 좀 바꿔 주지 않겠소."

"좋소." 사나이는 대답했다. 그는 손바닥으로 감싸 쥐고 있던 병을 판매기 위에다 놓고 작은 가방을 든 손을 바꿔 쥐고 바지 주머니에 손을 넣었다.

파커는 도시락을 열고 루가를 꺼냈다. 그는 등을 홀 쪽으로 돌리고 있었다.

"가방 속을 보여 줘."

"좋소." 사나이는 말했다.

놀란 기색은 보이지 않는다. 그는 양쪽에 걸린 가죽 끈을 벗기고 뚜껑을 젖혔다. 가방 속에 손을 넣으려 했을 때 파커는 고개를 양옆으로 저었다. 사나이는 웃으며 가방 윗부분을 벌려 보였다. 속에는 총신이 긴 25구경 연습용 권총이 들어 있었다.

"뚜껑을 닫아." 파커가 말했다. 사나이는 시키는 대로 했다. "가방을 판매기 옆에다 놓고 전차를 타."

파커는 사나이가 플랫폼을 걸어가서 세 사나이가 타고 있는 차량에 올라타는 것을 확인했다. 몇 분 뒤 차장과 운전사가 발착소 건물 2층에서 바깥으로 나 있는 금속제 계단을 후다닥 달려내려와서 전차에 올라탔다.

문이 닫히고 전차가 움직이기 시작했다. 전광 사인의 표시가 바뀌고 플랫폼 반대쪽에 멈춰서 있던 전차가 '다음 발차'가 되었다.

30분 뒤, 1시 20분 조금 지나서 또 5명의 사나이가 도착했다. 모두 화려한 양복을 입고 악기 케이스를 들고 있었다. 그들은 전차를 내리자 떠들썩하게 웃고 지껄여대며 플랫폼에 서 있었다. 파커는 자동판매기 옆에서 확신이 설 때까지 10분 동안 기다렸다. 그들은 그 자리를 움직이려 하지 않았다. 답은 확실했다.

그는 다가가서 자기 이름을 대고 말했다.

"파티를 하고 싶으면 서두르는 게 좋겠지. 아니면 지금 이 자리에서 시작해."

4명의 사나이는 트롬본 케이스를 든 자의 얼굴을 보았다. 그 사나이는 멈춰서 있는 차량으로부터 승객으로, 그리고 멀리 있는 환전소 안의 여자로부터 발착소 건물로 시선을 옮겼다. 그들은 달아나기 위해 마중 오기로 된 차가 아직 도착하지 않아서 장기인 살인극을 시작할 수가 없었다.

2시 15분 전, 여자 손님이 전차에서 내리더니 플랫폼 벤치에 큼직한 가방을 놓고 갔다. 파커는 그녀를 붙잡아 가방을 돌려주었다. 여자는 위험한 선물을 돌려받자 겁을 집어먹고 한길 쪽으로 종종걸음으로 사라져 갔다.

그녀가 가고 나자 파커는 플랫폼의 전화부스에 들어가 페어팩스의 아파트를 불러냈다. 그가 전화에 나왔다. 파커는 그의 목소리를 기억하고 있었다.

"지금 막 위험한 짐을 가진 여자를 내쫓은 참이지. 아직 어설픈 킬러들을 하나도 죽이진 않았지만 이번에 나타나면 죽이겠어. 만일 이번에 돈이 안 오면 거기로 갈걸."

"잠깐" 페어팩스가 말했다. 전화에 잠시 잡음이 들리더니 이윽고 페어팩스의 목소리가 들렸다. "조금 늦어질지도 모르겠어."

"그건 상관없어." 파커가 말했다.

킬러는 두 번 다시 나타나지 않았다. 3시 20분 전, 전차가 도착하자 두 사나이가 내렸다. 한쪽 사나이는 슈트케이스를 들고 있었다. 그들은 벤치에 앉아 있는 파커에게 다가가서 옆자리에 슈트케이스를 놓았다. 그들은 한 마디도 지껄이지 않고 돌아가려고 했다. 파커가 말했다.

"잠깐만."

그들이 돌아보자 파커는 몸짓으로 슈트케이스를 가리켰다.

"열어 봐."

두 사람은 얼굴을 마주보며 입술을 축였다. 그들도 속에 든 것이 진짜인지 어떤지 알지 못했다. 한쪽 사나이가 두 개의 고리를 벗기고 뚜껑을 열었다. 안에 든 것은 돈뭉치뿐이었다. 그들은 안도의 숨을 내쉬었다. 파커가 말했다.

"좋아, 닫아."

그들은 시키는 대로 하고 나서 플랫폼을 걸어 나가 출구로 해서 한길로 사라져 갔다.

그 장소에서 탈출하는 데는 세 가지 방법이 있었다. 지하철이 첫째 방법. 플랫폼 가장자리 개찰구 옆에 있는 지하철과 바꿔 탈 수 있는 버스, 그리고 출구로부터 한길로 걸어서 나가는 방법의 세 가지다.

어디로 가나 그들이 기다리고 있을 것이다.

  그는 자동판매기 곁으로 다가가 슈트케이스를 그 옆에다 놓았다. 루가를 도시락에서 바지 옆 주머니로 옮기고, 연습용 권총을 소형 가방으로부터 바지 뒷주머니 위의 혁대에 꽂았다. 또 한 자루 카터의 권총도 있었는데, 이것은 왼손에 쥐었다.

  그는 슈트케이스를 들자 플랫폼 끝까지 가서 '관계자 외 출입금지'라고 씌어 있는 계단을 내려갔다. 세 번째 선로 위를 지나가는 나무 다리가 놓여 있었다.

  파커는 조심스럽게 다리를 건너 선로를 넘어서 특별선 부지로 향했다. 주위는 어두웠고 그에게 주의를 기울이는 이는 아무도 없었다.

  그는 세 번째 선로 위를 넘어 주의 깊게 특별선 부지를 가로질러 겨우 다 건너고 나서 나무들이 무성한 넓은 모래흙 길로 나갔다. 그 근방의 길은 지금까지 오던 곳보다 밝아서 어두운 곳을 골라가며 조심스럽게 걷지 않으면 안 되었다. 글렌우드 로드는 바로 코앞이다. 자동차가 길을 따라 멈춰서 있고, 교차점 있는 데까지 공동 가옥의 집들이 이어져 있었다. 차 안에 사람이 있었다 하더라도 그에게는 보이지 않았다.

  길은 특별한 부지를 둘러싸는 울타리를 빠져서 이어지고 있었다. 파커는 울타리 있는 데서 한숨 돌리고 나서, 주위를 살피고 귀를 기울였다가 안으로 들어가자 왼쪽으로 꼬부라져 로커웨이 파크웨이와 지하철 입구로부터 벗어났다. 오른손의 슈트케이스는 무거웠다. 그는 왼손에 쥔 권총을 몸 옆에 찰싹 붙이고 있었다.

  레인코트와 챙이 달린 동그란 모자를 쓴 흑인 소년 셋이 낮은 목소리로 노래를 부르면서 그에게 다가오고 있어 파커는 한길을 가로질렀다. 다시 두 구역을 지나 오른쪽으로 꺾인 데서부터 주택 개발 구역이 시작되고 있었다. 그는 카터의 권총을 쓰레기통에 버렸다. 근처 사람들이 줍는다 하더라도 경찰의 손에 닿기까지는 상당히 시간이 걸릴 것이다.

그는 슈트케이스를 왼손으로 바꿔 쥐고 오른손을 바지 주머니 속의 루가에 가까이 집어넣고 걸었다. 자동차 한 대가 등 뒤의 모퉁이에서 타이어를 삐걱대면서 그를 향해 다가왔다. 그의 오른편 방향에는 낮이면 불도저가 땅을 다지고 있어서 아직 공동 가옥이 세워져 있지 않았다. 그는 주머니에서 루가를 꺼내 쥐고 건설 부지를 향해 달려갔다. 차 안에서 권총 소리가 났으나 겨냥이 너무 빨랐다. 그가 땅바닥에 몸을 내던지자, 차는 저 멀리 모퉁이에서 요란한 소리를 내며 달려서 지나갔다.

그는 일어나서 건설 부지 안으로 걸어갔다. 다음 한길에 면한 집들의 뒤뜰과 건설 부지의 경계에는 높다란 나무 벽이 서 있었다. 그는 벽가에 쭈그리고 앉아 루가를 쥐고 기다렸다.

아까 그 차가 이번에는 천천히 한길을 돌아서 다가와, 그를 향해 마주 멈춰 섰다. 파커의 몸은 캄캄한 벽 그늘에 숨어서 상대에게는 보이지 않았다. 한참 있다가 차의 뒷문이 열리더니 두 사나이가 모습을 나타냈다. 그들은 파커가 쓰러져 있던 부분을 천천히 지나서 조그맣게 원을 그리며 다니다가 다시 차로 돌아갔다.

사나이들은 차 옆에 서서 또 두 대의 차가 와서 멎기를 기다리고 있었다. 나중에 온 차에서도 사나이들이 내리더니 뭔가 의논을 하고 있었다. 이윽고 두 대의 자동차는 도로 돌아갔는데, 플라트랜즈 거리의 모퉁이 쪽으로 천천히 나아갔다. 거기서 한 대는 오른쪽으로, 한 대는 왼쪽으로 꼬부라졌다.

세 대째의 차는 여전히 원래 자리에서 대기하고 있었다. 사나이 셋이 차에서 내리더니 천천히 한길을 가로질러 집들이 잇닿아 있는 어둠 속으로 사라져 갔다. 운전사 하나가 차에 남아 있었다. 사나이의 담뱃불이 계속 알찐거려서 그가 주택 건설 부지를 감시하고 있음을 알았다.

파커는 슈트케이스를 놓고 벽을 따라 글렌우드 로드까지 움직여 갔다. 루가를 오른손에, 연습용 권총을 왼손에 쥐고 있었다. 그는 몸을 움직일 때, 두 손을 되도록 옆구리에 찰싹 붙이고 움직였다. 글렌우드 로드에 이르자 그는 보도에 나가서 휘파람을 불었다.

그는 또 휘파람을 불며 걸어 나가 모퉁이를 돌아 멈춰서 있는 차 쪽으로 다가갔다. 운전사는 다가오는 파커를 백미러로 관찰하고 있었으나, 그는 슈트케이스도 들지 않았고 휘파람까지 불고 있었다.

차창은 열려 있었다. 파커는 다가가자 방향을 바꾸어 창턱에 두 자루의 권총을 얹어 놓고 운전사를 겨누며 입 속으로 나직하게 말했다.

"한마디라도 지껄이기만 해봐……."

핸들을 쥔 손이 꼿꼿해지며, 운전사의 몸은 얼어붙은 것처럼 굳어졌다.

"몸을 움직여 이쪽으로 내려." 파커는 말했다.

그는 한 발 물러서서 운전사가 시키는 대로 하는 것을 지켜보았다.

"좋아, 저기 빈 터 안을 걸어!"

두 사람은 파커가 슈트케이스를 놓아 둔 데까지 갔다. 파커가 루가의 손잡이를 바꿔 쥐고 내리치자 운전사의 몸은 땅바닥에 쓰러졌다. 그는 연습용 권총을 버리고 슈트케이스를 집어 들자 급히 차 있는 데로 돌아갔다.

차에 올라타자 엔진을 걸고 신나게 달렸다. 모퉁이를 돌 적에, 반 구획가량 뒤쪽 건물 사이에서 사나이 하나가 달려 나왔다.

파커는 차를 그랜드 아미 플라자 근처의 플라트부쉬 거리에 팽개친 다음 택시를 집어타고 맨해튼으로 돌아갔다.

4

 침대 위에는 1천 6백 장의 지폐가 50장씩 32묶음으로 묶여져 놓여 있다. 10달러라고 쓴 묶음이 20묶음, 50달러가 10묶음, 그리고 100달러가 2묶음. 돈을 묶은 종이에 쓰인 숫자의 합계는 4만 5천 달러였다.
 파커는 침대 옆 의자에 앉아서 돈다발을 바라보고 있었다. 빈 슈트 케이스는 그의 발 밑바닥에 굴러 있었다. 돈을 세어 보니 틀림없이 들어맞는다. 이제는 그냥 멍하니 앉아서 돈을 바라보며, 어떻게 해서 손에 넣었는가를 되새겨 볼 따름이었다.
 어려운 일은 아니었다. 브론슨의 사고 과정은 쉽게 짐작이 갔다. 파커라는 벌레만도 못한 녀석이 있는데, 귀찮고 번거로운 일을 일으키고 있다. 그놈은 4만 5천 달러를 내놓으라고 한다. 좋다, 4만 5천 달러를 줘 버리자, 이런 것이었다.
 돈을 주고 나거든 곧 처치해 버려라. 그러나 잘 안 된다 하더라도 밑져야 본전이다. 그놈은 4만 5천 달러를 손에 넣고 나면 더 이상 귀찮은 일을 일으키지 않을 것이다. 지금 당장이 아니더라도 조직에는 충분히 시간도 대책도 있다. 다시는 조직과 분규를 일으키지 않을 것이고 편리할 때 얼마든지 처치할 수도 있다. 이익을 생각하면 4만 5천 달러는 대수로운 돈이 아니라는 뜻인 것이다.
 그것이 브론슨의 입장이다. 파커 입장도 마찬가지로 단순한 것이었다. 그에게는 18년 동안의 생활양식이 있었는데, 그 패턴이 엉망이 되어 버렸다. 단지 그 섬에서의 일이 잘못되는 바람에 생활의 페이스가 완전히 어지럽혀져 버린 것이다. 그를 그러한 입장으로 몰아넣은 린과 마르는 죽었다. 그리고 파커는 제 몫을 되찾기 위해 또 한탕 해야만 할 지경에 이르렀다. 그 일이 제대로 되지 않는 한 그전 생활로 되돌아갈 수는 없었다.

그 일만 되면 어떻게든 그전 생활로 돌아갈 수가 있었다. 그전 생활을 2, 3년 해 나갈 돈과 성형 수술을 받을 비용도 충분히 있다. 오마하에 있는 조 시어에게 가서 그에게 수술을 해준 의사 이름을 알아내야 한다. 조는 3년 전에 은퇴하면서 성형수술을 받았다. 10년 전에 함께 일을 하여 지금도 얼굴을 기억하고 있는 상대를 우연히 만났을 때, 그를 알아보지 못하도록 얼굴을 바꾼 것이다.

새 얼굴과 4만 5천 달러가 있으면 조직도 절대로 그를 찾아내지 못할 것이다. 앞으로는 같이 일할 상대에 대해 여태까지보다 더 신중을 기해야 하겠지만 대수로울 건 없다. 어차피 그는 일이나 동료를 자기가 직접 찾고 정하기를 좋아했다.

일을 한 번 실수했지만 이제 원래대로 돌아갔다. 단지 그것뿐이다. 매우 단순한 이야기에 불과하다.

그는 몸을 일으키고 담뱃불을 끄자 바닥의 슈트케이스를 집어 올렸다. 지폐 뭉치를 차곡차곡 집어넣고 뚜껑을 닫아 침대 밑에 밀어 넣었다. 그리고 그는 전화기를 들어 아메리칸 에어라인에 전화를 걸어 오마하행 오후 3시 26분 발 비행기를 예약했다.

그런 다음, 낮 12시가 되면 알려 달라고 룸서비스에게 일러 놓고, 천천히 샤워를 하고 나서 오는 길에 사 온 보드카 병을 땄다. 이제 술을 마셔도 상관없겠지. 그는 다 마시고 나자 긴장을 풀고 편안한 자세를 취했다. 오마하에 가면 조가 여자를 주선해 줄 것이다. 그게 안 된다면 마이애미에 도착할 때까지 기다릴 따름이다.

정오를 알려 주는 전화벨 소리에 눈을 떴다. 그전대로의 생활이 새로 시작되는 첫날이다. 그 방은 몸에 밴 고급 호텔에 비하면 좋지 않았지만 별로 나쁠 것도 없었다. 지금 새로이 그전 생활로 돌아가고 있는 중이니까.

다시 샤워를 하고 양복을 입은 다음 짐을 챙기기 시작했다. 그는 자기 슈트케이스와 돈이 든 슈트케이스를 둘 들고 방을 나갔다. 엘리베이터를 타고 아래로 내려가 로비를 가로지르려 할 때 프런트의 사나이가 너절한 양복 차림의 두 사나이에게 다가오는 그의 모습을 가르쳐 주고 있었다.

두 사나이가 그에게로 다가왔다. 그 자리에서 무슨 일을 일으킬 것 같지는 않았지만 그는 주저했다. 어떻게 여기를 알았을까? 알 까닭이 없다. 그는 무기를 가지고 있지 않았다. 간밤에 플라트부쉬 거리에서 루가를 내버렸던 것이다.

두 사람이 다가왔다. 한쪽 사나이가 바지 뒷주머니로 손을 뻗쳤다. 파커는 긴장해서 옷을 넣은 슈트케이스를 언제든지 던질 수 있는 태세를 취했다. 그러나 사나이가 주머니에서 꺼낸 것은 지갑뿐이었다. 지갑이 열리자 가죽에 핀으로 꽂은 배지가 번쩍였다. 지갑 임자가 물었다.

"에드워드 존슨이오?"

대체 어떻게 된 건가? 이게 어떻게 된 걸까?

"그렇습니다만." 그는 대답했다. 프런트의 사나이가 가르쳐 준 이상 거짓말을 할 수는 없었다. "무슨 일입니까?"

"할 이야기가 좀 있는데, 은밀하게 말이오. 지배인실까지 같이 좀 가 줘야겠소." 사복 경관은 로비를 두리번거렸다.

"뭡니까, 무슨 일이지요?"

"물어 볼 게 있소. 가 주겠지요?"

한쪽 사나이가 넌지시 왼팔을 붙잡았다. 어차피 지배인실까지 가야 할 터이므로 그는 거역하지 않았다. 어째서 그들이 왔는지 생각해 봐야 소용없는 일이다. 일을 시끄럽게 만들기보다는 이유를 알 때까지 순순히 행동하는 것이 좋을 것 같았다.

책상 뒤에 서 있던 종업원 셋이 곁눈질로 사복 경관을 따라 '개인

사무실'이라고 씌어진 인적 없는 조그만 사무실로 파커가 끌려가는 것을 보고 있었다. 옆방의 지배인실로 통하는 문은 열려 있어 지배인이 책상에서 내다보고 있었다.

사복 경관 하나가 문어귀에 다가가서 문 너머로 말했다.

"곧 끝내겠습니다. 협력해 주셔서 고맙습니다."

"별 말씀을." 지배인은 말했다. 무언가 얼떨떨해 하는 눈치였다.

사복 경관은 웃으며 문을 닫았다. 그리고 돌아보며 웃음을 거두고 말했다.

"앉아요, 존슨."

파커는 문에서 제일 가까운 소파의 끄트머리에 앉아, 일의 내용을 알았을 때의 준비를 갖추었다.

한마디도 하지 않은 사나이는 문 곁에 서 있었다. 또 한 사나이는 의자를 끌어당겨 의자 등을 안고 파커와 마주앉았다. 꾸부린 두 무릎이 양쪽 가장자리로 삐져나왔다.

"이틀 전에 당신은 센트럴 파크 웨스트와 맨해튼 거리 사이의 서 104번 거리에 있는 잡화가게에 있었소. 그 집 안쪽 방에서 가게 주인 마뉴엘 데르가르드와 한참 이야기를 한 적이 있었을 거요. 순찰 경관 두 명이 가게에 들어갔을 때 당신은 가게 안에서 데르가르드와 술을 한잔하면서 그의 아들 지미에 대한 것을 물었다고 진술했소. 지미와 함께 버팔로에서 트럭 운전을 한 적이 있다고도 말했소. 그리고 경관이 아직 입 밖에 내지도 않고 의심도 하지 않았는데 당신은 마약 이야기를 끌어냈소. 기억하오?"

"네." 파커는 말했다. 설명이나 변명이나 말대꾸는 하지 마라, 그들이 노리는 것을 알 때까지는.

사복 경관은 고개를 끄덕였다.

"좋소." 그는 말했다. "그런데 당신은 최근까지 롱아일랜드의 제너럴 일렉트릭사에서 일을 했다고도 말했다는데, 정말이오?"

"그렇게 말했지요." 파커가 대답했다.

"그런데 그게 정말이오?" 사복 경관은 다짐을 해 왔다.

보아하니 조사를 하고 온 모양이다. 말을 바꾸자.

"일은 하지 않았습니다." 파커는 말했다.

사복 경관은 또 고개를 끄덕였다.

"맞아, 조사를 했어. 호텔 프런트에 댄 캘리포니아의 주소도 거짓말이겠지?"

"거짓말입니다."

"무엇 때문에 거짓말을 했는지 설명해 주겠소?"

"경찰에는 신분을 바른 대로 대야 하겠지만, 여기저기 떠돌아다닌다고 하면 끌려갈 것 아니겠습니까? 뭐라고 말만 해 두면 끌려가진 않으니까요. 호텔에 투숙할 때도 마찬가지죠. 만일 정주하고 있는 주소를 대지 않으면 이것저것 절차가 복잡하게 되니까요."

"알았소." 사복 경관은 또 한 번 고개를 끄덕였다. "그렇다면 당신은 떠돌이라서, 경력이며 주소며 직업을 댈 수 없다는 말이군?"

"그렇습니다."

"호텔에 지불할 돈은 어디서 마련했지요?"

"주사위 노름으로 딴 거죠."

"어디서?"

파커는 막연하게 고개를 옆으로 저었다.

사복 경관은 얼굴을 붉히며 화냈다.

"나보고 고개 같은 것 흔들지 말아. 개새끼 같으니. 주사위 노름 따위는 아마도 없었을 거다!"

파커는 몸을 도사리고 시기를 엿보았다. 아직 일을 일으킬 단계는 아니다. 개새끼 소리를 들은 보답은 언젠가 해주리라. 사복 경관은 노여움을 억눌렀다.

"좋아, 일어나서 뒤로 돌아서. 손바닥을 소파 너머의 벽에다 붙여."

또 하나의 사복 경관이 문 쪽에서 다가와 파커의 주머니를 뒤졌다. 그리고 다시 그를 앉혔다. 신문하던 사나이가 파커의 운전 면허증을 살펴보고 있었다. 그는 지금까지의 누구보다도 세세히 면허증을 관찰하더니 얼굴을 찡그렸다. 뒤집어 뒷면까지 조사하더니 엄지손가락에 침을 발라 주(州) 도장이 찍힌 부분을 문질렀다. 그는 얼굴을 들고 일행을 보며 씩 웃었다.

"위조야. 특별히 잘된 거라고는 할 수 없는 물건이로군. 여기를 봐."

또 하나의 사복 경관도 면허증을 보더니 웃으면서 처음 사나이에게 돌려주었다. 사나이는 파커에게 면허증을 들이대면서 "돌려줄까, 존슨?" 하고 말했다.

"아니오, 좋습니다. 당신이 못 쓰게 만들어 버린 것 같으니까요." 파커는 말했다.

"미안하게 됐군그래. 그런데 당신하고 지미 데르가르드가 일을 했다는 버팔로의 트럭 운송 회사 말인데."

"레스터 브러더스사였습니다."

파커는 입에서 나오는 대로의 이름을 주워댔다.

"틀렸는데." 사복 경관은 주머니에서 메모첩을 꺼내 페이지를 좌우로 흔들었다.

"대체 무슨 용건인지 들려 줄 수 없겠습니까?" 파커는 말했다.

사복 경관이 말했다. "들려 줘도 좋지. 들려준다기보다도 당신한테 듣는다는 편이 더 낫겠군. 당신처럼 마약에 흥미 있는 작자라면 재미있는 이야기도 많겠지."

"천만에요." 파커가 말했다.

사복 경관은 말했다. "지미 데르가르드는 오늘 새벽 5시, 몬트리올에서 캐나다와 미국의 국경을 넘다가 체포되었어. 차에 가득히 술과 대마초를 싣고 국경을 넘으려고 했지." 그는 입가에 웃음을 머금었다. "자, 존슨, 당신 이야기를 들어 보기로 할까. 본명이라든가, 무엇으로 생계를 꾸려 나가고 있는가라든가, 지미 데르가르드가 밀주를 하려던 짐과 어떤 관계가 있는가 하는 것들을 듣고 싶은데."

파커는 두 팔을 머리 뒤로 가져가 깍지를 끼고 소파 위에서 천장을 보며 등을 폈다. 그리고 한쪽 다리를 포개는 것처럼 하면서 바로 사복 경관의 콧잔등을 구두 뒤꿈치로 세게 걷어찼다. 사복 경관은 소리를 내며 의자째 뒤로 나자빠졌고, 파커는 재빨리 소파에서 일어나 엉덩이의 권총으로 손을 가져가려던 또 하나의 사복 경관에게 낮은 위치에서 덤벼들었다. 파커는 상대의 위 언저리를 때리고 세게 머리를 쳐들었다. 그의 박치기가 사복 경관의 턱에 부딪쳤다. 주먹이 그 뒤를 이었고 상대의 멱살을 잡았다.

파커는 사복 경관의 넥타이를 움켜잡고 한 발 물러섰다. 사나이가 비슬거리며 문에서 몸을 움직이는 틈에 파커는 돈이 든 슈트케이스를 들고 번개같이 문을 열고 뛰었다.

현관의 회전문에 다다랐을 때 등 뒤에서 고함 소리가 들렸다. 머리 위에서 유리가 박살이 나고 어깨 부분에 무언가가 찔렸다.

한길까지 뛰어나가니 손님을 기다리는 택시가 서 있었다. 그는 문을 열고 슈트케이스를 집어넣자 뒤따라 자기도 몸을 던져 넣었다.

그는 소리쳤다. "그랜드 센트럴 역! 기차 시간에 댈 수 있다면 10달러 주겠소."

아이돌 와일드 공항까지 갈 시간은 없었다. 우선 급한 불부터 꺼야 한다.

"댈 수 있고말고요!" 운전사가 소리쳤다.

차는 흔들거리며 움직이기 시작하더니 신호가 빨강으로 바뀌려 하는 모퉁이에서 타이어 소리를 요란하게 삐걱대며 자동차의 물결 사이를 마구 누비고 달렸다. 파커는 왼손을 뻗쳐 오른쪽 어깨를 만져 보았다. 윗옷이 솔기를 따라 터져 있었으나 총알이 몸에 닿아 있지는 않았다.

그는 손을 뻗쳐 슈트케이스를 가볍게 두드렸다. 촉감이 다르다. 그는 흠칫하여 슈트케이스를 보다가 고개를 돌리고 뒤쪽 창 너머로 돌아다보았다. 4만 5천 달러가 든 슈트케이스는 지금쯤 두 사복 경관의 손에 넘어가 버렸을 것이다. 그가 들고 온 것은 옷이 든 슈트케이스였다.

"기차 시간은요?" 운전사가 말을 걸었다.

"지나 버렸어." 파커가 말했다.

"그렇다면 처음부터 1분도 여유가 없었던 거군요?"

"농담이야. 아직 시간은 있어." 파커는 이빨을 보이고 웃으면서 생각했다. 지금부터 어떻게 한다? 뉴욕 시장한테라도 가 보나? 뉴욕 시에 4만 5천 달러 받을 것이 있다고 항의를 해보나?

차가 멎자 그는 운전사에게 10달러를 주었다. 그리고 그랜드 센트럴 역까지 슈트케이스를 들고 걸어갔다. 둥근 지붕의 시계가 12시 43분을 알리고 있었다. 그는 개찰구를 따라 12시 58분발이라는 표찰이 눈에 띌 때까지 걸었다.

행선지 지명 속에 올바니라는 곳이 있었다. 그는 개찰구를 빠져나가 콘크리트 플랫폼을 걸었다. 그리고 첫 번째 열차 입구에 서 있던 차장에게 말했다.

"표를 끊을 시간이 없었소. 기차 안에서 사면 안 되오?"

그는 그 자리에 서서, 만일 경관이 나타난다면 올 곳이 틀림없는 쪽으로 눈길을 보내고 있었다. 1분, 1분 시간이 지나 5분이 지났다. 이윽고 차장이 그를 승차시키려고 행선지를 물었다.

"올바니까지." 그는 말했다.

차장은 차표와 종이쪽에 한참 뭔가 쓰더니 요금을 받고 안에 들어가 앉아도 좋다고 했다. 열차는 텅텅 비어 있었다. 닥치는 대로 맨 처음 빈 자리에 앉아서 슈트케이스를 옆에 놓고 오마하에 대한 일, 조 시어에 대한 일, 성형수술을 해줄 의사에 대한 일을 생각했다. 성형 수술을 받으려면 돈이 필요하다. 가진 돈은 2천 달러도 채 되지 않는다. 조 시어네 집에서 당분간 쉴 수는 있겠지만 곧 한탕하지 않으면 안 될 것이다.

신디케이트의 돈을 노려 줄까. 얼굴을 바꾸기 전에 한 번 더 물어뜯어 줘도 괜찮겠지. 4만 5천 달러를 놓친 것도 조직 때문이다. 놈들이 서투른 밀수 작업을 한 덕분에 그는 부랑자 취급을 당하고, 4만 5천 달러의 거금이 마약과 놈들을 어리둥절하게 만드는 지경에 이르고 만 것이다.

그렇다, 신디케이트로 정하자. 나쁜 대상이 아니다.

그는 올바니에서 기차를 내려 공항으로 가서 오마하행 표를 끊었다.

5

파커와 세 사나이는 엘리베이터를 내리자 왼쪽으로 이어지는 복도를 천천히 걸어 나갔다. 어깨에 모피를 두르고 팔에 백을 든 여자가 둘 그들을 향해 걸어왔다. 엇갈렸을 때 여자들은 머리 감는 린스에 대한 이야기를 주고받고 있었다. 그녀들은 엘리베이터 앞에 가서 아래로 내려가는 단추를 누르고 있었다.

"여자들이 내려갈 때까지 기다려!" 파커가 작은 소리로 말했다.

네 사나이는 목표로 한 문 앞을 어슬렁어슬렁 지나쳤다. 문에는 세인트루이스 매매 주식회사라고 씌어 있었다. 이름의 앞부분은 정확했으나 그 나머지는 전혀 달랐다. 세인트루이스의 도박꾼들 손에 넘어갈 매상금의 절반이 여기에 모여 있는 것이다.

네 사람은 복도 막다른 곳까지 가서 두 여자가 엘리베이터를 탈 때까지 안쪽 타이프라이터 판매 대리점 사무실 앞에 서 있었다. 세 사나이는 윗옷 주머니에서 허클베리 하운드의 가면을 꺼내 얼굴에 썼다. 파커는 신경 쓰지도 않고 있었다. 이 일은 새 얼굴로 바꾸기 위한 것이었기 때문이다.

그들은 재빨리 복도를 되돌아가 세인트루이스 매매 주식회사라고 씌어 있는 문으로 향했다. 위스라는 사나이가 주머니에서 끌을 꺼내어 막대기라도 쥐듯이 잡았다. 이 사나이만이 파커에겐 초면이었다. 조 시어가 추천한 사나이다. 나머지 둘, 엘킨스와 위머퍼는 전에 함께 일을 한 적이 있었다.

네 사람은 문 앞에서 두 패로 갈라져 섰다. 파커와 엘킨스의 손에는 권총이 쥐어져 있었다. 위스가 문의 유리를 끌 자루로 깨자 유리가 안쪽으로 흩어지며 창에 구멍을 냈다. 유리 깨지는 소리가 사라지기도 전에 위스는 방 안에 끌을 던져 넣고, 무엇이 뛰어드나 하고 안에 있는 사람들이 어리둥절해 있는 사이에 유리 깨진 곳으로 손을 넣고 손잡이를 잡았다. 그가 문을 열자 파커와 엘킨스가 권총을 내밀어 쥐고 방으로 뛰어 들었다.

조그마한 사무실에 있던 세 사나이가 몸을 굳혔다. 계산기 앞에 앉아 키에 손을 얹어 놓은 사나이는 형세를 지켜보며 자세를 바꾸지 않았다. 통풍구의 창가에 서 있던 사나이는 한쪽 손을 겨드랑 밑으로 뻗고 홀스터에서 권총을 반쯤 빼다가 그대로 움직이지 않았다. 또 하나 책상 앞에 있던 세 번째 사나이는 창이 깨질 때 열었던 서랍에 손을 넣은 채였다.
 파커가 말했다.
 "아무것도 쥐지 말고 손을 들어!"
 권총을 뽑아든 위스가 방을 가로질러 가서 안쪽 방과의 경계에 있는 문을 확 열었으나 안에는 아무도 없었다. 그는 돌아보며 말했다.
 "보스가 없어!"
 "점심 먹으러 갔겠지. 놈이 돌아오기 전에 해치우자."
 파커가 말했다.
 문 가까이 서서 엘리베이터로 이어지는 복도를 감시하고 있던 위머퍼가 엘킨스에게 작은 가방을 주었다. 엘킨스는 계산기 앞의 사나이에게 다가가서 말했다.
 "일어서."
 손가락을 허공에 든 채 사나이는 일어나서 책상에서 물러섰다. 엘킨스는 타이프라이터 밑의 서랍을 열고 그 속에 숨겨 두었던 지폐 뭉치를 가방 속에 넣었다. 그는 가방을 위머퍼에게 넘겨주고 파커한테서 다른 가방을 받아들자 안쪽 방으로 들어갔다. 위스는 주머니에서 또다시 연장을 끄집어내면서 뒤를 따랐다.
 창가의 사나이가 말했다.
 "너희들 미쳤어? 그건 아웃핏의 돈이다."
 파커는 엷은 웃음을 머금었다.
 "그런가?"
 안쪽 방에서 조그만 소리가 들려 왔다. 위스와 엘킨스가 금고를 열고 있는 것이다. 위머퍼는 문을 닫고, 유리 깨진 틈으로 복도를 살피고 있었다.
 엘킨스와 위스가 돌아왔다. 위스는 주머니에 연장을 집어넣고, 엘킨스는 불룩한 가방을 들고 있었다. 파커가 창가의 사나이에게 말을 걸었다.
"브론슨이라는 자를 아나?"
사나이는 어깨를 으쓱했다.
"그 이름을 들은 적이 있어. 동부 쪽에서 말이다."
"그 녀석에게 이 일은 파커가 한 짓이라고 일러 줘. 성가신 모기새끼가 빚 준 돈의 이자를 받아 갔다고 말이다. 알았나?"
"내가 알게 뭐야."
엘킨스는 파커에게 가방을 건네주고 방 안에 있는 권총을 모두 모아 통풍구 속에 던져 버렸다. 그는 말했다.
"잠시 동안 소녀들처럼 얌전히 있어."
네 사나이는 방을 나가 엘리베이터로 갔다. 위스, 엘킨스, 위머퍼는 얼굴에서 가면을 뗐다. 그들은 엘리베이터 앞을 지나쳐서 계단이라고 씌어진 문을 열었다. 계단을 다시 2층 더 올라가서 복도로 나가자 변호사 사무실로 향했다. 허버트 랜싱 변호사라고 문에 씌어 있었다. 엘킨스가 열쇠로 문을 열자 모두들은 안으로 들어갔다.
이번 계획 중에서도 특히 이 사무실을 이용할 생각을 했다는 것은 멋들어진 아이디어였다. 파커의 생각이었다. 이 정도의 큰 빌딩 안에는 반드시 한 개쯤은 일인용 개인 사무실로서 빈방이 있을 것이다. 빌딩 내부의 기척을 살피고 있다가, 그 뒤에는 기회를 기다리기만 하면 되었다.
엘킨스가 허버트 랜싱이 휴가로 사무실을 비우고 있다는 것을 술친구인 엘리베이터 보이로부터 알아냈다. 그리고는 작업복을 입은 엘킨스와 위스가 곁쇠를 만들기 위해 잠시 침입하는 것만으로 준비는 완료되었다.
그들은 방으로 들어갔다. 엘킨스가 열쇠를 만들러 왔을 때 숨겨 두었던 위스키 병을 땄다. 그들은 병을 돌려가며 마시고 가방을 열어 돈을 나누기 시작했다. 그가 착안한 일이었기 때문에 파커의 몫은 전체의 3분의 1이었는데, 2만 3천 달러나 되었다.

그는 돈을 가방에 집어넣고 또 한 모금 위스키를 마시고 나자 엷은 웃음을 머금으며 의자에 앉았다. 모든 일이 잘 되었다. 예전 솜씨는 조금도 녹슬지 않았다.

위머피가 새 카드의 봉을 뜯어, 모두들은 4시 반까지 포커를 했다. 포커를 끝낼 무렵에는 파커의 돈이 2만 7천 달러 가까이 되어 있었다. 이윽고 네 사람은 사무실을 정리하고 문을 잠그고 뿔뿔이 제각기 생각하는 층까지 내려갔다.

파커는 랜버트 세인트루이스 공항까지 택시를 집어타고 가서 오마하행 6시 5분 발 비행기를 탔다. 새 얼굴로 바꾸어 그전의 생활로 돌아가는 것이다. 그는 창밖으로 눈길을 보내면서 웃음을 머금었다. 이 계절의 마이애미는 1년 중에서도 가장 쾌적한 계절이다. 더 남쪽으로 내려가 제도까지 가는 것도 나쁘지 않을 것이다.

미녀전문가
레슬리 차터리스

미녀전문가

1

 사이먼 템플러가 'Z맨'에 관해 한번도 들어본 적이 없다는 사실은, Z맨과 그의 피해자들, 그리고 경찰 당국이 침묵을 지키려고 터무니없이 공모했다는 것을 보여주는 것이었다. 왜냐하면 세인트는 지하세계의 동향을 항상 탐지하고 있었고, 각종 범죄자들 사이에서 진행되는 다양한 형태의 유흥과 소동이 그에게 알려지지 않은 경우가 드물었으므로, Z맨의 존재가 드러나지 않은 데는 현실적인 의도가 상당히 개입되어 있다고 볼 수 있었다.

 유난히 무미건조해진 생활에 새로운 모험의 물결이 생기를 불어넣기 시작한 것은 그가 도체스터 그릴에서 혼자 점심을 먹고 있을 때였다. 그가 찌푸린 날씨처럼 따분한 생활에 어떤 변화를 가져올 수 없을까 곰곰이 생각하고 있을 때 식당 안이 햇빛이 비쳐든 것처럼 갑자기 환해졌다. 한 여자가 들어온 것이다.

 여자는 혼자였다. 큰 키에 늘씬한 허리가 무용수처럼 우아한 그녀의 금발은 그녀가 움직일 때마다 물결치듯이 가벼운 미풍에 흔들렸다. 세련된 옷차림에 주위를 압도할 만큼 자신감이 넘치는 그녀는 빈 자리로 안내되었다. 세계적으로 유명한 영화제작자 한 사람과 주교 두 명, 국제적인 부호 세 명, 여러 유서깊은 가문의 후작들, 그리고 대략 고만고만한 저명인사들 50여 명이 앉아 있던 실내는 일시에 대화가 중단되더니 갑자기 찬탄과 경의에 찬 침묵이 흘렀다. 앞서 말한 다른 인사들만큼 인간적인 본능을 가진 사이먼 템플러도 어쩔 수 없이 그녀를 주목하게 되었다. 그러나 그는 자연적인 호기심과 흥미 이상의 이유로 그녀를 주목하고 있었다. 자신이 그녀를 예의주시한 이유를 깨달았을 때 그는 순간적으로 짜릿한 흥분을 느꼈다.

그가 처음 눈을 들어 그 여자를 본 순간에는 퍼트리셔 홈이 바람을 맞고 자기를 만나러 온 것이 아닌가 생각했던 것이다. 이 여자는 놀라우리만치 팻과 외모가 닮았다. 키도 똑같았고, 피부색과 머리 빛깔도 같았으며 매력을 발산한다는 점에서도 일치했다. 뿐만 아니라 그녀의 얼굴은 어딘지 낯익은 데가 있었다. 벌써 팻에 대한 생각을 잊어버린 세인트는 새로 나타난 여자가 누구인지 궁금해지기 시작했다. 어쨌든 그는 짐작만 하는 것으로 만족하는 유형의 남자는 아니었다.

"앨폰스, 물어볼 게 있네." 그는 자기 주위를 구원의 천사처럼 맴돌고 있는 웨이터에게 말했다. "저쪽 테이블에 앉은 회청색 눈동자의 아가씨는 누구인가?"

웨이터가 건너편을 바라다보았다.

"저분은 비어트리스 에이버리 양입니다." 웨이터는 세인트의 무지에 대해 노골적인 경멸을 나타내며 대답했다.

사이먼은 눈썹을 찌푸렸다.

"어디서 들은 듯한 이름인데 누군지 생각이 안 나는군."

"유명한 영화배우 에이버리 양이지요."

"그렇군. 저 여자의 사진을 여러 곳에서 본 기억이 나는군."

"최근에 개봉된 영화 〈사랑 사기꾼〉에서의 연기는 정말 일품이었습니다." 웨이터가 꿈꾸는 듯한 목소리로 물어보지도 않은 이야기를 시작했다. "그 영화를 보셨나요?"

"다행히도 못 봤네." 세인트는 넋을 잃은 웨이터의 얼굴을 민망스러운 듯이 힐끔 바라보며 대답을 한 뒤 고개를 돌렸다. "나는 사기꾼들에게 큰 관심을 가진 적은 결코 없으니까."

웨이터가 기분이 상해 떠난 뒤에도 사이먼은 건너편 테이블에 앉은 여자를 계속 지켜보았다. 그가 에이버리 양에 대해 가졌던 관심은 일시적인 것이었다. 그녀가 남달리 미모인데다 아마도 팻과 대단히 비슷한 외모를 가진 데 대한 어쩔 수 없는 관심이었지만 그것은 일시적인 것이었다. 그런데 그러한 그의 관심이 보이지 않는 마술지팡이에라도 맞은 듯이 순식간에 구체적이고도 진지한 것으로 바뀌었다. 그는 담뱃갑에서 한 개비 꺼내 입에 물었다. 그가 담배에 불을 붙여 연기를 깊이 들이마실 때 에이버리 양에게 유달리 주의를 기울이고 있다는 사실을 짐작한 사람은 아무도 없었다. 갑자기 그의 두 눈동자에 나타난 번쩍이는 광채는 나른해 보이는 눈꺼풀과 콧구멍에서 뿜어져 나오는 연기의 엷은 장막에 가려졌다. 그는 모험의 개시를 알리는 클라리온 소리가 울렸다는 사실을 경험을 통해 순간적으로 확신했다.

여자가 자리에 앉자 웨이터는 테이블 위에 보란듯이 놓여 있던 '예약'이라고 쓰인 팻말을 재빨리 치웠다. 그러자 연예가 소식에 정통한 요리사들과 호텔지배인, 웨이터 그리고 식기 치우는 사람들이 인기인의 등장에 대해 흔히 지껄일 수 있는 아첨투의 속삭임 소리가 잠잠해졌다. 그녀는 아직 주문할 용의가 없는 듯했다. 그녀는 이어 생각에 잠긴 표정으로 장갑을 벗고 담배에 불을 붙이면서 식당 안을 훑어보았다. 웨이터가 〈사랑 사기꾼〉에 관해 흥분하여 지껄이는 동안 사이먼은 그녀의 사소한 행동들을 하나도 빠뜨리지 않고 지켜보았다. 모든 행동이 격에 맞고 정확한 것이었다. 게다가 흔히 볼 수 있는 행동이었다. 그러나 그 다음에 그녀가 취한 행동은 전혀 범상한 것이 아니었다. 비어트리스 에이버리는 손가락에 들고 있던 담배를 갑자기 마루 위에 떨어뜨렸다. 그러고 나자 그녀의 안색에서 핏기가 가시더니 볼연지를 바른 볼 부위와 밝은 홍색을 띤 입술이 시체처럼 창백한 피부 색깔과 뚜렷한 대조를 이뤘다. 그녀는 공포로 초점을 잃은 두 눈으로, 눈처럼 흰 식탁보의 구멍으로 갑자기 뱀이라도 나타난 것처럼 테이블 위를 뚫어지게 바라보는 것이었다.

사이먼은 그녀가 왜 그렇게 놀라는지 영문을 몰랐다. 그러나 그것은 어떤 사건에 깊숙이 개입되기 전까지는 알 수 없는 모험의 일반적인 요소였다. 여느 남자들과 세인트가 다른 점은 그들은 추측을 하는 것으로 만족하지만 그는 그런 상태로 그치지 않는다는 것이다. 오히려 세인트는 원인을 찾아내고야 만다. 그리고 사이먼 템플러는 여러 해에 걸친 경험에 비추어 어떤 사실을 규명하는 가장 직접적인 방법은 사태를 알고 있는 사람을 찾아가 물어보는 것이 지름길이란 것을 체득하고 있다. 단 한순간도 망설이지 않는 것이 그의 특징이었다. 그는 마음속으로 어떤 결정도 거의 내리지 않은 상태에서 늘씬하고 공손하며 악의가 없는 184센티미터의 체구를 일으켜 비어트리스 에이버리의 테이블로 천천히 걸어갔다. 그는 과거에 숱한 여성들을 매혹시켰던 사파이어처럼 유쾌하게 빛나는 눈동자로 그녀를 내려다보며 미소를 지었다.

"당신은 주인 없는 수련기사를 고용하시겠습니까?"

그가 입속말로 중얼거렸다.

그녀는 흠칫 놀라는 기색이었다. 그녀의 얼굴색은 어느 정도 되돌아왔지만 눈동자는 조금 전보다 더욱 짙은 공포의 빛을 띠고 있었다. 그는 에이버리와 팻의 닮은 점이 순전히 피상적이라는 사실을 가까이에서 보고야 알 수 있었다. 에이버리에게는 팻처럼 천사와 같은 침착함과 평온한 느낌이 없었다. 그녀는 너무나 얼이 빠지고 절망에 휩싸여 그가 무슨 말을 하는지 이해하지도 못하는 듯한 표정으로 핸드백을 열었다.
"나는 당신이 이렇게 빨리 나타날 줄은 몰랐어요."
그녀는 단숨에 지껄였다.
그는 두 가지 이유 때문에 재치있는 답변을 제때에 하지 못했다. 첫째는 그녀가 왜 자기를 기다리고 있었는지 의아하게 생각했기 때문이었으며, 둘째는 그가 그녀의 얼굴에서 본 공포에 질린 표정에 대한 일말의 설명이라도 찾기 위해 윤기 도는 유리그릇과 은제 나이프와 포크 등이 놓인, 눈처럼 하얀 네모진 테이블 위를 살펴보고 있었기 때문이었다. 한 자루의 나이프와 두개의 포크가 제자리에서 벗어나 기묘하게 갈짓자로 놓여 있는 것 말고는 모든 것이 질서정연했다. 식탁 예법을 가장 까다롭게 따지는 사람들이라 하더라도 음식 먹는 가구들이 그처럼 제자리에서 벗어나 있다고 하여 공포에 휩싸인다는 것은 생각하기 어려웠다. 더구나 그녀는 나이프와 포크, 스푼이 테이블 중앙에 있는 꽃병에 모조리 꽂혀 있다 하더라도 조금도 개의치 않을 여자로 보였다.
"나는 당신이 구원을 요청하는 신호를 보내자마자 찾아왔습니다."
사이먼은 입을 떼자마자 깜짝 놀라 입을 다물었다.
그녀는 핸드백에서 뭔가를 꺼내고 나서 그가 입을 다물 수밖에 없는 그런 표정으로 쳐다보는 것이었다. 그녀는 공포를 극복했다. 그리고 그녀의 두 눈에는 공포의 빛 대신 꿈틀거리는 벌레를 보았을 때 느끼는 것과 같은 혐오와 적개심으로 가득차 있었다. 그녀의 예기치 않은 반응이 너무나 놀라워 그는 난생 처음 할 말을 잊고 말았다. 궁지에 빠진 아름다운 처녀에게 자신의 예상과는 전혀 다른 인상을 주었으므로 그의 자존심은 석탄 트럭에 받친 것 같이 상처를 입고 말았다.

"나는 당신에게 더 할 말이 없어요." 그 여자는 갑자기 두툼한 봉투를 그의 손안에 쥐어주고 일어섰다. "하지만 당신이 내 기분을 조금이라도 생각해 준다면 제발 당신의 테이블로 즉시 돌아가주세요."

그녀의 음성은 낮고 음악적이었지만 북극의 밤처럼 냉랭한 기운이 감돌았다. 그녀는 다시는 그를 바라보거나 극도로 당혹해진 그의 두 눈을 보려고도 하지 않았다. 그녀는 붉은 입술을 굳게 다물고 침착한 발걸음으로 출구를 향해 걸어갔다. 사이먼은 그녀가 과거에는 카메라 앞에서 하는 연기를 지금의 절반도 해내지 못했을 것이라고 확신했다.

그는 그녀가 시야에서 사라지는 것을 우두커니 바라보고 서 있다가 짙은 안개 속을 걷는 사람처럼 자기 테이블로 천천히 되돌아왔다. 앞서 주문한 칵테일이 도착하자 그는 재빨리 마셨다. 그는 마시고 싶었다. 그러고 나서 뭔가 막연히 알아봐야겠다는 생각에서 에이버리가 그의 마비된 것처럼 굳어진 손에 쥐어준 봉투를 새삼스럽게 살펴보았다. 그는 봉인이 되지 않은 봉투 속을 흘끗 보고는 위장이 뻣뻣해지는 듯한 기분을 느꼈다.

"이런, 세상에!" 그는 나직이 중얼거렸다.

그 봉투 안은 영국은행이 발행한 100파운드짜리 지폐로 가득 채워져 있었다. 그는 봉투의 노란색 바탕과 뚜렷한 대조를 이루는 칼날처럼 빳빳한 푸른 지폐들을 찬찬히 살폈다. 햇빛에 그을린 그의 얼굴은 생각에 골몰한 탓에 동상처럼 굳어졌다.

그는 지폐다발의 끝을 뽑아내 엄지손가락으로 액수를 가늠해 보았다. 정확하게 세어 보지는 않았지만 100파운드짜리 지폐가 대략 100장 정도 들어 있는 것 같았다. 틀림없는 1만 파운드의 거액이었다.

그는 칵테일을 마셨음에도 불구하고 봉투를 보고 받은 충격을 감당할 준비가 되어 있지 않았다. 그는 과거에 일해준 대가로 다양한 액수의 돈을 받았다. 하지만 전혀 예상조차 하지 않고 있을 때, 쉬기 위해 보금자리로 날아드는 비둘기처럼 자신의 손안으로 날아든 돈봉투는 여태껏 본 일이 없었다. 그는 다른 경우였다면 그에게 불가사의하게 많은 혜택을 주는 헌신적인 수호천사의 선물로 생각하고 그것을 받으려 했을 것이다. 그러나 지금 그는 그럴 기분이 아니었다.

그는 에이버리의 표정을 잊을 수가 없었다. 그는 에이버리가 자기를 흔히 있는 통속적인 공갈범으로 잘못 보았다는 사실에 자존심이 상했다. 그녀가 사람을 오인했다는 것은 분명한 사실로 보였다. 그러나 단순한 오인으로 그칠까? 사이먼은 비어트리스 에이버리의 연수입을 표시하기 위해 얼마나 많은 0을 어지럽게 그려야 하는지 정확히는 몰랐다. 그러나 영화계의 인기배우들이 은막에 몸담고 있을 때뿐만 아니라 은막을 벗어나서도 화려한 생활을 계속해야만 한다는 것은 알고 있었다. 그들은 그런 생활을 하지 않으면 대중으로부터 멀어져 깊이를 알 수 없는 망각의 늪속으로 빠져들어가기 때문에 수입 못지않은 엄청난 규모의 생활비를 지출한다. 그리고 세인트는 비어트리스 에이버리가 아무리 많은 돈을 번다 해도 1만 파운드의 거액을 닭모이 주듯이 간단히 내던질 여유가 있는지 의심스러웠다. 이러한 규모의 거액은 흔히 보는 통속적인 공갈의 차원을 넘는 것이었다. 이는 그가 상상만 해도 본능적으로 회피하고 싶은 뭔가 음험하고 추악한 내막이 있음을 암시하는 것이었다. 그는 에이버리와 같은 황금의 여신이 어떤 희생을 치르더라도 숨기고 싶은 과거의 비밀을 갖고 있다는 것을 믿고 싶지 않았다. 이러한 생각을 하는 동안 세인트는 기묘한 분노가 치솟았다.

점심을 끝내고 계산을 치른 세인트는 전화번호부에서 비어트리스 에이버리의 이름을 찾아보았다. 그녀의 주소는 마블아치 파크사이드 코트 21이었다. 에이버리의 주소를 암기한 사이먼은 피커딜리 거리에서 한곳을 들른 뒤 콘월하우스에 있는 자기 아파트로 천천히 걸어갔다.

"누가 나를 찾아온 사람이 있었나, 샘?" 그는 목상처럼 무뚝뚝한 표정의 수위에게 물었다. 샘 아우트렐은 세인트의 목소리에서 뭔가 생각이 담겨 있는 듯한 기미를 눈치챘다.

"방문객을 기다리고 계셨습니까?"

"나는 항상 손님이 찾아 온다네. 하지만 오늘 오후에는 특별한 손님일세. 나는 옥같이 흰 피부에 우아한 몸매를 자랑하고 금발이 물결치는 여자의 방문을 기다리고 있네."

"알겠습니다. 홈 양을 말씀하시는군요."

"틀렸네, 나는 홈 양을 말하는 것이 아니야." 사이먼은 엘리베이터로 걸어가면서 말했다. "샘, 그 여자의 이름은 에이버리일세. 만약 그녀가 여기 찾아와 장미꽃 봉오리 같은 입으로 내 이름을 찾거든 즉시 올려보내주게."

자신의 아파트가 있는 층에 이르러 아파트 문을 열고 들어간 그는 호피 유니애츠가 거실의 가장 편한 안락의자에 앉아 두 발을 탁자 위에 걸치고 있는 모습을 보았다. 유니애츠는 깔쭉깔쭉한 시가의 끄트머리를 씹고 있었다. 전투에서 생긴 흉터가 있는 그의 얼굴 표정은 세상만사가 올바르게 돌아가고 있다는 것을 나타내고 있었다. 인생만사가 이처럼 행복한 상태에 이르게 된 것은 탁자 위에 텅 빈 채 놓여 있는 위스키병도 한몫 했을 것이다.

"어서 오십시오, 소장님." 유니애츠가 다정하게 말했다. "어딜 다녀오신 겁니까?"

사이먼은 방 건너편으로 모자를 집어던졌다. "도체스터에서 점심

식사를 했네."
"나는 그런 멋진 식당에 갈 시간이 없습니다." 유니애츠가 멸시하는 투로 말했다. "보기만 번드레하지 먹을 게 없다는 말씀이죠. 어제 내가 새로 개척한 식당은 양파튀김과 그 밖의 여러 가지를 소로 넣은 햄버거를 잘하는 집입니다."
"자네의 시가가 왜 짓이겨지고 있는지 그 이유를 알 만하군." 세인트는 유니애츠의 숨결이 미치는 거리 안으로 들어가지 않기 위해 조심스럽게 물러나며 말했다. "호피, 아직 단언할 수는 없지만 오래지 않아 재미있는 게임이 벌어질 조짐이 보이고 있네."
"그게 무엇입니까, 소장님?"
유니애츠가 머리를 굴리느라 무진 애를 쓰면서 물었다.
자연은 그에게 지능을 조금밖에 주지 않았기 때문에 한번 가동시키는 데 여간 노력이 필요한 것이 아니었다.
"도체스터에 관해서는 자네 말이 맞는지도 모르겠네." 세인트가 의자에 앉으면서 언짢은 듯이 말했다. "어쨌거나 나는 거기서 기분 좋은 일을 당한 것은 아니었으니까. 어떤 매력적인 젊은 여자가 나에게 1만 파운드를 주면서 날 아주 멸시하는 눈으로 봤다네. 말해보게, 호피, 내 얼굴에 매력적인 젊은 여자들을 협박이나 할 사람이란 표시가 있나."
"내게는 멀쩡하게 보이는뎁쇼, 소장님." 유니애츠가 영문을 모르겠다는 표정으로 말했다. "그 아가씨는 누구입니까?"
유니애츠의 지능장애를 염두에 둔 사이먼은 어린이 시간 프로 담당자를 대단히 기쁘게 만들 정도의 평이한 한 구절짜리 단어로 사건의 전말을 들려주었다. 유니애츠는 뇌기능의 한계에도 불구하고 이러한 어려운 연습을 수없이 되풀이한 덕에 마침내 기본적인 사실들을 이해했다.

"그 여자는 소장님이 불한당이라고 생각했군요."
유니애츠가 알겠다는 듯이 말했다.
"호피, 요점을 잘 지적했네." 세인트가 탄복했다.
"어떤 악당이 그녀를 협박했단 말이죠?"
"똑바로 맞혔네."
이해한 사실을 당당하게 정리하면서 호피가 말했다.
"누군가 뒤에서 조종하는 사람이 있습니다."
세인트가 한숨을 쉬며 힘든 설명을 계속하려고 할 때 마침 전화벨이 울려 그를 이 시련에서 해방시켰다. 그는 전화기가 있는 곳으로 걸어갔다.
"방문객이 두 사람 찾아왔는데 부인들은 아닌뎁쇼."
샘 아우트렐이 서둘러 말했다.
"두 가지만 묻겠네."
"물어볼 시간이 없는뎁쇼." 수위가 말을 중단시키며 대답했다. "방문객은 틸 경감인데 매우 성난 표정으로 저한테 연락을 취할 시간도 주지 않고 바로 올라갔습니다. 지금쯤 도착했을 겁니다."
"샘, 염려하지 말게." 세인트가 침착하게 대답했다. "나는 일어나지 않겠네. 나가서 틸 경감에게 줄 껌을 몇 개 사다주게. 그럼 우리는 파티를 벌일 수 있을 걸세."
초인종이 요란하게 울렸다. 사이먼 템플러는 수화기를 내려놓자마자 뻔질나게 자신을 찾아오는 손님을 맞으러 갔다. 템플러는 조금도 양심에 꺼릴 건덕지가 없었으므로 틸 경감의 방문이 여느 때와 다를 것이라고는 조금도 생각하지 않았다.

2

경시청의 클로드 어스타시 틸 경감은 세인트가 문의 빗장을 열자마자 벌어지는 문틈으로 법집행관의 당당하고 큰 발을 쑥 들이밀었다. 사이먼이 문을 활짝 열어젖히고 어서 오라는 듯이 입가에 미소를 지으며 두 눈에는 재미있다는 표정을 감추지 못하고 서서 기다렸으므로 경감의 그러한 행동은 불필요한 것이었다.

"어서 오십시오." 세인트가 다정하게 말했다. "편히들 앉으십시오. 그런데 오늘은 무슨 일로 찾아오셨습니까?"

그러나 틸 경감과 사이먼도 안면이 있는 배로 경사가 이미 방 안으로 들어왔기 때문에 이러한 인사말은 겉치레에 불과했다.

두 경찰관은 들어오라는 말도 기다리지 않았다. 두 사람이 거의 동시에 들어오면서 배로는 문을 발로 걷어차기까지 했다. 이러한 결연한 방문객들의 태도에 세인트는 거실로 물러나지 않을 수 없었다. 틸 경감의 태도는 평소와는 달리 공격적이었다. 그의 비만한 체구는 더 커지고 더 퍼져 보였다. 굳게 다문 입술 때문에 낡은 중산모 밑에 드러난 그의 둥근 얼굴은 더욱 무뚝뚝하고 근엄해 보였다. 그는 미소를 띠고 있는 이 젊은 해적 같은 사나이를 수없이 방문했던 기억이 악몽처럼 되살아나 시달리는 사람처럼 보였다. 과거에 그는 이 시대의 가장 담대한 무법자인 이 젊은이를 상대로 승산이 전혀 없는 싸움을 연장시키는 방문만을 했을 뿐이다. 그러나 그는 이번에야말로 자신이 승자가 될 것이라는 확고한 예감을 갖고 있는 사람처럼 보였다. 세인트가 그러한 징후가 의미하는 바를 깨닫자 세인트의 의식 속에서는 일종의 오싹한 당혹감이 슬며시 머리를 들었다.

"안녕하시오, 클로드 경감."

유니애츠가 다정하게 인사했다. 틸 경감은 그를 무시했다.

"템플러, 당신에게 용건이 있소."

경감은 놀리는 듯한 눈초리를 세인트에게 보내며 말했다.

"물론 그러시겠지요, 클로드 경감." 세인트가 천천히 말했다. "누군가가 폐점 시간 이후에 양파를 팔았고, 당신은 내가 그자를 찾아내기를 바라는 거겠지요. 여러 해 동안 레모네이드 밀수업자들이 경시청의 눈을 피해……"

"내가 말하고자 하는 것은 당신을 체포하겠다는 거요. 혐의는……." 틸 경감이 물러서지 않고 말했다.

"잠깐만!" 세인트가 슬픈 어조로 말했다. "당신이 정말로 나를 잡아들이면 어떤 손실을 입게 될지 생각해 보시오. 만약 당신이 재미있는 담화를 나누기 위해 이곳에 올 수 없게 되면 날마다 오후를 어떻게 보낼 작정입니까?"

"어떤 말을 지껄여도 이번에는 빠져나갈 수 없소, 템플러." 틸 경감이 단호한 말투로 말했다. "내가 가져온 체포영장을 제시할까? 하나는 당신을 체포하는 것이고, 또 하나는 이 아파트를 수색하기 위한 영장이오."

세인트는 무슨 말인지 알았다는 듯이 어깨를 움찔했다.

"좋소, 클로드, 당신이 또다시 스스로 우롱당하기를 원한다면 그것은 당신 책임이오. 이번에는 무슨 혐의입니까?"

세인트가 체념한 듯이 말했다.

"공갈을 쳐서 돈을 요구한 혐의지." 틸 경감이 대꾸했다. 한순간 그의 두 눈에서 항상 가면처럼 드리워져 있던 권태로운 표정이 사라졌다. 그의 두 눈은 기묘하게 위협적인 동시에 상대방을 멸시하는 것처럼 보였다. "템플러, 당신은 내가 얼마나 당신을 체포하고 싶어했는지 알 거요. 하지만 때가 되지 않았기 때문에 일을 벌일 수 없었소. 나는 당신을 잡는 것이 소원이었소."

사이먼은 자신의 손을 내려다보았다. 그러자 그의 마음속에는 말할 수 없는 혐오감을 나타냈던 비어트리스 에이버리의 표정이 생생하게 되살아났다. 틸의 목소리에는 바로 그녀의 표정이 여음처럼 내포되어 있었다. 그 순간에 이르러 시계처럼 규칙적으로 뛰던 세인트의 맥박이 약간 빨라졌다.

"나에게 무슨 문제가 있습니까?" 그는 흥미가 있다는 듯이 물었다. "내가 갑자기 공갈범으로 악명 높은 보리스 카를로프와 비슷하게 보인 거요? 아니면 내가 갑작스런 문둥병에라도 걸린 거요?"

"당신은 Z맨이오."

틸 경감은 맛없는 치클껌을 새김질하듯 씹던 것을 중지하고 대답했다.

침묵이 무겁게 네 사람을 덮어씌웠다. 방 안의 공기가 심령 물질로 변한 것 같았다. 호피 유니애츠가 발을 굴러 질식할 것만 같은 침묵을 깨뜨렸다. 몇 마디의 대화가 두뇌 대신에 스펀지와 같은 말초신경 조직을 보호하고 있는 두개골 안으로 침투해 들어갔는지는 의심스러웠지만 그는 틸 경감이 자신을 불쾌하게 만들고 있다는 표정을 노골적으로 드러냈다.

"새삼스럽게 무슨 농담을 하는거요?"

음악적인 것과는 거리가 먼 그의 음성이 폭탄처럼 침묵을 깨뜨렸다.

"좋소, 클로드, 무슨 일이오?" 세인트가 부드럽게 물었다.

"내가 먼저 말했소." 틸 경감이 무뚝뚝하게 말했다. "당신은 Z맨이오. 내가 그것을 입증할 수 없었다면 나 자신도 그 사실을 믿지 않았을 거요. 당신이 이토록 타락했다는 것은 정말 금시초문이오."

사이먼은 벽난로로 걸어가서 팔꿈치를 대고 그 위에 우아하게 기댔다. 그는 담배의 끝이 빨갛게 탈 때까지 담배를 세게 빨았다. 연기는 그의 폐속에 머물렀다. 그가 암중모색을 하고 있던 어둠 속으로 희미한 빛이 나타나기 시작했다. 그는 도체스터 그릴의 비어트리스 에이버리가 앉아 있던 테이블 위에 이상하게 배치되어 있던 칼들과 포크들의 모습이 떠오르자 기묘한 갈짓자 형태가 의미했던 바를 깨달았다. 나이프와 포크는 Z자 형태였다. 여자를 공포에 빠뜨린 것은 갑자기 Z자를 보았기 때문이었다.

 그러나 그 빛은 아직도 만족할 만큼 충분히 밝지는 않았다. 틸 경감에게 시선을 돌린 세인트의 눈동자는 햇빛을 받은 북극의 맑은 바닷풀처럼 반짝였다.

 "당신은 천방지축이오, 가련한 양반아." 그는 친절하게 말했다. "나는 당신이 또 탈선하지 않나 걱정이 됩니다. 벌써 몇 번째요? 나는 당신이 무슨 말을 하는지 도무지 모르겠소."

 "그건 나도 마찬가지입니다, 소장님." 세인트가 마지막으로 한 간결한 말을 분명히 이해한 유니애츠가 상관을 두둔하고 나섰다.

 틸 경감의 입술이 가늘어졌다.

 "그래, 당신은 내가 하는 말뜻을 모르겠단 말이지?" 그는 화난 말투로 말했다. "당신은 1시간 전에 도체스터 그릴에 있었던 사실을 부인할 참인가?"

 "그걸 내가 왜 부인하겠소? 나는 거기서 점심을 먹었소."

 "그리고 당신은 비어트리스 에이버리 양과 대화를 나누었지?"

 "그래요, 간단히 몇 마디 나누었소. 물론 나는 매우 불쾌한 꼴을 당했소. 왜냐하면 우리는 서로 변변히 인사조차도 나누지 못했으니까."

 "당신은 그녀에게서 물건을 받았고……."

 "아니오."

 "당신은 물건을 받은 사실을 부인하는 거요?"

 틸 경감이 소리를 질렀다.

 "받기는 했소. 그녀는 물건을 내 손안에 밀어 넣어주고는 내가 미처 살펴볼 겨를도 주지 않고 급히 자리를 떴소."

틸 경감의 얼굴이 약간 더 붉어졌다.

"당신이 그렇게 얼버무린다고 빠져나갈 수는 없어." 틸 경감은 으르렁거렸다. "변명은 통하지 않소, 템플러. 배심원들에게나 변명을 하시오. 당신을 체포하겠소."

틸 경감은 대화가 시작된 이후 처음으로 오른손을 주머니에서 뽑았다. 그의 손에서는 수갑이 짤랑거렸다.

사이먼은 꼼짝도 않고 수갑을 바라보았다.

"다시 한번 생각해 보는 것이 어떻겠소?" 템플러가 조용히 말했다. "나는 당신이 처벌받는 것을 일부러 구해주어야 할 이유는 없지만 그렇게 하는 것이 재미있을 것 같소. 만약 당신이 홧김에 경시청을 그만둬서 배를 흔들며 나를 만나러 올 수 없게 된다면 생활이 전과 같지 않을거요. 아마도 내가 팔뚝에 수갑을 차고 피커딜리를 행진하는 데 반대하는 것도 그 때문일 것이오. 그러나 어찌됐건 나는 당신이 실수를 저지르는 것을 막아야만 하겠소."

"당신이 염려할 일이 아니오."

"하지만 나는 걱정이 되오, 클로드. 어쩔 도리가 없소. 스피어민트 껌 한 개 사주는 사람도 없는 추운 빈민가에서 당신이 잠들 것을 생각하면 나는 밤에도 잠을 이루지 못할 거요. 일이 그렇게 되리라는 것은 너무나 뻔해요. 화근은 당신이 너무나 수없이 성급한 결론을 내리는 것이오. 단지 내가 세인트이고 당신이 다른 범인들을 찾아내지 못했기 때문에 당신은 그 모든 범죄 혐의를 나에게 뒤집어 씌우려는 것이오. 당신은 Z맨이라는 어떤 악한에 관해 듣게 되자 내가 그자임에 틀림없다고 생각한 거요. 좌우지간 Z맨은 누구이며 내가 그자에 관해 들은 바가 없는 것은 어찌된 일이오?"

틸 경감은 언제 폭발할지 모르는 위태위태한 자제심을 유지하기 위해 대단한 노력을 기울이며 껌을 씹었다. 그가 평소에 세인트의 아니꼬울 정도로 태연자약한 태도 앞에서 별 성과는 없지만 기를 쓰고 노력하여 짓곤 하는 매우 지루하다는 표정을 그나마 짓는 데 성공한 것은 의지력의 한계까지 노력한 덕분이었다.

"템플러, 나는 당신이 이런 수작으로 뭘 얻으려고 하는지 모르겠지만 당신은 정력만 낭비하는 거요." 틸 경감이 단물이 빠진 스피어민트 껌 뭉치를 이리저리 굴리면서 말했다. "당신은 이번에야말로 빠져나갈 수 없소. 당신은 배로 경사가 그때 도체스터에 있었다는 사실을 알아두는 것이 좋을거요."

"아버지와 같은 자상한 시선으로 도체스터에서 나를 찾고 있었단 말이군요?"

"아니오. 배로는 우리가 관심을 갖고 있는 누군가를 찾고 있었소. 하지만 그자는 나타나지 않았소. 배로는 우연히 당신을 목격하게 됐고 여기서 밝힐 수 없는 몇 가지 이유 때문에 그녀를 예의주시했소."

"나는 다만 그의 생각이 순수했기를 바랄 뿐이오."

세인트가 경건하게 말했다.

"배로는 당신이 에이버리 양으로부터 물품을 받는 것을 보았고, 그 직후에 에이버리 양이 식당을 떠나는 것도 목격했소." 틸 경감이 냉정한 말투로 말을 계속했다. "또 로비에서 그녀에게 접근……."

"정말 역겨운 일이군." 세인트가 말했다. "요즈음 경찰관들이 하는 짓들이라니……."

"그는 그녀에게 신분증을 제시했소."

"그녀는 전율을 느꼈겠군." 사이먼이 중얼거렸다.

"그녀는 입을 열기를 거부했소. 그러자 배로는 나에게 전화를 걸었소." 자제력을 점점 잃어가는 틸 경감의 목소리가 예전처럼 높아졌다. "나는 이 영장들을 발부받았지만 먼저 에이버리 양의 아파트를 방문했소. 나는 그녀가 Z맨에 관해 알고 있는 사실을 진술해 주기를 희망했지만 그녀는 거부했소. 하지만 나는 그녀가 당신에게 건네준 봉투에 거액의 돈이 들어 있다는 사실을 인정하도록 만들었소."

"1만 파운드요." 세인트가 느릿느릿 말했다. "내가 세어 보았소."

틸 경감은 눈을 둥그렇게 뜨고 세인트를 노려 보았다.

"그 봉투를 내놓으시오."

"대단히 유감스럽지만 나는 지금 갖고 있지 않소."

세인트가 후회된다는 표정으로 말했다.

"가지고 있지 않다고?" 틸 경감이 고함을 질렀다.

"진정하시오, 경감." 세인트가 천천히 말했다. "흠잡을 데 없이 근사한 돈 봉투가 내 손에 쥐어졌을 때 놓치기 싫었지만 나는 어떤 착오가 일어났다는 것을 깨달았소. 항상 완벽한 신사이려고 노력하는 나는 착오를 시정하기 위한 조치를 즉각 취했지요. 집에 돌아오는 길에 우체국에 들러 내용물에 전혀 손을 안 댄 봉투를 에이버리 양에게 부쳤소. 그러니 클로드, 당신도 잘 아시겠지만 이제 그 영장들을 찢어버리고 상관에게 되돌아가서 살려달라고 비시오. 자, 이제 진상이 모두 밝혀졌으니 술이나 한잔 하며 담배를 피우는 것이 어떻겠소?"

세인트는 한손으로 담뱃갑을 열고 다른 손으로 위스키병을 가리켰다. 위스키병의 존재를 처음 알게 된 호피 유니애츠가 마른 입술을 핥으며 기계적으로 술병을 향해 움직였다. 틸 경감은 움직이는 화산처럼 육중하게 앞으로 걸어나왔다.

"템플러, 이번에는 그런 식으로 도망칠 수 없어." 그는 탁한 목소리로 지껄였다. "당신을 경시청으로 연행하겠어! 우리는 Z맨을 오랫동안 추적한 끝에 오늘에야 체포하는 거야. 조용히 따라오겠소?"

세인트가 짤막하게 대답했다. "당신이 호루라기를 불거나 경관들을 따로 불러올 필요는 없을거요. 나는 당신에게 총을 겨누거나 소동을 부릴 생각이 없으니까. 나는 경찰의 공무집행을 방해하는 것이 얼마나 중대한 범죄인지 잘 알고 있소. 비록 당신처럼 뇌수 표면이 온통 조개로 뒤덮이고 머리는 마호가니처럼 굳은 얼간이일지라도 말이오. 당신이 영장으로 중무장했다고 미리 말했기에 망정이지 안 그랬다면 나는 당신을 뚱뚱한 배부터 땅 위에 메치고 오늘 일과를 끝냈을 것이오." 고드름처럼 빛나는 그의 푸른 눈동자가 틸 경감을 노려 보았다. "그러나 그렇게 하는 대신 나는 당신이 위기를 벗어날 수 있는 기회를 주겠소. 당신은 계속 완고하게 나를 체포하겠다고 고집하여 그로 인해 정말로 좋은 직장에서 내쫓기기 전에, 사리에 합당한 조치를 취하는 것이 좋다고 생각하지 않소?"

틸 경감에게는 마침내 소원대로 사이먼 템플러를 잡게 된 마당에 그이상 사리에 합당한 일은 없었다. 그러나 조롱섞인 무례한 세인트의 도전적인 말투에는 무시할 수 없는 결의가 깃들여 있었다.

"어떤 합당한 조치를 말하는 거요?" 틸 경감은 신랄하게 반문했다.

"대단히 미안합니다. 내가 잠시 당신이 형사에 불과하다는 사실을 잊고 있었소." 사이먼이 사과했다. "내가 쉽게 설명해 주겠소. 내가 당신에게 대답할 말은 이렇소. 에이버리 양은 착오로 나에게 1만 파운드를 주었고 나는 즉시 그 돈을 그녀에게 되돌려 주었소. 착오를 바로잡은 셈이오. 그녀는 지금쯤 돈을 되돌려 받았을 것이오. 얼마 있다가 그녀가 전화를 하리라고 생각합니다. 그녀는 나에게 불리한 증언을 할 수 있는 유일한 증인으로 보이는데 당신이 확보했다는 그 알량한 증거가 정말 유효한지 확인해보는 것도 좋은 생각이 아니겠소?"

세인트는 자기 전화를 가리켰으며 그가 의도하는 바는 너무나 분명했다. 그러나 틸 경감은 투덜거리며 수갑을 꺼낼 뿐이었다.

"그건 낡은 수법 아니오?" 틸 경감이 가소롭다는 투로 말했다. "내가 전화를 거는 바보짓을 하는 동안 당신은 도망치겠지. 당신이 그런 잔꾀를 부리려 하다니 놀랐는걸."

그때 전화기의 쌍둥이 벨이 날카롭게 울려 틸 경감의 말을 중단시켰다. 세인트는 자동적으로 수화기를 잡으려 했다. "안돼, 당신이 받으면 안돼!" 틸 경감이 소리를 질렀다. "내가 전화를 받겠소."

경감이 방금 비웃던 바로 그 행동을 했으므로 사이먼은 미소를 금할 수 없었다. 그러나 세인트는 도망가고 싶은 생각이 조금도 없었다. 그는 그 전화가 어디에서 걸려왔는지 육감으로 알았다.

"여보세요!" 틸 경감이 세심한 주의를 기울여 세인트의 목소리를 흉내내어 말했다.

"사이먼 템플러 씨인가요?"

"그렇소." 틸 경감이 거짓말을 했다. 그 순간 그는 갑자기 누군가 자신의 위를 한 조각씩 모두 들어내어 배에 넓은 구멍이 뚫린 듯한 끔찍한 기분이 들었다. 전화선의 반대편 목소리는 비어트리스 에이버리가 틀림없었다. 틸 경감은 영화를 자주 보러가기 때문에 그녀의 목소리를 충분히 알아들을 수 있었다.

"템플러 씨, 너무나 우둔한 실수를 하여 사과드립니다." 비어트리스 에이버리가 말했다. 에이버리의 목소리를 듣는 순간 틸 경감은 잔소리할 때 내는 콧소리가 지옥의 나팔소리처럼 느껴지는 상관의 표정이 떠올랐다.

"그토록 신속하게 돈을 되돌려주셔서 정말로 감사드려요. 모든 게 어리석은 장난이었습니다. 제발 저를 용서해 주세요."

3

 만약 어떤 장난이 있었다 하더라도 그것은 틸 경감의 유머 감각이 미치는 범위를 벗어나 있었다. 그는 물속에서 지푸라기를 붙잡고 허우적거리는 사람처럼 전화기에 달라붙어 서 있었다. 가까스로 체포하게 되었는데 어찌된 셈인지 또다시 빠져나가고 말았다. 다 잡은 줄 알았던 세인트가 물방울 새듯이 그의 손아귀에서 빠져나갔던 것이다. 도저히 불가능하고 믿을 수 없으며 비인간적이고 불공정하며 불합리한 일이 일어난 것이다. 이렇게 정신이 아찔할 정도의 충격을 받은 틸 경감은 윙윙거리는 소리밖에 안 들렸다. 그는 할 말을 잊은 채 마른침을 삼키며 무언가 할 말이나 행동을 생각해내려 했지만 그의 두뇌는 잠깐 낮잠을 잔 것처럼 무기력했다. 그가 생각해낼 수 있었던 유일한 것은 평화롭게 죽을 수 있는 장소를 찾고 싶다는 것뿐이었다. 그와 동시에 그는 세인트가 무덤 속에 누운 자신을 벌떡 일어나게 만들 능력이 있을지도 모른다는 점을 뼈저리게 인식하지 않을 수 없었다.

 세인트는 틸 경감의 일그러진 얼굴 표정에서 자신의 육감이 맞았다는 것을 충분히 확인했다. 그는 수화기를 형사의 손에서 살며시 빼내어 자신의 귀에 갖다댔다.

 "나는 당신이 전화할 것을 예상하고 있었습니다." 세인트는 달변으로 말했다. "만약 우리가 다시 만날 기회가 있다면 나는 당신이 나를 쳐다볼 때 지은 표정에 대해서 충분한 보상을 해주고 싶군요."

 "제가 방금 말씀드렸잖아요, 템플러 씨. 그건 어리석은 장난일 뿐이었어요." 여자의 숨가쁜 목소리가 그의 말을 중단시켰다. "제발 모든 걸 잊어주세요."

 "그건 그렇게 쉽지 않습니다. 내가 도와드릴 수 있는 일이 있다면 ……."

"도와준다구요?" 그녀는 억지웃음을 웃었는데 세인트에게는 거의 히스테리 발작처럼 느껴졌다. "내가 왜 도움을 청한단 말인가요? 그건 바보 같은 장난이 지나쳐서 일어난 일이었어요. 그뿐입니다, 템플러 씨. 내가 엄청난 바보짓을 한 것 같군요. 모든 일을 잊어주신다면 영원히 고맙게 생각하겠어요."

"상황이 그렇게 나쁜가요?" 사이먼이 물었다. "왜냐하면……."

"정말 고마웠어요, 템플러 씨. 안녕히 계세요."

사이먼은 전화기에서 돌아서며 담배 한 개비를 뽑아 물었다. 뒤이어 답답한 침묵이 흐르는 가운데 담뱃불을 붙였다. 틸 경감은 통통한 손가락을 천천히 그러나 부지런히 움직여 스피어민트 껌의 포장을 뜯고 있었다. 틸 경감은 평정을 되찾기 위해 끈기 있게 노력했지만 별로 효과가 나지 않았다. 그는 자신이 올가미에 걸려 들었다는 것을 알고 있었다. 그 올가미는 너무나 오래된 것이어서 그는 그 매듭 하나하나마다 잘 알고 있었다. 또다시 그는 승리가 자신의 손안에 있다고 믿었는데 이 사교성 있는 무법자가 또 한번 그를 감쪽같이 기만했던 것이다. 그리고 이러한 일은 영원히 반복될 것이다. 이러한 생각은 틸 경감의 내장 아래로 유동물 포탄처럼 스며 내려가 위장의 아랫부분에서 다시 원래의 모양으로 굳어지고 있었다. 껌을 입안에 쑤셔 넣은 그는 무표정한 배로 경사를 잡아먹을 듯이 노려보았다. "자, 이제 무얼 더 기다리겠나?"

"클로드, 너무 상심하지 마시오." 세인트가 놀라울 정도로 불평하는 기색도 없이 말했다. "너무 성급하게 굴지 맙시다. 상관의 잔소리를 듣는 것이 걱정되어 몸이 폭발하는 것은 아니잖소? 나는 당신을 놀릴 생각이 없소."

"그따위 짓만 해봐라!" 틸 경감은 세인트의 손가락이 미치지 않는 곳으로 뚱뚱한 배를 옮기면서 씨근거렸다.

"술을 한잔 들면서 의논해봅시다." 세인트가 말했다. "당신이 저지른 실수는 충분히 이해가 됩니다. 그리고 사태가 설상가상으로 꼬인다 할지라도 당신은 배로 경사에게 책임을 뒤집어 씌울 수 있지 않소? 당신은 어차피 그렇게 하겠지만, 그러나 그런다고 해서 나에 대한 변상이 되지는 않소. 내가 가장 고통스럽게 생각하는 것은 당신이 나를, Z맨을 자처하는 공갈범으로 오인하게 된 사정입니다. 대체 어떤 놈 때문에 매력이 넘치는 여자와 노련한 형사가 무슨 전염병처럼 나를 쓰레기 소각로 속으로 집어넣어 활활 태우려 했단 말입니까? 그 드라큘라의 후손 같은 자식이 누구인지 내게 말해주시오."

괴로워하는 틸 경감의 태도에 어떤 변화가 일어났다. 넋이 나갔음에도 불구하고 어딘지 묘한 완고함을 견지하고 있는 그의 태도는, 처음의 당당했던 태도와는 영 어울리지 않는 것이었다. 그는 마치 잔뜩 움츠리고 마음의 문을 걸어 잠근 것 같은 인상을 주었다.

"잊어버리시오." 그는 냉정하게 말했다.

"알지도 못하는 일을 어떻게 잊어버린단 말이오? 사리에 맞게 행동합시다. 내게 알려주는 것은 지극히 공정한 처사요."

"나는 Z맨에 관해 아는 바가 아무것도 없고 다른 그 누구도 Z맨에 대해 알지 못하오." 틸 경감이 단호하게 말했다. "나는 단순히 재미있는 장난을 쳐보려 했을 뿐이오. 알아듣겠소?"

그가 졸린 사람처럼 배로 경사를 향해 고갯짓을 했다. 그러고 나서 그 두 사람은 함께 떠났다. 아파트 문이 요란한 소리를 내며 닫힐 때 호피 유니애츠는 위스키병으로 손을 뻗어 병목을 큰 입 안으로 집어넣었다.

"소장님, 나는 무슨 영문인지 모르겠소."

유니애츠가 술병을 입에서 떼면서 말했다.

"위스키는 그만 마시게." 세인트가 술병을 빼앗으면서 중얼거렸다. "호피, 난생 처음으로 나도 자네와 입장이 똑같군. 나 역시 아무 것도 모른다네."

"왜 그 건달들을 그냥 보냈습니까?" 유니애츠가 불평했다. "그자들은 불한당처럼 난동을 피웠어요. 만약 우리가 아는 정치가라도 있다면 그치들에게 혼구멍을 내줄텐데……."

사이먼은 그 말을 듣고 있지 않았다. 그는 담배연기를 깊이 빨아들이면서 호랑이처럼 오락가락하고 있었다. 세인트를 지켜보고 있던 유니애츠의 못생긴 얼굴에 뭔가 이해가 된다는 듯한 미소가 천천히 떠올랐다. 그는 그의 상사가 생각을 하고 있다는 것을 알았으며 자신의 경험상 이러한 과정은 고통스러운 시련이란 사실을 이해하고 있었으므로 동정과 존경이 어린 침묵에 빠져들었다.

틸 경감이 자신이 저지른 상당한 실수로 인해 마음의 동요를 느끼고 있다는 사실을 세인트는 분명히 깨달았다. Z맨의 존재는 틸 경감이 누구보다도 사이먼 템플러에게 확인시키기 전까지는 엄격하게 지켜진 비밀처럼 보였다. 지나친 확신 때문에 입은 손상을 원상회복시킬 도리가 없는 틸 경감은 유일하게 남은 치료 방법으로 세인트의 꾐에 빠져 더이상 실수를 저지르기 전에 자석처럼 흡인력을 지닌 세인트의 면전에서 벗어났던 것이다. 그러나 세인트가 볼 때에 틸 경감은 아직도 생각할 거리를 많이 남겨 놓았다.

아파트 문에 열쇠가 도는 소리가 난 직후 퍼트리셔 홈이 거실로 걸어들어왔다. 그녀는 따지는 듯한 시선으로 세인트를 쳐다보았다.

"아래층에서 틸 경감을 만났어요." 그녀가 입을 열었다. "이번에는 무슨 혐의로 체포되는 거지요?"

"아무 혐의도 없소." 세인트가 유유히 대답했다. "클로드 어스타시는 나에게 혐의가 있다고 생각했지만 그가 잘못 생각하고 있다는 것을 내가 깨우쳐 주었소. 나같이 완벽하게 존경받을 만한 해적이 어떻게 가장 지독한 악당으로 오인받게 되었는지 앉아서 전말을 들어봐 주시겠소."

퍼트리셔는 다년간의 경험으로 체득한 인내심을 발휘하여 자리에 앉았다. 그녀는 오래전부터 세인트의 인간 됨됨이를 잘 알고 있었기 때문에 그가 어떤 이야기를 하더라도 놀라지 않았다. 뿐만 아니라 그녀는 그가 지금처럼 평온을 가장하는 것에 속지 않을 정도로 그를 잘 알았다. 기를 쓰고 명랑한 체하는 그의 목소리에는 전투와 살인 그리고 돌연한 죽음이 암시되어 있었다. 그리고 그가 쾌활한 척할 때는 폭풍과 논쟁을 벌이는 것만큼이나 그의 의견에 반대하는 것은 무익했다.

"우리는 Z맨을 추적해야겠소."

세인트가 꿈을 꾸는 듯한 목소리로 말했다.

"Z맨이 누구죠?"

"나도 모르오."

"그렇다면 무작정 일부터 벌여야겠군요." 퍼트리셔가 다정하게 말했다. "호피, 당신은 무슨 일인지 알고 있나요?"

"나는 아무것도 모릅니다."

유니애츠는 금이 간 음반처럼 대답했다.

세인트가 자신이 알고 있는 내용을 모두 자세하게 설명하는 데는 오래 걸리지 않았다. 그는 자신의 목소리를 늘 좋아했지만, 할 말은 그리 많지 않았다. 퍼트리셔는 점점 흥미가 생겼다. 그러나 세인트가 이야기를 마치고 그녀의 의견을 물었을 때 그녀는 이렇다 할 묘안을 제시하지 못했다.

"당신은 아직도 정말 아무것도 모른다는 말씀이군요." 그녀가 이의를 제기했다.

"정확히 지적했소. 내가 Z맨에 관한 정보를 듣게 된 것은 순전히 우연이었고 그것도 대부분 클로드가 실수한 덕분이오. 팻, 그건 나의 수호천사가 이 일에 결코 실패하지 않는다는 또다른 증거요. 나는 왠지 이번 사건이 크게 벌어지고 있다는 예감이 듭니다. 내가 이 사건에 개입하지 않는다면 도덕적인 의무를 태만히 하는 것이 될 것이오. 영양과 하마만큼이나 공통점이 별로 없는 두 사람의 처지이지만 비어트리스 에이버리와 클로드 어스타시 틸이 보이는 똑같은 반응을 주목해야겠소. 두 사람은 한쌍의 팔팔한 조개처럼 열심히 입을 다물려고만 한단 말이오. 두 사람 모두 Z맨에 관해 이야기하기를 꺼립니다. 그들은 모든 게 농담이라고만 나에게 말했소." 세인트는 일어서서 새로 담배에 불을 붙였다. 그의 가늘게 뜬 눈동자는 강철처럼 빛났다. "농담이라니!" 그는 되풀이했다. "팻, 당신이 비어트리스 에이버리의 눈에 어린 표정을 보았다면 Z맨이라는 농담이 어떤 것인지 알았을 거요! 틸 경감도 마찬가지였소. 그는 너무나도 멍청하여 내가 Z맨이라고 생각했지만 나를 건드리기가 싫어서 수갑 채우기를 꺼렸던 거요! Z맨이란 악당은 살인마 잭을 구세군의 북치는 소년처럼 보이게 할 정도로 뭔가 악랄한 데가 있는 자요."

"하지만 당신은 아직도 유용한 정보는 아무것도 가지고 있지 않아요." 퍼트리셔가 현실적인 문제를 지적했다. "당신은 어떻게 할 작정인가요? 그자를 찾는 광고라도 내실 건가요?"

"나도 모르겠소. 내가 모르는 사실이 한두 가지라야 말이지." 세인트가 인상을 찡그리며 대답했다. "나는 Z맨의 범죄 사업이 대단히 수지맞는 일이란 점을 빼놓고는 구체적으로 아는 것이 없소. 틸 경감에게 정보를 물어보는 것은 아무 도움도 안되오. 그는 이미 곤경에 빠진 지 오래됐거든. 그렇다고 비어트리스 에이버리를 찾아갈 수도 없소. 설사 내가 그런다 하더라도 그녀는 나를 만나주려 하지도 않을 거고 어떤 사실도 이야기하려 들지 않을 거요."

"그녀는 나라면 만나줄 거예요."

"아무도 안 만날 거요." 세인트가 말했다. "오늘 일어난 일 때문에 그녀는 지금쯤 공포에 질려 시체처럼 몸이 굳어 있을 거요. 그걸 이해하지 못하겠소? 그녀는 Z맨 아니면 그의 하수인과 약속을 했는데 그걸 지키지 못했다는 사실을 알고 있소. Z맨은 그녀가 실제로 약속을 이행했다는 것을 모를 거고 따라서 보복에 나설 거요. 에이버리 양은 문에 자물쇠를 추가로 설치하는 등 신변에 보안조치를 강화할 거고……."

"당신은 나와 그녀가 약간 닮았다고 말하지 않았어요?"

"키와 몸매, 머리 색깔과 전반적으로 미인이라는 정도만 닮았을 뿐이오." 사이먼이 대답했다. "당신 두 사람은 같은 타입의 미인에 속할 뿐이오."

"그렇다면 나에게 맡겨주세요." 퍼트리셔가 조용히 말했다. "진짜 탐정이 무엇을 할 수 있는지 보여드리겠어요."

퍼트리셔가 파크사이드 코트로 알려진 마블아치 인근에 있는 멋진 새 아파트로 들어간 시간은 거의 홍차를 마시는 시간이었다. 21호는 6층에 있었으며 퍼트리셔는 에이버리 양이 면회사절 지시를 내렸다는 수위의 말에도 아랑곳하지 않고 엘리베이터로 걸어갔다. 수위는 면회사절의 이유를 좀더 구체적으로 설명해 주었다. 에이버리 양이 콘월인지 에버딘셔인지 어떤 곳으로 갔는지는 정확히 모르지만 휴가를 보내기 위해 지방에 내려갔다는 것이었다. 그러나 퍼트리셔는 세인트의 것과 너무나 비슷한 푸른 사파이어빛 눈동자에 뇌쇄적인 미소를 지으며 수위를 바라보았다. 그 불운한 남자는 완전히 할 말을 잊어버렸다.

카펫이 깔린 복도의 그 호실 문 밖에서는 한 남자가 진공청소기를 수선하고 있었다. 퍼트리셔는 그 사람이 딱하게 생각되었다. 그 남자는 진공청소기를 조각조각 분해해 놓아 그것이 다시 조립이 가능할지는 대단히 의심스러웠다. 그가 기술자처럼 작업복을 입고 있었음에도 불구하고 퍼트리셔는 그가 어느 탐정사무소 직원이란 것을 어렵지 않게 알아보았다. 그의 행동거지에는 구석구석 '전직 경찰관' 냄새가 배어 있었다.

"아가씨, 초인종을 눌러봐야 소용이 없소." 퍼트리셔가 초인종에 손가락을 댔을 때 그 남자가 무뚝뚝하게 말했다. "안에는 아무도 없소. 에이버리 양은 지방에 내려갔소."

그는 왠지 놀란 표정으로 퍼트리셔의 얼굴을 뚫어지게 바라보았다. 퍼트리셔는 그 이유를 눈치챘다. 그녀는 미소를 지어 보였다.

"초인종을 울리는 특수한 방법이라도 있나 보죠?" 그녀는 다정하게 물었다. "언니가 동생을 안 만나리라고는 생각하지 않는데요."

그 사내가 갑자기 이를 드러내며 미소를 지었다.

"그야 물론 다르지요, 아가씨." 그는 서둘러 대답했다. "모습이 비슷하다고 생각했습니다. 아가씨가 복도 모퉁이를 돌아올 때 에이버리 양으로 착각을 했소."

그는 초인종을 짧게 세 번 누르고 한 번 길게 누른 뒤 다시 세 번 짧게 눌렀다. 그러자 불안한 표정의 하녀가 즉시 아파트 문을 열었다.

"괜찮소. 베시, 에이버리 양의 동생이오."

퍼트리셔는 세인트가 그렇게 했던 것처럼 곧바로 걸어 들어갔으며 그녀의 자신 있는 태도는 하녀에게 답변할 기회를 주지 않았다. 얼마 뒤에 인공조명이 된 거실에서 그녀는 비어트리스 에이버리와 만났다.

"내가 꾀를 써서 들어온 것을 용서해주기 바랍니다, 에이버리 양." 퍼트리셔가 단도직입적으로 말했다. 그녀는 핸드백을 열어 명함을 꺼내주었다. "이걸 보면 내가 누군지 알 거예요. 그리고 아마 내 용무가 무엇인지도 짐작할 겁니다."

인기 여배우는 놀란 눈으로 명함을 보더니 이내 시선을 들었다.

"예, 당신의 이름을 들은 적이 있어요." 에이버리가 속삭였다. "당신은 세인트와 같이 일하지요. 홈 양, 앉으세요. 나는 당신이 방문한 이유를 모르겠어요. 나는 템플러 씨에게 전화로 모든 일이 어리석은 장난이었다고 말씀드렸는데."

"내가 여기 온 것은 세인트가 당신의 말을 믿지 않기 때문입니다." 퍼트리셔가 부드럽게 말을 가로막았다. "당신이 그에 관해 들은 적이 있다면 당신은 그가 신뢰할 수 있는 사람이란 사실도 알겠군요. 사이먼은 Z맨에 대해 뭔가 조치를 취해야 한다고 생각하고 있어요. 그 일을 해낼 사람은 세상에서 그 사람밖에 없습니다."

몸에 착 달라 붙는 공단 네글리제를 입은 비어트리스 에이버리의 솟아오른 가슴이 가볍게 떨렸고 그녀의 회색 눈동자는 극도의 공포에 질려 완고한 빛을 띠기 시작했다.

"홈 양, 그건 모두 말도 안되는 소리예요." 그녀는 아무 일도 아니라는 듯이 말했다. "Z맨이란 사람은 없어요. 템플러 씨는 어떻게 알았을까…… 내 말은 당신에게 해드릴 이야기가 없다는 거예요."

"당신은 1만 파운드를 선뜻 내주었는데……."

"말씀드릴 것이 정말 없어요." 에이버리가 일어서면서 되풀이 말했다. "아무것도! 정말 아무것도 없어요! 제발 혼자 있게 내버려둬요!" 그녀의 목소리는 비명에 가까웠으며 퍼트리셔는 더이상 면담을 계속해봐야 별 소득이 없다는 것을 한눈에 알아보았다. 에이버리는 세인트가 파악한 것이나 퍼트리셔가 예상했던 것보다 훨씬 더 두려움에 떨고 있었기 때문이다. 퍼트리셔는 영리하고 분별 있는 여자였기 때문에 자신이 시간을 낭비하게 될 것이라는 사실을 깨달았다. 머리가 좋지 않은 사람이었다면 대화를 계속 고집했을 것이고 그만큼 비어트리스 에이버리의 완고함도 더욱 굳어졌을 것이다. 퍼트리셔는 탁자 위에 놓인 자기 명함을 가리켰을 뿐이다.

"심경의 변화가 생기면 전화연락을 주세요. 우리는 최선을 다해 당신을 도와드리고 비밀은 지켜드리겠어요." 퍼트리셔가 말했다.

엘리베이터를 타고 내려오는 퍼트리셔는 별로 만족스럽지 못한 기분이었다. 그토록 뽐내고 나온 뒤인지라 세인트에게 바로 돌아가 실패했다고 보고하는 것은 유쾌한 일이 못되었다. 하지만 달리 도리가 없었다. 실패는 병가지상사가 아닌가? 세인트가 뭔가 다른 방도를 취하겠지……

그녀가 로비로 내려왔을 때 거기에는 아무도 없었다. 그녀는 황혼이 내리는 거리로 나와 아파트 입구를 장식한 빨강색과 초록색의 네온 불빛을 받으며 보도 위에 서서 잠시 망설이고 있었다. 택시가 천천히 다가오자 그녀는 손짓을 했다. 기사는 도로에서 차를 돌려 정차했다. "피커딜리의 콘월하우스로 가줘요." 퍼트리셔가 말했다.

"알았습니다, 아가씨." 문을 열어주며 택시기사가 대답했다.

그녀가 차에 타고 미처 문을 닫기도 전에 택시는 출발했다. 뭔가 단단하고 둥근 물체가 그녀의 옆구리를 눌렀다. 그녀는 재빨리 어둠 속을 바라보았다. 작은 체구에 담비의 눈매를 한 사내가 그녀의 옆자리에 앉아 있었다.

"아가씨, 비명만 지르면 끝장이 날 줄 알아." 그 사내가 사무적인 말투로 말했다. "당신 옆구리에 댄 물건은 총이고 나는 언제든지 쏠 수 있어."

"어머나!"

퍼트리셔는 가냘프게 말하며 탈진한 것처럼 몸을 의자에 기댔다.

그녀의 연기가 너무나도 훌륭하여 담비 눈은 의심을 완전히 거두었다. 기름칠을 한 기계처럼 잘 돌아가는 퍼트리셔의 두뇌는 이처럼 간단한 함정에 빠진 데 대해 자신을 탓하지 않았다. 그녀는 이런 함정을 경계해야 할 이유는 전혀 없었다. 그리고 이 함정이 자신을 겨냥한 것이 아님을 그녀는 알고 있었다. 이 악당들은 그녀를 비어트리스 에이버리와 혼동한 것이었다! 그들은 착각하지 않을 수 없었다. 그녀는 비어트리스 에이버리와 키와 피부, 머리 색깔이 똑같아 세인트조차도 멀리서 볼 때는 혼동을 일으켰다. 게다가 그녀는 비어트리스 에이버리가 사는 아파트에서 나왔던 것이다. 더군다나 거리의 어스레한 조명의 도움까지 받았으니 누구라도 속았을 것이며, 그녀가 입을 다물고 있는 동안은 기만전술이 계속 효과를 발휘할 수 있을 것이다. 그녀가 급작스럽게 졸도하는 척한 것은 지나치게 많은 말을 해야 되는 상황을 피하여 다음 행동을 생각할 수 있는 기회를 만들기 위해서였다.

그녀는 흥분이 자신의 내부에서 고동치는 것을 느꼈다. 그녀에게 두려움 따위는 없었다. 세인트가 그녀에게 그런 것들을 버리도록 교육했던 것이다. 그 대신 그는 자신의 쾌활하고 무모한 기질을 상당히 주입시켰기 때문에, 그녀는 비어트리스 에이버리를 방문한 결과는 실패였지만 이 새롭고 예기치 않은 사태에서 성공을 거둘 가능성이 있다는 것을 순간적으로 깨달았다. 불량배들의 수법을 모르는 것이 당연한 영화배우에게나 사용할 만하다고 생각한 택시 납치 방법은, 적들이 퍼트리셔의 정체를 알았다면 쓸 엄두를 못 냈을 것이라는 생각이 들자 그녀는 재미가 있었다. 어쨌든 퍼트리셔 홈이 속임수에 걸려든 것이었다! 이 의외의 사태 진전은 세인트가 찾고 있는 단서를 제공해 줄지도 몰랐다.

택시가 심하게 덜컹거리며 어지러울 정도로 급커브를 돌아갈 때 그녀는 자연스럽게 졸도에서 깨어나는 체했다. 얼마 후 택시는 급정거했으며 팻은 몇 개의 문들이 닫히는 소리를 들었다. 그녀는 몸을 앞으로 숙인 채 어지러운 표정을 지으며 앉아 있었다.

"안심해, 아가씨." 담비 눈이 신경에 거슬리는 목소리로 말했다. "지금 당장 아가씨의 아름다운 얼굴에 상처를 입힐 생각은 없으니까."

"여기가 어디에요? 당신들은 내게 무슨 짓을 하려는 거예요?" 그녀는 떨리는 목소리로 숨을 헐떡이며 말했다.

"돈을 드리겠어요!" 그녀는 신경질적으로 말했다. "나는 도체스터에서 돈을 주려고 했어요. 한데 당신네들이 안 나타났어요. 나는 돈을 가지고 나갔는데……."

"그따위 변명은 안 통해." 남자가 무정하게 말했다.

그는 차에서 그녀를 내리게 했다. 그녀는 택시가 낡은 차고 안에 들어와 있으며 차고 문들이 닫혀 있는 것을 알았다. 차고 뒤편에 있는 택시의 라디에이터 바로 앞에 헐어빠진 문이 있었다. 담비 눈은 그녀의 팔을 움켜쥐고 그 문안으로 밀어넣었다. 두 사람은 가파른 계단을 내려가 악취가 풍기는 지하실로 들어갔다. 택시기사가 뒤를 따랐다. 그녀가 지하실 바닥에 내려서며 비틀거릴 때 칠흑 같은 어둠 속에서 손전등이 켜지며 그녀를 비추었다. 앞서 지하실에 내려와서 손전등을 비추고 있던 남자가 잇새로 씩씩거리는 거친 숨소리를 내뱉었다.

"어떤 바보가 이 따위로 일을 했나?" 그의 거친 목소리가 불빛 뒤에서 들려왔다. "이 여자는 비어트리스 에이버리가 아니야!"

택시기사가 비틀거리며 앞으로 나왔다.

"당신 제정신이 아니군!" 택시기사가 으르렁거렸다. "나는 이 여자가 아파트에서 나오자마자 알아보았……." 그는 퍼트리셔를 돌려세워놓고 손전등을 얼굴에 비추며 들여다보았다. 그러더니 그는 심한 욕설을 내뱉었다. "맙소사, 아니잖아! 하지만 그녀와 똑같았단 말이오, 이렇게 밝은 불빛에서 확인할 기회가 있었어야 말이지."

담비 눈도 신경질을 부리며 욕설을 내뱉었다. 그는 여자의 팔을 더욱 세게 움켜쥐었다.

"도대체 이 여자는 누구야?" 그가 짜증을 내며 말했다. "이 여자는 일의 내막을 알고 있어. 마치 모든 것을 알고 있는 것처럼 돈에 관해 지껄이더라구!"

손전등을 잡고 있는 남자가 독수리발 같은 손을 내뻗어 퍼트리셔의 핸드백을 낚아챘다. 그는 가방을 열었다. 명함은 비어트리스 에이버리에게 준 한 장만 있었던 게 아니었다. 그녀는 남자가 침묵 속에서 명함으로부터 눈을 들어 그녀의 얼굴을 노려보는 시선을 느낄 수 있었다.

"퍼트리셔 홈!" 어둠 속에서 남자가 모래알이 갈리는 듯한 목소리로 말했다. "이게 그 여자군. 너희들은 바보가 되고 말았어."

그의 목소리는 치솟는 분노로 떨렸다. "이 여자가 너희를 속인 것은 조금도 놀랄 일이 아니야! 너희는 이 여자가 누구인지 모르겠나? 너희는 세인트란 말도 들어보지 않았어?"

이어 침묵이 안개처럼 그들을 내리덮었다. 경련하듯이 고동치며 지하실 속을 숨막힐 듯이 흐르는 침묵은 세 남자의 거친 숨소리로 깨어질뿐이었다. 퍼트리셔는 세인트의 이름만으로도 이러한 공포 분위기를 만들 수 있다는 것이 정말 대단하다고 생각했다. 현재로서는 세인트의 명성이 그녀가 가진 유일한 무기였다.

"너희가 염병할 실수를 저질러 세인트 탐정사무소의 요원을 데려왔다는 사실을 알면 그분께서 뭐라고 하실지 너희도 잘 알겠지!" 손전등을 잡은 남자가 다그쳤다. "너희는 실수를 만회하기 위해 무슨 조치를 취하는 게 좋을 것이다. 이 여자는 내가 여기 붙잡고 있겠다. 너흰 당장 나가서 템플러를 추적하도록 해. 그자가 너희를 잡기 전에 너희가 먼저 놈을 해치우란 말이야. 알아듣겠어? 놈을 잡기 전에는 돌아오지 말아!"

"왜 수고를 자청하나!" 여유 있는 목소리가 가늘고 긴 결투용 쌍날칼처럼 공기를 가르고 들려왔다. "내가 벌써 내 발로 왔네. 자네들 가운데서 누가 영웅이 될 생각인가?"

세 남자가 함께 거친 숨을 몰아쉬었다. 손전등 불빛이 보이지 않는 철사줄에 의해 끌려가는 것처럼 갑자기 방향을 바꾸었다. 퇴락한 계단 꼭대기에는 세인트가 저승사자처럼 당당하게 서 있었다.

4

사이먼 템플러의 손에 쥐어진 권총은 누구라도 관대하게 처리해주겠다는 듯이 지하실의 남자들을 향한 채 총구가 천천히 원을 그렸다. 대화를 현재까지 주도하고 있던 남자는 손전등의 눈부신 불빛 뒤에 서 있어 희미한 모습만이 보일 뿐이었다. 그러나 세인트의 기민한 눈은 그 사내의 손이 바지 뒷주머니 쪽으로 움직이는 것을 불빛 너머로 꿰뚫어볼 만큼 날카로웠다.

"그따위 짓은 여러 가지 죽는 방법 가운데 하나일세, 형제여." 세인트가 주의하라는 듯이 말했다. "하지만 나는 자네의 선택을 방해할 생각은 없네……." 등 뒤로 돌아가던 손의 움직임이 멎는 것과 동시에 그 사내는 손전등의 스위치를 껐다. 그러나 이러한 행동으로 지하실의 조명을 줄이는 결과를 기대했던 그 사내는 실망했다. 전반적인 조명 효과가 두 배로 늘어났을 뿐만 아니라 그 자신이 소형 탐조등에서 나오는 것만큼이나 밝은 불빛 가운데 서게 된 것이었다. 세인트는 사태를 완전히 장악할 때가 되었다고 판단하였다. 그만큼 그의 손전등은 조금 전에 꺼진 것보다 훨씬 밝았다. 불빛 뒤에 가려져 있던 남자는 예상했던 것과는 어긋난 모습이었다. 민첩하고 권위 있는 목소리를 들은 직후에 드러난 그의 모습은 영 딴판이었다. 그는 여위고 작은 체구의 40대 남자였다. 유달리 말끔한 복장을 하고 있는 그는 조끼와 오버코트를 걸친 것 말고도 갈색사슴의 가죽 각반까지 차고 모양을 부렸다. 그의 작은 얼굴에는 보일 듯 말 듯한 갈색 눈썹이 점잖은 금테 코안경 훨씬 위에 붙어 있었다. 그는 코와 입도 작았다. 생기다 만 듯한 턱은 겁먹은 듯이 목 위로 숨어 들었다. "앤디, 자네는 좀더 조심을 해야겠어." 사이먼이 훈계조로 말했다. "그 권총을 주머니에서 꺼내 우리가 모두 볼 수 있는 마루 위에 내려놓게."

"내 이름은 앤디가 아니야." 턱이 없는 사내가 말했다. "아니라구? 안경과 각반을 벗으면 너는 영락없는 앤디 검프야." 세인트가 대답했다. "팻, 당신이 잠시만 수고를 하면 우리가 무기고를 새로 만들 수 있겠소." 남자들은 그 누구도 움직이려 하지 않았다. 그들은 세인트의 명성을 익히 알고 있었으며 누구나 계속 살고 싶은 진지한 욕망을 가지고 있었다. 악의없는 농담을 하는 것처럼 보이는 세인트의 목소리 뒤에는 지하실을 냉장고로 바꾸어버릴 것 같은 냉랭한 기운이 감돌았다. 그의 권총은 유난히 잘 보이는 위치에 있었으며 총을 잡은 살이 없는 갈색 손가락들은 언제라도 방아쇠를 잡아당길 수 있는 민첩성이 있었다.

퍼트리셔는 성직자처럼 보이는 검프로부터 총을 회수했으며, 담비눈은 그녀가 다가가기도 전에 자기의 무기를 마루 위에 던졌다.

"맹세코 나는 권총이 없어요."

택시기사가 쉰 목소리로 다급하게 말했다.

그녀는 그의 말을 믿었지만 다른 사람들과 마찬가지로 몸수색을 했다. 그러자 사이먼이 계단을 내려 왔다.

"자, 여러분, 이제 벽을 향해 한 줄로 서시오." 그는 총구로 방향을 지시하면서 말했다. "여러분은 자신의 입장을 잊지 말도록……

팻, 당신은 이 권총을 들고 옆에 서 있어요. 여기 손전등도 들고 불빛이 흔들리지 않도록 해요. 너희 악당들이 알아두어야 할 흥미로운 사실이 있다." 그는 고분고분 따르는 세 사람을 위해 덧붙였다. "저 귀부인께서는 50미터 밖에 있는 파리의 눈도 맞출 수 있으시다. 내 말을 믿기 어려우면 직접 시험을 해보는 것은 자유다."

그는 퍼트리셔로부터 검프의 권총을 받아든 뒤 마루에서 담비 눈의 무기를 집어올렸다. 그는 권총들을 신속하게 검사한 뒤 한쪽 자기 주머니에 쑤셔넣었다. 그는 다른 주머니에서 자신의 자동권총을 꺼냈다. 그는 손에 익지 않은 무기는 결코 쓰지 않았다. 자동권총을 아무렇게나 쥔 그는 택시기사와 담비 눈의 몸수색을 재빨리 진행했다. 두 사람은 별볼일 없는 조무래기에 지나지 않았기 때문에 그는 두 사람에게 특별한 관심을 기울이지 않았다. 그러나 검프는 Z맨과 매우 가까운 인물인 듯했다. 검프는 세밀히 조사할 필요가 있었다. 세인트가 주머니를 뒤지기 시작할 때 금테 코안경 뒤에서 뱀눈처럼 반짝이는 시선을 제외하면 그는 대단히 소심하고 공격성이 결여된 사람처럼 보였다. 그의 예리한 눈초리는 그의 취약한 턱이 풍기는 허약한 인상이 사실이 아님을 드러내는 것이었다.

검프는 자신이 대단히 무모한 바보이거나 아니면 대단히 용감한 사람임을 과시하는 행동을 갑자기 취했다. 사이먼 템플러가 갈색 손을 검프의 상의 안주머니에 집어넣을 때 검프는 무릎으로 템플러의 하복부를 잽싸게 차올렸다. 그와 동시에 검프는 템플러가 느슨하게 들고 있던 총을 나꿔챘다. 다음 순간 검프의 손가락이 방아쇠에 걸린 총구가 사이먼의 가슴을 향해 겨누어졌다. "홈 양, 총을 버리지 않으면 당신 친구는 성자가 아니라 천사가 될거요," 검프가 말했다.

퍼트리셔는 미동도 하지 않았다. 아무도 움직이는 사람은 없었다.

이윽고 세인트가 껄껄 웃었다. "내가 부주의했네. 하지만 자네가 생각하는 것처럼 그렇게 부주의하지는 않아." 그는 입속말을 했다. "그 총에는 탄환이 장전되지 않았다네." 그는 아무 일도 아니라는 듯이 손을 올려 검프의 작은 코를 쥐었다.

그는 엄지손가락과 집게손가락으로 그 코를 사정없이 눌러 비틀었다.

찰칵! 검프는 순간적인 분노와 극도의 고통을 못 이겨 방아쇠를 당겼다. 하지만 공허한 찰칵소리만 났다. 그가 다시 방아쇠를 당겼으나 아무 일도 안 생겼다. 예민한 코에 참기 어려운 고통이 더해진 것 말고는 아무런 변화도 없었다. 그는 숨이 막힐 듯이 비명을 지르며 그 쓸모없는 무기를 떨어뜨렸다. 그와 동시에 세인트는 그의 코를 놓아주었다. 세인트는 자동권총을 그의 주머니에 집어 넣으면서 "내가 장전되지 않았다고 일러주었잖아?" 하고 말했다. "앤디, 나는 자네 총을 쓰는 것이 더 좋겠다는 생각이 들었네. 하지만 그따위 장난을 두번 다시 하면 정말로 자네를 다치게 할지도 모르네."

검프는 대꾸하지 않았다. 다만 그의 노기 띤 광채가 번뜩이는 눈동자에서는 눈물이 줄줄 흘러내렸다.

세인트의 비꼬인 유머 감각을 누구보다도 잘 알고 있는 퍼트리셔는 그가 왜 검프를 상대로 어린애 같은 장난을 하며 시간을 보내는지 의아하게 생각했다. 거기에는 필시 무슨 이유가 있을 것이다. 사이먼 템플러는 이유없이 이상한 행동을 결코 하지 않으며 그 이유는 항상 합당한 것이었다. 탄환이 장전된 새 권총을 든 그의 자세에는 검프가 다시는 권총을 탈취할 틈이 없었다.

"아름다운 사진들을 수집하고 있군, 안 그런가?"

검프의 상의 안주머니에서 꺼낸 넉장의 미인 사진을 찬찬히 살펴보는 세인트의 목소리에는 여유있고 즐겁다는 뉘앙스밖에 담겨 있지 않았다.

"가지고 다니지 못할 이유가 뭐요?" 상대편이 변명하듯 말했다. "나는 영화팬이오."

"동생, 자네는 인기 스타를 고르는 안목이 분명히 있군." 세인트가 말했다. "치마 허리받이까지 완벽하게 갖춘 빅토리아 여왕 시대 중기의 풍만한 의상을 입은 이 젊은 귀부인은 트라이엄프 영화사의 간판 스타인 비어트리스 에이버리 양이란 것은 의심할 나위가 없군. 정말 대단히 매력적이야. 물론 자네가 오늘밤 납치하려고 생각했던 사람이 바로 이 아가씨였지. 이국적인 동양 의상을 입은 두 번째 여성은 파라미드 영화사와 계약을 맺고 있는 사랑스러운 이렌 크롬웰 양이군. 앤디, 우리는 이 아가씨를 이용할 수 있겠군. 귀여운 짧은 수영복을 입은 세 번째 아가씨는 서밋 영화사의 주연급 배우로 활약하는 실러 아일랜드 양이 틀림없어. 나도 낡은 수영복을 바꾸어야겠군. 그리고 네 번째는······." 말을 멈춘 세인트의 눈빛이 날카로워졌다. "네번째 여성에 대해서는 대단히 안됐다는 생각이 안 드나, 앤디? 머셔 랜든 양은 몇 달 전 애틀랜틱 영화제작소의 새 작품에서 마지막 장면들을 촬영중이었지. 불과 몇달 전이었는데······ 지금은 어떻게 됐나?"

"당신이 무슨 말을 하는지 나는 모르겠소." 검프가 시치미를 뗐다.

"자네가 모른다면 Z맨은 매우 조심성 없이 조수를 뽑았군."

세인트가 대답했다.

"도대체 무슨 말을 하는 거요?" 태연자약한 태도를 유지하려고 애쓰던 턱없는 사내가 내심 깜짝 놀라 본색을 드러내며 더듬거렸다. "내가 그 사진들을 소지한다고 이상할 건 없소. 누구라도 사진을 모을 수 있소. 나는 영화를 좋아하······."

"그 말은 이미 들었네." 세인트가 사진들을 자기 주머니에 넣으면서 수긍했다. "한데 자네는 시간 여유가 있을 때는 납치범도 되지." 그는 대수롭지 않은 듯 덧붙였다. "자네가 좋아하는 인기 여배우들에

비하면 그 절반도 흥미로운 사실을 발견할 가능성이 없겠지만 나는 자네의 나머지 취미생활도 알아보는 것이 좋을 것 같네."

그는 담배를 빼어 물고 성냥을 그어 불을 붙였는데 성냥개비를 엄지손톱에 묘한 각도로 그었다. 그의 상대방이 그를 좀더 잘 알았다면 그들은 그 성냥불 붙이는 방법이 세인트가 직접 뭔가 일을 벌이려는 징조란 사실을 알아차리고 공포에 빠져 식은땀을 흘렸을 것이다. 퍼트리셔는 심장의 고동이 약간 빨라지는 것을 느꼈다. 그녀는 위험 신호가 나타났다는 것 말고는 그가 무슨 생각을 하는지 전혀 몰랐다.

그는 몸수색을 끝냈으며 담배와 성냥, 지폐, 열쇠 등 보통 남자들이 흔히 소지하는 물품들을 찾아냈다. 그러나 검프의 진짜 신분과 신비에 싸인 Z맨과 어떤 관계인지 밝혀주는 것은 아무것도 없었다. 그의 웃옷 안주머니 위에 붙어 있던 양복점 상표마저도 제거돼 있었다.

"자, 신사 여러분, 오늘 일과는 이걸로 끝낼 수 있겠소." 세인트는 총구를 세 남자를 향해 가볍게 흔들었다. "팻, 손전등을 내게 주고 차고로 올라 가시오. 여기서 우리가 할 일은 끝났소."

그녀는 즉시 지시에 따랐다. 잠시 뒤 사이먼 자신도 뒷걸음으로 계단을 올라갔는데 그의 손전등은 아래쪽을 여전히 비추고 있었다. 그는 계단 꼭대기에 올라가자마자 재빨리 문을 닫은 뒤 잠갔다. 그러나 문은 튼튼하지 못했다. 문짝은 갈라져 틈이 있었고 돌쩌귀는 낡고 녹슬어 있었다. 세인트는 서너 개의 무거운 각목으로 문짝을 받치는 간단한 임시방편을 써서 이러한 사소한 문제들을 해결했다. 문은 바깥쪽으로 열리기 때문에 삼총사가 지하실에서 탈출하기 위해서는 상당한 시간을 허비해야만 할 것이다.

"우리는 최근 들어 운수가 대단히 좋았다고 생각하지 않으세요?" 퍼트리셔가 냉정히 말했다.

"내가 무슨 불평을 하던가요?" 세인트는 억양을 낮출 생각조차

하지 않고 물었는데 사실상 두 사람의 대화는 버팀목을 지른 지하실 문 아주 가까이서 이루어졌다. "우린 지금 당장 파크사이드 코트로 달려가서 비어트리스 에이버리에게 짐을 싸는 것이 좋겠다고 경고해야 되겠소. 당신에게 일어난 사건으로 보아 악당들이 뭔가 신속한 행동을 취할 가능성이 커졌어요. 우리는 그들보다 한발 앞서 가야겠소. 필요하다면 비어트리스를 강제로라도 도피시킵시다."

"왜 당신은 저자들에게 Z맨에 관해 신문하지 않았어요?"

"내가 구타를 하지 않으면 저자들은 한마디도 자백하지 않을 거요, 나는 오늘 저녁에는 고문할 기분이 아니었소." 사이먼이 대답했다. "세 마리의 아기돼지들에게 대해서는 걱정하지 말아요. 저자들이 빠져나오는 데는 1시간 가량 걸릴 거요. 저자들이 오늘 밤에 또다시 비어트리스를 납치하러 간다는 것도 의문스러운 일이오. 떠날 준비는 끝났소?"

그는 말을 하면서 손전등으로 이곳저곳을 비춰보았다. 그는 한쪽 구석에 놓인 전화를 발견하고 잠시 흥미를 느꼈다. 그러나 한쪽 벽에 붙은 마루 위에 뒹굴고 있는 몇 개의 못생긴 감자도 전화만큼이나 그의 관심을 끌었다. 그는 그중 제일 큰 것을 골라서 택시 뒤에 몸을 구부리고 배기관 끝을 그것으로 단단히 틀어막았다.

"자, 모든 준비는 끝났다."

중얼거리는 그의 두 눈동자는 장난기로 반짝였다.

5

지하실에 있던 사내들은 차고문이 삐걱거리며 열리고 닫히는 소리를 들었다. 이어 밀어닥친 침묵을 드디어 담비 눈이 깨뜨렸다. 그가 말한 내용은 분명히 하찮은 것이었다. 그가 지껄인 내용의 90%는 만약 책에 인쇄를 했다면 종이장에 불이 붙어 여러 개의 구멍을 만들었을 것이다. 솔직히 말해서 서로 관련이 없는 대목들 사이의 주제는 사이먼 템플러의 부모와 그의 신체적 특성 및 그의 순수한 인간적 습관을 심하게 중상 모략하는 내용들이었다. 턱 없는 사내가 입을 열자 지하실의 분위기는 급속히 침통하게 변했다.

"세인트를 저주해도 아무 소용이 없어." 그가 날카롭게 말했다. "자네가 실수를 한 거야. 웰몬트, 자네도 알고 있지. 왜 자네 스스로를 저주할 생각은 안하나?"

"Z님께서 뭐라고 말씀하실까?" 웰몬트가 겁을 집어먹은 목소리로 물었다. "래든, 내 잘못이 아니었소, 염병할. 나만을 탓할 수는 없소. 길 건너편에서 보았을 때 그 여자는 영락없는 비어트리스 에이버리였소. 진짜 에이버리가 아닌지 내가 어떻게 알았겠소. 그 여자는 파크사이드 코트에서 나왔고……."

"변명은 나중에 하게." 래든이 참을 수 없다는 듯이 그의 말을 가로막았다. "우리가 해야 할 첫번째 일은 여기서 빠져나가는 거야. 타일러, 문을 어떻게 해볼 수 없는지 살펴보게. 이 빌어먹을 장소는 나보다 자네가 더 잘 알고 있잖아."

택시기사는 계단을 올라가 문짝을 밀어보았다. 뼈걱거리는 소리는 났지만 열릴 기미는 안 보였다.

"단단히 봉해놓았소." 그는 쓸데없는 보고를 했다. "자물쇠는 고장났고 걸쇠도 없는 문입니다. 그 염병에 땀도 못낼 놈이 뭔가 수작을 부린 것이 틀림없어요." 그는 싸잡아서 욕설을 퍼부었다. "우린 곤경에 빠진 것 아니오? 그 빌어먹을 여자를 내 차고로 데려오지 말자고 나는 분명히 당신들에게 말했소."

문짝의 위치는 힘을 가하기에 가장 부적합한 곳에 있었다. 계단은 좁고 가파르며 미끄러웠고 지렛대를 사용하거나 어깨로 밀어부쳐 열 방법도 없었다. 두 사람이 나란히 층계참 위에 서 있는 것조차도 불가능했다. 래든은 직접 올라가 문을 조사했는데 그가 비춘 손전등 불빛이 문짝의 갈라진 틈새로 비껴 나갔다.

"나가는 방법은 한 가지밖에 없네." 그가 말했다. "문짝의 아랫부분을 깎아 구멍을 낸다면 판자를 사용하여 버팀목을 제거할 수 있을 거야. 지하실 벽쪽에는 두세 개의 널빤지가 놓여 있어. 타일러, 어서 일을 시작하는 것이 좋겠네."

택시기사는 투덜거리며 욕설을 내뱉었지만 일을 시작했다. 문짝은 낡고 형편없는 몰골이었으나 튼튼했다. 래든이 손전등을 비추고 있는 동안 타일러와 웰몬트는 교대로 30분 이상 문을 부수는 작업을 했다. 도구라고는 주머니칼밖에 없었던 그들은 문짝의 나무판자를 깎아서 구멍을 넓혀야만 했다. 마침내 타일러가 구멍 속으로 육중한 장화를 신은 발을 들이밀어 힘껏 걷어찼다. 이어 나무 판자로 버팀목들을 밀어냈다.

"그자가 경찰을 불렀으면 어쩌지?" 택시기사가 걱정이 되어 물었다. "나는 운전면허를 뺏기고 말 거요. 당신들에게 내 차고를 사용하게 한 내가 멍청한 바보지."

"템플러가 경찰에 신고했다면 20분 전에 이미 경찰이 도착했을 거야." 래든이 즉시 대꾸했다. "세인트는 우리 이상으로 이 사건에 경찰의 개입을 원하지 않아. 하지만 우리는 남의 일에 코를 내미는 그 비열한 놈을 쫓아가 처치해야 돼. 타일러, 택시에 시동을 걸게."

"나도 숨 좀 돌립시다." 타일러가 운전석에 앉으며 불평했다. "시동이야 금방 걸지."

그는 낙관주의자였다. 그들은 운전기사에게 기회를 주었다. 그러나 평소에는 시동을 걸면 단번에 엔진이 작동했으나 이번에는 붕붕거리기만 했다. 귀가 따가운 소음만 났다. 그리고 타일러의 욕설까지 더해져 더욱 시끄러웠다.

"배터리가 나간 모양일세."

래든이 도움이 될까 하여 한 마디 거들었다

택시기사는 운전석에서 내렸다.

"정말 묘한 일이군." 그는 투덜거렸다. "전에는 이런 일이 없었소. 이렇게 엔진에 발동이 안 걸린 적이 없었다구."

"연료 주입 장치를 막아놓은 모양이군." 웰몬트가 한 마디 거들었다. "엔진에는 이상이 없다구." 타일러가 으르렁거렸다. "당신은 나를 어떻게 보고 하는 소리야?" 그는 보닛을 열고 거기에다 대고 몇 마디 욕설을 퍼부었다. "누가 손전등을 좀 비춰주겠소?" 그는 기분이 몹시 상하여 말했다. "내 기술을 의심하는 거요? 연료관에는 아무 이상이 없소." 그가 카뷰레터를 건드리자 기름이 쏟아져 나왔다. "점화장치도 온전해 보입니다. 그자가 플러그를 뽑아놓은 것도 아니고, 아무 데도 고장은 없는데······."

그는 다시 시도했지만 결과는 똑같았다. 엔진은 불가사의한 어떤 이유로 인해 재미있다는 듯이 공회전만 할 뿐 발동이 걸리지 않았다. 타일러는 여러 해 동안 택시기사로 일했는데 그 이전의 직업은 엔진 기술자였다. 택시는 그의 개인소유였으며 항상 직접 수리했다. 그는 생각나는 모든 방법을 시도했지만 배기통의 끝을 들여다볼 생각은 결코 하지 못했다.

"쓸데없이 시간만 낭비하고 있군." 래든이 화가 나서 말했다. "나는 Z님과 연락을 해야겠어."

그는 구석에 놓인 전화를 보자 입을 열었다. 전화기는 벽에 걸린 낡고 너덜너덜해진 타이어 뒤에 거의 가려져 있었으므로 그가 전화기를 발견한 것은 우연의 소치였을 뿐이다. 게다가 웰몬트의 손전등이 아무런 목적도 없이 그쪽을 스쳐 지나갔기 때문이었다. 래든의 두 눈이 금테 코안경 뒤에서 가늘어졌다. 그는 자기의 손전등으로 구석을 비췄다.

"이 전화는 통화가 되겠지?" 그는 준엄하게 물었다.

"도대체 무슨 소릴 하는거요?" 타일러가 부아가 치밀어 뒤를 돌아보고 말했다. "내가 전화료도 안 내는 줄 아슈? 물론 통화가 돼요."

"왜 전화기가 있다는 말을 진작 하지 않았나?" 래든이 되받았다. "벌써 연락했을 것 아닌가? 이제는 늦었을지도 모르지만…… 너희는 템플러가 떠나기 전에 홈이라는 여자에게 말하는 소리를 들었겠지?"

그는 전화기로 가서 손전등을 계속 비추며 경시청 전화번호를 돌렸다. 경시청 교환원이 나오자 그는 억지로 외국어 억양을 흉내내며 굵은 목소리로 말했다.

"내 말을 주의해 들으시오." 그는 또박또박 말했다. "세인트 혹은 Z맨이란 별명을 가진 사이먼 템플러란 자가 지금 인기 영화배우 비어트리스 에이버리 양을 파크사이드 코트의 아파트에서 납치해가려 하고 있소. 이상입니다."

그는 교환수가 대답을 하기도 전에 수화기를 내려 놓았다.

"여보슈, 나는 어떡하란 말이오?" 타일러가 몹시 화를 내며 따졌다. "그따위 일에 내 전화를 쓰다니 정말로 강심장이오. 경찰에서 당신의 통화를 추적할 거요. 경찰이 여기 찾아와 신문하기를 내가 바라는 줄 아쇼?"

"당신은 전화건에 관해 아무것도 모르는 척하면 돼." 래든이 조용히 말했다. "당신이 차고문을 잠그지 않고 나간 사이에 누군가가 전화를 쓴 거야. 그렇게 하면 무슨 문제가 되겠나, 이 바보야? 경찰은 당신을 의심할 건덕지가 없다구. 나는 경시청에 즉시 연락을 해야 할 필요가 있었거든. 경찰이 템플러를 체포하면 그는 자신의 행동을 설명하느라고 앞으로 두 주일을 보내게 될 걸세. 경시청은 여러 해 동안 그자를 잡으려 했기 때문에 만약 에이버리라는 여자를 납치하는 현장에서 체포하면 10년간은 콩밥을 먹일 거야."

그는 다시 전화기로 돌아서서 손전등을 다이얼에 비추었다. 나머지 두 사람이 자신의 손가락 움직임을 볼 수 없도록 전화기를 몸으로 가린 래든은 다른 전화번호를 재빨리 돌리고 나서 기다렸다. 그는 잠시 동안 "따르릉……따르릉" 신호음이 계속 울리는 소리를 들었다. 마침내 상대방이 나왔다.

"래든입니다." 그는 낮은 목소리로 빠르게 말했다. "일이 잘못됐습니다. 오늘밤에는 더이상 행동할 수가 없겠습니다. 우리의 관심을 다음 계획으로 돌리는 것이 좋겠습니다만……." 그는 말을 끊고 상대편의 말을 들었다. "알았습니다. 내일 같은 장소로 가능한 한 빨리 가도록 하겠습니다."

다시 전화를 끊은 래든은 웰몬트가 담비 같은 눈으로 자신을 유심히 바라보는 것을 느꼈다.

"Z님이었소?" 웰몬트가 물었다.

"간디와 통화했네." 래든이 무뚝뚝하게 대꾸했다. "준비가 됐으면 떠나세. 오늘밤에는 더 할 일이 없어. 템플러에 관한 정보를 더 얻기 전에 행동하는 것은 너무나 위험하거든." 그들은 차고의 커다란 두 쪽 문을 약간 열어놓은 채 떠났는데 일행이 한시 바삐 떠나기를 바랐던 타일러는 걱정으로 얼굴을 씰룩거리며 따라갔다.

사이먼 템플러는 라이터의 부싯돌을 만지작거리며 한참 참았던 담배연기를 사치라도 부리듯 깊이 빨아들였다. 그는 세 사나이가 바깥에 있는 자갈을 밟으며 걸어가는 소리를 들었다. 이윽고 사방이 고요해졌다. 표범처럼 유연한 동작으로, 길게 누워 있던 차고 천장의 대들보에서 내려온 그는 택시의 지붕을 밟고 땅위로 뛰어내렸다.

먼지를 터는 그의 입가에는 미소가 감돌고 있었다. 택시의 지붕을 밟고 쉽사리 올라갈 수 있었던 대들보를 처음에 올려다본 순간 그는 그것이 안성맞춤의 은신처라고 판단했다. 그는 퍼트리셔가 맡은 일을 원만하고 능률적으로 처리할 수 있다는 것을 잘 알고 있었다. 그는 그녀와 헤어지기 직전 2, 3분 동안에 그녀와 진지한 대화를 나누었다. 사이먼 템플러는 지하실을 빠져나오기 이전에 이미 회전이 빠른 머리로 몇 가지 계획을 세웠다. 그의 이러한 기민성이야말로 사법관리들과 악당들을 항상 절망에 빠뜨리는 원인이다. 초인적인 압박 아래서도 끊임없이 움직이는 그의 두뇌는 천리안 못지않은 명료한 판단력으로 임박한 미래 상황을 꿰뚫어보았다. 그는 아직 구체적인 형태조차 갖추지 않은 상황을 토대로 한 가지 행동계획을 세웠다. 가장 희박한 가능성일지라도 이용하고 마는 그의 사고력은 적들이 아무리 숨가쁘게 쫓아와도 따라잡을 수 없는 경우가 많은 재능이었다. 폭풍처럼 빠른 속도로 움직이는 세인트의 상상력에 적들은 속수무책으로 의표를 찔리고 말았다……

그가 아직까지도 타일러의 차고에 남아 앤더슨 셰퍼드에서 맞춘 흠잡을 데 없는 줄이 잘 잡힌 바지의 무릎 부위에서 먼지를 털고 있는 이유는 이로써 설명이 될 것이다. 그는 대들보에서 망을 본 결과에 전혀 실망하지 않는 눈치였다. 떠난 세 사나이가 먼지 쌓인 서까래를 올려다보기만 했어도 자신을 쉽게 발견할 수 있었다는 생각이 들자 그는 자기도 모르게 이를 드러내고 미소 지었다. 그들에게 발각됐다 해도 큰 문제는 아니었다. 그는 무기를 가졌고 그들은 빈손이었다. 그렇지만 그가 발견되지 않은 편이 훨씬 더 좋았다. 그는 이미 알고 있는 것 이상은 더 듣지 못했다. 그러나 그의 두 눈이 큰몫을 했다.

래든이 경시청에 전화한 것에 대해 그는 염려할 것이 없었다. 그가 알고 있는 퍼트리셔라면 견장을 단 경찰관들이 파크사이드 코트 아파트의 정문에 진입하기 오래전에 비어트리스 에이버리에 관한 용건을 끝냈을 것이다.

그의 눈이 실력을 발휘한 것은 두 번째 전화를 걸 때였다. 바로 위의 대들보 위에 누워 있던 그는 전화를 수직으로 내려다보았다…… 그는 래든이 예방조치를 취하던 모습이 생각나자 웃음을 터뜨렸다. 전화가 교환원을 통하는 구식이었다면 래든은 두 번째 전화를 거는 데 결코 사용하지 않았을 것이다. 그는 웰몬트와 타일러에게 번호를 누설하지 않고는 교환원에게 상대편 번호를 말해줄 수가 없었을 것이다. 다이얼 전화는 달랐다. 그는 동료들과 전화기 사이를 몸으로 간단히 차단함으로써 자신이 어떤 번호에 연락하는지 동료들에게 숨기는 것이 가능했다.

그러나 완벽한 조감 위치에 있었던 세인트는 다이얼 위에서 움직이는 래든의 손가락 동작을 낱낱이 관찰했다. 그의 고도로 민감한 귀는 다이얼이 돌아가는 소리의 길이를 쟀다. 그는 번호를 하나하나 암기하여 기억력이 뛰어난 두뇌의 한구석에 안전하게 저장했다. 래든의 손가락은 처음에 PRS 구멍에 들어갔으며 다음에는 ABC 그리고 PRS를 돌렸다. 이것은 PAR 즉 팔러먼트(PARliament)를 의미하는 유일한 조합이었다. 다이얼의 숫자를 돌리는 것을 파악하는 것은 더 쉬웠다. 래든은 팔러먼트 5577번을 호출했던 것이다.

이것이 Z맨의 전화번호였다! 아니면 최소한도 그가 현재 사용중인 번호일 것이다.

그 전화번호의 사용자가 누구인지 확인하는 방법은 여러 가지다. 런던 지역 전화번호부를 뒤지는 것도 그중 한가지였지만 세인트는 지루한 업무를 가지고 중언부언 떠드는 데는 질색이었다. 그보다 더 빠른 방법들이 있었다. 그중 한 가지를 그는 즉시 시도했다. 그는 팔러먼트 5577번에 직접 전화를 걸어놓고 입으로 담배연기를 불어 동그라미를 만들면서 기다렸다.

전화가 즉시 연결됐으며 굵은 목소리가 나왔다.

"여보세요?" 독일어 발음이 섞인 목소리였다.

"동무, 안녕하슈." 세인트는 친근하게 말했다. "시슬스 웨이트 씨를 부탁합니다."

"뭐라구? 여기 그런 사람 없어." 굵은 목소리가 말했다.

"죄송합니다만 높은 양반들 가운데 그런 이름을 가진 분이 있을겁니다." 세인트가 자신있게 말했다. "시슬스 웨이트 애버니시 회사의 전무님인뎁쇼."

"여긴 당신 말하는 그런 회사가 아니오."

"아니라구요? 실례지만 댁은 누구시유?" 세인트가 끈질기게 물었다. "시슬스 웨이트 애버니시사의 전화번호가 아니란 말입니까? 거기 팔러먼트 5577번 아니에요?"

"번호는 맞소."

"그렇다면 지각 있게 행동합시다. 당신은 시슬스 웨이트 씨죠. 아니면 애버니시 씨든가?"

"여기는 그런 사람 이름은 없소." 굵은 목소리가 소리쳤다.

전화가 끊어졌지만 사이먼 템플러는 굴하지 않았다. 그는 첫번째 시도로 성공할 것을 기대하지 않았다. 그는 두번째로 다이얼을 돌린 뒤 기다렸다.

"여보세요?"

"아, 방금 전화받으신 분 아닙니까?" 세인트가 쾌활하게 말했다. "여보세요, 아무래도 당신이 시슬스 웨이트 씨가 틀림없는 것 같군요. 아니라면 애버니시 씨겠죠. 나는 틀림없이 옳은 번호를 돌렸거든요."

"여기는 시슬인가 뭔가 하는 그런 사람 없소." 화난 목소리로 응답

하는 굵은 목소리의 주인공은 바보 같은 인간과 상대하는 것이 지겹다는 기색이 역력했다. "이 멍청아! 이번에도 전화번호를 잘못 돌렸어."

"번호가 팔러먼트 5577번이 맞다면 당신네는 시슬스 웨이트 애버니시사입니다." 세인트가 우겼다. "내가 그것도 모르는 줄 아슈?"

"여기는 자이델만사요." 성난 목소리가 고함을 질렀다. "우리는 당신이 말하는 그런 사람 몰라."

"아차, 내가 실수했군요." 사이먼이 놀란 목소리로 말했다. "정말 내가 바보처럼 실수했군요. 대단히 미안합니다. 독일 양반, 당신네 회사에도 미안합니다."

그는 전화를 끊은 다음 입가에 담배를 위험하게 삐딱이 물고 선반 위에 놓여 있던 런던 지역 전화번호부 제2권의 마지막 몇 페이지를 넘겼다. 전화번호부에는 자이델만사가 하나밖에 없었으며 그 주소는 빅토리아 거리 브라이어비하우스로 되어 있었다.

세인트는 택시의 배기통에서 감자를 제거하기 위해 잠시 지체했다. 양쪽에 높은 담이 있는 기다란 좁은 마당을 소리없이 걸어가면서 그는 하찮은 감자 한 개가 인간의 가장 위대하고 경이로운 기계 중의 하나를 무력하게 만든 부조리에 관해 곰곰이 생각하고 있었다. 그는 동시에 자신이 대단히 운이 좋았던 사실도 생각했다. 자신의 수호천사가 매우 바쁜 하루를 보냈다는 데는 의심의 여지가 없었다.

6

크리클우드 지구의 어디엔가 도착한 세인트는 자신이 세워놓은 자리에 흰색과 붉은색으로 도장된 멋진 히론델 승용차가 그대로 주차해 있는 것을 발견했다. 그가 차고의 지하실에 때맞춰 약간 일찍 도착한 것은 우연의 일치가 아니었다. 그는 퍼트리셔 홈이 파크사이드 코트에 혼자 가도록 했지만 자신은 가까이에서 그녀를 예의주시하고 있었다. 그리고 수상스럽게 갑자기 출발하는 택시를 뒤쫓아가는 것은 간단한 일이었다.

"Z맨…… 자이델만 회사." 그는 빅토리아 거리를 향해 차를 빨리 몰면서 중얼거렸다. "뭔가를 시사하지만 일이 너무 쉽게 풀리는 데 어딘가 함정이 있는 거야."

브라이어비하우스는 빅토리아 거리의 한적한 길가에 있었다. 부근에 차를 세운 사이먼은 문제의 사무실 건물로 걸어갔다. 그는 뚜렷한 행동 계획이 없었지만 필요할 때에 대응 방안이 생각날 것은 의심할 나위가 없었다. 그가 항상 자기의 기질에 맞는 직접적인 행동과 직선적이고 극도로 단순한 접근을 할 때마다 뭔가 외면할 수 없는 가능성은 계속 있어 왔다. 자이델만사는 Z맨과 모종의 관계가 있는 것으로 보였다. 따라서 그는 자이델만사를 직접 살펴보고 싶었다. 그 계획은 번복의 여지가 없는 것 같았다. 그리고 그 결과에 관한 한 사이먼은 기꺼이 하느님의 뜻에 따를 용의가 있었다.

입주자들과 그들의 다양한 상호명이 적혀 있는 현관의 지저분한 안내판을 살피는 세인트의 눈동자는 기대에 차서 번뜩였다. 사무실이 1층에 있다는 것 말고는 아무런 사항도 적혀 있지 않은 것으로 보아 자이델만사는 생업을 목적으로 하는 회사가 아닌 것이 분명했다. 세인트는 널빤지로 벽을 댄 초라한 복도를 천천히 걸어가면서 지나치는 문들의 명패를 살폈다. 브라이어비하우스는 수위가 없는 사무실 건물로 아무나 방해받지 않고 하루 중 언제라도 드나들 수 있는 곳이었기 때문에 세인트는 사람 구경을 할 수가 없었다. 아직 초저녁이었지만 대부분의 사업가들은 고민을 안은 채 교외의 자기 집으로 퇴근한 지 오래였다. 복도 모퉁이에서 사이먼 템플러는 위쪽에 유리창을 단 문을 발견했다. 안에는 불이 켜져 있었으며 유리 위에는 자이델만사란 글씨가 씌어 있었고 그 밑에는 골동품이란 글씨도 보였다.
 사이먼은 간판을 보자 모자를 위로 치켜 올렸다.
 "여기서 그자들을 만나겠군."
 그는 천천히 중얼거리며 문을 두드렸다.
 "누구요?" 귀에 익은 굵은 목소리가 들렸다.
 "그 독일 양반이 여기 계시는군." 세인트는 혼잣말을 하며 손잡이를 돌려 문을 열고 들어갔다. "안녕하시오, Z맨." 그는 공손하게 문을 닫고 우아하게 문짝에 몸을 기댔다. "세인트가 당신을 만나러 왔소, 장사는 잘됩니까?"
 한 손을 무심히 바지주머니에 넣은 채 그는 담배 한 개비를 꺼내 입에 물고 성냥을 그어 불을 붙였다. 무기력해 보였지만 조롱기가 가득한 그의 두 눈은 방 안을 한번 재빨리 휘둘러보면서 그 안에 있는 것을 하나도 놓치지 않고 살폈다. 사무실은 좁았고 아무런 장식도 없었다. 초라한 책상 하나와 두세 개의 의자 그리고 탁자용 전등과 전화가 비품의 전부였다. 책상에는 거구의 남자가 그림자 진 곳에 앉아 있었는데 전등갓이 기울어져 불빛이 문쪽으로 비치고 책상에 앉은 사나이는 반쯤 어둠 속에 가려져 있었기 때문에 세인트는 그 남자를 뚜렷이 볼 수 없었다. 범죄집단들이 흔히 쓰는 조명 방법으로 보였다.
 "맙소사! 당신은 전화를 걸었던 멍청이가 맞지?"
 "내가 전화를 걸었소." 사이먼이 시인했다. "하지만 당신은 나머지 질문에 대해서는 답변하지 않았소." 그의 예리한 시선이 방 안을 다시한번 둘러보았다. "당신의 이곳 사업은 번창하는 것이 틀림없어." 세인트가 천천히 말했다. "당신네는 물건이 잘 팔린 것 같군. 아니면 물건을 낡은 지하실에 보관하고 있소?"
 "당신은 내게 뭘 원하는 거요?" 상대편이 물었다. "세인트인가 뭔가 하는 잠꼬대는 뭐요? 나는 오토 자이델만이오. 나는 당신을 모르오."

"형제여, 그런 건 지금부터 시정하면 됩니다." 세인트가 유쾌하게 말했다. "당신은 차츰 나를 잘 알게 될거요. 오늘 저녁에는 당신을 보려고 찾아왔소. 당신이 무례한 사람이란 사실을 지적하지 않을 수 없군. 이 전등의 갓을 건드리더라도 용서해 주시오."

쿵!

뭔가 은빛 줄기와 같은 것이 휙 소리를 내며 책상을 가로질러 날아가 걸상의 팔걸이에 꽂혔는데 책상의 가운데 서랍 쪽으로 살금살금 움직이고 있던 자이델만의 손으로부터 불과 몇 센티미터 떨어지지 않은 지점이었다. "내 솜씨도 많이 무디어졌군." 세인트가 유감스럽다는 듯이 말했다.

"칼로 당신 소매를 의자에 꽂을 생각이었는데." 자이델만은 아직도 떨고 있는 상아손잡이를 내려다보며 미라가 된 시체처럼 앉아 있었다.

"맙소사!" 그는 떨리는 목소리로 중얼거렸다. "당신 미쳤소?"

"아니오." 세인트가 부드럽게 말했다. "당신이 Z맨이란 사실을 부인하면서 시간을 낭비한다면 당신이야말로 미친 사람처럼 보이지 않을까 염려되는군. 좌우간 당신은 방금 당황한 나머지 독일어를 잊고 정확한 영어로 말한 사실을 깨닫고 있소? 신분을 위장할 때 당신은 그런 세세한 점에도 신경을 쓰고자 했을 것이오. 존경할 만한 생산업자의 대리인은 책상 서랍에 총을 간직해 두지 않소. 어떤 종류의 서랍이든 총을 보관해서는 안되지. 그뿐만 아니라 나는 래든이라고 부르는 검프 씨가 당신과 통화하는 것을 들었소. 그는 내일 만날 약속을 하더군. 내가 오늘밤에 여기 온 것은 그 때문이오."

Z맨은 연필을 손가락들 사이에서 단조롭게 굴리며 말없이 세인트를 노려보았다. 악명 높은 세인트가 거기까지 알고 있다는 충격적인

사실을 갑자기 발견한 그는 배에 강타를 맞은 듯한 기분이 들었을 것이 틀림없었다. 회복은 쉽지 않았다. 한편 사이먼은 자신의 손아귀에 든 자를 여유있게 세밀히 관찰했다. 그의 시력은 불공정한 조명에 적응하여 자이델만의 외모를 똑똑히 볼 수 있게 되었다.

그는 혹시나 하는 기대를 가지고 바라보았지만 또 한차례 실망할 수밖에 없었다는 점을 인정해야만 했다. 자이델만은 체구가 매우 크다는 점 말고는 볼품없는 몰골이었다. 대단히 비만한 그의 배는 엄청나게 부풀어 올라 의자와 책상 사이의 공간을 완전히 채웠다. 목에는 두꺼운 양털 머플러를 감았으며 목 윗부분에서 세인트가 볼 수 있는 것이라고는 턱의 형태를 숨긴 짙은 턱수염뿐이었다. 자이델만은 둔해 보일 정도로 커다란 뿔테안경으로 눈을 가렸으며 챙이 넓은 모자는 이마 위를 깊숙이 덮고 있었다.

"형제여, 당신도 알고 있겠지만 당신이 골동품의 하나라면 내 벽난로 위에는 결코 놓고 싶지 않소." 세인트가 비판적인 소감을 말했다. "당신을 보니 크고 살이 찐, 과도하게 성장한 민달팽이가 생각 나는군. 물론 외모만 가지고 해본 소리요. 왜냐하면 괄태충들은 대단히 도덕적이고 비공격적인 생물이기 때문이오. 그들의 유일한 범죄행위는 밤에 상추밭에 숨어 들어가 즙을 빨아먹는 정도일 뿐이오. 어쨌거나 당신도 가는 곳마다 진흙자국을 눈에 띄게 남기는지 궁금하군."

"당신은 착오를 범했소." 자이델만이 목구멍에서 나오는 것 같은 소리로 말했다. "나는 당신이 무슨 말을 하는지 모르겠소. 나는 당신이 언급한 그 사람이 아니오. 당신은 여기 와서 나를 모욕하고……."

"그래, 당신을 민달팽이라고."

"그뿐 아니라 뭔지도 모르는 Z맨이라고 뒤집어 씌웠소." 자이델만이 화난 목소리로 말했다. "다시 말하지만 당신은 착오를 일으켰소. 당신은 무례하기 짝이 없는 멍청이요."

"이 늙은 기생충 같으니, 그런 식으로 빠져나갈 생각은 하지 마시오. 당신이 믿거나 말거나 상관없지만 엄마 민달팽이가 허세를 부리고 싶을 때면 아빠 민달팽이를 늙은 기생충으로 부른답디다." 세인트는 동요하지 않고 말했다. "당신은 내가 걸어다니는 백과사전이란 사실을 몰랐을 거요. 그것은 의문의 여지가 없는 사실이오. 민달팽이 양반, 당신도 알다시피 난 기분 나쁜 해충과 유해한 세균에 관해서는 알아야 할 사실을 항상 철저히 규명하는 것을 신조로 삼고 있소."

"이제 나가주시오!" 자이델만이 고함을 질렀다.

"어떤 면에서는 당신을 이해하기 어려운 점이 있소." 세인트가 말했다. "당신은 수법이 남달리 뛰어나지도 않은데 어째서 프랑켄슈타인 같은 악명을 얻게 되었는지 궁금해. 나는 당신이 아마추어에 불과하다는 생각이 들기 시작하거든. 공갈범들은 대부분이 아마추어요. 그렇지만 당신의 공갈방식은 그리 흔해 빠진 수법은 아니잖소? 당신은 공갈뿐만 아니라 납치도 병행하고 있소. 당신은 새로운 양상의 게임을 만들어 나를 궁금하게 만들고 있소."

"나도 그렇소." 의자에 앉은 거구의 사내가 분노를 폭발시켰다. "나 역시 궁금하오! 나는 당신의 의도가 뭔지 모르겠소."

"아, 아니 물론 당신은 알고 있소. 비어트리스 에이버리가 지금은 당신의 뱀같은 손길이 미치지 않는 곳에 있다고 내가 알려주면 당신은 내 의도가 무언지 더욱 잘 알 것이오." 세인트가 냉정하게 말했다. "그녀는 안전하게 숨어 있고 당신이 노리는 다른 희생자들도 마찬가지요."

"당신 정말 미쳤군. 나는 아무도 희생시키지 않아."

"당신은 협박으로 받은 돈을 어디엔가 잔뜩 숨겨놓고 있어. 적절한 시기에 내가 그 돈을 파내기 위해 삽질을 할 거요." 세인트는 Z맨의 여러 가지 반응을 하나도 놓치지 않았다. 그는 Z맨의 두 손과

거대한 복부 그리고 커다란 안경 뒤로 겨우 보이는 분노에 불타는 눈을 유심히 바라보았다. "내가 볼 때는 당신이 쇼를 너무 오래 계속했기 때문에 끝장을 내줄 작정이오." 그는 문에서 떨어져 책상쪽으로 조금 다가섰다.
"주교님께서 여배우에게 말씀하신 것처럼 당신이 개의치 않는다면 지금부터 당신을 좀더 가까이에서 살펴봐야겠소. 그 가발과 창문 같은 안경을 벗고 얼굴이 바람을 쏘이도록 말이오."

그는 아직도 주머니에 꽂고 있던 손으로 지시하는 동작을 취했다. 그때 등 뒤에서 희미하게 속삭이는 소리를 그의 귀가 포착했다. 그는 돌아서려 했지만 한발 늦었다. 문이 그의 등 뒤에서 이미 열렸고 뭔가 둥글고 단단한 물체가 정확하게 그의 척추 위를 찔렀다. 억양이 없는 래든의 목소리가 그의 등 뒤에서 들려왔다.
"손을 주머니에서 빼고 꼼짝하지 말아." 세인트는 가만히 있었다.
"앤디, 이건 지저분한 술책이야." 그는 불평했다. "자네가 전화건 동무에게 내일 평소 만나는 장소에서 접선하자고 말하는 소리를 내가 분명히 들었네. 어째서 자네는 약속을 지키지 않고 이렇게 난입하여 모든걸 망치려드나?"
그는 신중한 자세로 계속 몸을 꼼짝도 하지 않았다. 명랑하고 침착했던 그의 목소리가 약간 변했으나 입술의 미소는 그대로였다. 둔중한 몸을 간신히 일으킨 Z맨은 세인트의 두뇌가 온화하고 침착한 미소 뒤에서 고속 터빈처럼 회전하고 있다는 사실을 알지 못했다.
"래든, 문을 닫게." Z맨은 긴장을 하며 말했다. "그의 등에 계속 총을 겨누고 있게. 만약 움직이면 쏘아버려."
"민달팽이치곤 잘하는군." 세인트가 인정했다. "당신은 장난꾸러기 개 닥스 훈트하고 어쩌면 그렇게 닮았소?"

"그래 세인트 씨, 당신도 그리 영리한 편은 못되는군." 자이델만은 으르렁거리며 말했다. "당신은 민달팽이에 관해서는 대단히 잘 알지만 아직도 당신이 모르는 일들이 있소. 당신은 내가 래든과 전화할 때 사용한 암호를 몰랐어. 내일은 오늘을 의미하고 오늘은 내일을 의미하지. 예스는 노를 의미하고 노는 예스를 의미하는 거라네. 이만하면 우리도 조심한다고 할 수 있겠지?"

"내 대답은 노요." 세인트가 말했다. "아니 예스라고 말했어야 했나? 나에게는 어리석은 장난처럼 보이는구려. 그래 가지고 어찌 실수를 안하겠소?"

그의 척추에 가해지는 압력이 더해졌다.

"당신은 너무 많이 지껄여." 래든이 무뚝뚝하게 말했다. "총을 꺼내서 책상 위에 놓아." 세인트의 눈동자는 푸른 고드름처럼 반짝였다.

"총 이야기가 나왔으니 말인데 자네는 그 총을 어디서 구했나?" 세인트가 추궁했다. "내가 자네에게서 한 자루를 빼앗고 한 자루는 지금 내 주머니 속에 있지. 런던에서는 총을 구하는 것이 쉽지 않아. 나는 자네가 허세를 부린다고 생각하네, 앤디."

"이 코흘리개 바보놈이!" 래든이 언성을 높였다. "내가 시키는 대로 해."

래든의 목소리에는 조바심과 자포자기 이상의 것이 담겨 있었다. 그의 목소리는 너무나 날카로워 확신이 결여됐음을 엿보이게 했다. 사이먼 템플러는 다른 사람들에게는 거의 들리지 않게 웃으며 이때다 하고 기회를 포착했다.

"형제여, 자네에겐 총이 없어." 그는 부드럽게 말했다. "정말 가졌나?"

그의 오른쪽 발뒤축이 예고도 없이 뒷발질을 했는데 원기왕성한 당나귀일지라도 그런 발길질을 한번 하면 일주일 동안 뽐내고 돌아다닐 수 있을 정도로 세찬 것이었다. 정강이를 정통으로 채인 래든이 고통스런 비명을 지르며 비틀비틀 물러서는 틈을 타서 인간 팽이처럼 세인트는 자신의 팔로 상대방의 손목을 힘껏 내리쳤다. 그의 예방조치는 불필요했다. 왜냐하면 래든의 손에서 마루 위에 떨어진 물건은 아무런 해도 끼칠 수 없는 쇠파이프 한 토막이었기 때문이다.

"자네 생각은 너무 유치하군." 세인트가 슬픈 듯이 말했다. "나도 미스터리 소설을 읽는다네. 가스관 토막으로 바보짓을 하는 대신 내 뒤통수를 힘껏 내려치는 것이 온당한 짓이었네."

그 직후 몇 가지 다른 일이 벌어졌는데 그 가운데 한 가지는 전혀 낌새를 채거나 예상을 하지 않았던 것이다. 래든은 벽에 부딪히고 몸의 균형을 잡기 위해 두 팔로 허우적거리면서 책상의 전등과 연결된 전선의 플러그를 빼버렸던 것이다. 즉시 방 안은 칠흑 같은 어둠 속에 휩싸였다. 인근에는 방문 꼭대기의 유리창으로 비쳐들 만한 불빛이 전혀 없었기 때문이었다. 세인트는 총을 뽑아들고 스위치를 향해 뛰어갔다. 그가 스위치 있는 곳을 향하는 순간 방 건너편에서 유리창 깨어지는 소리가 났다. 그가 뒤돌아보니 어둠 속에 어른거리는 회색 물체가 어슴푸레하게 나타났다. 그는 어떤 일이 발생했는지 알았다. 상황이 역전될 것을 두려워한 Z맨이 자기 부하를 운명에 맡긴 채 창문으로 절망적인 탈출을 시도하여 커튼과 유리 파편을 한꺼번에 끌어안고 바깥으로 뛰어내린 것이었다. 자이델만은 그야말로 철저한 악당이었다.

세인트는 창문으로 달려갔으나 그의 한쪽 발이 책상 전등의 전선에 걸려 고꾸라질 뻔했다. Z맨은 이로 인해 도망치는 데 필요한 시간을 충분히 벌 수 있었다. 사이먼이 창문에서 뛰어내려 좁은 골목에 내려섰을 때는 건물 뒷부분을 따라 나 있는 골목길을 뒤뚱거리며 달려가는 사나이의 어렴풋한 모습을 골목 끝 모퉁이의 외등 불빛 아래에서 볼 수 있었다. 자이델만의 비만 상태를 감안할 때 그는 확실히 달리는 방법을 잘 알고 있었다. 골목 끝까지 뛰어간 세인트는 어두운 옆길로 나오게 되었다. 그곳에서 멀지 않은 곳에는 버스와 차량들이 밀리는 번화한 도로가 나 있었다. Z맨은 수백만 인구가 사는 런던의 인파 속으로 사라졌다. 사이먼은 오토 자이델만의 사무실로 돌아왔을 때 텅 빈 것을 보고 놀라지 않았다. 건물 안에 사람이 있었다 할지라도 유리창 깨지는 것을 보거나 들은 사람은 없는 듯했다. 래든도 기회를 이용하는 데 시간을 전혀 낭비하지 않았다. 세인트는 래든이 도망친 것을 언짢게 생각하지 않았다. 그는 사업적인 면에서 래든 동무에게서 원하는 것을 모두 알아냈으며 사회적인 교분을 연장시키는 것이 어떤 즐거움도 가져다주기 어려울 것으로 생각했다. 그러한 즐거움이 결여됐을 경우 인생은 공허한 시간의 연속에 불과할 것이다.

그는 책상의 팔걸이에 꽂힌 칼을 뽑고 나서 재빨리 사무실 안을 조사했다. 그가 예상했던 대로 장전된 구형 리볼버 권총이 들어 있던 중간 서랍을 제외하고는 책상의 서랍들은 모두 비었다. Z맨은 부하들이 활동을 벌일 때 연락거점으로만 이 사무실을 사용하는 것이 분명했다. 그는 너무나 교활하여 직접 행동에 가담하지는 않지만 필요할 경우에는 전화로 부하들과 연락을 취했던 것이다. 조사가 끝나자 사이먼은 새로운 주소나 전화번호를 발견할 수 있으리라는 기대가 깨어져 기분이 다소 상했다. 이번 방문은 그가 희망했던 바대로 소득을 전혀 올리지 못했지만 잠시나마 재미는 있었다. 그리고 자이델만이 변장을 했지만 적어도 그를 다시 만났을 때 알아볼 수 있는 가능성을 희박하나마 얻었다. 세인트의 마음은 항상 미래의 끝없는 낙관적인 가능성들을 지향했다. 그는 퍼트리셔가 맡은 일을 어떻게 완수했는지 궁금했다.

7

퍼트리셔 홈은 비어트리스 에이버리를 설득하여 그녀의 아파트를 떠나 호피 유니애츠가 운전석에 앉아 바깥에 대기하고 있던 대형 리무진으로 데려가는 데 별다른 어려움을 겪지 않았다. 퍼트리셔가 최근에 겪은 모험을 그녀 특유의 차분한 스타일로 설명하여 현실을 납득시키자 여배우는 파크사이드 코트가 런던에서 가장 위험한 곳이라는 결론에 도달한 것이 분명했다. 퍼트리셔가 지난번에 방문했을 때 에이버리는 세인트 탐정사무소에 관해 다시 생각해 볼 시간이 있었기 때문에 그녀는 이미 그같은 결론에 도달했는지도 모른다.

"어떻게 보면 내가 그 일을 자청했던 거예요." 자동차가 피커딜리를 향해 달려갈 때 퍼트리셔가 말했다. "나는 당신과 피상적으로 닮은 점을 이용하여 당신의 아파트에 들어갈 수 있었고 또 내가 나오는 것을 본 Z맨의 부하들도 당신의 경호원과 동일한 실수를 범했어요."

"만약 내가 실제로 당했다면 어떻게 됐을까요?" 비어트리스 에이버리가 몸서리를 치며 말했다. "나는 세인트의 도움을 못 받았을 거예요."

"자, 이제는 그의 도움을 받고 있잖아요." 퍼트리셔가 말했다. "그러니 이제 걱정하지 말아요. 세인트가 Z맨을 추적하고 있다는 것은 Z맨이 세인트에게 많은 신경을 써야 하기 때문에 Z맨이 당신을 생각할 시간이 없다는 것을 의미하는 거예요."

"하지만 우리가 스코틀랜드로 가는 이유는 뭐죠?"

"우리는 스코틀랜드로 가지 않아요."

"우리가 아파트에서 나올 때 당신은 차량 소통이 원활한 밤에 스코틀랜드로 가는 편을 항상 택한다고 말했는데……."

"그건 단순히 수위에게 눈가림을 하기 위한 거였어요."

퍼트리셔가 설명했다.

자동차는 버클리 스퀘어에 있는 멋진 새 아파트에 정차했다. 퍼트리셔는 이렌 크롬웰의 호화스러운 아파트로 올라갔다. 피라미드 영화사의 이국적인 인기 여배우는 부재중이었다.

"아가씨가 집에 있으면 좋을 텐데." 퍼트리셔가 놀란 표정으로 문을 열어준 하녀에게 말했다. "경시청 특수부의 홈이 아가씨의 신변안전에 관계된 문제로 뵙고 싶어한다고 전해 줘요."

퍼트리셔가 기대한 대로 속임수에 넘어간 하녀는 여주인이 사실은 집에 있다고 털어놓았다. 하녀는 퍼트리셔를 잠시 작은 홀에 남겨놓고 들어갔다 나와서, 주급 500파운드를 받는 인기 여배우나 꾸미고 살 수 있는 화려한 내실로 안내했다. 크롬웰 양은 뒤가 치렁치렁 끌리는 깃털을 댄 레이스로 장식된 네글리제로 몸을 감싸고 있었다. 그녀는 놀라우리만치 가냘픈 몸매에 수줍어하는 성격을 지니고 있었다.

"경시청에서 오신 분인가요?"

그녀가 눈을 동그랗게 뜨고 물었다.

"용건부터 말씀드리겠어요." 퍼트리셔가 신속하고 효율적인 방식으로 대답했다. "경시청에 입수된 정보에 따르면 Z맨이 다시 활동을 개시했습니다……."

"그 Z맨이!"

깊은 숨을 들이쉬는 이렌의 얼굴은 백지장처럼 창백해졌다.

"예, 그래요. 우리는 그자에 관해 모두 알고 있어요. 우리는 당신을 안전한 곳으로 옮기는 것이 현명하다고 판단했습니다." 퍼트리셔가 의연하게 계속 말했다. "밖에 관용차를 대기시켜 놓았어요. 아마 당신도 아실 거예요. 비어트리스 에이버리 양이 차에서 기다리고 있답니다. 실러 아일랜드 양도 당신들과 함께 가게 될 것 같습니다."

여배우는 놀라서 눈이 더욱 휘둥그레졌다.

"그런데 우리는 어디로 가는 거지요? 나는 오늘 저녁 만찬 약속이 있는데."

"아일랜드 양 한테요." 퍼트리셔가 정색을 하고 대답했다. "우리는 정부 당국과 협력하여 모든 준비를 끝냈답니다. 아일랜드 양 집으로 가는 데는 비교적 시간이 안 걸리지만 우리의 목적을 달성할 만큼은 먼 거리에 있죠. 당신도 아시겠지만 경시청은 수사에 방해가 되는 요소를 제거하는 것을 중요시 한답니다. 이 범죄 조직을 소탕하는 동안 당신은 심각한 위험에 놓이게 되거든요."

이렌 크롬웰은 1분도 안되어 마음을 정했다. 사실상 그녀는 퍼트리셔의 제안을 경찰의 지시로 생각했다. 그녀는 사태의 심각성을 충분히 이해했기 때문에 불과 20분 만에 여행가방 두 개를 꾸려 떠날 차비를 마쳤다.

비어트리스 에이버리는 사전에 귀뜸을 받았기 때문에 리무진이 킹스턴을 향해 소리없이 움직일 때까지 퍼트리셔의 속임수를 눈치채지 못하게 해주었다. 그러나 차 안에서는 별로 대화가 없었다. 이렌 크롬웰은 모피 코트로 몸을 감싼 채 좌석의 한구석에 앉아 있었다. 그녀는 인상이 안 좋은 유니애츠의 머리통에 얹혀 있는 경찰모와 비슷한 모자를 보고 신뢰를 한 것이 분명했다.

실러 아일랜드의 우아한 집에서도 똑같은 과정이 이루어졌으며 퍼트리셔는 또다시 성공을 거두었다. 서밋영화사의 금발머리 주연 여배우는 승용차가 있는 곳까지 성공적으로 유인됐다. 그리고 설사 그녀가 품었을지도 모를 일말의 의구심은 비어트리스 에이버리와 이렌 크롬웰을 보는 순간 사라졌다. 아일랜드의 집에는 웨일스의 머나먼 어느 산간 지방으로 떠나는 듯한 인상을 남겼다.

세 미녀가 가장 중요하게 생각하는 주제에 관한 더이상의 논의는 퍼트리셔가 간청하여 조용히 미뤄졌다. 이제 리무진은 런던을 뒤로하고 야음을 타 속도를 올리며 킹스턴 방향으로 질주하기 시작했다.

그들의 진짜 행선지는 남서쪽으로 30킬로미터 가량 떨어진 웨이브리지였다.

세인트조지스힐에 있는 사이먼 템플러의 저택은 밤에는 쉽게 찾기 어려웠지만 유니애츠는 도로 표지판도 없고 일반사람들이 범접하기 어려울 정도로 저택들이 은폐되어 있는 이 지역을 세세히 알고 있었다. 차 안의 승객들은 둥근 제방 모양의 만병초와 고사리 덤불 위로 솟아 있는 전나무와 하얀 자작나무들만을 어렴풋이 볼 수 있었다.

리무진은 창문 안에 밝게 불이 켜진 어느 저택의 현관문 앞에 정차했다. 해마를 연상시키는 엉성한 수염을 기른 남자가 묘하게 절뚝거리며 계단으로 걸어나왔다.

"오리스, 우리예요."

퍼트리셔가 차에서 내리며 말했다.

"어서 오세요."

오리스가 덤덤하게 대꾸했다.

가방을 들고 들어가는 그는 퍼트리셔를 따라 차에서 내린 영국에서 가장 아름다운 여성들을 보고서도 놀라는 기색을 전혀 나타내지 않았다. 그 세 사람이 재주를 부리는 캥거루들이었더라도 그는 눈도 깜짝하지 않았을 것이다. 사이먼 템플러 밑에서 여러 해 동안 일하면서 그는 과거에 지녔던 놀라는 기질이 완전히 없어졌다.

"30초 뒤에 저녁 식사를 차립니다." 일행이 홀로 들어갔을 때 오리스가 자기 일터로 절뚝절뚝 걸어가면서 말했다.

"저 말은 진담이에요." 퍼트리셔가 미소 지었다. "그러나 한번쯤은 저녁 식사 드는 것을 미루기로 하죠."

세 여자를 거실로 안내한 퍼트리셔는 침착한 표정으로 이렌 크롬웰과 실러 아일랜드를 번갈아 쳐다보았다. 가방 운반을 거들었던 유니애츠는 다양한 술들이 항상 가득차 있는 칵테일 찬장을 갈망하는 눈초리로 응시하며 입술을 핥았다. 그러나 퍼트리셔의 경고하는 눈짓을 본 그는 기분 전환할 시간이 아직 안됐다는 것을 알았다. 그가 경찰관 행세를 하는 것은 더 이상 필요가 없었지만 퍼트리셔 홈은 손님들에게 미리 몇 가지 사실들을 설명하지 않을 경우 유니애츠의 말씨가 줄 수 있는 갑작스러운 충격을 완화시킬 수 없으리라 생각했다.

"여러분은 내가 사소한 속임수를 쓴 것을 용서해주기를 바래요." 퍼트리셔는 정직한 태도로 말했다. "에이버리 양은 내가 실제로 경시청과는 관계가 없다는 사실을 알고 있습니다. 나는 퍼트리셔 홈이고 이 저택은 사이먼 템플러 씨 소유입니다."

"세인트를 말하는 건가요?" 이렌이 흥분으로 약간 동요하며 믿기지 않는다는 듯이 물었다.

"세인트는 Z맨을 잡기 위해 나갔습니다. 그는 Z맨 추적에 착수하기 앞서 여러분 중의 한 사람이라도 위험에 처하지 않도록 만전을 기하려 했습니다." 퍼트리셔가 계속 말했다. "사태를 설명하기에는 상황이 너무나 긴박했기 때문에 내가 런던에서 여러분에게 거짓말을 하는 모험을 했던 거예요. 그러나 더 이상의 구체적인 이야기를 하기에 앞서 말씀드리고 싶은 점은 여러분은 언제든 자유로이 떠날 수 있다는 사실입니다. 지금 당장이라도 원한다면 떠날 수 있습니다. 혼자 갈 수도 있고 모두 함께 갈 수도 있습니다. 여러분은 납치된 것이 아니니까요. 여러분을 런던으로 모시고 갈 승용차는 항상 대기하고 있습니다. 하지만 여러분이 현명한 분들이라면 여기 머무실 거예요. 지금부터 그 이유를 설명해 드리겠습니다."

이렌과 실러는 처음에는 대경실색했지만 퍼트리셔의 말을 듣는 동안 진상을 이해하기 시작했다. 비어트리스 에이버리도 자기 나름대로 그들을 설득하는 데 기여했다. 세인트가 거액을 투자한 이 저택의 평화로움과 안전감을 주는 매력적인 미묘한 분위기도 일행이 다른 쟁점들을 해소하는 데 기여했다. 서로를 바라본 여자들은 안락한 느낌과는 다소 거리가 먼 어두운 바깥을 바라보았다……

"하여튼 홈 양, 당신은 사건의 진상을 매우 솔직하게 이야기했어요." 마침내 이렌 크롬웰이 입을 열었다. "내가 여기 있는 게 사건 해결에 도움이 될 것으로 당신이 생각한다면 기꺼이 머물겠어요. 하지만 스튜디오의 촬영이 마음에 걸리는군요."

"내일 아침 영화사에 전화를 걸어 몸이 아프다고 핑계를 대세요."

"하지만 여기가 런던보다 더 안전한 이유는 뭐죠?"

실러가 물었다. 퍼트리셔는 미소 지었다.

"오리스와 호피 유니애츠가 우리를 지켜주는 한 12명의 Z맨이 나타난다 해도 맞설 수 있어요." 그녀는 자신 있게 대답했다. "뿐만 아니라 여러분 말고는 그 누구도 여러분이 있는 곳을 모릅니다. 그리고 이 저택은 겉보기처럼 단순하지 않습니다. 이 저택에는 정문을 부수고 들어오려는 사람들을 깜짝 놀라게 만드는 갖가지 장비가 설치되어 있습니다. 이제 칵테일을 마시는 것이 어떨까요?"

유니애츠가 숨을 깊이 들이마셨다.

"그거 좋은 생각 아니오?" 그는 방금 영생의 약물에 관해 들은 화학자처럼 사람들을 둘러보며 열심히 물었다. "한잔 하면 모든 시름을 잊을 거예요."

오리스는 저녁 식사의 두번째 요리를 나누어주다 말고 고개를 한쪽으로 기울이고 뭔가를 듣는 자세를 취했다. 퍼트리셔도 귀에 익은 히론델 승용차의 엔진소리를 들었다.

"그분이 왔소." 오리스가 여전히 음침한 표정으로 말했다. "거의 올 때도 됐지. 하마터면 식은 수프를 먹일 뻔했군."

8

 래든의 전화가 경시청에 걸려왔을 때 틸 경감은 사무실에 없었다. 결국 다른 경찰관이 파크사이드 코트로 순전히 일상적인 출동을 하여 지각 있는 신문을 몇 마디 했을 뿐이다. 그 경관이 알아낸 것은 비어트리스 에이버리가 여동생과 함께 스코틀랜드로 떠났다는 사실이 전부였다. 따라서 제보 전화는 경시청을 정기적으로 괴롭히는 또 하나의 몰지각한 짓궂은 장난에 불과한 것으로 보였다.

 그러나 그 이야기를 들은 틸 경감은 장난이라고 생각하지 않았다.

 그가 직접 신문을 하기 위해 촌각을 다투어 파크사이드 코트로 출발한 것은 기록적으로 신속했다. 그가 홀에서 짐을 나르는 하인과 수위와 엘리베이터 보이를 어찌나 자세히 신문했는지 세 사람은 검은색 경찰차로 연행되어 철창에 갇히는 것이 아닌가 잠시 걱정할 정도였다. 틸 경감은 그날 오후 비어트리스 에이버리와 만났을 때 그녀가 런던을 떠날 생각이 추호도 없다고 단언했으므로 결정적인 의심을 품게 된 것이었다. 그런데 이제 그녀는 스코틀랜드로 떠난 것이 분명해 보였다.

 "왜 스코틀랜드에 갔나?"

 틸 경감은 아기처럼 푸른 눈동자를 부라리며 수위를 다그쳤다.

 "그 여자가 스코틀랜드로 간다고 내게 말한 것이 아닙니다." 수위가 대답했다. "그 여자의 동생이 도로가 막히지 않아 스코틀랜드에 빨리 갈 수 있다고 말한 거지요."

 "동생인지 어떻게 알았나?"

 "여기 왔던 사립탐정이 나에게 알려주었어요." 수위가 말했다. "두 여자가 떠나자마자 탐정도 갔어요. 에이버리 양의 하녀도 집에 갔어요. 아파트에는 사람이 없어요."

 수위와 엘리베이터 보이로부터 자세한 설명을 들은 틸 경감은 동생이라는 여자가 퍼트리서 홈임을 어렵지 않게 눈치챘다. 밖에서 대기했던 리무진의 운전사가, 견인차에 깔린 뒤 아마추어 성형외과 의사의 치료를 받은 것 같은 얼굴을 한, 큰 몸집의 사나이였다는 수위의 다음 얘기를 듣고 틸 경감의 의심은 더욱 깊어졌다.

홈이라는 여자와 유니애츠가 틀림없다! 틸 경감은 향기가 가신 스피어민트를 이를 갈듯이 맹렬히 씹으며 분통을 터뜨렸다. "그건 청천백일에 드러난 것 같은 분명한 사실이다! 그자들은 이곳에 공공연히 나타나 어떤 속임수를 써서 그녀를 납치해 갔다. 나를 괴롭히기 위해 경시청에 전화를 건 자는 그 작자 세인트라는 것을 장담할 수 있다!"

그는 호화롭게 카펫이 깔린 로비를 오락가락 걸어다니면서 혼잣말을 계속했다. 세인트가 점심 직후에 자신을 여러 가지 방법으로 속이고 우롱했다는 확신이 점점 커져서 순식간에 개선문만큼이나 불어났다.

사이먼 템플러가 Z맨이다. 틸 경감은 머리를 쥐어짰다. 세인트는 도체스터에서 배로 경사를 발견했으며 배로도 세인트를 목격했을 것이므로 돈 봉투를 비어트리스 에이버리에게 되돌려주어야만 세인트는 자신의 결백을 주장할 수 있었을 것이다. 그는 무언가 에이버리의 약점을 쥐고 있기 때문에 전화로 거짓말을 너끈히 강요할 수 있었다. 그러고 나서는 그녀의 입을 다물게 하기 위해 납치한 것이다. 그건 세인트의 악마적인 유머 감각과 일맥상통하는 데가 있다. 현실적인 증거는 하나도 없고…… 그러나 세인트의 수중에 있는 비어트리스 에이버리를 발견할 수만 있다면 세인트를 체포할 수 있는 충분한 증거가 될 것이다. 생각에 잠긴 형사는 머리 속에서 승리의 트럼펫이 팡파르를 울리는 가운데 혼잣말을 했다. "세인트가 법의 존엄성을 우롱하는 것도 마지막이 될 것이다."

폭발 직전에 있는 폭죽처럼 심사가 뒤틀리고 끓어오르는 틸 경감은 자신이 파크사이드 코트에서 시간을 낭비하고 있다는 사실을 깨달았다. 그는 타고 온 경찰차에 뛰어들어 콘월하우스로 차를 몰았다. 그는 이 방문이 시간을 더욱 낭비하는 행동일지도 모른다고 생각했지만 어쨌든 확인할 필요는 있었다. 그의 생각이 옳았다. 샘 아우트렐은 세인트가 외출했다고 냉정한 태도로 알려주었을 뿐만 아니라 마스터키를 사용하여 경감에게 아파트를 열어주었다. 성이 나서 김빠진 치클껌 덩어리를 보도 위에 내뱉어 조심성 없는 사람이 밟기 좋게 만든 틸 경감은 다시 차에 올라 이번에는 첼시의 애보츠야드로 가라고 운전기사에게 지시했다. 현대화된 그 빈민가에 세인트가 스튜디오를 소유하고 있다는 것은 잘 알려진 사실이었다.

"우리는 확인해 보는 것이 좋다." 틸 경감이 음울하게 말했다. "십중팔구 여자를 런던 밖으로 데려갔겠지만 세인트는 워낙 뻔뻔한 작자라서 그 여자를 바로 우리 코앞에 붙잡아두고 있을 가능성도 크다."

다시 그의 우려가 적중했다. 애보츠야드 26번지는 허버드 아주머니(옛날부터 전해오는 유명한 영국 동요의 여주인공)의 찬장과 똑같은 상태였다. 이웃에 사는 예술가를 한 사람 신문한 결과 세인트가 이곳에는 여러 주일 동안 나타나지 않았다는 정보를 얻었다.

틸 경감은 너무나 속이 뒤집혀 새로 꺼낸 스피어민트 껌을 분홍빛 껍질도 벗기지 않은 채 입속에 집어넣을 뻔했다. 그러나 그의 머리의 일부 지적인 부분은 그토록 맹렬한 분노에 휩싸이지 않았으므로 다소 효율적이었다. 틸 경감은 한 가지 점은 확신했다. 세인트는 비어트리스 에이버리를 스코틀랜드로 데려가지 않았다. 사이먼 템플러의 수법을 여러 해 동안 체험한 뒤인지라 틸 경감은 퍼트리셔 홈이 스코틀랜드에 관해 언급한 것은 수상한 속임수일 가능성이 대단히 높다는 것을 쉽게 짐작할 수 있었다.

"그자를 잡기가 쉽지 않은가 보군요?"

경찰차 운전기사가 풀이 죽어 물었다.

"어렵군. 손바닥에 침을 뱉어 손가락으로 튕겨서 그자의 행방을 찾는 도리밖에 없어." 약이 오른 틸 경감이 해학적인 대꾸를 했다.

"내 말은요, 세인트가 사방에 은신처를 갖고 있어 종잡기가 힘들다는 말입니다." 운전기사가 말했다.

"세인트에 관한 대부분의 이야기는 순전히 허위라는 결론을 나는 오래전부터 내렸네." 틸 경감이 모처럼 지성을 번뜩이며 말했다. "십중팔구 그자는 우리가 볼 수 있는 장소에서 우리가 최악의 실수를 하기만을 기다리고 있어. 요즘 그자는 우리에게 겁없는 도발을 너무 자주 했거든. 아마 오늘도 그럴 거야." 틸 경감이 희망에 차서 말했다. "좌우간 가세."

"어디로 갈까요?"

"그자가 웨이브리지에 저택을 갖고 있는 것을 알고 있으니 한번 내려가 살펴보는 것이 좋겠어." 틸 경감이 차에 오르면서 대답했다. "그자를 찾을 때까지 우리가 아는 모든 장소를 이 잡듯이 뒤질테니까."

그가 최근에 세인트와 나눈 대화를 생각하면 할수록, 그 결과 일어난 일들을 곰곰이 생각할수록 그의 분노는 더욱 커졌다. 자동차 뒷자석에 앉아서 왜 엔진을 빼놓고 왔느냐, 브레이크를 꽉 밟은 채 운전하는 것은 어떤 경우냐 등 운전기사를 들볶는 틸 경감은 외모만 빼면 콧구멍으로 불을 내뿜는 용과 똑같았다.

그러나 그의 몰인정한 억지에도 불구하고 여행은 상당히 빠른 시간 안에 끝이 났다. 세인트조지스힐에 있는 사이먼 템플러의 저택 창문에서 흘러나오는 불빛을 본 틸 경감의 과열된 푸른 눈동자에는 일말의 희망의 빛이 나타났다. 그가 요란하게 문을 두드리고 초인종을 계속 눌러댄 결과 문을 열고 나온 오리스는 노골적으로 못마땅하다는 표정으로 틸 경감을 훑어보았다.

"아, 오셨군요." 오리스가 실망한 표정으로 말했다.

"템플러 여기 있나?" 틸 경감이 언성을 높였다.

"누가 여기 있느냐구요? 템플러 씨를 말씀하시는 것이라면······."

"템플러라고 했잖아!" 형사는 숨막힌 목소리로 말했다. "템플러 있나?"

"누가 찾아왔다고 여쭐까요?"

"내가 만나고 싶다고 알려!" 틸 경감은 독가스처럼 분노를 발산하며 소리를 질렀다. "비켜, 안으로 들어가겠다."

"좋으실 대로 하쇼." 오리스가 멍청한 표정으로 말했다. "뒷문은 자네가 지켜!"

상황이 이쯤 진행되었을 때 야회복과 부드러운 비단 와이셔츠를 눈부시게 차려 입은 사이먼 템플러가 나왔다. 거실 문은 반쯤 열려 있었으므로 세인트는 두 사람의 대화가 조만간에 딱딱해져서 자기 손님들의 조가비 같은 귀에는 어울리지 않을 것이라는 생각을 했다.

"됐네, 오리스." 그는 쾌활하게 말했다. "어서 들어 오시오, 클로드 어스타시 씨. 무슨 바람이 불어 오늘 이 초야에 왕림하셨소? 그렇지 않아도 당신을 안 기다린 것도 아니지만······."

"아, 당신이 나를 기다렸다고 말하는 건가?" 틸 경감은 목에 핏대를 세우고 말을 뱉어냈다. "어쨌든 나는 당신이 제정신이 들기를 바라오. 당신은 오늘 오후 나와 만났을 때보다는 다소 현명해졌군. 나는 당신이 Z맨이란 사실을 확신하고 있어!"

"당신이 그렇게 주장한다면 Z맨은 두 사람이어야만 하겠소." 세인트가 태평하게 대답했다. "하잘것 없는 작자들이 늘어나는 것이 당신은 놀랍지 않소? 클로드, 당신이 찾아와 주어 기쁩니다. 당신에게 부탁할 일이 있으니까요. 당신은 내가 오늘 저녁 진짜 Z맨과 대화를 나눈 사실에 흥미를 느낄 거요."

"내가 그 이야기를 더 듣고 싶을 때 그렇게 하도록 해주지." 틸 경감이 야무지게 말했다. "지금 당장은 바빠서 안되겠어. 나는 당신이 오늘 저녁 파크사이드 코트의 아파트에서 비어트리스 에이버리 양을 납치했다고 믿을 수 있는 이유를 갖고 있소. 그 이유를 조사하여 확인할 때까지는 이 집을 떠나지 않을 거요. 그리고 당신은 내가 현재 영장을 소지하지 않았다는 사실을 알아두는 게 좋겠소."

"어째서 집안을 수색하겠다는 겁니까?" 사이먼이 사리에 맞는 항의를 했다. "납치는 중죄이며 나는 그런 범죄를 싫어하오. 하지만 나는 당신의 입장을 참작해줄 용의가 있습니다. 에이버리 양이 이 지붕 아래에 있다는 것을 내가 부인했소? 그녀는 1시간 전쯤에 퍼트리셔와 함께 도착하여 우리는 지금 커피를 마시고 있는 중이오."

틸 경감이 침을 꿀꺽 삼키자 껌이 목구멍 속으로 미끄러져 들어가 그의 목젖 부근에서 숨바꼭질을 하다가 미처 꺼내기도 전에 식도로 넘어가고 말았다.

"뭐라고?" 그의 목소리는 축제 때 쓰는 풍선을 바늘로 찔렀을 때 나는 소리와 비슷했다. "당신은 그녀가 이 집에 있다고 시인한단 말이지? 당신은 스스로 Z맨이란 사실을 인정한단 말이지? 그렇다면 하느님의 이름으로······."

"이 바보같은 양반아, 나는 그따위 사실은 인정한 바 없소." 세인트가 가엾다는 듯이 말했다. "나는 에이버리 양이 나와 저녁식사를 들고 있다고 말했을 뿐이오. 그런 일로 내가 Z맨이 된다면 당신은 티베트의 달라이 라마가 될 거요. 에이버리 양은 팻의 친구예요. 그 밖에도 이 집에는 다른 두 명의 아름다운 여성들이 함께 있소. 우리는 미녀들을 모으는 중이오. 점잖게 행동한다고 약속하면 당신을 데리고 들어가 직접 보게 해주겠소."

세인트는 거실로 되돌아갔다. 틸 경감은 혁대 아래쪽 복부 안에 새로운 진공상태가 확장되기 시작하는 기분을 느끼며 세인트의 뒤를 따라갔다. 어찌된 영문인지 일이 다시 꼬이고 말았으며 이 끔찍한 사실을 인정하지 않을 수 없는 틸 경감은 몸에 병이 생기는 것 같은 기분을 느꼈다. 그는 자기 차로 되돌아가 지구의 끝까지 달아나 경찰관으로 일한 사실을 완전히 잊고 싶은 걷잡을 수 없는 욕구를 느꼈지만 교수대로 걸어가는 사형수처럼 어쩔 수 없이 끌려가고 있었다.

그는 두 손으로 혁대를 움켜잡은 채 문간에 서서, 난로 주변의 안락의자에 기대앉은 네 명의 아름다운 요정들을 응시했다. 퍼트리셔 홈과 비어트리스 에이버리는 그도 아는 사람들이었다. 그러나 이렌 크롬웰과 실러 아일랜드의 이름을 들었을 때 그의 무거운 눈꺼풀들이 머릿속으로 거의 사라질 뻔했다. 그가 처한 상황을 가장 악화시킨 것은 그들 모두 완전히 행복해 보인다는 사실이었다. 그들은 환호성을 지르며 일어나 그를 구원자로 환영하지 않았다. 그들은 수술로 드러난 새로운 종류의 종양을 검사하는 외과의사의 초연한 호기심을 가지고 그를 찬찬히 바라보았다.

틸 경감은 그들이 각자 자기 소개하는 것을 들으며 절망적인 눈빛으로 비어트리스 에이버리를 쏘아보았다.

"에이버리 양, 당신에게 한 가지 물어볼 것이 있소." 그는 어떤 답변이 나올 것인지에 대해서 소름끼치는 예감을 하며 말했다. "당신은 순전히 자유의사로 여기 온 겁니까?"

"틸 경감님, 그건 대단히 불친절한 질문으로 생각되는군요." 그녀가 다정하게 대답했다. "마치 내가 의지가 박약한 사람이라는 암시를 주는 질문이기 때문에 불친절하다는 거예요. 그리고 템플러 씨에게도 불친절하고."

"나는 템플러 씨에게는 불친절하게 대하고 싶소." 틸 경감은 자포자기 상태에서 말했다. "만약 당신에게 어떤 위협이 가해지고 있다면 내가 여기 있는 한 보호해 드릴 것을 약속하오, 에이버리 양."

"물론 어떤 위협도 없어요." 비어트리스 에이버리가 말했다. "틸 경감님은 정말 이상하군요! 틸 경감님은 템플러 씨가 일종의 악당이라도 되는 것처럼 생각하시는군요?"

틸 경감은 템플러에 대해서 자신이 품고 있는 생각을 감히 입밖에 내지 못했다. 그러나 그는 비어트리스 에이버리가 자신에게 아무 도움도 주지 않을 것임을 알았다. 그녀가 조금이라도 공포를 느끼거나 근심하는 기미는 전혀 없었다. 그녀가 제아무리 노련한 여배우일지라도 강제로는 이처럼 행동할 수가 없다는 것을 그는 알았다. 세인트가 무슨 초자연적인 수단으로 그녀를 침묵시켰는지 틸 경감으로서는 상상할 수가 없었다. 그러나 그는 이들을 상대로 싸운다는 것이 가망없는 짓이란 사실도 알았다.

그는 비참한 기분을 느끼며 가까스로 정신을 수습했다.

"에이버리 양, 더 이상의 질문으로 당신을 귀찮게 할 필요가 없다고 생각합니다." 그는 무뚝뚝하게 말했다.

그는 매맞은 강아지처럼 방을 나갔는데 만약 그에게 꼬리가 달려 있었다면 두 다리 사이로 들어가 있었을 것이다. 그를 뒤따라 나온 세인트는 문을 닫고 새로 꺼낸 담배에 불을 붙였다.

"힘내요, 클로드." 그가 친절하게 말했다. "당신은 과거에도 이런 경우를 극복했으며 이번에도 극복할 수 있을 거요. 내 눈을 똑바로 바라보며 내가 Z맨이 아니어서 유감스럽다고 솔직하게 말해 봐요. 그러면 나는 당신을 홀안에 내동댕이쳐서 짓이긴 스쿼시 덩어리처럼 만들 거요."

형사는 세인트를 한참 동안 쳐다보았다.

"제기랄, 세인트, 이번에도 당신에게 당했소." 그는 겸연쩍게 투덜거렸다. "당신도 알다시피 내가 당신을 체포하기를 간절히 바라는 것은 사실이지만 그래도 당신이 Z맨이 아닌 것을 기쁘게 생각하오."

"그렇다면 왜 기뻐하지 않는 거요?"

"이제야 나도 사건의 진상을 좀더 이해할 수 있다는 생각이 들었소." 졸린 것과는 거리가 먼 눈초리로 세인트를 힐끗 쳐다보며 틸 경감이 계속 말을 이었다. "에이버리 양, 크롬웰 양, 아일랜드 양, 모두 정상급 영화배우들이오. 나는 그들이 Z맨이 노리는 사람들이라고 짐작합니다. 그리고 만약 당신 자신이 Z맨이 아니라면 당신은 Z맨을 추적하는 동안 이들을 안전하게 보호하기 위해 이곳에 데려왔을 것이오."

"당신은 생선과 시금치를 많이 먹고 있는 것이 틀림없소." 세인트가 대견스러워하며 말했다. "당신의 사고력은 한 가지 사소한 부분만 제외하면 급속도로 향상되고 있어요. 나는 이미 Z맨을 추적하기 시작하여 그를 만나 5분 동안 대단히 흥미있는 시간을 함께 보냈소." 새 스피어민트 껌 한개를 마치 한 소절의 노래처럼 혀로 말아 입속에 방금 집어넣은 틸 경감은 믿을 수 없다는 듯이 고개를 내저었다.

"내가 당신을 믿는 데도 한도가 있지."

"클로드, 내가 당신에게 왜 거짓말을 하겠소?" 세인트가 물었다. "내가 당신에게 진실 이외에 다른 말을 한 적이 있습니까? 잘 들어요, 나는 Z맨에 관해 많이는 모르지만 이것 한 가지만은 당신에게 말해줄 수 있소. 그는 오늘 저녁까지만 해도 오토 자이델만이라는 이름으로 행세했었소. 몸집이 크고 비만한 자더군요. 검은 턱수염을 기르고 뿔테 안경을 썼는데 엉터리 독일어 억양을 섞어서 말합디다. 그자는 빅토리아 거리의 브라이어비하우스 건물에 주소를 둔 영업 사무실을 쓰고 있었소. 나는 그자가 그 장소를 이제는 그다지 좋아하리라고 생각지 않습니다. 그러니 당신이 그곳에서 그자를 찾는 수고를 할 필요는 없어요. 그리고 평상시의 그자 모습이 내가 방금 묘사한 것과 조금이라도 비슷할 것인가 하는 것은 의심이 됩니다. 그러나 내가 그 장소에서 본 그자의 모습은 방금 묘사한 그대로요."

틸 경감은 입을 벌렸지만 아무 말도 하지 못했다.

"이 권총을 드리겠소." 사이먼은 비단 손수건에 싼 물건을 주머니에서 꺼내며 계속 말했다. "이것은 내 총이지만 래든이라는 이름으로 행세하는 어느 신사를 속여 이 총을 잡도록 만들었소. 당신은 그자의 뚜렷한 지문을 찾아낼 수 있을거요. 전과자들의 지문기록과 대조해 주지 않겠소? 당신네 전문가들이 단서라고 부르는 증거라고 생각됩니다. 내일 아침 당신 사무실에 들러 조사 결과를 확인해 보겠소. 내 말을 알아들었소?"

"알았소." 틸 경감이 총을 받아 조심스럽게 집어넣으면서 대답했다. "그렇다고 내가 안심한다는 것은 아니오. 당신이 또다른 속임수를 쓰거나 술책을 부릴 수도 있으니까. 우리는 Z맨에 관한 정보를 입수하려고 여러 달 동안 노력했소."

"나는 그자에 관해 오늘 처음 들었소." 세인트가 미소 지으며 중얼거렸다. "당신이 그런 걸 행운이라고 불러도 좋지만 내게는 관료적인 절차에 얽매이지 않고 자유롭게 활동하는 것이 크게 도움이 됩니다. 그 결과 가끔은 당신이 미로에 빠진 사건을 해결하는 데 도움을 줄지도 모릅니다. 그거야 확실히 장담을 할 수 없는 일이지만."

"당신이 그렇게 하는 목적이 무엇이오?" 틸 경감이 호기심을 보이며 물었다. "당신이 재미삼아 이런 일을 한다고 내가 믿을 것으로 생각한다면……."

"아마 Z맨을 설득하여 내 양로연금에 후원금을 내놓게 할지도 모르지요." 사이먼은 방금 그런 생각이 떠오른 것처럼 대답했다. "그렇지만 재미있기 때문에 하는 겁니다. 당신은 그자를 죽이거나 생포하거나 해야만 만족할 거요. 오늘 질문을 꽤 많이 한다고 생각하지 않습니까?"

틸 경감은 자신이 너무 많이 묻고 있다는 사실을 알았지만 어쩔 도리가 없었다. 그는 세인트가 몰두하는 일이 뭔지 알기 전에는 무슨 일을 하든지 심기가 편치 않았기 때문이었다. 그는 자기 앞에 서서 미소 짓는 사내를 원망스러운 눈초리로 노려보며 자신이 또다시 속고 있는 것이 아닌가 생각했다.

"나는 시내로 들어가야겠소," 그는 무뚝뚝하게 말했다. "오해가 있었던 점을 유감으로 생각하오. 한데 어떤 망할 녀석이 경시청에 그런 전화질을 했을까?"

"그자는 당신 주머니에 든 권총 위에 지문이 세심하게 보존되어 있는 래든 동무입니다." 사이먼이 대답했다. "그자는 대단한 꾀를 부렸다고 생각했을 거요. 이제 돌아가서 업무를 보시오."

틸 경감은 코트를 걸쳤다.

"나는 가겠소." 그는 새로운 의심의 싹이 살금살금 머리를 쳐들어, 심기가 불편해지는 것을 막아보려고 했지만 뜻대로 되지 않았다. "그러나 이점은 알아두시오. 당신이 아직도 나에게 뭔가를 떠넘겨 골탕을 먹일 수 있다고 생각한다면……"

"알고 있소." 세인트가 말했다. "나는 그런 식으로 꽁무니를 뺄 생각은 없소. 당신의 해묵은 한탄을 들을 수 없게 된다면 내 생활이 얼마나 공허해지겠소! 나는 당신의 넋두리를 꿈속에서도 욀 수 있다고 생각하오. 또 오시오, 클로드. 그때는 새로운 화제를 가지고 이야기합시다." 세인트는 현관문을 열고 다정스럽게 형사를 안내하며 계단을 내려갔다. "조지, 틸 경감을 잘 모시게." 그는 아직도 운전석에 앉아 있는 경찰 운전기사에게 말했다. "경감님께서는 지금 건강이 별로 안 좋으시다네."

　형사의 중산모를 툭툭 두드려 귀 위까지 늘러준 뒤 세인트는 집안으로 되돌아갔다.

9

　거실에 들어온 세인트는 몸에서 외투를 벗듯 한가한 농담 분위기를 떨쳐버렸다. 그는 담배를 입에 비스듬히 물고 술잔을 든 채 벽난로 앞에 서서 질문을 하기 시작했다. 그는 물어볼 사항이 많았다.
　질문은 쉬운 것이 아니었으며 답변은 대부분 모호하고 불만족스러웠다. Z맨은 대화에 활기를 띠게 하는 주제가 못되는 것으로 보였다. 그러나 사이먼 템플러는 사람들이 말하도록 만드는 독특한 기술이 있었다. 그는 상당한 정보를 알아냈다. 무용과 노래로 애틀랜틱영화사의 인기 스타가 된 머셔 랜든은 두 달인가 석달 전에 새로운 초대형 뮤지컬의 마지막 장면들을 연습하던 도중 뚜렷한 이유도 없이 신경쇠약으로 쓰러졌다. 뮤지컬 제작은 완전히 중단됐고 투입된 제작비는 위험 수위에 도달했으나 급기야는 제작을 보류할 수밖에 없었다. 머셔가 공갈범의 협박을 받고 있다는 풍문이 나돌았으나 소문을 확인할 수 있는 사람은 아무도 없었다. 그러던 중 어느 날 아침 그녀는 자신의 아파트에서 수면제의 일종인 베로날을 과용하여 사망한 시체로 발견됐다.
　고의로 과용한 것을 입증하는 증거가 없었기 때문에 검시관은 사고사로 판정했다. 그러나 사정을 잘 아는 영화계 사람들은 머셔 랜든이 스스로 목숨을 끊었다는 것을 너무나 잘 알고 있었다. 그들은 자살 이유도 충분히 알았다. 그녀는 22살의 한창 나이에 건강도 좋았지만 자신의 배우생활이 끝났다는 사실을 알았다. 왜냐하면 그녀의 하녀가 시체를 발견했을 당시 여배우의 얼굴 위에는 Z모양을 한 깊은 칼자국이 나 있었기 때문이다. 위의 선은 눈썹을 가로질렀고 사선은 코위를 지나갔으며 아래쪽 수평선은 그녀의 입을 거의 양쪽 귀밑까지 찢어놓았다. 어떤 성형수술이나 기적적인 피부이식으로도 그녀의 이상적인 아름다운 용모를 복원시키거나 화면에 그토록 자주 나타나던 밝은 미소를 다시 짓는 것을 불가능하게 만들었다.

"머셔가 그날밤 누구를 만났는지 어디를 갔는지 아는 사람은 없어요." 실러 아일랜드가 가늘고 흰 손가락으로 빈 담뱃갑을 불안하게 만지작거리며 말했다. "내 짐작에는 그들이 비어트리스를 납치하려고 했던 것처럼 납치한 것 같아요. 달리는 머셔를 협박할 사람이 없어요. 그녀는 남자관계도 없었고 모든 사람의 사랑을 받았거든요. 그리고 그녀는 이곳 영국에서 납치된다는 것은 있을 수 없는 일이라고 코웃음쳤어요. 그들이 돈을 요구하기 시작했을 때 그녀는 웃어넘겼지요. 그녀는 경찰에 신고조차 하려들지 않았어요. 이 일에 관해 알려진 사실이라고는 그녀가 자기 하녀한테 언젠가 이런 말을 한 것이 전부예요. '계속 전화를 거는 Z맨이라는 바보는 정신병원을 탈출한 미친 사람 같아.' 그리고 나서는……." 실러는 몸을 떨었다. "우리는 그때부터 공포에 휩싸였어요."

"그것은 새로운 수법을 가미한 낡은 공갈방식입니다." 세인트가 말했다. "보통 공갈범들은 뭔가 피해자의 약점을 쥐고 있습니다. Z맨은 피해자가 응하지 않을 경우 얼굴을 망가뜨려 배우생활을 망치겠다는 협박 말고는 따로 하는 게 없어요. 나는 최근에 다른 여배우가 머셔 랜든과 똑같이 신경쇠약에 걸렸던 사실을 기억합니다. 그녀가 출연한 영화는 제작이 중단되어 아직도 다시 시작되지 못하고 있습니다. 그녀는 휴양을 하러 이탈리아로 떠났지요. 나는 그녀가 두 번째 희생자라고 생각합니다. 그녀는 협박을 받고 신경쇠약에 걸렸으며 공갈범에게 돈을 지불했습니다. 그녀는 자신의 아름다운 용모는 지켰지만 계속 돈을 지불할 만큼 은행예금이 넉넉하지 않았습니다. 따라서 비어트리스는 세번째 희생자인 것 같습니다."

비어트리스는 몸을 부르르 떨었다.

"나도 그렇게 생각해요." 그녀가 말했다. "나는 지난 3주일 동안 외국어 억양이 섞인 굵은 목소리로 1만 파운드를 요구하는 전화를 세 차례 받았어요. 그자는 내게 도체스터에서 점심을 먹으라고 말했어요. 나이프와 포크가 Z자 모양으로 있는 자리에서 식사하고 돈봉투를 냅킨 아래에 놓아두라고 하더군요. 그리고 그자는 내가 경찰에 알리거나 다른 행동을 취하다 발각되면 또다시 돈을 지불할 기회를 주지 않고 머셔에게 한 짓과 똑같은 행동을 하겠다고 말했어요. 오늘이 마지막 기회였는데 나이프와 포크가 Z자 모양으로 놓인 것을 보고 나는 겁에 질렸던 것 같아요. 템플러 씨, 당신이 내 테이블에 왔을 때 나는 당신이 돈을 받으러 온 사람이 틀림없다고 생각했죠. 나는 내가 무슨 짓을 하는지도 모르고……."

"팻, 얼마나 주도면밀한 수법인지 잘 보았소?" 세인트가 말했다. "그자의 희생자가 경찰에 신고하지 않을 확률은 100만 분의 1입니다. 하지만 그는 그 100만 분의 1을 노리고 모험을 할 준비가 되어 있습니다. 그는 여자가 테이블에 돈을 남겨두고 떠나자마자 그것을 챙기려 하고 있었습니다. 신사로 위장한 그는 식당 안에 줄곧 앉아 있었소. 그리고 테이블을 지나치면서 돈봉투를 슬쩍 집어넣을 작정이었습니다. 게다가 경찰에 발각되어 체포됐을 경우에 대비한 알리바이도 갖고 있지요.

젊은 귀부인이 뭔가 잊고 나간 것을 우연히 발견하고 그 물건을 지배인에게 맡기려고 가는 중이었다고 발뺌을 할 수 있는 겁니다. 그자가 경찰이 뒤쫓고 있는 범인이라는 증거는 전혀 없습니다. 이는 또한 그자가 땅에 떨어지기 전의 눈송이만큼 깨끗하고 성층권만큼이나 의심받을 여지가 없는 명성을 쌓은 인사일지도 모르지요. 한데 그게 누구였을까요? 도체스터에는 사회 각계의 저명인사들이 망라되어 있었습니다. 오래전부터 잘 아는 배로 경사 같은 인물이 아니면 난 그들 모두를 기억할 수는 없습니다."

"만약 Z맨이 오늘 도체스터에 나타났다면 당신의 기사도 행동을 분명히 보았을 거예요." 퍼트리셔가 생각한 바를 말했다. "그리고 그는 당신이 비어트리스의 지난주 급료를 주머니 속에 집어넣는 것도 보았을 겁니다."

"그러나 그자는 내가 누구인지 몰랐을 것이고 심상찮은 돌발사태가 벌어지는 즉시 도망쳤을 것이오." 세인트가 피우던 담배를 재떨이에 비벼 끄고 새 담배에 불을 붙이면서 말했다. 그는 화제를 바꾸었다. "비어트리스, 지금 당신이 촬영중인 영화는 어떻습니까? 내 짐작으로는 제작이 거의 끝나가고 있을 거예요. 만약 당신에게 어떤 불상사가 일어난다면 제작계획 전부가 수포로 돌아가겠지요."

그녀가 고개를 끄덕였다.

"영화도 그렇게 되고 나도 그럴 거예요. 영화를 끝내기 전에는 한 푼도 개런티를 받을 수 없도록 계약이 맺어졌거든요. 그 때문에……." 그녀는 더이상 말을 잇지 못했다.

사이먼은 많은 생각을 하면서 잠자리에 들었다. Z맨의 범죄 계획은 실수할 가능성이 거의 없었다. 영화배우들은 미모나 연기력 덕분에 거금의 돈을 벌 수 있다. 자신의 손님으로 와 있는 세 명의 여배우들은 모두 1년 수입이 2만 파운드나 되는 정상급들이다. 그들은 젊고 앞으로 여러 해 동안 더 인기 정상을 유지하고자 희망하고 있다. 머셔 랜든이 당한 흉측한 얼굴 상처를 입느니보다는 Z맨에게 1년 수입의 절반을 건네주는 것이 더 나은 것은 분명했다. 그러나 그들은 반년치의 수입만을 잃는 것이 아니라 앞으로 여러 해 동안 모든 수입을 빼앗기게 된다.

 그런데도 영화계에서는 어떤 일이 일어나고 있는지 실제로 모른다. 비어트리스 에이버리는 Z맨이 자신의 흉측한 약속을 즉각 실행에 옮기는 것이 두려워 협박받은 사실을 영화사측에도 이야기하는 것을 꺼렸다. 이렌 크롬웰과 실러 아일랜드도 Z맨으로부터 한번씩 연락을 받았으며 공포에 질려 침묵만을 지키고 있었다. 그들을 세인트조지스 힐로 데려온 뒤 퍼트리셔가 랜든의 주머니에서 그들의 사진을 세인트가 찾아냈다는 말을 우연히 한 뒤에야 그들은 다물었던 입을 열었다.

 사이먼은 자신이 여태까지 Z맨에 관해 한번도 들어보지 못한 이유를 비로소 알 것 같았다. 영화계에서조차도 그 이름은 소문으로만 나돌았으며 그러한 소문에 의구심을 품은 사람들도 많았다. 이미 죽은 머서 랜든과 이탈리아로 도피한 여배우를 제외하면 이 여자들만이 소문의 진실을 알고 있을 뿐이었다.

 세인트는 다음날 일어날 사태 진전의 가능성을 초조하게 생각하며 난생 처음 불면의 밤을 보냈다.

 그는 다음날 오전 11시에 틸 경감의 사무실로 걸어 들어갔다.

 "나는 당신이 거리에서 습기가 걷히기 전에는 안 나타나는 줄로 생각했소."

 형사가 말했다.

 "오늘 아침에는 우연히 양털 내의를 몇 가지 입었습니다." 세인트가 간단히 대꾸했다. "뭘 알아냈습니까?"

 틸 경감은 메모철을 그에게 내밀었다.

 "당신이 알려준 주소를 조사했소. 세인트, 당신 말이 옳더군요. 그곳에는 오토 자이델만이라는 사람은 없었소. 가명을 쓴 것이었소. 그자는 3개월인가 4개월 전부터 사무실을 빌려 사용했소."

 "그가 사무실을 임대한 날짜는 머서 랜든이 사망한 때와 대략 비슷합니다." 사이먼이 고개를 끄덕이며 말했다. "또 다른 것은 없습니까?"

"그자는 낮 시간에는 사무실에 나타나지 않은 듯해요." 형사가 대답했다. "항상 어두워진 뒤였소. 그를 보았다고 기억하는 사람은 아무도 없었소. 집배원도 편지를 배달한 사실을 기억하지 못했고 지문도 전혀 발견되지 않았소."

"그랬을 거요." 세인트가 말했다. "그자처럼 교활한 범인은 장갑을 안 끼느니 알몸으로 다닐 가능성이 더 많은 자입니다. 그런데 지문 이야기가 나왔으니 말인데 권총에 관한 보고는 어떤 내용입니까? 좌우간 그건 내 권총입니다."

틸 경감이 서랍을 열고 자동권총을 꺼내 책상 위로 건네주었다. 규칙적으로 껌을 씹으면서 경감이 넘겨준 카드에는 네이선 에버릴이라는 인물의 정면 사진과 측면 사진이 붙어 있었다.

"이자를 압니까?"

"내 옛날 대학교 동창인 앤디 검프지요. 요새는 래든이라고 행세합니다만."

세인트가 즉시 대답했다. "그렇군요. 경찰 기록에 실려 있군요. 나도 그럴 줄 알았습니다. 그의 전과 사실은 어떤 겁니까?"

"그리 많지는 않소. 그는 상습범이 아니오." 틸 경감은 수첩을 보면서 이야기했지만 이미 암기한 사실을 말하는 것이 분명했다. "그는 1933년에 한번 체포되었소. 이자는 1928년부터 1933년까지 영화 제작자인 허버트 센티널의 개인비서로 일했습니다. 비서로 일할 당시 센티널의 서명을 위조하여 센티널의 수표를 사용했군요. 어느 날 은행 잔고에 이상이 생긴 것을 발견한 센티널이 비서에게 물어보려 했으나 비서는 도버로 도주하는 중이었습니다. 이자는 3년간 교도소 생활을 했소."

"출감한 뒤에는 어떤 일을 했습니까?"
"그는 통상적인 방법으로 소재를 알려왔소. 현재까지 우리가 아는 바로는 범법 사실이 나타나지 않았소. 이자는 자유기고가로 일해온 것으로 생각합니다. 우리는 대여섯 달 전부터 이자에 대한 행적을 놓치고 말았소."
"그는 Z맨의 부하로 새 일자리를 얻은 겁니다." 세인트가 말했다. "그런데 맙소사. 이자는 바로 그러한 일에 가장 적임자입니다! 이자는 영화업계 내부 사정을 잘 알고 있으며 영화업계에 관련된 사람은 제작자에서부터 말단직원까지 고하를 말론하고 대단히 미워하는 것이 틀림없습니다. 이건 완벽한 사건 배경이군…… 당신은 센티널을 만나보았습니까?"
"오늘 오후에 만나볼 예정이오. 그 사람은 에버릴에 관해 우리보다 훨씬 더 많이 알고 있을 것이오. 하지만 당신은 잔챙이한테는 평소에 관심을 기울인 적이 없지 않소?"
"큰 고기를 낚을 수 있는 미끼일 경우에는 잔챙이에도 신경을 씁니다." 세인트가 우아하게 일어서면서 말했다. "클로드, 당신도 알겠지만 범인이 멀지 않은 곳에 출몰하고 있는 것 같소. 당신은 좋은 생각을 한 거요. 지금 나가서 센티널 동무를 직접 만나볼 생각입니다."
형사의 입이 딱 벌어졌다.
"이봐요, 잠깐만!" 그는 소리쳤다. "만날 수 없을 거요."
"만날 수 없다구요?" 세인트가 문을 나서며 느릿느릿 말했다. "영화제작자와 이야기를 나누는 것이 무슨 죄에 해당합니까? 아마도 내 얼굴이야말로 세상 사람들이 고대하고 있는 얼굴일 거요."
세인트는 틸 경감이 미처 대답을 생각해내기도 전에 사라졌다. 센티널영화사의 높은 어른인 허버트 센티널은 귀족 출신이나 보수적 신념을 가진 인물은 아니었다. 그러나 누가 자신을 '센티널 동무'라고 불렀다면 약간 기분이 상했을 것이다. 왜냐하면 그는 영국 영화산업의 새로운 실력자로 간주되고 있었으며 그와 직접 만나는 것은 한손에 붉은 깃발을 들고 또 한손은 주먹을 쥔 채 히틀러의 산간 별장에 들어가는 것만큼이나 어려웠기 때문이다.

그러나 세인트는 그토록 불가능해 보이는 일을 단 한 번의 시도로 성공시켰다. 그는 자신의 명함을 밀봉한 봉투에 넣어 센티널 씨에게 즉시 전달해 줄 것을 요청한 다음 정확하게 2분밖에 기다리지 않았다.

센티널은 회의중이었다. 그는 명함을 한번 보자 30초 만에 미남배우 한 명과 저명한 작가 한 명, 시나리오 작가 두 명, 유명한 감독 한 명 그리고 아첨꾼들 한 패거리를 추풍낙엽처럼 사무실에서 쓸어내었다. 사이먼이 사무실로 안내를 받아 들어갔을 때 허버트 센티널은 혼자 앉아서 세인트의 명함 뒷면을 들여다보고 있었다. 명함 뒷면에는 연필글씨로 'Z맨에 관하여'라고 씌어 있었다.

"템플러 씨, 앉으시오." 센티널은 담배상자를 앞으로 밀면서 방문객을 유심히 관찰했다. "물론 당신에 관한 이야기는 들었소."

"안 들은 사람이 어디 있겠습니까?" 세인트가 겸손하게 중얼거렸다. 세인트는 담배를 하나 집어들고 조심스럽게 자른 다음 불을 붙여 향기로운 파란색 담배연기를 구름처럼 뿜어냈다. 이는 세인트의 기분을 가장 즐겁게 하는 극적인 타이밍을 맞추는 단순한 예에 불과했다. 센티널은 손가락 사이로 연필을 굴리며 불안하게 기다렸다. 새 머리 모양의 얼굴인 센티널은 여윈 체격에 대머리였으며 지칠 줄 모르는 정력의 소유자라는 인상을 풍겼다.

"만약 다른 사람이었다면 나는 머리가 돈 괴짜의 장난으로 생각했을 거요." 그가 말했다. "영화업계에는 이상한 자들이 많거든요. 당신은 이러한 소문들에 관해 뭔가 나에게 이야기할 사항이 있습니까?"

"이야기할 것이 많습니다." 세인트가 결연히 말했다. "소문은 사실로 판명됐습니다. Z맨은 당신만큼이나 확실하게 존재합니다."

영화제작자는 세인트를 응시했다.

"그런데 나를 찾아온 용건이 뭡니까?"

"대단히 중요한 이유 때문이지요. 당신은 전에 네이션 에버릴이라는 사람을 고용한 일이 있지요? 나는 당신이 그자에 관해 뭔가 유익한 정보를 알려주기를 희망하고 있습니다."

"맙소사! 당신은 에버릴이 Z맨이라고 생각하는 것은 아니겠지요?" 센티널이 믿을 수 없다는 듯이 물었다. "그자는 턱도 있는 둥 마는 둥이고 의지도 약한 바보처럼 형편없는 종자인데……."

"하지만 당신은 그를 5년 동안 비서로 썼습니다."

"그건 사실입니다." 센티널이 조급하게 시인했다. "그는 능력이 충분했지요. 사실 비서로서는 너무나 수완이 뛰어났소. 하지만 그는 늘 약점이 있었고 결국에는 노출이 되고 말았습니다. 그는 몇장의 수표에 내 서명을 위조하여 사용했는데 아마 당신도 그 일을 알고 있을 거요. 그러나 에버릴이 그럴 리가! 그건 불가능해 보이는데……."

세인트는 고개를 가로저었다.

"나는 그자가 Z맨이라고는 말하지 않았습니다. 그러나 그가 Z맨과 밀접한 관계가 있다는 것은 알고 있습니다. 따라서 만약 당신이 에버릴을 찾는 것을 도와준다면 내가 Z맨에게 한 발짝 접근하는 것을 도와주는 셈이 될 겁니다. 나는 그자에게 관심이 많습니다."

"템플러 씨, 만약 당신이 그자를 잡는다면 나만 당신에게 감사하는 것이 아니라 영화계 전체가 고마워할 겁니다." 이렇게 말한 허버트 센티널은 일어서서 오락가락했는데 동요의 빛을 조금도 숨기지 않았다. "만약 그자가 실재하는 인물이라면 이는 우리가 그자와 맞서

싸워야 한다는 것을 의미합니다. 현재까지 그자는 사람들이 달리 설명할 길이 없어 소문만 나 있었지요. 그러나 우리의 인기배우들이 영화제작의 마지막 단계에 가서 불가사의하게 신경쇠약으로 쓰러지는 것을 보고 우리도 뭔가 있다는 것을 인정해야만 했습니다."

"그렇다면 당신도 곤란을 겪었겠군요?"

"나도 우연의 일치인지 아닌지 확신이 서지 않습니다." 센티널이 조심스럽게 대답했다. "내가 제작중인 영화〈허영의 시장〉만 해도 출연중인 메리 던 양이 건강이 회복될 때까지 제작이 중단되고 있다는 사실밖에 말씀드릴 수가 없습니다. 그녀는 내게 아무 말도 안했고 나도 묻지 않았습니다. 그러나 그렇다고 내가 그 문제에 대해 떠오르는 생각을 뿌리칠 수는 없는 노릇입니다. 하지만 템플러 씨, 나는 에버릴에 관해 많은 사실들을 말씀드릴 수 있으리라고 생각해요." 그는 다시 앉아서 진지하게 정신을 집중시키느라고 턱을 비볐다. "당신도 알겠지만 나는 Z맨에 관해 나 나름대로 생각을 해봤소. 당신은 그자에게 어떤 관심을 기울이는지 나에게 말해줄 수 있겠소?"

"나는 여러 가지 관심을 갖고 있습니다." 세인트가 뒤로 기대앉으며 담배연기로 완벽한 원을 여러 개 만들어 내면서 말했다. "Z맨은 이미 상당한 금액의 돈을 모았을 텐데 그 점은 내가 항상 관심을 기울이는 것이죠. 내가 만약 그자를 처치한다면 그자의 돈을 보수로 챙긴다고 탓할 사람이 아무도 없으리라고 생각합니다. 그리고 나는 그자의 사업노선을 좋아하지 않습니다. 나는 그자가 영원히 사람들에게 피해를 입히지 않도록 하는 것이 상책이라고 생각합니다."

"그자가 먼저 당신에게 피해를 입히지 않는다면 그렇겠지요." 영화제작자가 우울하게 지적했다. "그자가 우리가 생각하는 그런 자라면!"

세인트는 어깨를 움찔했다.

"모든 게 그의 계략 속에 포함됩니다."

상대편은 그 말을 이해한다는 듯이 미소 지었다.

"당신이 그의 계략에 걸리지 않기를 바랍니다." 센티널이 말했다. "당신은 에버릴에 관해 무엇을 알고 싶습니까?"

"기억나시는 것은 뭐라도 좋습니다. 무슨 일이든 내게는 단서가 될 테니까요. 그의 취향이랄지 오락 또는 자주 드나들던 곳, 습관 같은 것 말입니다. 우선 수표 위조사건부터 시작하지요."

"나는 그자가 부유한 플레이보이가 하는 것 같은 생활을 동경하는 허영에 빠진 악당이라고 생각합니다. 그자가 수입을 늘려야만 하는 이유가 거기에 있었지요. 그자는 우리 회사 소속의 여배우 한 사람을 유혹하려고 애썼는데 그녀와 보조를 맞출 수가 없었지요. 그녀는 전망이 화려한 미래가 있었고 그 점을 그녀도 알고 있었습니다."

세인트는 두 귀가 갑자기 막힌 것처럼 되어 상대방의 이야기를 건성으로 듣기 시작했다. 시각을 제외한 그의 나머지 감각은 모든 기능이 정지되었다. 그의 두뇌는 눈으로 관찰되는 것만으로 가득찼다. 연필을 불안하게 만지작거리는 허버트 센티널의 손을 뚫어지게 바라보는 세인트는 또다른 한쌍의 손을 기억해 내고 있었다.

손가락의 움직임이 갖는 놀라운 중요성이 천둥처럼 강하게 쏟아져 내리는 폭포와도 같이 머리 속을 두드렸다. 그것은 세인트가 쉽사리 믿는 기질을 비웃었지만 이제 그는 자신의 생각이 옳다고 확신했다. 갑작스러운 사태 파악으로 그의 마음은 고삐가 풀린 말처럼 방향을 잃은 기분이 들었음에도 불구하고 그는 모든 상황이 이제 서로 맞아떨어졌음을 느낄 수 있었다. 방문에서 노크 소리가 들려 정신을 가다듬을 때까지 그는 몽롱한 상태로 앉아 있었다.

센티널의 여비서가 문안으로 머리를 내밀었다.

"사장님, 틸 경감이 찾아왔습니다."

"아, 그래." 센티널은 말을 중간에서 끊고 설명을 했다. "틸 경감도 나와 만날 약속을 했는데 그 사람도 역시 에버릴에게 관심을 가지고 있습니까?"

"틀림없이 그럴겁니다." 세인트가 말했다. "사실 내가 선수를 쳤습니다. 다른 출구가 있으면 그리로 나갔으면 합니다."

센티널이 일어섰다.

"물론 있습니다. 내 비서가 안내해 드릴겁니다. 템플러 씨, 좀더 이야기를 하고 싶었습니다. 경찰관들이 자기들 딴에는 잘난 척하지만 이런 상황에서는 도저히……." 그는 서둘러 어떤 결정을 내리는 눈치였다. "오늘밤 나와 저녁을 함께 하실 수 있겠소?"

"초청을 기쁘게 받아들이겠습니다." 세인트가 말했다.

"그거 잘됐습니다. 그렇다면 아무런 방해도 안 받고, 이야기를 충분히 할 수 있을 겁니다." 센티널이 손을 내밀었다. "내 사무실로 6시까지 오시겠습니까? 직접 내가 차로 모시겠습니다. 나는 부시파크에 살고 있지요."

사이먼이 고개를 끄덕였다. "정시에 오겠습니다."

세인트는 머리가 윙윙거리는 상태로 콘월하우스로 되돌아갔다. 그리고 오랫동안 거실을 오락가락 거닐며 줄담배를 피우면서 카펫 위로 담뱃재를 흘려놓았다. 점심때 그는 퍼트리셔에게 전화를 걸었다.

"방금 허버트 센티널이란 사람을 만났소. 나는 Z맨이 누구인지 알았소." 세인트가 말했다. "오늘 그 사람과 저녁을 같이 들 거요."

세인트는 퍼트리셔가 놀라서 숨을 몰아쉬는 소리를 들었다. "하지만 위험을 무릅써서는 안돼요."

"잘 들어요, 당신과 호피는 바빠질거요. 당신들은 할 일이 많소."

그는 10분 동안 전화로 포괄적인 지시를 내렸는데 전화를 끝낸 퍼트리셔는 뒤통수를 얻어맞은 표정이었다.
　세인트가 센티널의 사무실로 들어갈 때 시계는 6시를 쳤다. 영화제작자는 즉시 모자를 썼다. 스튜디오 밖에는 대형 롤스로이스가 주차해 있었으며 센티널은 직접 운전대를 잡았다.
　"경시청 쪽은 어떻게 처리했습니까?"
　자동차가 엔진소리를 내며 정문을 통과할 때 사이먼이 물었다.
　센티널은 새로 담배를 바꿔 물었다.
　"그 사람에게 상당한 양의 정보를 이야기했지만 당신이 방문했다는 사실은 말하지 않았습니다. 하지만 그 사람은 재떨이에 놓인 담배꽁초들을 유심히 살펴보았는데 아마도 당신이 피우는 담배의 상표를 확인하려 했던 것 같습니다."
　"가여운 클로드, 그는 아직도 셜록 홈즈를 읽고 있다니까!"
　자동차가 북쪽으로 빠르게 달리는 동안 더 이상의 대화는 없었지만 세인트는 침묵을 부담스럽게 생각하지 않았다. 그는 마음속으로 생각할 일이 많았다. 그는 담배를 피우며 어떤 생각에 여념이 없었다.
　롤스로이스가 교외의 외곽 도로를 벗어나 개인 전용도로로 접어들었을 때 바깥은 쌀쌀하고 칠흑같이 어두웠다. 도로 양편에는 나무가 울창한 숲을 이루었다. 100여 미터쯤 더 가자 그들은 어떤 저택에 도착했으며 센티널은 급커브를 돌기 위해 차의 속도를 늦추었다.
　마치 4차원의 세계에서 나타난 것처럼 두 사람이 승용차의 양쪽 발판 위로 한 사람씩 뛰어올랐다. 세인트는 헤드라이트에서 반사된 빛을 받아 희미하게 보이는 뚱뚱한 사람과 운전석 쪽 문을 열어젖히는 안경을 쓰고 턱수염이 난 사람의 얼굴을 알아보았다.
　"차를 세워라."
　"아이구, 이걸 어쩌나?" 세인트가 온화하게 말했다. "대단한 분들이 나타나셨군."

그는 손을 뒤로 돌려 자동권총을 뽑으려 했지만 한발 늦었다. 그가 앉은 쪽에 있는 자동차 문이 열렸고 센티널이 본능적으로 브레이크 페달을 세차게 밟았기 때문에 자동차가 급정거를 했다. 자동권총의 차가운 총구가 사이먼 템플러의 목 뒤에 다정하게 와 닿았다.

"손가락만 움직여도 죽을 줄 알아." 래든이 냉랭하게 말했다.

"자네 썩 조심하지 않으면 내 탄환이 뒤통수를 꿰뚫게 될걸세."

사이먼이 항의했다.

"도대체 이게 무슨 짓인가?" 센티널이 화가 난 듯이 다급하게 말했다. 그는 갑자기 엔진을 가속시키며 소리쳤다. "조심해요, 템플러씨! 계속 차를 달리겠소."

센티널의 머리 위로 불과 30센티미터 거리에 들려 있던 자동권총이 아래를 내리쳤으며 영화제작자는 핸들 위에 엎어졌다.

"세인트, 내려라." 래든이 명령했다.

세인트는 차에서 내렸다. 그는 저항할 때와 순종해야 할 때를 거의 본능적으로 알았다. 그의 발이 단단한 자갈밭에 내려서자 자동차 뒤편으로부터 거구의 사나이가 밤의 사악한 괴물처럼 나타나 장갑을 낀 손으로 재빨리 몸수색을 하여 세인트의 권총을 빼앗았다. 이어 세인트는 앞쪽으로 걸으라는 지시를 받았다. 얼마 가지 않아서 그는 문이 열린 채 나무 아래 어둠 속에 서 있는 화물 배달용 소형 밴의 뒤에 멈춰 서게 되었다. 그는 뒤에서 갑자기 세게 미는 바람에 차 안으로 고꾸라졌다. 그의 뒤에서 문이 육중한 소리를 내며 닫혔다. 조금 뒤 엔진이 요란한 소리를 냈으며 화물트럭은 앞으로 달렸다.

10

사이먼에게도 한 가지 보상은 있었다. 적들은 그의 몸을 완전히 수색하거나 손목과 발목을 흔히 하는 식으로 묶는 데 시간을 낭비하지 않았던 것이다. 트럭은 임시 감옥으로서는 충분히 안전한 것으로 간주된 것이 분명했다. 사실이 그러했다. 세인트는 닫힌 문을 밀어보았지만 당분간 빠져나가기는 어려울 정도로 강력하다는 결론에 도달했다. 그는 가능한 한 편한 자세를 취하여 여행의 지루함을 달래기 위해 담배를 피워 물었다. 적어도 그는 두 눈을 멀겋게 뜬 채로 함정에 걸려들었으므로 뭐라고 불평할 정당한 이유가 전혀 없었다.

그는 나무들 사이에 숨겨진 도로를 지나 평탄하지 못한 들판을 횡단하고 있다고 판단했다. 들판을 벗어나 도로로 진입한 트럭은 좀더 부드럽게 달렸다. 이 여행은 비교적 짧았다. 10분이나 15분쯤 달리자 다른 차량의 소음은 더 이상 들리지 않았으며 트럭이 달리는 도로 표면은 더욱 거칠고 울퉁불퉁했다. 이어 현기증이 날 정도로 급커브를 돈 트럭은 다시 평탄한 도로를 벗어나 몇초 가량 일직선으로 달린 다음 멈추었다. 잠시 동안 트럭은 후진하여 방향을 바꾸더니 이어 엔진소리가 꺼졌다. 얼마간 갇힌 상태에 머물고 있던 세인트는 밖에 있는 사람들이 말하는 소리를 들었지만 무슨 이야기를 하는지는 전혀 알 수가 없었다. 그를 환영하기 위해 붉은 카펫을 깔아주려고 하는 것일까? 하지만 그도 그러리라고는 생각하지 않았다. 얼마 뒤 문이 활짝 열렸다. 3개의 강력한 손전등 불빛이 그에게 집중되었다.

"내가 조금이라도 저항하면 어떤 봉변을 당하게 될지 짐작이 가는군." 사이먼이 조용히 말했다. "나는 다만 당신들이 고리타분한 경고를 하는 수고를 덜어주고자 하는 것뿐이오."

"내려라." 래든이 짧게 명령했다.

사이먼은 순순히 따랐다. 돌이 깔린 헐어빠진 문앞에 트럭이 바짝 붙어 주차했으며 손전등 불빛이 자신에게 집중되어 주변의 모든 것이 검은 그림자처럼 보였기 때문에 세인트는 주변 환경을 제대로 살펴볼 수가 없었다.

그의 발이 땅에 닿는 순간 두 명의 남자가 접근하여 총부리를 옆구리에 댔다. 사이먼은 떠밀려서 현관길을 지나 가구도 없고 습기가 차서 사람이 살지 않는 듯한 홀로 들어가 황량한 돌벽을 향해 섰다. 이어 총구가 그의 등뼈에 닿는 것이 느껴지는 가운데 또 한차례 몸수색이 신속하게 능률적으로 이루어졌다. 그의 주머니 안에 있던 담뱃갑과 라이터 그리고 잔돈까지 모두 털려나왔다. 그러고 나서 손 하나가 그의 소매 부근을 더듬어 팔뚝에 차고 있던 칼을 찾아냈다. 브라이어 비하우스에서 시범을 보인 뒤이기 때문에 당연히 기대했던 바라고 세인트는 생각했다. 그러나 과거에 수없이 그랬던 것처럼 그들이 칼을 찾아내지 못했다면 더욱 좋았을 것이다.

"그래! 어딘가 숨겼던 그 칼을 찾아냈군. 좋아! 너도 이제 칼 던지는 것은 끝났다." Z맨의 조롱하는 목소리가 들려왔다.

"형제여, 당신도 이제 장난꾸러기 시절은 지났소." 가진 무기라고는 아무것도 없는 세인트가 알겠다는 듯이 말했다. "나는 당신이 《카첸야머 아이들》이란 책을 읽은 것이 분명하다고 추정할 수 있을 뿐이오."

그들은 앞으로 내민 그의 두 손목을 밧줄로 단단히 묶었다. 그는 다시 움직이라는 지시를 받았는데 일행은 가파른 나선형 계단을 오르게 되었다. 대부분의 계단은 썩고 부서져서 세인트가 밟을 때마다 경고하는 것처럼 삐걱거렸다. 계단은 코르크 마개뽑이처럼 원형탑의 내벽을 따라 설치되어 있었는데 계단은 그가 홀이라고 처음에 생각했던 곳에서부터 바로 시작되었다. 한때는 의심할 나위 없이 계단 끝에 안전난간이 있었을 것이다. 그러나 지금은 없어진 지 오래되어 계단을 오르는 사람과 판석이 깔린 아래쪽 바닥에 이르는 허공 사이에는 아무것도 없었다. 그는 마지막 계단에서 마루로 올라섰는데 과거에는 포탑 꼭대기의 작은방이었던 것으로 생각되는 이 마루는 지금은 암흑의 심연 위에 안전난간도 없이 아슬아슬하게 걸려 있는 나무선반에 불과했다. 창문이라고는 두 개의 좁은 흉벽 총안밖에 없었으며 세인트는 어둠밖에는 아무것도 볼 수 없었다. 그는 계단에서 멀리 있는 쪽 벽에 세워졌으며 마루의 끝에 가까스로 서 있었다. 그의 손목을 묶은 밧줄의 한쪽은 그의 머리 위에 있는 돌에 박힌 무거운 쇠고리에 걸어 팽팽하게 잡아당겨졌다.

"나는 아직 발길질을 할 수 있소." 그는 상대편이 염려된다는 듯이 지적했다. "당신은 너무 큰 모험을 한다고 생각하지 않소?"

"오래지 않아 끝날걸세." Z맨이 말했다.

밧줄이 감긴 45킬로그램쯤 되는 돌덩어리가 마루 위로 운반되었으며 돌에 감긴 밧줄로 세인트는 발목이 묶였다.

"이래도 발길질을 할 수 있겠나?"

Z맨이 물었다.

"아무래도 안될 것 같소."

세인트가 대답했다.

그는 두 손을 시험삼아 움직여 보았다. 그의 손목은 쉽게 느슨해지는 매듭으로 묶여 있었다. 만약 그가 쇠고리에 걸린 밧줄을 조금만 느슨하게 만든다면 쉽사리 벗길 수 있을 것 같았다. 그는 적들이 왜 이처럼 부주의하게 묶었는지 의아스러웠다. 그 다음 순간 그는 이유를 알았다. 미리 예정된 신호에 대답이라도 하듯 래든이 앞으로 걸어나와 세인트의 발을 묶은 밧줄과 연결된 돌덩이를 난간 끝으로 밀었다. 세인트의 다리도 그쪽으로 끌려갔다. 밧줄이 팽팽하게 잡아당겨지자 손목을 묶은 밧줄이 옥죄어졌다. 고통스럽게 사지가 늘어진 채 매달려 있는 사이먼은 오로지 두 팔의 힘줄로 낭떠러지 쪽으로 끌려가는 것을 버텨야만 했다.

Z맨이 가까이 다가왔다.

"네가 왜 여기에 끌려왔는지 알겠나?" Z맨이 물었다. "넌 내 사업을 방해했어."

"상당히 방해했을 거요." 사이먼이 시인했다.

제한된 공간 안에 켜진 손전등의 불빛이 벽에 반사되어 그 뒤에 있는 자들의 모습을 충분히 식별할 수 있었다. Z맨과 래든을 제외한 제3의 인물은 사이먼이 추측했던 대로 웰몬트였다. Z맨의 부하 두 명은 두목의 양쪽에 약간 뒤로 떨어져 서 있었다.

Z맨은 자신의 손전등을 집어넣은 다음 주머니에서 세인트의 칼을 꺼냈다

"네가 아는 사실을 모두 내게 말하라. 사실대로 말하면 미남인 네 얼굴에 흠집은 내지 않겠다."

장갑 낀 손으로 칼날을 쓰다듬던 Z맨이 칼끝을 앞으로 내밀자 날이 선 칼날에 불빛이 반사했다.

"자, 이제 겁에 질린 희생자의 피가 흘러내릴 차례가 아닌가?" 세인트는 관절들이 늘어나 끊어질 것 같은 고통을 느꼈지만 재미있다는 투로 말했다. "나는 당신이 그 유명한 미인 성형수술을 하고 싶은 기분을 느끼고 있다고 생각해. 당신부터 먼저 수술을 받는 것이 어떻겠나? 수술을 받으면 훨씬 보기가 좋아질텐데."

"아는 사실을 말하라니까!" 분노한 Z맨이 고함쳤다. "너에게 1분간의 여유를 주겠다."

"내가 당신이 필요로 하는 정보를 털어놓은 뒤에는 당신이 그 과도로 내 목을 절단하여 향기로운 떗장 아래 깊숙이 묻으리라고 생각하는데." 세인트가 조롱하듯 말했다. "민달팽이 같은 양반아, 아무 말도 않겠소. 그건 별로 좋은 일이 못돼. 내가 당신을 무척 괴롭혔으니 당신은 머셔 랜든처럼 내가 죽는다 해도 만족하지 못할 거야."

"이 우둔한 작자야, 나는 한다면 하는 사람이야!"

Z맨이 째질 듯이 소리쳤다.

"그걸로 우리는 피장파장이 되겠지. 하지만 나는 여배우가 아니란 사실을 기억하라구." 세인트가 말했다. "내 얼굴에 문자로 장식을 해주어도 나의 밥벌이 능력은 눈곱만치도 안 줄어들 거야. 나는 당신의 자제력에 놀랐소. 나는 당신 손에 잡혀 있는데 당신이 내 등가죽을 안 벗기는 것이 이상하오."

자신이 처한 위기에 대한 세인트의 극단적인 무관심은 깜짝 놀랄 만한 것이었다. 그의 푸른 눈에 담긴 조롱기와 오만하고 냉정한 목소리는 다소 영웅적인 데가 있었다. 그는 삶과 죽음의 차이를 대수롭지 않게 여겼던 옛날로 시간을 거슬러 되돌아간 사람 같았다. 그는 말을 하면서도 귀로는 신경을 곤두세우고 있었다. 사태는 그가 예상했던 것보다 빨리 진전됐다. Z맨의 이 높은 비밀 장소도 사이먼이 고려하지 않았던 재미있는 요소의 하나였다. 누구든 낡은 계단은 쉽사리 소리없이 올라올 수는 없을 것이다…… 이제 시간이 가장 중요한 요소였다. 세인트는 자신이 기대하고 있던 구원의 손길이 멀리 있다는 사실을 깨닫기 시작했다. 반면에 그는 살인광과 같은 자로부터 자비를 기대할 형편도 못되었다.

Z맨은 이제 팔을 뻗으면 닿을 수 있는 거리에 있었다.

"아니야, 나는 네 목을 자르지는 않는다." 그는 쉰 목소리로 말했다. "내가 어떻게 할 것인지 말해주지. 나는 널 매단 밧줄을 끊기만 하겠다. 그러면 바윗돌이 널 끌어내리게 되고 우리가 밧줄만 치워버리면 넌 사고로 추락한 것으로 보일 거야. 이제 알겠나?"

세인트는 매우 잘 이해했다. 그는 허공에 뜬 자신의 발 아래를 보고 현기증을 느꼈다. 하지만 그는 아직도 미소를 잃지 않았다.

"자, 왜 당장 실행에 옮기지 않나?" 그는 나무라듯이 말했다. "아니면 그렇게 할 용기를 잃어버린 건가?"

"이런 어리석은 미친 놈이 있나! 너는 즐겁다고 생각하는 모양이구나. 그러나 만약 내가 네 말을 믿는다고 생각한다면······."

"당신은 그 아름다운 억양을 소홀히 하고 있군." 세인트는 조롱했다. "독일어 억양을 계속 쓰셔야지. 그따위 엉터리 배우이기 때문에 당신은 곤란에 빠지는 거야. 만약 당신이 조금이라도 연기를 더 잘······."

"죽여달라고 애걸한 건 너다." 상대편은 무시무시한 목소리로 내뱉으며 세인트가 매달려 있던 밧줄을 칼로 쳤다.

세인트는 그 순간 자신의 도박에 착수했다. 그는 오른손을 뻗쳐 자신이 매달려 있는 쇠고리를 단단히 쥐었다. 그의 힘줄에는 새빨갛게 단 바늘이 찌르는 듯한 통증이 일어났다. 그럼에도 불구하고 그는 사필귀정에 대한 변함없는 확신을 갖고 있었다. 어떠한 고통도 이러한 그의 확신을 억누르지는 못했다. 그는 자신이 예상한 대로 Z맨을 자극하는 데 성공했다. 그는 모든 신경과 근육을 긴장시킨 채 책략 싸움에서 승리를 거둘 수 있는 마지막 카드가 제시되는 단 한번의 기회를 노리고 있었던 것이다. 마침내 그 기회가 온 것이다.

밧줄은 그가 추락하는 것을 더이상 막아주지 않았다. 대신 그는 자신의 강철같은 손가락의 힘으로 밑으로 떨어지지 않고 있었다. 밧줄이 잘라지면서 매듭이 느슨해진 덕분에 그는 왼손을 비틀어 매듭에서 빼낼 수 있었다.

"대단히 고맙소." 세인트가 말했다.

세인트가 즉각 다음에 취한 행동들은 매라도 흉내내기 어려웠을 것이다. Z맨이 갑작스런 공포로 숨을 들이쉬는 순간 쇠고랑처럼 강인한 팔이 그의 어깨를 나꾸어채 몸을 완전히 한바퀴 돌려 세인트 쪽으로 등을 향하게 만들었다. 세인트는 이어 왼손을 상대방의 왼쪽 팔 아래로 재빨리 들이밀어 목 위로 올려 돌로 조각한 것처럼 단단한 목조르기 자세를 취했다.

"이제 우리는 허공에서 종달새처럼 노래를 부르게 되었군." 세인트가 말했다. "내가 날개춤을 출테니 자네는 노래를 부르지."

그의 말은 어느 정도까지는 옳았다. 그러나 Z맨의 노래는 사라진 증기 기관차의 날카로운 기적소리를 연상시켰을 뿐 그다지 음악적이지 못했다. 세인트는 쇠고리에 위험하게 매달려 그의 몸은 암흑의 심연으로 떨어질 위기에 처한 상태였기 때문에 Z맨이 레슬링을 아는 남자였다면 그의 목조르기를 벗어날 수 있었을 것이다.

하지만 Z맨은 레슬링 기술에 관해 아무것도 몰랐을 뿐만 아니라 전신에서 힘이 모두 빠져나간 것처럼 보였다. 게다가 세인트는 포로의 목을 으스러지게 움켜잡아 경동맥에 치명적인 영향을 주었다. 과학적으로 기술을 걸 경우 이러한 동작에 걸린 사람은 몇초 안에 의식을 잃을 수도 있었다. 그러나 사이먼은 무자비하게 발목을 잡아다니는 밧줄에 끌려가지 않기 위해 힘의 절반을 쏟아야 하는 불리한 상황에 있었다.

래든과 웰몬트가 앞으로 나섰으나 이미 때는 늦었다. 세인트의 냉랭한 웃음소리가 그들의 첫 발걸음을 맞았다.

"만약 서툰 짓을 하면 너희 패거리가 먼저 떨어질 것이다."

그는 일말의 동정도 표시하지 않고 명확하게 말했다.

두 사람은 보이지 않는 벽에 부딪힌 것처럼 우뚝 섰다. 래든의 손에 들린 손전등이 위를 비추는 순간 Z맨의 멍청한 표정이 나타났다.

"제발, 기다려……." Z맨은 거친 숨을 몰아쉬며 쉰 목소리로 허겁지겁 말했다.

"소장님, 거기 계십니까?"

멀리 아래쪽에서 안개 경보를 알리는 고동 소리를 연상시키는 목소리가 들려왔다. 세인트는 오른쪽 어깨에 끊어지는 듯한 통증을 느꼈음에도 불구하고 환한 미소를 지었다.

"호피, 나 여기 있네. 빨리 올라오게. 그리고 누가 내려갈지 모르니 조심하게." 그는 벌벌 떠는 Z맨의 몸 너머로 얼어붙은 듯이 서 있는 래든과 웰몬트를 바라보았다. "날아가지 않는 한 너희가 도망칠 길은 없다." 세인트가 말했다. "너희는 한 쌍의 천사가 되고 싶지는 않겠지?"

두 사람은 이승의 삶을 마감하고 한 쌍의 천사가 되기 위한 어떤 시도도 하지 않았다. 퍼트리셔가 뒤따르는 가운데 쿵쾅거리며 계단을 뛰어올라 선반에 도착한 호피 유니애츠는 조용히 서 있는 두 악당의 권총을 재빨리 빼앗았다. 잠시 뒤 통나무 줄기 같은 팔이 세인트의 몸을 번쩍 들어 안전한 마루 위로 옮겨 주었다.

퍼트리셔는 그가 정말 살아 있는지 확인이라도 하는 것처럼 세인트의 몸을 어루만졌다.

"정말 괜찮아요?" 그녀의 목소리는 가늘게 떨렸다. "나는 우리가 너무 늦지 않았나 걱정했어요. 이자들이 바깥문을 잠가 놓아서 호피는 소리를 낼까봐 걱정했어요."

세인트가 그녀에게 키스를 했다.

"당신은 시간 여유가 많았소." 그는 Z맨을 마루의 난간 끝으로부터 끌어들이면서 말했다. "호피, 이자를 붙잡고 있겠나?"

"한 손가락이면 충분합니다."

유니애츠가 가소롭다는 듯이 말했다.

그는 신속하게 껑충 이동하여 Z맨의 등을 붙잡아 일으켜 세운 뒤 고릴라 조르기 동작을 취함으로써 자기 별명의 정당성을 완벽하게 입증했다. Z맨은 몸부림을 쳤지만 어린 소년의 손가락에 붙잡힌 파리의 몸부림만큼이나 부질없는 짓이었다. 그러자 세인트는 자신의 칼을 회수하여 엄지손가락으로 날을 시험해 보았다.

"호피, 그자를 그렇게 붙잡고 있게." 그는 냉혹한 표정으로 말했다. "이 자의 배가 무대 중앙을 향하도록 하게. 내가 직접 모종의 수술을 해야겠네."

그의 신속한 동작에 퍼트리셔가 숨을 멈추고 재빨리 눈을 감는 순간 세인트는 Z맨의 불룩한 배에 사정없이 칼을 꽂아 깊이 찔렀다. 비명 소리같은 요란한 소음이 일어나면서 Z맨은 구멍난 타이어처럼 쭈그러들었다.

"나는 단지 찌그러지는 소리가 나는지 단순한 폭발 소리가 나는지 시험해 보려 했을 뿐이오." 세인트가 온화하게 말했다. "팻, 이제 눈을 떠도 되오. 마루가 피바다는 아니니까. Z맨은 대부분이 공기로 이루어져 있었소."

세인트는 재빠른 동작으로 포로의 모자와 가발, 안경과 수염을 벗겼다.

"내가 생각했던 대로 실러 아일랜드 양이오."

세인트가 정중하게 말했다.

11

퍼트리셔가 먼저 힘없는 목소리로 입을 열었다.

"하지만 나는 센티널이 Z맨이라고 당신이 말한 것으로 생각했어요. 우리는 오리스에게 남아서 그를 결박시키도록 했지요."

세인트가 대답했다.

"나는 그렇게 말한 적은 없소. 나는 센티널 동무를 만나고 누가 Z맨인지 아는 것으로 생각한다고 당신에게 말했소. 하지만 나는 당신이 여자들에게 센티널 동무에 관해 이야기하기를 원했소. 왜냐하면 실러 양은 센티널이 래든과 자신의 애정행각에 관해 알고 있다는 사실을 상기할 것이기 때문이었소.

그녀는 내가 센티널로부터 들은 정보를 토대로 추리를 시작하는 것을 두려워할 것이며 그것을 막기 위해 뭔가 조치를 취할 것이란 점을 예견하고 있었소.

다시 말해 나의 의심이 맞았던 거요. 내 판단은 아주 정확했소!"

"내가 센티널에 관한 소식을 알린 직후 그녀가 스튜디오를 더 이상 떠나 있을 수 없다고 갑자기 결론을 내린 이유에 대해 나도 이상하게 생각했죠." 퍼트리셔가 천천히 말했다. "하지만 나는 그녀가 Z맨일 줄은 결코 생각하지 못했어요."

세인트가 말했다.

"나는 그녀가 Z맨이란 결론을 대부분 센티널의 사무실에서 내렸소. 센티널이 연필을 만지작거리는 것을 보고 나는 브라이어비하우스에서 Z맨도 연필을 만지작거렸다는 사실이 갑자기 생각났던 거요.

Z맨이 만지작거리는 방법은 특이했소. 모든 사람은 불안을 느낄 때 나타내는 저마다의 습관이 있소. 나는 Z맨의 손버릇을 생각하면서 어디선가 본 적이 있다는 느낌이 들었소.

실러 아일랜드가 어젯밤 여배우들의 재난에 관한 이야기를 우리에게 들려줄 때 담뱃갑을 만지작거리는 방식과 Z맨이 연필을 만지작거리는 모습과 완전히 일치한다는 생각이 갑자기 떠올랐던 거요. 그 생각이 떠오르는 순간 나는 거의 뒤로 넘어질 뻔했소."

세인트는 변장을 하기 위한 진한 화장이 뭉개져 모습이 변한 채 호피의 무자비한 손아귀에 잡혀 신경질적으로 발버둥치고 있는 몸매가 쭈그러진 여자를 건너다보았다. 그의 눈초리는 엄하고 무자비했다. 세인트가 지적했다.

"당신이 남자로 위장했을 뿐만 아니라 혐오감을 일으키는 뚱보 자이델만으로 꾸민 것은 그다지 나쁜 생각이 아니었소.
 나는 당신이 브라이어비하우스에서 도망칠 때 하마터면 속을 뻔했소. 여성들이 달리는 동작은 어딘지 기묘한 구석이 있는데 나는 자이델만의 뛰는 모양을 보고 뭔가 생각하기 시작했소.
 그때는 아직 확신이 서지 않았지만 대략 짐작은 하게 되었소. 당신은 목소리 흉내도 제법 잘 냈지. 하지만 그건 당신의 직업이니까. 당신은 연필을 만지작거리는것과 같은 사소한 행동에서 실패를 했을 뿐이오. 물론 그 누구도 당신이 여자일 줄은 몰랐소.
 그러나 당신은 앤디 검프가 당신에게 보석을 사주기 위해 수표를 위조한 죄로 교도소에 들어갔다 나온 뒤에도 당신을 기쁘게 하기 위해 자승자박하도록 만들기에 충분할 만큼 여성적이었소. 게다가 당신은 여성에게 얼굴을 망치겠다는 위협이 어떤 효과를 발휘할지 잘 알고 있었다는 점에서도 다분히 여성스러웠소.
 당신은 일석이조의 효과를 노려 범행을 저질렀소. 당신은 상대를 협박하여 받은 돈을 은행계좌에 넣는 한편 경쟁자들이 신경쇠약으로 쓰러져 영화계에서 도태되게 함으로써 당신의 입지를 더욱 높인다는 책략이었지……
 나는 당신이 저지른 범죄에 합당한 처벌을 받을 경우 당신이 어떻게 생각할지 궁금하오."
세인트의 목소리는 빙하에서 흘러내리는 얼음물처럼 차가웠다.
여자는 호피의 강철 같은 손에서 벗어나려고 미친듯이 몸부림쳤다.
"나를 놔줘!" 여자가 비명을 질렀다. "너같은 돼지는 나를 어떻게 할 수 없어!"
"호피, 그 여자를 놔주게." 세인트가 조용히 말했다. 유니애츠가 손을 놓자 여자는 그 손아귀에서 빠져나와 마루 난간 끝에 휘청거리며 섰다.

"당신 얼굴 위에 Z자를 칼날로 그었을 경우에도 앤디가 당신을 사랑해줄까?"

세인트가 궁금한 듯이 물었다.

그는 손에 든 칼로 어떤 생각을 하고 있는지 분명히 나타내는 동작을 취했다.

그는 자신이 그녀에게 취할 수 있는 유일한 방법을 쓰기에 앞서 그녀가 다른 여자들을 괴롭힌 것만큼의 정신적 고통을 일부나마 느끼게 하려 했지만 정말 칼을 사용할 의사는 없었다.

그러나 그의 목소리에는 무슨 일이든 저지를 수 있다는 의지가 엿보였으며 여자는 공포로 넋이 빠져 사태를 파악할 능력이 없었다.

세인트가 한 발짝 다가서자 여자는 공포로 숨이 막힌 듯 입을 크게 벌렸다. 이어 알아들을 수 없는 절망적인 비명을 지르며 여자는 세인트를 마주 보며 아래쪽 암흑의 심연으로 몸을 날렸다.

래든은 동물 같은 기이한 신음 소리를 내며 앞으로 걸어 나왔지만 호피의 권총이 머리에 닿자 뒤로 물러섰다.

세인트가 그를 바라보았다.

"앤디, 이제 아무 소용없네." 세인트는 처음으로 동정의 빛을 띠며 말했다. "자네는 엉뚱한 말에 돈을 건 셈일세."

그는 칼을 칼집에 도로 꽂고 한 팔로 퍼트리셔를 안았다. "여기가 어디오?" 그는 아무 일도 아니라는 말투로 물었다.

"오래된 폐가의 한쪽에 현대식 주택을 지은 곳이에요." 그녀는 실러 아일랜드가 사라진 암흑의 정적 때문에 걸린 최면에서 아직도 깨어나지 못한 시선으로 건성 대답했다. "실러 아일랜드의 소유였을 거예요······."

세인트는 코트의 단추를 잠갔다. 산 사람은 살아야 하고 사업은 어디까지나 사업이다.

세인트가 말했다.

"그렇다면 여배우들을 협박하여 받은 돈의 일부가 보관된 금고가 어디엔가 있을 거요.

나는 그 돈을 사용해야 할 몇 가지 타당한 이유가 있소. 돈을 챙긴 다음 센티널 동무의 결박을 풀어주고 조용히 사라지는 편이 좋겠소. 우리는 클로드 어스타시가 이 사건에 관한 보고를 들었을 때 우리에게 필요한 알리바이를 만들기 위해 센티널을 웨이브리지로 데리고 가서 비어트리스와 이렌을 합류시켜야만 하겠소.

빨리 행동합시다."

극한 상황에서의 포인트 블랭크

　모든 장르의 미스터리 문학이 각고의 심혈을 기울여 탄생되지만, 아마 가장 쓰기 어려운 미스터리가 바로 범죄와 폭소가 어우러지는 작품이 아닐까 한다. 그런 만큼 탁월한 작가에 의해 교묘하게 완성된 뛰어난 작품을 보면 그 기쁨 또한 각별하다. 도널드 E. 웨스트레이크야말로 그런 작가이다.

　그는 1933년 뉴욕에서 태어났다. 대학을 졸업하고 1956년부터 57년까지는 공군에 소속되어 군복무를 마쳤으며 〈미스터리 다이제스트〉 같은 잡지사 편집자로 일하면서 추리소설을 쓰기 시작했다. 본명은 도널드 E. 웨스트레이크(Donald E. Westlake)이지만 작품의 성격에 따라 John B. Allen, Curt Clark, Tucker Coe, Timothy J. Culver, Morgan J. Cunningham, Samuel Holt, Sheldon Lord, Allan Marshall, Richard Stark, Edwin Eest 등의 놀라울 정도로 많은 필명을 적절하게 섞어쓰면서 수많은 작품을 발표했다. 다채로운 장르를 오가며 다양한 소설을 썼고, 영화 및 TV 각본에도 손을 대 MWA 영화 각본상, MWA 최우수 단편상, MWA 거장상을 수상한 경력도 갖고 있다.

《인간사냥(The Hunter)》은 프로 범죄자 파커 시리즈의 첫 번째 작품이다. 1960년 《고용된 남자》로 일약 해미트와 챈들러의 후계잣감으로 주목을 받으면서 등장한 도널드 E. 웨이스레이크가 리처드 스타크라는 필명으로 발표한 액션물로, 냉혹하고 비정한 세계에서 살아남으려 몸부림치는 한 마리 외로운 늑대 같은 사나이의 거친 삶을 다루고 있다.

이 작품은 《포인트 블랭크》라는 제목으로 영화로 만들어지기도 했는데, 리 마빈과 앤지 디킨스가 주연을 맡아 하드보일드 스타일의 영화치고는 아주 독특한 영상미로 영화 팬들의 마음을 온통 사로잡았다.

리처드 스타크의 악당 파커 시리즈가 《인간사냥》을 그 첫 작품으로 하여 처음 데뷔한 것은 1962년의 일이었다. 그리고 그 뒤로 여섯 작품이나 발표될 때까지 이 작품을 쓴 사람의 본명이 바로 도널드 E. 웨스트레이크임이 밝혀지지 않았다.

스타크는 악당 파커 이야기를 한 편만 쓸 생각이었으며 이 작품의 끝부분에서 파커를 스스로가 지은 악업으로 말미암아 죽는 것으로 그릴 작정이었으나, 편집자와 출판사의 요청에 따라 계속 쓰게 되었다고 한다. 옛날이야기나 전설상의 영웅이 독자들의 간절한 바람으로 재등장하듯 악당 파커에게도 퇴장이 허용되지 않았던 것이다.

스타크는 74년에 간행된 《Butcher's Moon》에 이르기까지 12년 동안 이 시리즈를 16권이나 썼다. 그는 한편 본명인 웨스트레이크라는 이름으로 《고용된 남자》를 비롯하여 《Brothers Keepers》에 이르기까지 22작품, 터커 코라는 이름으로 미치 토빈 시리즈를 다섯 작품, 스타크라는 이름으로 앨런 글로필드 시리즈를 네 작품, 그 밖에 다른 필명으로 SF와 정치소설, 그리고 패러디를 한 편씩 정력적으로 써낸데 대해서는 감탄하지 않을 수 없다.

아무튼 40살을 갓 넘은 나이로 써낸 작품수가 54권에 이른다면, 그 하나하나를 새로운 취향으로 이끌어 가기도 결코 쉬운 일은 아니었을 것이다.

그의 작품 가운데 누구나 좋아할 뛰어난 작품 다섯을 고른다면 다음과 같다.

웨스트레이크──《살인 게임》《핫록》
스타크──《인간사냥》《사자(死者)의 유산》
터거 코──《밀랍 사과》

스타크가 그의 첫 번째 아내인 네들러와 두 번째 아내인 샌디에게 바친 헌사는 이제까지 꽤 여러 번 소개되어 왔다. 책의 헌정과 관련해 여기 재미있는 이야기가 하나 있다. 그는 1971년에 쓴 파커 시리즈의 13번째 작품인《Deadly Edge》의 제1부 제3장에서 파커가 DKA의 우두머리 댄 카니와 서로 얼굴을 마주치는 장면을 삽입해 보였다. 그 수법을 이번에는 존 고어즈가 DKA 파일 시리즈의 장편 제1막《죽음의 증발》제18장에서 그대로 재현하여 보여준 에피소드가 있다. 고어즈는 1974년에 쓴《Interface》를 악당 파커에게 바쳤다.

또한 스타크는 파커 시리즈의 14번째 작품인《Slayground》를 '이 동부 소설을 브라이언 거필드에게' 바치면서 우정을 표시했다. 다음 작품인《Plunder Squad》에는 짓궂게도 '책을 한 권 필요로 해 온 저스틴과 데비에게' 바친다고 썼다. 이 저스틴은 스타크의 제자나 마찬가지인 신인 작가 저스틴 스코트(별명 J.S. 블레이저)를 말하고 그의 아내가 데비이다. 또한 스타크가《고용된 사나이》를 네들러와 함께 옛 벗 라일리(로렌스 블록)에게 바쳤는데, 라일리는 데뷔 이래 처음으로 하드커버로 출판된 1967년의《Deadly Honeymoon》을 스타크에게 바쳐 6년 동안의 빚을 갚았다.

 이렇게 헌정에서도 보이듯이 스타크를 중심으로 같은 세대의 고어즈, 거필드, 블록이라는 중견 작가들 사이에 직업 작가로서의 라이벌 의식과 의기투합된 연대감이 존재하여, 자유로우면서도 확고한 주관을 지닌 서클이 생겨난 것도 덧붙여 말해 둔다. 저마다 개성 있는 스타일을 지닌 직업 작가 동료들과의 마음을 주고받는 교류에는 서로에 대한 엄격한 비판도 있었음에 틀림없으리라.

 〈미녀전문가〉의 작가 레슬리 차터리스(Leslie Charteris)는 1907년 싱가포르에서 영국인 어머니와 명성 높은 중국인 외과의의 아들로 태어났다. 〈미녀전문가〉는 1937년 영국 미스터리소설 잡지에 〈Z맨〉이란 제목으로 처음 발표되었다.

 이 작품은 차터리스가 작품 생활 초기에 쓴, 에드거 월리스의 미스터리소설 유파에 속하는 수많은 세인트 시리즈 중편소설 가운데서 가장 뛰어난 작품 중 하나라 할 수 있다. 세인트를 주인공으로 한 초기 작품들이 1932년 월리스의 사망으로 생긴 공백을 메우는 역할을 하기도 했으나, 미국에서 월리스를 훨씬 능가하는 인기를 누렸다.

 중편소설집 《악한열전》 속에 수록된 이 작품에서 세인트는 월리스가 좋아하는 유형의 악한인 Z맨이라고만 알려진 교활한 범인과 맞서는 긴장된 순간들이 펼쳐진다. 다급한 위기의 장면에서도 재치와 농담으로 상대의 기세를 꺾어놓는 세인트의 톡톡 튀는 유머와 작가의 짓궂은 비유들로 웃음을 자아내게 하는 명장면들을 곳곳에서 만날 수 있을 것이다.